Annemarie Nikolaus: Haus zu verkaufen

ANNEMARIE NIKOLAUS

HAUS ZU VERKAUFEN

1

Mark Schreiber parkte gegenüber der zweistöckigen, hellblau verputzten Villa und starrte auf die Haustür. Was hatte er sich damals dabei gedacht, sie dunkelbraun streichen zu lassen? Das war doch viel zu düster.

Es gab eine Zeit, da hatte sich diese Tür für ihn geöffnet, noch bevor er den Motor abgestellt hatte. Damals hatte er einen uralten Diesel gefahren, der so laut nagelte, dass er nach spätabendlichen Terminen mit einem Taxi heimgefahren war, weil er fürchtete, die Nachbarn zu wecken. Inzwischen hatte er sein eigenes Architektur-Büro und fuhr in einem Hybrid auf leisen Reifen in die Tiefgarage der Hochhaus-Siedlung, in der er jetzt mit seiner Tochter zu Hause war.

Im Garten des Hauses, vor dem er parkte, ratterte ein mit Diesel betriebener Rasenmäher; ein kleines Kind kreischte voller Zorn. Die Sauers mussten Besuch haben; für ein kleines Kind waren sie beide viel zu alt. Sie hatten sich mit Inbrunst als Tanjas Babysitter betätigt, wenn Christina zum Einkaufsbummel mit einer gelangweilten Nachbarin aufgebrochen war. Unwillkürlich runzelte er die Stirn, als er in seinem Gedächtnis nach dem Namen dieser Nachbarin suchte. Er wusste nur noch, dass die Rückfronten ihrer Grundstücke aneinander grenzten.

Mit einem Seufzer stieg er aus und steckte den Bund mit den Auto- und Wohnungsschlüsseln in die Hosentasche. Dann kramte er die beiden Schlüssel für die Villa aus seinem Portemonnaie.

In dem verwilderten Vorgarten wucherte das Unkraut

meterhoch. So konnte er das alte Haus keinem Makler zeigen. Er hätte es sich denken können; aber trotzdem hatte er sich eingeredet, dass er nur einmal hierher kommen müsste.

Bis eben hatte ihn der Besuch hier kalt gelassen, aber nun begann der Kummer wieder an ihm zu nagen.

Die Schlingpflanzen, die den Jägerzaun überwucherten, hatten sich auch an der Gartentür hochgerankt und er musste erst eine Handvoll abreißen, bevor er öffnen konnte.

In den Fugen zwischen den Basaltplatten zum Eingang wuchs roter Klee. In einem Impuls bückte er sich, um nach einem Vierblatt zu suchen. Aber dann richtete er sich wieder auf. Das letzte, das er hier gefunden hatte, hatte sein Glück auch nicht festhalten können.

Zum ersten Mal seit drei Jahren steckte er den Hausschlüssel in dieses Schloss. Eine Gänsehaut kroch seine Beine hoch und ihn fröstelte trotz der Wärme dieses April-Tags.

Er ließ die Tür aufschwingen und wartete, dass sich seine Augen an den Dämmer gewöhnten, bevor er eintrat. Die Luft war weniger stickig als er erwartet hatte; trotzdem öffnete er sofort das Fenster neben der Eingangstür und zog die Jalousie hoch.

Bevor er Tanja aus der Vorschule abholen musste, hatte er eine halbe Stunde Zeit, um sich zu vergewissern, dass das Haus selber vorzeigbar war und noch alles funktionierte.

Im Kinderzimmer im ersten Stock fand er einen Hampelmann mit einem abgerissenen Arm unter dem Kinderbett. Christina hatte ihn von einer ihrer Einkaufstouren mit der Nachbarin mitgebracht. Das Bett hatten sie beim Auszug nicht mitgenommen, weil es schon damals fast zu klein für Tanja gewesen war.

Im Badezimmer lag eine leere Shampoo-Flasche auf der Ablage neben der Wanne. Er hätte eine Tüte mitnehmen sollen, um den Abfall einzusammeln. Mit einem Achselzucken quetschte er die Flasche in die Hosentasche zu den Schlüsseln.

Als er auf den Treppenabsatz im Erdgeschoss zurückkam, bauschte ein Luftzug die Gardine am Flurfenster, so heftig, als ob jemand die Tür zur Terrasse geöffnet hätte. Mark stand einen Moment still und blickte zur Wohnzimmertür. Kein Geräusch – wie auch?

Auf dem Weg in die Küche schaltete er im Sicherungskasten den Strom ein und dann überprüfte er ein Küchengerät nach dem anderen. Vom Kühlschrank bis zum Elektroherd; alles funktionierte.

Er strich mit zwei Fingern über den Tisch und betrachtete dann den Staub auf ihnen. Die Küche würde der neue Eigentümer sofort benutzen können. Sie bedurfte nur einer gründlichen Reinigung.

In das gegenüberliegende Bad warf er nur einen kurzen Blick; dann ging er in den Keller, um Wasser und Heizung anzustellen.

Zum Schluss betrat er das Wohnzimmer. Sein erster Blick galt der Terrassentür – natürlich war sie geschlossen. Wie hätte es auch anders sein können. Trotzdem rüttelte er an der Klinke, um zu überprüfen, ob sie tatsächlich richtig verschlossen war.

Das Wohnzimmer bot einen erstaunlichen Anblick: Hier war alles perfekt aufgeräumt. Bis hin zu den knalligen Zierkissen auf den beiden Sofas, die Christina geliebt hatte, lag alles akkurat auf seinem Platz. Alle anderen Räumen zeugten noch immer davon, dass sie damals geradezu fluchtartig ausgezogen waren. Dabei hatte er gerade das Wohnzimmer ganz anders in Erinnerung. Anscheinend war Ella noch einmal hier gewesen und hatte aufgeräumt, ohne ein Wort darüber zu verlieren.

Auf die Terrasse brauchte er nicht zu gehen; er sah

auch vom Wohnzimmer aus, in welch desolatem Zustand der Garten war. Ein überwucherter Kirschbaum, der dennoch blühte. Genauso wie der Schmetterlingsbaum, rund um dessen Stamm sich Brennnesseln ein Stelldichein gaben.

Das Metallgerüst von Tanjas alter Schaukel war bis oben hin mit Efeu überrankt, die Ketten schon zur Hälfte begrünt. Dennoch schwang die Schaukel, als werde sie vom Wind bewegt.

Er sah Tanja vor sich, wie er sie an jenem letzten Tag vorgefunden hatte: Gefangen in dem Baby-Sitz, der sie vorm Herunterfallen bewahrte – aber nicht vor der Tragödie schützte, die sich vor ihren Augen abspielte.

Als Mark und Tanja nach Hause kamen, war das Abendessen noch nicht fertig.

Tanja holte trotzdem sofort das Besteck aus der Tisch-Schublade. »Oma Ella, ich habe Hunger.«

»Ich setze gleich das Wasser für die Nudeln auf. Wollt ihr schon mal Gemüse? Das Fleisch ist noch zäh.«

Mark nahm ein Bier aus dem Kühlschrank und sah dann Ellas Bemühungen schweigend zu. Wenn er sich einmischte, würde er sie kränken.

Sie wurde alt: Ihre Fingerknöchel waren weiß, so fest hielt sie die Topfgriffe, um ihr Zittern zu beherrschen. Die Ellenbogen fest an den Körper gepresst, balancierte sie dann das Gemüse zum Tisch.

Mark stellte das Bier auf den Tisch und holte die Teller aus dem Hängeschrank.

»Papa, warum stellt ihr die Teller nicht hier unten rein? Dann könnte ich den Tisch alleine decken.«

»Ja, Maus.« Während er ihr half, fertig zu decken, erzählte er, dass er im Haus gewesen war, um den Termin mit dem Makler vorzubereiten.

»Nicht wahr«, sagte Ella, »du warst zum ersten Mal wieder dort! Ich mache immer einen großen Bogen um diesen schrecklichen Ort.«

Mark holte tief Luft; dann stützte er sich auf den Tisch. »Du warst nicht noch einmal zum Aufräumen dort?«

»O nein! Warum sollte ich?« Vermutlich konnte sich Ella einfach nicht mehr daran erinnern; sie vergaß viel in letzter Zeit und es war so lange her. »Mich graut es jetzt noch bei dem Gedanken an das Unheil. Christina hätte geradeso gut auf mich losgehen können!«

Wieder kroch eine Gänsehaut seine Beine hoch; aber jetzt war es nicht die Erinnerung an damals, die ihn frösteln ließ. Er dachte an den Luftzug und das aufgeräumte Wohnzimmer.

»Was ist ein Unheil, Papa?«

Mark warf Ella einen vorwurfsvollen Blick zu. Auch das hatte sie vergessen: niemals in Tanjas Gegenwart darüber zu sprechen.

Ella hob die Schultern und wandte sich dem Herd zu. Mit einer heftigen Bewegung wendete sie den Braten. »Reich mir die Topflappen, Mark!«

»Was ist ein Unheil?«, wiederholte Tanja und klopfte mit der Gabel auf den Teller, um die Aufmerksamkeit auf sich zu ziehen.

Mark lächelte. »So etwas Ähnliches wie ein Unwetter, mein Engel.« Er strich ihr eine lange Strähne aus dem Gesicht. »Setz dich gerade hin.« Die Mahnung würde sie ablenken, weil er sie damit ärgerte. »Sonst verklebst du dir die Haare in der Sauce und morgen weinst du wieder, wenn ich dich kämme.«

»Morgen – nimmst du mich mit, wenn du morgen zu dem Haus gehst, wo wir früher gewohnt haben? Ist Mami auch dort?«

Obwohl sie mit dem Besteck beschäftigt gewesen war, hatte sie genau zugehört. Warum hatte er in ihrer Gegenwart damit angefangen? Er war genauso gedankenlos wie Ella. »Nein, mein Schatz. Mami ist da schon lange nicht mehr. Deswegen wohnen wir beide auch nicht mehr dort.«

»Nimmst du mich morgen mit?« Sie kniff die Augen zusammen, wie immer, wenn sie etwas durchsetzen wollte. Tanja würde nicht locker lassen, bis sie die Antwort bekam, die sie hören wollte.

»Was willst du denn dort?«

»Ich weiß nicht. – Was willst *du* denn da? Das will ich auch!«

»Ich will das Unkraut jäten.«

»Gut; da kann ich prima helfen.« Aber was, wenn Tanja sich beim Anblick des Gartens erinnern würde? Angeblich vergaßen Kinder nie etwas.

Doch ihm gingen die Argumente aus. Er blickte Ella an, aber die schien nicht gewillt, ihm beizuspringen. Wahrscheinlich war sie sauer über seinen tadelnden Blick. »Na schön.« Das war keine wirkliche Zusage; darauf konnte Tanja ihn nicht festnageln.

»Was ist ein Makler?«, drang Tanjas nächste Frage in seine Gedanken.

»Ein Makler ist ein Mann, der Häuser verkauft«, erklärte Ella.

Tanja starrte von einem zum anderen; dann legte sie sorgfältig ihr Besteck neben den Teller. Ihre Augen leuchteten. »Willst du ein neues Haus kaufen, Papa? Mit Garten so wie das alte?«

»Papa will euer altes Haus verkaufen.«

Tanjas Gesicht wurde lang vor Ratlosigkeit.

»Der Makler soll es für euch verkaufen.«

Tanja wandte sich Mark zu. »Kannst du das nicht selber?«

Schon wieder eine Frage, auf die er nicht die wahre Antwort geben konnte. »Ich kenne niemanden, der ein Haus kaufen will; der Makler kennt viele.«

»Ich kenne auch jemanden!« Tanja triumphierte. »Frau Schröder braucht ein neues Haus.« Woher wusste sie das denn? Redeten die Lehrerinnen über ihr Privatleben? »Kann sie nicht unseres kriegen? Dann würden wir sie immer besuchen und ich könnte meine Schaukel wiederhaben.« Tanja erinnerte sich an die Schaukel? Mark stockte der Atem.

»Schatz, es ist Zeit, schlafen zu gehen.« Ella begann, den Tisch abzuräumen.

Tanja hielt ihren Teller fest. »Ich habe nicht fertig gegessen.«

»Dann iss jetzt und red nicht mehr.« Mark stand auf, griff nach seinen Zigaretten und flüchtete auf den Balkon.

Während er rauchte, lauschte er durch die offen stehende Tür dem Gespräch der beiden. Tanja schien das Haus vergessen zu haben und erzählte von einem Streit zwischen zwei Lehrerinnen. Daher wusste sie, dass die Schröder umziehen wollte. Aber es war entschieden keine gute Idee, Tanja mitzunehmen. Wie kam er da jetzt wieder raus?

Den gleichen Gedanken hatte wohl auch Ella. Nachdem er Tanja in den Schlaf gelesen hatte und wieder auf dem Balkon saß, setzte sie sich neben ihn auf die Bank. »Morgen hole ich Tanja ab und erzähle ihr, du seiest wegen dem Makler schon früher losgefahren.«

»Ich will Tanja nicht belügen.«

»Eben.« Ella klang sarkastisch. »Darum werde ich es tun.«

Mark zerkrümelte den Zigarettenstummel. Ella legte beide Hände auf seine Finger und hielt sie fest. Er hob den

Kopf und starrte hinunter auf die Straße, wo in der beginnenden Dämmerung das gelbe Licht der Straßenlampen von Minute zu Minute heller wurde.

»Und dann?« Er entzog Ella seine Hand und ließ die Tabakkrümel über das Geländer fallen. »Anschließend muss ich deine Legende irgendwie aufrechterhalten.« Er stand auf und stützte sich auf die Brüstung. Er mochte Ella jetzt nicht ansehen. »Tanja ist noch so klein. Wie soll ich ihr erklären, was ihre Mutter getan hat?«

»Und doch muss sie es erfahren.«

Er schüttelte mehrmals den Kopf, bevor er antwortete. »Aber jetzt noch nicht!«

»Hast du dir schon einmal überlegt, was passiert, wenn sie von jemand anderem erfährt, dass Christina ihre eigene Mutter erschlagen hat?«

»Wer sollte es ihr sagen?«

»Nachbarn?«

Ellas Beharrlichkeit begann ihn zu ärgern. »Es wäre das Beste wegzuziehen.« Er drehte sich zu ihr um. »Es ist doch wegen dir, dass wir immer noch hier wohnen.«

Ella wurde blass. »Ich komme alleine zurecht.« Ihre Stimme zitterte und sie floh in ihr Schlafzimmer.

»Mutter!« Mark blieb in der Tür stehen.

Dann drehte er sich mit einem Seufzer um und setzte sich wieder auf den Balkon. Gleich darauf ging er noch einmal in die Küche und holte die Zigaretten. Während er rauchte, starrte er auf die Straße. Zugeparkt; nur ein schmaler Streifen Grün vor den Häusern; kein Spielplatz.

Gegenüber öffnete jemand ein Fenster und dann drang der Gong der Nachrichtensendung zu ihm herüber.

Mark schloss die Augen. Vielleicht sollten sie wirklich in eine andere Stadt ziehen. Er hätte das Haus schon längst verkaufen sollen; nun machte es einen Haufen Mühe, den Garten präsentabel herzurichten. Und all der Dreck und Staub, der sich inzwischen angesammelt hatte.

Als die Hitze der Zigarettenglut seine Finger erreichte, öffnete er die Augen und warf die Kippe übers Geländer. Eine Funkenspur zeichnete ihre Flugbahn nach unten ins Gras. Er stand auf und schaute nach, ob die Kippe, dort unten angekommen, noch glimmte.

Er hasste diese Wohnung und verabscheute dieses Viertel. Kinder sollten nicht in Hochhauswohnungen aufwachsen müssen; Tanja konnte im Fahrstuhl ohne einen Kochlöffel nicht einmal den Knopf für ihre Etage drücken. Wenn er das Haus gut verkaufen würde, könnten sie sich etwas Besseres leisten.

Bevor er schlafen ging, öffnete er leise die Tür zu Tanjas Zimmer. Wenn sie im Herbst in die Schule kam, brauchte sie einen Schreibtisch: Hier passte keiner hinein. Sie hatte recht; er würde ein neues Haus kaufen. Auf Strümpfen ging er hinein und hob den Hasen auf, der aus ihrem Bett gefallen war. Dann zog er die Bettdecke wieder zurecht.

2

Nachdem Mark Tanja in die Vorschule gebracht hatte, sagte er für den Rest des Tages alle Termine ab und verabredete sich für den Nachmittag mit einem Makler. Dann holte er Bernward in seiner Gärtnerei ab.

Als sie ausstiegen, ertönte hinter dem Haus der Sauers das penetrante Jaulen einer Motorsense. Vielleicht hätte er statt Bernward auch den Nachbarn engagieren können. Der schien geradezu versessen darauf, sich die Zeit mit Gartenarbeit zu vertreiben.

Bernward verzog beim Anblick des Gestrüpps zwar das Gesicht; er folgte Mark aber kommentarlos ums Haus.

Neben der Terrasse blieb er mit verschränkten Armen stehen. »Du hast dich wohl nicht getraut, mir zu sagen, wie viel Arbeit das hier ist.«

Der Garten hinter dem Haus war tatsächlich ein noch größeres Desaster als der Vorgarten. Sie würden sich schrittweise durcharbeiten müssen; der meterhohe Wildwuchs machte ihn nahezu unbegehbar. Lediglich ein schmaler Pfad, auf dem das Gras nur wenige Zentimeter hoch wuchs, schlängelte sich von der Terrasse zur Grundstücksgrenze neben dem Gartenschuppen.

»Gibst du auf, bevor wir überhaupt angefangen haben?«

Bernwards Grinsen wurde noch breiter. »Wir? Du meinst, wir machen das zusammen? Das ist mal was Neues.«

Mark biss die Zähne zusammen; er konnte sich jetzt keinen Streit leisten. Wortlos ging er den Gartenschuppen aufschließen und holte Motorsäge und -sense heraus.

Der Makler, Kurt Heuer, kam um halb drei. Mark und Bernward saßen gerade auf den Stufen zur Haustür und teilten sich ein gegrilltes Huhn, das Mark aus einem Schnellimbiss geholt hatte.

Mark ging ihm entgegen und öffnete die Gartenpforte, an der immer noch ein Teil der Schlingpflanzen hing. Heuers hochgezogene Augenbrauen drückten unübersehbar Missbilligung aus. Er stand vor der Pforte und schien nicht eintreten zu wollen.

Mark ging einen Schritt zur Seite. »Bitte.«

»Einen Moment noch.« Heuer warf ihm nur einen kurzen Blick zu, dann musterte er weiter das Haus, die Augenbrauen immer noch auf halbem Wege zum Haaransatz. Mark hätte ihn am liebsten wieder fortgeschickt.

»Wenn das Haus auch so aussieht wie der Garten, werden wir keinen interessanten Preis erzielen.« Unverhohlener Spott klang aus der Stimme.

»Der Garten ist bis morgen Abend in einem erstklassigen Zustand.« Mark ging voraus zur Haustür und nickte Bernward auffordernd zu.

Bernward nahm seine Heckenschere und ließ sie mehrmals auf und zu schnappen. Dann ging er zur Rückseite des Hauses, ohne für den Makler einen Gruß übrig zu haben.

Mark öffnete die Haustür. »Ein Käufer könnte beinahe von einem Tag auf den anderen einziehen.«

Aber der Makler wollte das Haus immer noch nicht besichtigen. Stattdessen folgte er Bernward zur Rückfront.

Mark blieb an der Hausecke stehen und erwartete schicksalsergeben die nächste ironische Bemerkung.

»Katzen?« Heuer stoppte mitten auf dem Trampelpfad und flehmte, als ob er selbst ein Kater wäre.

Katzen gingen immer dieselben Wege; sie mochten

eine solche Spur gelegt haben. Aber was sollten sie auf der Terrasse suchen? »Sicher gibt es hier draußen Katzen. Ich war schon lange nicht mehr hier. Bis gestern.«

Der Makler kam zu ihm zurück. »Wie schnell wollen Sie das Haus eigentlich verkaufen?«

Mark zuckte die Achseln. »Auf ein paar Wochen mehr oder weniger kommt es nicht an.« Nicht nach drei Jahren. »Warum?«

»Sie hatten es so eilig mit dem Termin. Stellen Sie sich vor, ich hätte einen Kunden mitgebracht.«

»Ohne dass Sie selbst das Haus gesehen haben? Ist das denn üblich?« Mark fühlte sich plötzlich richtig gut, dass er ihm etwas zurückgeben konnte.

»Nein, natürlich nicht. Aber gerade habe ich jemanden, der eilig etwas sucht. Zum Glück war mir klar, dass dies hier zu klein ist.«

»Es sind einhundertfünfzig Quadratmeter. Was ist daran klein?«

»Der Garten. Nicht das Haus. Hier kann man keinen Pool anlegen.«

Bernward verdrehte hinter dem Rücken des Maklers die Augen und Mark verkniff sich nur mit Mühe ein Grinsen. »Vermutlich ist es dann auch nicht die richtige Gegend für diesen Kunden. Die Nachbarn ringsum sind zumeist ältere Ehepaare; sehr lärmempfindlich.« Jedenfalls war das drei Jahre zuvor so gewesen. Aber man konnte getrost annehmen, dass das immer noch so war; alte Leute zogen nicht mehr um.

Heuer zog wieder die Augenbrauen hoch; dann schritt er voraus zur Haustür.

Bernward tippte Mark auf die Schulter. »Ob der die richtige Klientel für dich hat?«

Das bezweifelte Mark inzwischen auch.

Heuer verbrachte eine Stunde damit, das Haus genau in Augenschein zu nehmen. In jedem Raum machte er sich Notizen und fotografierte. Also war er interessiert. Interessierter, als er sich den Anschein gegeben hatte.

Mark kam sich höchst überflüssig vor, als er ihm von Raum zu Raum folgte; er lief ihm im wahrsten Sinne des Wortes hinterher. Aber das Gesicht des Maklers erhellte sich während der Besichtigung zunehmend.

Schließlich nahm er in der Küche ein Handtuch vom Haken, wischte damit den Tisch und einen Stuhl ab und setzte sich. Mark stand mit verschränkten Armen an der Tür und wartete ab.

Heuer zog einen Stapel Papiere aus seiner Aktentasche. »Ich habe hier den vorbereiteten Vertrag für die Vertretung. Sie brauchen nur zu unterschreiben.« Er blätterte durch ein paar Seiten und zeigte dann auf die Mitte eines Blatts. Da Mark sich nicht rührte, sah er auf. »Aber Sie können ihn auch nach Hause nehmen und ihn mir zusammen mit dem Grundriss zurückschicken. Den haben Sie doch, oder?«

Mark verengte die Augen. »Ist es ein Exklusivvertrag?«

»Sicher. Laufzeit ein Jahr. Dachten Sie, ich mache mir die Arbeit und dann kassiert ein anderer?«

Mark fühlte sich schon wieder in der Defensive und zog es vor, nicht zu antworten.

»Vielleicht wollen Sie erst mit Ihrer Frau darüber reden.«

»Ich habe keine Frau!«

»Mir schien ... Entschuldigen Sie, ich dachte ... wegen dem Kinderzimmer.« Der Makler sah ihn so erwartungsvoll an, dass Mark sicher war, der platzte vor Neugier. »Ihrer Frau ist hoffentlich nichts zugestoßen.«

Mark sog die Luft ein und atmete dann langsam aus, um die Ruhe zu bewahren. Immerhin bedeutete diese Frage, dass Heuer nichts wusste. Er sollte erleichtert sein, aber dieser Mann ärgerte ihn einfach, ohne dass er so recht sagen konnte, warum.

Heuer stand auf und steckte den Stecker des Kühlschranks in die Steckdose, der daraufhin losbrummte. Er öffnete die Tür und zog die Augenbrauen missbilligend hoch. »Wissen Sie nicht, dass man einen stillgelegten Kühlschrank offen lassen muss?«

Mark trat näher. Eine grünliche Schimmelschicht überzog die Roste und die Wände des Kühlschranks. Er hätte einen Blick ins Innere werfen sollen; dann hätte ihn der Makler jetzt nicht kalt erwischt.

Heuer sah ihn mit einem maliziösen Grinsen an. »Den können Sie wohl wegschmeißen. Dabei sieht er von außen aus wie neu.«

Jetzt wusste Mark, warum der Mann ihn ärgerte. »Der Kühlschrank ist nicht im Kaufpreis inbegriffen.«

»Aber der Anblick wird jeden Kunden verleiten, einen Abschlag herauszuhandeln.« Er drehte sich voll zu Mark um. »Es ist mein Geschäft, verstehen Sie? Ich habe genauso wie Sie ein Interesse daran, Ihr Haus so teuer wie möglich zu verkaufen.«

Er schlug ihm vor, den Sperrmüll kommen zu lassen und das alte Gerümpel auszuräumen.

Dass alte Gerümpel! Mark verschlug es den Atem und plötzlich plagten ihn wieder Zweifel, ob er mit diesem Heuer zusammenarbeiten konnte.

Heuer schien sein Zögern zu bemerken, denn er schlug ihm leutselig auf die Schulter. »Darüber können wir immer noch reden, wenn das Haus verkauft ist. Es muss nur klar sein, dass die Kosten nicht zu Lasten des neuen Eigentümers gehen.«

»Vielleicht brauche ich sie selber, wenn ich umziehe.«

Heuer sah ihn ausgesprochen missbilligend an. »Die Küche ist doch nach Maß für dieses Haus gearbeitet worden.«

Mark feixte innerlich. »Richtig; darum bleibt sie besser drin. Sie ist so gut wie neu.«

Heuer schloss seine Tasche. »Schicken Sie mir den Vertrag und rufen Sie mich an, sobald das Haus in einem vorzeigbaren Zustand ist.«

Als Heuer fort war, atmete Mark erleichtert auf. Nachdem er den Kühlschrank wieder ausgeschaltet hatte, ging er über die Terrasse nach draußen.

Bernward hatte inzwischen mit der Motorsense das Gestrüpp weggeschnitten, das die Gemüsebeete überwuchert hatte, und befreite gerade den alten Kirschbaum von einem Schmarotzer. »Den wirst du fällen müssen.« Er klopfte gegen die Rinde; dann bohrte er mit der Gartenschere an einer Stelle herum. »Voller Ungeziefer. Schau dir das an.«

»Und warum gibst du dir dann so viel Mühe mit dem Baum?«

Bernward grinste. »Es sieht gepflegter aus. Kam es dem Typen nicht vor allem darauf an?«

»Kriegt man eigentlich auch bei einem Haus Ärger mit versteckten Mängeln?«

Bernward sah ihn von unten herauf an. »Woher soll ich das wissen? Ich bin Gärtner, kein Jurist. Warum hast du nicht den Immobilienfritzen gefragt?«

Mark zuckte die Achseln und holte einen Rechen aus dem Gartenschuppen, um den Baumschnitt und das Gestrüpp zusammenzutragen. Es war eine unglaublich große Menge, die an diesem einen Tag zusammengekommen war; das passte in keine Mülltonne. »Was mache ich damit?«

»Verbrennen!«

Er sah Bernward ungläubig an. »Was denkst du, was die Nachbarn davon halten?«

»Sie werden die Feuerwehr rufen.« Bernward schleifte einen großen Ast vom Kirschbaum heran. »Das wäre gutes Kaminholz. Kann das nicht einer von deinen Nachbarn gebrauchen?«

Marks Blick schweifte über die beiden Häuser rechts und links, dann zur Straße. Er konnte sich nicht mehr erinnern, ob es in einem der Häuser einen offenen Kamin gab.

»Wenn du deinen Nachbarn vorher Bescheid sagst, haben sie bestimmt nichts dagegen, wenn du die Gartenabfälle verbrennst.«

Mark graute es bei der Vorstellung, mit den Nachbarn zu reden. Sie würden ihn fragen, was aus Christina geworden war. Die alte Wimmer nebenan würde bestimmt haarklein wissen wollen, wie es ihr ging. Er presste die Mundwinkel zusammen und schwang den Rechen mit größerer Heftigkeit.

»Ich kann auch mit ihnen reden, wenn dir das lieber ist.« Bernward fasste ihn an der Schulter und drückte sie einen Moment; Mark seufzte.

»Ich habe sie niemals wiedergesehen.« Er biss die Zähne zusammen.

Bernward ließ den Ast vollends los, packte Mark am Arm und zog ihn zu den Terrassenstufen. »Das dachte ich mir. Aber eines Tages wird es sich nicht mehr vermeiden lassen.«

Mark schüttelte den Kopf. »Ich will sie nie, nie wieder sehen. Und ich bin sicher, Tanja wird es verstehen, wenn ich es ihr eines Tages erkläre.«

»Und Tanja selber? Es ist ihre Mutter.«

Mark befreite sich aus Bernwards Griff und stand auf. »Die ihre Großmutter umgebracht hat!«

3

Es wurde Zeit, Tanja abzuholen; Mark rief Ella an, um ihr zu sagen, dass er es selber tun würde.

Vor der Schule kam Tanja an der Hand einer Lehrerin ans Auto. Genau genommen zog sie die Lehrerin hinter sich her. »Papa, wir zeigen Frau Schröder unser Haus.« Diese kleine Kröte! Er war ihr einfach nicht gewachsen.

Mark kurbelte das Seitenfenster ganz herunter und streckte seine Hand zum Gruß aus. »Ich musste leider schon früher hinfahren; der Makler kam nachmittags zur Besichtigung.« Er sah von einer zur anderen und legte Zögern in seine Stimme. »Ich weiß nicht ... Hätten Sie denn überhaupt Zeit?«

Frau Schröder setzte ein Lächeln auf, das ihre Augen leuch ten ließ. »Tanja hat mich sehr neugierig gemacht. Sie scheint sich an erstaunlich viel zu erinnern trotz der langen Zeit.«

Mark starrte durch die Windschutzscheibe. Es war gewiss harmlos, was sie der Schröder erzählt hat. Sonst würde sich die Frau anders verhalten. Aber an was würde sich Tanja erinnern, wenn sie den Garten wiedersah?

Er gab ein Lachen von sich. »Woran hat sie sich denn erinnert?«

Die Schröder lächelte noch breiter. »Man weiß bei Kindern in dem Alter oft nicht recht, was echte Erinnerung ist und was anderswo herkommt.« Damit war er genauso schlau wie vorher.

»Papa, du hast versprochen, dass wir jetzt zusammen hinfahren!« Tanjas Protest hatte einen weinerlichen Unterton; sie zog ihr nächstes Register.

»Aber nun musste ich schon eher hin.« Er tat, als habe er ihren weinerlichen Unterton nicht gehört. Und in Gegenwart der Schröder wollte er nicht diskutieren, ob er es versprochen oder sie ihn falsch verstanden hatte. Die Frau hatte bestimmt eine Meinung zu seinen Erziehungsmethoden. »Es ist alles erledigt, wobei du mir helfen wolltest.«

»Papa!« Tanja schob die Unterlippe zum Schippchen vor; dann reckte sie ihr Kinn. »Wenn du Frau Schröder den Schlüssel gibst, zeige ich ihr eben allein das Haus. Ich weiß noch alles.«

Frau Schröder legte ihren Arm um Tanjas Schultern. »Du bist ein großes Mädchen, das wissen wir. Aber kennst du auch den Weg dorthin? Ich weiß ihn nicht.«

»Den Weg?« Tanja guckte triumphierend. »Den findet das Auto doch allein.« Das hatte er nun von seinen albernen Sprüchen, mit denen er Tanja aufzog.

Frau Schröder sah Mark wachsam an. »Welchen Unterschied macht es, ob Sie heute noch einmal hinfahren oder morgen? Mir täte es heute besser passen.«

»Ich habe meiner Mutter gesagt ...« Mark brach ab. Die Lehrerin schaute schon jetzt so wachsam; er würde sich mit weiteren Ausflüchten nur noch verdächtiger machen. Und vielleicht war es auch gut, wenn er nicht alleine mit Tanja hinfuhr. Bernward war wahrscheinlich auch noch dort. Nur dass er eigentlich überhaupt nicht mit ihr hinfahren wollte. »Wo steht Ihr Auto?«

Sie schüttelte den Kopf. »Ich bin heute ohne.«

Endlich fiel ihm ein, sein Gesicht zu einem Lächeln zu verziehen. »Dann steigen Sie ein.« Vielleicht konnte er auf diese Weise das Haus ohne den Makler verkaufen; auch nicht schlecht.

Unterwegs fragte er noch einmal, was Tanja über das Haus erzählt hatte. Dabei kam heraus, dass sie von ihrem

Spielzeug gesprochen hatte und von der Gartenschaukel. Über die Schaukel wollte er auf keinen Fall reden und so lenkte er ab, indem er begann, das Haus zu beschreiben.

Eine dichte Qualmwolke hing über dem Dach, als Mark in die Straße einbog, sodass er es vorzog, auf der gegenüberliegenden Straßenseite zu parken. Bernward saß auf den Stufen vor der Haustür und hatte eine Bierflasche in der Hand.

In dem Augenblick, als Mark das Fenster hochkurbelte, trieb ein Windstoß die Wolke zu ihnen herüber. »Mein Bruder verbrennt gerade die Gartenabfälle. Tanja, ich glaube, du bleibst besser hier; sonst kriegst du von dem Rauch einen schlimmen Husten.«

»Papa!« Tanja griff nach dem Griff der Wagentür, aber die Kindersicherung verhinderte, dass sie aussteigen konnte.

»Das Feuer ist bestimmt bald vorbei«, tröstete Frau Schröder. »Dann kannst du mir das Haus zeigen. Inzwischen gucke ich mir nur die Gegend hier an. Versprochen.«

Tanjas Blick war voller Skepsis, aber sie lehnte sich in ihren Kindersitz zurück und schnallte sich wieder an. Frau Schröder nickte ihr noch einmal zu, bevor sie ausstieg. Mark blieb neben dem Auto stehen und wartete darauf, dass sie sich für eine Richtung entschloss.

Sie blieb auf dieser Straßenseite und ging nach rechts, bis zur Pforte des nächsten Hauses. »Kommen Sie«, rief sie so laut, dass auch Tanja es hören musste.

Mark winkte Bernward und ging dann zur Schröder.

»Erzählen Sie mir etwas über die Nachbarn!« Sie zeigte auf das Klingelschild. »Sauer – Maler. In diesem kleinen Haus wohnen zwei Familien?«

»Corinna Maler ist die Tochter; sie ist wohl hierher zurückgekehrt.« Das würde auch den Kinderlärm vom Vortag erklären. »Keine Ahnung. Ich war drei Jahre nicht mehr hier.«

Sie lehnte sich mit dem Rücken an den Zaun, stützte die Ellenbogen auf und sah ihm aufmerksam ins Gesicht. »Ich habe den Eindruck, Sie wollen Tanja von hier fernhalten. Warum?«

Was für eine neugierige Tante! Mark drehte sich zur Seite und blickte zu seinem Auto zurück. »Wollen Sie das Haus kaufen oder nicht?«

»Wieso denken Sie, dass ich das Haus kaufen will?«

Er fuhr herum und starrte sie an. »Wie kommt Tanja dann auf die Idee?«

»Warum wollen Sie es verkaufen? Jetzt? Warum haben Sie es nicht vermietet all die Jahre?« Schon wieder beantwortete sie eine Frage nicht. Misstrauisch kniff er die Augen zusammen.

»Was geht Sie das an?«

»In erster Linie bin ich mitgekommen, um Tanja eine Freude zu machen.« Sie machte eine Handbewegung zum Au to. »Ihre Tochter scheint sehr an diesem Ort zu hängen, obwohl sie viel zu klein gewesen sein dürfte, um klare Erinnerungen zu haben.« Sie stieß sich vom Zaun ab. »Aber sie erinnert sich. An vieles. Nur nicht an ihre Mutter.«

»Wir haben kein Bild von Christina.« Unter ihrem Blick stieg ihm die Hitze ins Gesicht. »Sie ... Christina war sehr fotoscheu.«

»Nicht einmal ein Hochzeitsfoto? Sie waren doch verheiratet, oder? Das glaube ich Ihnen nicht.«

»Es qualmt nicht mehr so viel. Lassen wir Tanja aussteigen.«

Die Schröder griff nach seinem Arm und hielt ihn zurück. »Ich habe also recht. Aber Sie möchten nicht mit mir darüber reden.« Sie presste die Lippen zusammen; dann ließ sie ihn los. »Es geht mich wohl nichts an. Aber manchmal denke ich ... Ihre Tochter wirkt oft so verloren.«

Er ließ sie stehen und ging zum Auto zurück, um Tanja die Tür zu öffnen. »Ich glaube, Onkel Bernward hat jetzt genug Feuer gelegt. Aber in den Garten sollten wir heute vielleicht doch nicht gehen.«

»Und meine Schaukel?«

»Die siehst du auch von der Terrasse aus. Inzwischen ist sie doch viel zu klein für dich. Du kannst damit nicht mehr schaukeln.«

Tanja zog einen Flunsch. »Dann hätten wir früher hierherkommen sollen.«

»Ja, Maus.« Er drehte sich zu der Lehrerin um. »Willst du Frau Schröder nun das Haus zeigen oder nicht?«

Sofort rannte Tanja zu ihr und packte sie an der Hand. Gemeinsam liefen sie Mark voraus über die Straße. Bernward ging ihnen entgegen und öffnete die Gartenpforte. Tanja begrüßte ihn, indem sie ihre Hände reckte und sich von ihm auf den Arm nehmen ließ. Nachdem er sie zwei Mal im Kreis herumgewirbelt hatte, setzte er sie sanft wieder ab. Dann begrüßte er die Lehrerin, die ihm ein so strahlendes Lächeln schenkte, dass Mark den Kopf schüttelte.

»Ich bin Lenora.«

Mark nahm Tanja an der Hand. »Bernward, wie viel Arbeit ist es noch?«

»Mir reicht es für heute.«

Amüsiert beobachtete Mark den Blickwechsel zwischen Bernward und der Lehrerin. Er schielte auf ihre Finger, aber Tanja hatte Frau Schröders rechte Hand wieder fest im Griff, sodass er nicht sah, ob sie einen Ring trug.

Einen Moment zögerte er, die Lehrerin mit Tanja allein zu lassen. Aber da sie praktisch gesagt hatte, sie wolle das Haus gar nicht kaufen, zog er es vor, Bernward zu helfen.

»Deine Nachbarn sind reizend, Du solltest sie als Verkaufsargument bringen.« Bernward grinste breit und schwang sich einen der Rechen über die Schulter. »Die gehören nicht zu der Sorte grüner Witwen, die ihre Tage am Fenster verbringen.«

»Wie kommst du darauf?«

»Ich habe nach den Katzen gefragt. Frau Wimmer sagt, hier gebe es seit Jahren keine mehr. Viel zu viele Hunde.«

Aus einem Fenster im ersten Stock schallte Tanjas Lachen; automatisch drehte Mark sich danach um.

»Diese Lehrerin scheint einen Narren an dem Mädchen gefressen zu haben.« Bernward zwinkerte. »Mindestens.«

»Kleine Mädchen brauchen Vorbilder; und Mutter ist schon arg alt.«

In Tanjas Gelächter mischte sich das melodiöse Lachen der Lehrerin; Bernward blickte nun auch nach oben. »Ich weiß nicht.« Er reichte Mark den Rechen. »Wenn wir uns beeilen, könnten wir noch einen Haufen verbrennen. Eh einer der Nachbarn auf den Gedanken kommt, es würde ihn doch stören.«

Mark deutete nach oben zum Fenster. »Der Qualm zieht aber ins Haus.«

»Jetzt rechen wir jedenfalls das restliche Grünzeug zusammen.«

Mark wusste schon nicht mehr, was er mit seinem Einwand bezweckt hatte und machte sich an die Arbeit. Das Lachen der Lehrerin, das immer wieder aus dem Fenster drang, riss ihn ein paar Mal aus seinem Brüten. Schließlich warf er den Rechen hin. »Ich frage mich, was die beiden so lange dort oben machen.«

»Lass sie doch. Sie scheint eine ganz patente Frau zu sein.«

»Sie ist eine ganz neugierige Person«, fauchte Mark. Überrascht sah Bernward auf. »Dir scheint sie wohl zu gefallen«, setzte Mark daraufhin nach.

»Wovor hast du Angst, Bruderherz?« Bernward setzte sich auf die Terrassenstufen und holte sein Tabakpäckchen aus der Hemdtasche. Bedächtig drehte er sich eine Zigarette, während Mark verbissen weiterarbeitete.

Eine halbe Stunde später hatten sie auf der Asche vom Nachmittag den zweiten Berg an Baumschnitt und Unkraut zusammengeschoben und so übereinander gehäuft, dass die Äste genug Luft ließen, um für Zug zu sorgen. Mark rollte den Gartenschlauch wieder aus, um das Feuer zu bewachen.

»Ich sag ihnen, dass sie die Fenster schließen sollen.« Bernward warf Mark sein Feuerzeug zu und lief nach vorn.

Mark wartete darauf, dass das Fenster geschlossen wurde, um den Haufen anzuzünden. Er würde noch erbärmlicher qualmen als der erste; dieses ganze Gestrüpp war viel zu feucht, um vernünftig zu brennen.

Gleich darauf hörte er auch Bernward lachen. Während Mark immer noch darauf wartete, dass sie das Fenster schlossen, legte sich der Ärger bleischwer auf seine Brust. Schließlich stieß er mit dem Fuß heftig die Werkzeuge beiseite, die neben dem Trampelpfad lagen, und ging selbst ins Haus.

Leise stieg er die Treppe hoch. Die drei standen in Tanjas Zimmer vor der Wickelkommode. Winzige Babyklamotten waren über den Teppich und über Tanjas altes Bett verstreut. Bernward mühte sich gerade, dem kaputten Hampelmann den Arm mit neuen Bändeln wieder zu befestigen.

»Bernward?«

Bernward drehte sich um und drückte Tanja den Hampelmann in die Hand. »Ich komme.« Er nickte Frau Schröder zu und schloss das Fenster.

»Euer Haus gefällt mir gut«, sagte sie zu Tanja, als Mark sich zum Gehen wandte.

»Dann kaufst du es, ja?«

Tanjas Eifer tat Mark weh; er hasste es, wenn man ihr

falsche Hoffnungen machte. Umso größer wäre anschließend die Enttäuschung. Er schritt ein, bevor Frau Schröder Tanjas Frage beantworten konnte. »Wir müssen bald nach Hause, Maus. Onkel Bernward wird auf das Feuer aufpassen.«

»Ich kann gerne noch eine Weile mit Tanja hierbleiben, wenn Sie keine Zeit mehr haben.« Und das sagte sie, obwohl sie begriffen zu haben schien, dass er das Mädchen nicht hierhaben wollte?

»Das Abendessen wartet. Und dann muss Tanja ins Bett.« Mark zeigte ihr so gut wie möglich seine Ungeduld, ohne gleichzeitig Tanjas Widerspruchsgeist zu wecken. Er legte Tanja den Arm um die Schultern. »Komm Schatz.« Im Hinausgehen wandte er sich nach der Schröder um. »Bernward wird hier aufräumen. Kommen Sie mit uns mit oder wollen Sie den Bus nehmen?«

Frau Schröder lachte leise. »Ich wohne ganz in der Nähe.«

Tanja blieb abrupt stehen. Sie schob Marks Arm weg und ging zurück. »Wenn du hier in der Nähe schon wohnst, warum willst du dann unser Haus kaufen?«

Mark wartete mit zusammengekniffenen Augen darauf, welche Erklärung der Frau einfiele.

»Eben weil ich jetzt schon in der Nähe wohne. Es gefällt mir hier.«

Tanja würde sich damit nicht abspeisen lassen; erwartungsvoll verzog Mark seinen rechten Mundwinkel zu einem Schmunzeln. Frau Schröder schien es zu bemerken, denn sie lächelte ihm zu.

»Ich wohne dort nicht allein; das gefällt mir nicht mehr.«

»Bist du denn gerne allein? Ich nicht.«

»Manchmal.«

»Wenn ich allein bin, habe ich Angst.« Tanja lief zu

Mark zurück und hängte sich an seinen Arm. »Deswegen bin ich immer bei Papa.«

Er drückte sie an sich und streichelte ihre Wange. »Du brauchst keine Angst zu haben, Maus. Nie.« Sie verzog den Mund zu ihrem Schippchen; gleich würde sie widersprechen. Schnell gab er ihr einen Kuss auf die Stirn. »Komm jetzt.«

Tanja wand sich aus seiner Umarmung und hob winkend die Hand; dann nahm sie seine. Frau Schröder blickte ihn mit dem Hampelmann in der Hand an und er schüttelte den Kopf. Sie sollte nicht wagen zu fragen, wovor Tanja Angst hätte.

Bernward schnitt die Rose, die neben der Gartenpforte stand. »Ab morgen kann dein Makler kommen, mit wem er will. Oder hast du ihn nicht mehr nötig?« Er deutete mit der Schere nach oben.

Mark schüttelte wieder den Kopf. »Ich werde den Vertrag heute Abend unterschreiben.«

»Ich glaube nicht, dass er einen Käufer für dich hat.« Er kratzte sich mit der Schere den Hinterkopf. »Von privat zu privat wäre bestimmt unkomplizierter.«

»Ich könnte noch eine Anzeige aufgeben.«

»Papa, wen willst du anzeigen? Hat jemand Oma Ella etwas getan?«

Mark und Bernward sahen sich über ihren Kopf hinweg an; beiden verschlug es für einen Moment den Atem.

»Deiner Oma tut niemand etwas zuleide. Das lassen wir nicht zu«, antwortete Bernward. »Was du nur für Ideen hast ...«

Manchmal fürchtete sich Mark vor dem, was in Tanjas Gedächtnis seine Spuren hinterlassen hatte.

»Eine Anzeige aufgeben ist etwas anderes«, sagte er schnell, um zu verhindern, dass das Thema vertieft wurde. Je mehr sie redeten, umso mehr würde Tanja sich erinnern. Womöglich erzählte sie dieser Schröder dann etwas. »Es bedeutet, etwas in die Zeitung schreiben lassen und dafür ein Geld zu bezahlen.«

Als er mit ihr ins Auto stieg, kam die Schröder aus dem Haus und blieb bei Bernward stehen. Vielleicht hätte er ihm sagen müssen, dass die Schröder nicht erfahren sollte, was hier geschehen war. Aber seine Bemerkung vom Nachmittag, dass er sie für zu neugierig hielt, war hoffentlich Warnung genug.

Er hörte kaum auf Tanjas Geplauder und reagierte einsilbig. Zu Hause in der Garage weigerte sie sich dann auszusteigen.

Nachdem alles Zureden und Bitten nicht half, gab er schließlich auf. »Schlaf halt im Auto. Es wird bestimmt gemütlich.«

Er schlug die Tür zu und ging zum Fahrstuhl. Aber er tat, als müsse er auf ihn warten. Eine halbe Minute später schlug eine Autotür laut zu und dann klapperten Tanjas Sandalen über den Beton.

Sie rannte. Mark drehte sich um und ging in die Hocke, um sie aufzufangen. »Da bist du ja«, rief er ihr entgegen.

Sie schmiegte sich an ihn. »Papa, lass mich nicht allein.«

»Ich?« Er gab ihr einen Kuss auf die Stirn. »Du wolltest mich doch alleine den Fahrstuhl fahren lassen.«

Sie stiegen Hand in Hand ein. »Warum wolltest du nicht aussteigen?«

»Warum hast du Frau Schröder allein gelassen und nicht nach Hause gefahren?«

»Sie ist doch gar nicht allein; Bernward ist auch noch da.«

»Meinst du, er passt auf, dass sie gut nach Hause kommt?«

»Bestimmt. Wenn du morgen in die Schule gehst, wird sie da sein.«

Nachdem er ihr das noch drei Mal versichert hatte, glättete sich endlich die Furche zwischen ihren Augenbrauen.

Später am Abend, als Tanja schon schlief, kam Bernward. Während Ella das Essen für ihn aufwärmte, setzte sich Mark mit ihm ins Wohnzimmer und sie lasen gemeinsam die Unterlagen des Maklers.

Als sich Bernwards Gesicht immer mehr verfinsterte, sagte Mark: »Wenn es einfach wäre, bräuchte ich keinen Makler.«

»Aber selbst wenn er es besser verkaufen kann als du: Was er zusätzlich herausholt, geht für seine Provision wieder drauf.«

»Wenn ich eine Anzeige aufgebe, muss ich mich selbst um alles kümmern. Mit jedem Interessenten hinfahren.«

»War das so schlimm jetzt?«

Mark ging zum Wohnzimmerschrank und holte zwei Gläser und die Cognacflasche heraus. Bernward hob abwehrend die Hand.

Mark grinste. »Mutter sagt bestimmt nicht Nein.«

»Die hat es auch nicht weit bis ins Bett.«

»Wozu sage ich nicht Nein?« Ella tauchte mit einem Teller Eintopf auf. Vorsichtig setzte sie ihn auf der Anrichte neben der Tür ab und half den beiden, die Papiere zusammenzuräumen, die sie auf dem Couchtisch ausgebreitet hatten. Dann tauschte der Maklervertrag seinen Platz mit dem Teller.

Ella ging in die Küche zurück, holte eine Flasche Bier und stellte sie vor Bernward hin. Dann goss sie die Cognacschwenker halb voll und setzte sich in ihren Fernsehsessel. »Also, wovon habt ihr geredet?«

Bernward rührte im Teller herum, beugte sich tiefer und sortierte den Inhalt. »Das sind ja Erbsen.«

Mark lachte. »Keiner von uns wird sich noch einmal ändern. Du mäkelst über Erbsen; Mutter platzt vor Neugier ...«

»Und du?« Sie reichte ihm ein Glas. »Du ersäufst deine Probleme?«

»Wann habe ich das je getan!« Er langte nach der Flasche und schüttete den Cognac aus seinem Glas vorsichtig zurück. »Das habe ich nicht nötig. Weder jetzt noch andermal.«

»So hast du nicht immer gedacht.« Bernward sprach mit vollem Mund, als sei es bloß eine beiläufige Bemerkung.

»Warum sagst du das? Habe ich nicht immer getan, was ich konnte?« Auch dann, wenn er mal zu viel getrunken hatte: Wenn er mit Kunden zusammensaß, konnte er sich dem Alkohol nicht immer entziehen. Trotzdem – für Tanja war er immer da gewesen.

Bernward senkte den Löffel in den Eintopf; dann sah er sie beide an. »Was du tun konntest. Sicher. Aber einmal war das nicht genug.«

»Könnt ihr die alten Geschichten nicht ruhen lassen? Christinas Mutter wird nicht lebendig davon, dass ihr streitet.«

»Niemand hätte es verhindern können.« Mark schenkte sich nun doch wieder ein und er goss das Glas voll bis zum Rand. Aber er trank es nur halb aus; hustend setzte er es wieder ab und rieb sich mit beiden Fäusten die tränenden Augen. »Ich kann mich gar nicht besaufen.« Er hustete mit geschlossenem Mund weiter.

»Du hättest merken müssen, dass Christina von Sinnen war.«

Mark stockte der Atem; dann warf er das halbvolle Glas nach Bernward. Ella schrie zornig auf, während Bernward zur Seite wich.

Die hellbraune Flüssigkeit ergoss sich zum größten Teil über den Tisch; Spritzer landeten auf dem Teppichboden. Der Cognacschwenker knallte ins Bücherregal über dem Sofa.

»Mark!« Ella stand auf und langte mit beiden Händen nach Bernward, damit er nicht aufspringen konnte. »Willst du dich schlagen wie ein kleiner Junge?«

Bernward grinste bloß. »Du hast recht. Wir ändern uns nicht mehr.«

Mark setzte sich kerzengerade hin. »Es tut mir leid. Mir sind die Pferde durchgegangen. Ich bringe es in Ordnung.« Zwar lohnte es nicht einmal den Versuch, die Spritzer aus dem Teppichboden zu entfernen; der war längst verwohnt. Aber Ella würde es versuchen; das musste er verhindern.

Bernward hörte auf zu grinsen. »Ich kann es ab. So lange es dir nur mit mir passiert.«

Mark stand auf und lief zwei Mal hin und her; dann ging er zum Fenster und zog den Tabak aus seiner Hemdtasche. Mit zitternden Fingern drehte er sich eine Zigarette. »Verstehst du endlich, dass ich mich nicht mit dem Haus befassen kann?« Er starrte nach draußen; sein Blick schweifte ziellos von einem Ende der Straße zum anderen. »Ich gehe eine rauchen.«

Er verließ das Wohnzimmer und setzte sich auf den Balkon vor der Küche. Seine Hände bebten immer noch, als er die Zigarette anzündete.

Er hatte sie halb aufgeraucht, als Bernward mit der Bierflasche in der Hand zu ihm nach draußen kam.

Bernward stellte sich ans Geländer und blickte in den Himmel. »Diese Schröder scheint eine nette Frau zu sein.« Er drehte sich um. »Ihr scheint viel an Tanja zu liegen.«

Mark sah ihn nur an; Bernward nahm einen Schluck aus seiner Flasche. »Vielleicht, weil sie selber keine Kinder hat.«

»Es ist schließlich ihr Beruf.« Mark warf die glimmende Kippe übers Geländer. Das hatte er am Vorabend auch schon getan. Wenn ihm das zur Gewohnheit wurde, gab es bald eine eklige Sammlung dort unten.

Nicht gut für Tanja und die anderen Kinder, die dort zu spielen pflegten. Er würde sie am Morgen auflesen, bevor er ins Büro fuhr. Nachdem er den Wohnzimmerboden mit Teppichschaum bearbeitet hatte. Er seufzte.

Bernward trank aus, holte sich eine neue Flasche und brachte eine zweite für Mark mit. »Aufmachen?«

Mark nickte; dann stießen sie mit den Flaschen an.

»Woher weißt du das?«

Bernward setzte die Flasche ab. »Was?«

»Dass die Schröder keine Kinder hat.«

»Sie hat es mir erzählt, als ich sie nach Hause begleitet habe.« So wie Bernward das sagte, klang es, als sei es die größte Selbstverständlichkeit der Welt, dass die Schröder ihm von ihrem Privatleben erzählte. »Wir haben zusammen weiter aufgeräumt; und dann habe ich sie natürlich noch zu einem Kaffee eingeladen.«

Mark musterte Bernward einen Moment von der Seite; dann schmunzelte er wider Willen. »Ihr habt euch miteinander bekannt gemacht.«

»Sie lebt in Scheidung, hat sie gesagt.«

»Wie ich gesagt habe: Wir ändern uns nicht mehr.«

Bernward lachte schallend. »Gleich beschweren sich die Nachbarn, dass wir so laut sind.« Er setzte sich neben Mark auf die Bank. »Du denkst, ich habe ihr den Hof gemacht.« Er schüttelte den Kopf. »Es war eher umgekehrt. Oder auch nicht: Sie hat sich wohl mehr für Tanja interessiert als für mich.« Er stülpte seine Unterlippe vor und in diesem Augenblick glich er Tanja. Noch eine Geste, die sie gemeinsam hatten. »Leider.«

Mark stellte seine Flasche ans Geländer; eigentlich wollte er gar nichts mehr trinken. »Und du hast bereitwillig Auskunft gegeben.«

»Was hältst du von mir?« Bernward sah ihn mitleidig

an. »Sie wollte wissen, was aus Christina geworden ist. Und ich, ob sie das Haus nun kaufen will oder nicht. Vermutlich hat sie sich genauso belauert gefühlt wie ich mich.«

»Ich weiß schon, dass sie es nicht kaufen will.« Er deutete vage in Richtung Wohnzimmer. »Andernfalls hätte ich den Maklervertrag gleich fortgeworfen.«

»Andernfalls hätte ich dir gleich gesagt, dass wir uns damit nicht befassen müssen.« Bernward stand auf und ging in die Küche zurück. »Auch noch eins?«

»Bring lieber eine Cola.«

Bernward reichte ihm eine Büchse und blieb mit der Flasche in der Tür stehen. »Willst du es nicht doch erstmal mit einer Anzeige versuchen? Ich könnte mich darum kümmern, wenn es dir so graust.«

Mark drehte den Verschluss seiner Büchse hin und her statt gleich zu öffnen. Als er ihn dann anhob, brach er ab. »Mist!« Er stand auf und holte sich eine andere Cola aus dem Kühlschrank, die er ordnungsgemäß öffnete.

Bernward setzte sich inzwischen wortlos auf die Bank. Er streckte die Beine von sich und legte die Ellenbogen auf die Rückenlehne. Mark trank die Cola aus und setzte sich schließlich neben ihn. Er legte die Füße aufs Geländer und beobachtete, wie ein Stern nach dem anderen über ihnen auftauchte.

»Also schön. Ich versuche es erst einmal mit einer Anzeige.«

»Du hast es doch nicht auf einmal eilig, oder?«

Mark seufzte. »Es ist kein Zustand. Das Haus verfällt, wenn es nicht bewohnt wird.«

»Wenn es dir darum geht – warum vermietest du es dann nicht?«

»Ich will nichts mehr damit zu tun haben. Es wird Zeit, das ganze Kapitel endgültig abzuschließen.« Er drehte sich zu

Bernward um. »Außerdem könnte ich mit dem Geld ein anderes kaufen. Tanja — es wäre viel schöner, wenn sie anders aufwachsen könnte.«

»Sicher. Aber du könntest es trotzdem fürs Erste vermieten. Ein paar Märker würde das auch bringen.«

»Ich will mich nicht damit befassen müssen«, wiederholte Mark mit Nachdruck. »Hast du es immer noch nicht begriffen?« Er stand auf. »Ich gehe schlafen.«

»Du kannst dieses Kapitel nie abschließen«, rief Bernward ihm hinterher. »Tanja wird dich immer an Christina erinnern.«

4

Noch vor dem Frühstück beendete Mark seinen halbherzigen Versuch mit dem Teppichboden, ging hinunter und las seine Kippen zusammen. Der Hausmeister beobachtete ihn mit gerunzelter Stirn, aber er winkte ihm fröhlich zu.

Als Tanja vor der Vorschule ausgestiegen war, kam Frau Schröder auf einem Motorroller angefahren. Er sah ziemlich altmodisch aus und war es gewiss auch. Zudem knatterte der Auspuff; er war bestimmt lauter als zulässig.

Sie hielt neben Marks Auto und begrüßte ihn, eine Hand auf seine halb heruntergekurbelte Fensterscheibe gestützt.

Er deutete mit einer Kopfbewegung auf ihr Fahrzeug. »Aus welchem Museum haben Sie denn das Teil geklaut?«

Sie lachte. »Andere Leute fahren Autos als Oldtimer. Ich habe es von meinem Vater. Er traut sich nicht mehr zu, im Stadtverkehr zu fahren.«

Er ließ den Motor an. »Ich muss weiter.«

Sie nahm ihre Hand nicht weg. »Ich rufe Sie an – wegen dem Haus.« Sie musste ihm seine Verblüffung ansehen, denn sie grinste. »Nein, ich habe es mir nicht anders überlegt. Ich kann es mir wohl kaum leisten. Nicht ohne Weiteres. Aber vielleicht könnte ich es vorübergehend mieten?« Sie nahm die Hand von der Scheibe und lenkte den Roller Richtung Schultor.

Mark starrte ihr mit gerunzelter Stirn hinterher. War das Bernwards oder ihre Idee gewesen? Unwillkürlich fragte er sich, warum Bernward sich dermaßen für diese Frau interessierte.

Er fuhr zur Lokalzeitung, um seine Anzeige aufzugeben.

Die junge Frau im Anzeigenbüro gab ihm einen Vordruck mit Buchstabenkästchen in zehn Reihen, setzte sich dann wieder an ihren Schreibtisch hinter dem Tresen und füllte weiter irgendwelche Listen aus.

Mark trug erst die persönlichen Daten ein, dann begann er den Text zu schreiben. »So viel Platz brauche ich nicht.«

Sie sah auf. »Es kostet zeilenweise.«

Mark klickte die Kugelschreibermine rein und raus. Er konnte schlecht in einer einzigen Anzeige sowohl Verkauf wie Miete anbieten. »Haben Sie zufällig die Zeitung von heute da?«

Sie stand auf und griff unter den Tresen. »Einsfünfzig.«

»Sind da Immobilienanzeigen drin? Ich wollte eigentlich nur gucken, was man so schreibt.«

»Das weiß ich nicht. Wollen Sie die Zeitung nun haben oder nicht?« Es schien für sie keine Frage zu sein, dass er sie kaufen musste; also legte er ihr das Geld hin.

Schnell blätterte er sie durch. Fünf winzige Anzeigen fand er unter den Immobilien – und alles waren Makleranzeigen. Eine davon hatte Heuer reinsetzen lassen.

Nachdenklich spielte er weiter mit dem Kugelschreiber. »Könnten Sie mir einen neuen Vordruck geben?«

Sie gab ihm nicht nur ein neues Formular, sondern auch ein leeres Blatt Papier. »Zum Üben.« Das amüsierte Lächeln blieb auf ihrem Gesicht stehen, als sie an ihre Arbeit zurückging. Plötzlich fand er sie nicht mehr so unfreundlich.

»Wollen Sie mit mir essen gehen?«

»Wie bitte?«

»Oder ein Haus mieten?«

Sie lachte auf und Mark schrieb seine Anzeige als Mietangebot. Um den Verkauf sollte sich der Makler kümmern;

aber in der Zwischenzeit brauchte es wirklich nicht länger leer stehen. Für ein vermietetes Haus bekäme er zwar weniger, aber er hätte jemanden, der sich um das Anwesen kümmerte. Er konnte schlecht alle halbe Jahre Bernward zu einer Groß-aktion im Garten bitten.

Bernward und die Schröder würden sich wundern. Für einen Augenblick wunderte er sich selber – über seine eigene gehässige Schadenfreude. Bernward hatte wohl recht; solange er immer wieder etwas auf diese kleinliche Weise austrug, war das Kapitel nicht abgeschlossen.

Doch dann zögerte er, die Anzeige abzugeben; vielleicht wäre eine Verkaufsanzeige doch besser. Er wusste einfach nicht, was sinnvoll war. Aber was würde diese Anzeigenverkäuferin von ihm halten, wenn er noch ein Formular bräuchte?

Er starrte ihr Profil mit der leicht aufwärts gebogenen Nase an, bis sie sich umwandte. »Fertig?« Sie lächelte wieder und er nickte, ohne weiter nachzudenken.

Sie drehte das Formular um, sodass sie es lesen konnte, und zählte die Zeilen. »Angefangene Zeilen zählen voll. Sie könnten noch etwas dazuschreiben. Wenn Sie die üblichen Abkürzungen verwenden.«

»Ich wüsste nicht, was.«

Sie begann zu lesen. »Das klingt wirklich nett.« Sie trommelte mit zwei Fingern auf den Tresen, dann sah sie ihn an. »Könnte ich es mir vielleicht ansehen?« Es klang schüchtern. »Sie würden sich vielleicht das Geld für die Anzeige sparen. Und den ganzen Aufwand.«

»Dann wollen Sie tatsächlich ein Haus mieten?«

»Bei dem Preis.« Sie tippte auf die Stelle im Formular, wo er seine Mietvorstellung hingeschrieben hatte. »Für eine Wohnung in guter Lage bezahle ich auch nicht weniger.«

Also war er zu billig. Doch nun war es wohl nicht mehr

zu ändern; nicht dieser Frau gegenüber. Das überzeugte ihn endgültig davon, dass er den Verkauf dem Makler überlassen sollte.

»Wollen Sie mit mir essen gehen?« Er lächelte sie an. »Ich heiße Mark Schreiber.«

Sie tippte wieder auf das Formular. »Ich kann lesen.«

Ihm wurde heiß; für einen Moment fürchtete er, rot zu werden. Schnell lenkte er ab. »Ich zeige Ihnen das Haus, auch wenn Sie nicht mit mir essen gehen.«

Sie lachte schon wieder. Anscheinend war sie ein Mensch, der allem eine heitere Seite abgewinnen konnte. »Ich habe es nicht als Erpressung aufgefasst. Sagen Sie mir, wann.«

Er konnte der Versuchung nicht widerstehen. »Essen oder Haus?«

»Beides.« Ihre Antwort klang so kühl, als würde sie jede Essenseinladung annehmen und nichts Besonderes daran finden.

Das war ein bisschen enttäuschend; aber er lud sie dennoch ein und vereinbarte die Besichtigung für den späten Nachmittag. An der Tür drehte er sich noch einmal um. »Wie heißen Sie eigentlich?«

Sie tippte mit einem breiten Grinsen auf das Schild auf ihrem Schreibtisch. »Iris Kannert« stand dort drauf.

»Wer lesen kann ...«, murmelte er und ergriff die Flucht. Wenn er sich dermaßen blamierte, brauchte er sich nicht zu wundern, dass sie seine Einladung wie ein Geschäftsessen behandelte. Dabei war sie nicht einmal besonders hübsch mit ihren rotbraunen Haaren und dem zu schmallippigen Mund, der so gar nicht zu ihrem ständigen Lachen zu passen schien.

5

Als Mark am Nachmittag Tanja abholte, beichtete er ihr als
Erstes, dass er sie gleich nach Hause bringen musste, weil sich
jemand das Haus ansehen wollte. Um sie von einem Einwand
abzuhalten, ließ er sich des Langen und Breiten über Ellas
Pläne für Spielplatz und Eisdiele aus.

Aber sie ließ sich nicht ablenken – er hatte es geahnt.
»Du willst es wieder jemandem zeigen? Aber warum denn?«

»Weil deine Lehrerin mir gesagt hat, sie hätte nicht genug Geld, um es zu kaufen.«

»Dann bist du zu teuer, Papa. Frau Schröder ist nicht
irgendwer; du musst ihr einen ... Rapatt geben.«

»Rabatt, nicht Rapatt. So viel Rabatt kann ich gar nicht
geben. Wir brauchen das Geld doch, um uns ein anderes
Haus zu kaufen.«

»Ein neues Haus? Weißt du schon, welches?« Tanja
packte eifrig seine Hand. »Wie groß ist es?«

Der Streit, den er schon am Horizont gesehen hatte,
war abgewendet; Mark blies erleichtert die Luft aus.

»Gibt es dort eine Schaukel, die nicht zu klein für mich
ist? Werde ich dort auch wieder eine Mami haben?« Tanja fand
kein Ende mit ihren Fragen, bis sie schließlich im Auto saß.

Er gab ihr einen Kuss und schnallte sie an. »Eins nach
dem anderen, Maus.«

Während er dann anfuhr, sagte er: »Wie wäre es, wenn
wir unser neues Haus zusammen suchen?«

»Warum brauchen wir überhaupt ein neues? Warum
behalten wir eigentlich nicht unser altes?«

Mark schluckte. Tanjas Gedankengänge führten sie geradezu instinktiv zu Fragen, die er ihr nicht beantworten durfte.

Auf der Suche nach einer Entgegnung tat er, als müsse er sich auf den Verkehr konzentrieren. Ganz überflüssigerweise wechselte er auf die linke Spur, um die Sache kompliziert zu machen.

»Müssen wir nicht rechts abbiegen?«, tönte Tanja von hinten.

»Ich glaube, da steht ein Lieferwagen auf der Fahrspur.«

Kurz vor der Kreuzung bremste er ab, setzte den Blinker und wartete darauf, sich wieder nach rechts einfädeln zu können.

Als er mit seinem Manöver fertig war, hatte er auch eine Antwort für Tanja. »Warum wir unser altes Haus nicht behalten? Du trägst doch auch nicht ewig deine alten Kleider, sondern wir kaufen immer wieder neue.«

»Weil sie zu klein geworden sind. Ist das Haus auch zu klein geworden?«

»Oma Ella und ich wachsen nicht mehr und kaufen trotzdem immer wieder neue Kleider.«

»Weil sie zu alt geworden sind.«

»Eben!«

Das schien ihr fürs Erste einzuleuchten, denn sie hörte auf zu fragen. Wer brachte eigentlich den Kindern bei, die Erwachsenen so zu löchern?

Aber als er in die Straße zu ihrer Hochhaussiedlung abbog, schlug Tanja auf die Lehne seines Sitzes. »Doch nicht hierher, Papa!«

Er wagte nicht, ihr einen Blick zuzuwerfen. »Oma Ella wartet zu Hause auf dich, nicht in der Eisdiele.«

»Können wir sie nicht anrufen?« Sie deutete zum Straßenrand. »Da ist eine Telefonzelle.«

Er hatte es befürchtet; jetzt war er sicher: Tanja wollte nicht mit Ella irgendwohin. Dennoch gab er sich ahnungslos. »Das ist nicht nett, ihr so viel Mühe zu machen statt sie abzuholen.«

»Du sollst ihr sagen, dass wir erst später kommen. Ich will in keine Eisdiele. Ich will wissen, wem du unser Haus zeigst.« Tanja hatte ihre Arme verschränkt und das Kinn gereckt.

Wozu? Das fragte er lieber nicht. Eine aufmüpfige Tanja war ihm lieber als eine weinerliche. Aber es bedeutete wohl, dass er sie auch zum Essen mitnehmen musste, wenn er ein Drama vermeiden wollte.

Er parkte neben der Telefonzelle und rief Ella an.

Iris wartete schon. Anstatt des Hosenanzugs trug sie jetzt ein geblümtes Sommerkleid, das knapp über ihren Knien endete, und einen ausladenden Strohhut. Von weitem sah sie aus wie eine Halbwüchsige. Sie stand neben einem kleinen Renault und ging ein paar Schritte auf sie zu, als er parkte. Dann drehte sie aber wieder um und nahm eine weiße Strickjacke aus dem Auto, die sie sich über die bloßen Schultern hängte.

Tanja musterte sie mit halb zusammengekniffenen Augen. Dann rümpfte sie die Nase. »Sie sieht aus wie eine feine Dame.«

»Heute früh sah sie ganz anders aus.« Mark stieg aus und öffnete Tanja die Tür. »Sie hat sich wohl extra für uns hübsch gemacht. Ist doch nett, oder?«

Tanja rümpfte noch einmal die Nase, bevor sie von ihrem Sitz rutschte. »Frau Schröder zieht sich nie so an.« Wenn das Tanjas Maßstab war, würde Iris es schwer haben an diesem Abend.

Er war im Begriff, Tanjas Anwesenheit zu rechtfertigen, aber bevor er den Mund aufmachen konnte, ging Iris in die Hocke und breitete ihre Arme aus.

Tanja sah zu Mark und dann wieder zu Iris. Sie ging langsam auf sie zu und schnupperte. »Du riechst wie Oma Ella; die hat auch so ein Parfüm.«

Iris schmunzelte. »Tatsächlich?« Sie streckte ihre Arme noch ein bisschen weiter aus und Tanja lehnte sich bereitwillig hinein. »Ich bin Iris. Und du?«

»Tanja.« Sie machte eine großartige Geste zur Gartenpforte. »Das ist unser Haus.«

Mark trat näher. Als sich Iris wieder erhob, Tanja an der Hand, konnte er der Versuchung nicht widerstehen und schnupperte ebenfalls. »Mutters Parfüme riechen tatsächlich ähnlich.«

Iris hatte nur ein knappes Lächeln für ihn, dann wandte sie sich wieder an Tanja. »Zeigst du mir alles?«

Tanja nickte ernsthaft, drehte sich zu ihm um und streckte die freie Hand aus. »Ich schließe auf.« Sie drückte aber schon die Klinke der Gartenpforte herunter, während Mark noch seine Schlüssel sortierte. »Das Gartentor kann ich nämlich schon. Auch wenn ich gar nicht geübt habe. Onkel Bernward hat es mir gezeigt.«

Wann war das denn gewesen? Mark hob die Augen zum Himmel.

Tanja griff mit beiden Händen zu und drehte den altmodisch großen Schlüssel mit einem angestrengten Ächzen; dann hatte sie geöffnet und lief ihnen voraus zur Haustür. Dort drehte sie sich um: »Oder willst du zuerst den Garten angucken?«

Mark streckte eine Hand aus, um sie aufzuhalten, als sie die Stufen wieder herunterlief. »Den Garten können wir auch vom Wohnzimmer aus anschauen.« Er schob sie die Stufen wieder hoch. Schnell schloss er auf und hielt sie dabei weiter fest, damit sie nicht auf den Gedanken kam, sich selbständig zu machen. Hoffentlich sah es für Iris nicht nach Zwang aus.

Mit einem Kuss aufs Haar zog er Tanja ins Haus; dann wandte er sich an Iris. »Es ist allerdings voll möbliert. Ob das ein Vorteil ist?«

Sie trat ein und deutete auf die Tür linker Hand. »Was ist hier?«

Er öffnete. »Die Küche.«

Sie blieb in der Tür stehen und musterte Schränke und Haushaltsgeräte. »Alles da. Und in besserem Zustand als meine alte Küche.« Das erinnerte ihn daran, dass er den Kühlschrank reinigen musste.

Durch das Glas der Wohnzimmertür fielen helle Lichtreflexe in den Flur, die sich bewegten. Tanja bückte sich und patschte auf den größten.

»Willst du die Sonne einfangen?« Iris ging in die Hocke und patschte auf den Sonnenfleck neben dem von Tanja.

Tanja kicherte. »Du bist albern.« Sie richtete sich auf und erklärte mit gewichtiger Miene: »Die Sonne kann man nicht fangen. Das weiß sogar ich schon.«

Iris zog die Augenbrauen hoch; dann lachte sie. Sie ging ins Wohnzimmer und sah sich um.

Zwei der Sofakissen lagen unter dem Tisch; die Kerzen aus dem Halter lagen auf der Anrichte neben der Terrassentür und waren ein Stück heruntergebrannt.

Mark schüttelte vorwurfsvoll den Kopf. »Aber Tanja. Ihr habt gestern ja ein mächtiges Durcheinander gemacht.«

»Was?«, rief Tanja vom Flur und zwängte sich dann neben ihm durch die Tür. »Im Wohnzimmer waren wir gar nicht.«

Das konnte nicht wahr sein, denn Tanja hatte nach ihrer Schaukel gucken wollen und das ging am besten von der Terrasse. Mark biss sich auf die Lippen, um sie nicht anzufahren wegen ihrer Lüge. Er würde es mit ihr besprechen, wenn sie alleine waren. »Erinnerst du dich auch ganz richtig?«

»Aber Papa! In meinem alten Kinderzimmer hatten wir doch viel mehr Spaß, Frau Schröder und ich.« Ihm fiel ein, wie schnell er die beiden von dort oben gehört hatte, und wurde unsicher.

»Und die Schaukel konnte ich auch von meinem Fenster angucken!« Tanja klang jetzt triumphierend; sie hatte wohl verstanden, worauf er hinausgewollt hatte. Nun war er vollends froh, dass er sie nicht gleich abgekanzelt hatte.

»Was ist denn mit deiner Schaukel?«, fragte Iris.

»Papa hat sie gebaut. Es ist die aller-aller-allerschönste Schaukel von der Welt. Aber jetzt bin ich zu groß dafür, sagt er.« Sie lief an die Fensterfront und Iris folgte ihr.

»Ich fürchte, dein Papa hat recht«, murmelte sie; gerade laut genug, dass er sie hören konnte.

Aber er hatte nicht einmal den Nerv, sich darüber zu freuen, dass sie ihn unterstützte. Er setzte sich auf das dreisitzige Sofa. Bernward war am Abend mit der Schröder allein hier gewesen. Wenn die beiden sich bei Kerzenschein ... Warum eigentlich nicht? Zu Bernward würde es sehr wohl passen. Aber warum lagen die Kerzen jetzt auf der Anrichte? Er bückte sich und hob die Kissen unter dem Tisch auf.

»Hat Frau Schröder heute eigentlich etwas Besonderes zu dir gesagt?«

Tanja erklärte Iris weiter, was sie am Vortag an Gartenarbeit gemacht hatten.

Mark lachte. »So doll viel hast du aber nicht geholfen.«

Sie drehte sich um und verzog den Mund zu ihrem vertrauten Schippchen. »Du hast mich ja nicht gelassen.«

Da konnte er nicht unverfänglich widersprechen. »Du musstest doch Frau Schröder das Haus zeigen.«

Tanja strahlte. »Das habe ich gut gemacht, oder?« Er kommentierte lieber nicht, dass sie eben abgestritten hatte, im Wohnzimmer gewesen zu sein.

Sie fasste Iris an der Hand und zog sie zur Tür. »Und jetzt zeige ich es dir.«

Während die beiden an ihm vorbeigingen, fragte Mark noch einmal, was die Schröder gesagt hätte.

Tanja zog die Schultern hoch. »Nichts Besonderes. Das Haus gefällt ihr.«

»Ich glaube, mir auch«, hakte Iris so schnell ein, dass es ihr offensichtlich wichtig war, keinen Zweifel aufkommen zu lassen. Er blieb sitzen, während sie mit Tanja nach oben ging.

Wenn die Schröder das Haus mietete, würde sich gewiss Bernward um alles kümmern. Aber wenn er Iris als Mieterin nahm, wäre es eher zweifelhaft. Frauen wie sie übersah Bernward grundsätzlich. Für seinen Geschmack war sie zu dünn und zu unscheinbar. Ihr schien nichts daran zu liegen, mehr aus sich zu machen.

Mark stellte sich vor, wie die Haare ihr Gesicht umrahmen würden, wenn sie sie länger trug. Ein bräunliches Rouge, um ihre hohen Wangenknochen zu betonen; dunkelblaue Mascara, um die Augen zum Leuchten zu bringen. Christina hatte es ihm einmal erklärt – und demonstriert. Einst, als sie glücklich verliebt gewesen waren. Er wollte nicht daran erinnert werden!

Er kontrollierte die Terrassentür; sie war verschlossen. Vorsichtshalber ließ er auch die Jalousie herunter. Er sah sich noch einmal um und entdeckte hinter einem Sessel ein weiteres Kissen. Kopfschüttelnd hob er es auf; dann machte er sich auf den Weg nach oben.

Auf halber Treppe kam ihm Tanja entgegen; sie hatte einen ehemals weißen Bären in der Hand und streckte ihn Mark entgegen. »Noch etwas vergessen.« Sie sprang die zwei Stufen bis zu ihm mit einem Satz hinunter. »Der ist nicht zu klein.«

»Aber zu schmutzig.« Vor allem aber war er ein Geschenk von Christinas Mutter gewesen. Sie mussten ihn in der Kommode übersehen haben.

»Man kann ihn problemlos waschen«, rief Iris von oben. »Mit Haarshampoo zum Beispiel.« Sie tauchte am Treppenpodest auf und beugte sich über das Geländer. »Es war meine Idee. Tut mir leid, wenn ich etwas falsch gemacht habe.«

»Schon gut.« Mark nahm Tanja den Bären ab. eEs würde ihm schon etwas einfallen, dass sie ihn wieder vergaß. »Gehen wir? Der Koch wartet.«

Er ließ Iris und Tanja vorausgehen und schloss die Haustür zwei Mal ab. Das Fenster im Badezimmer hatte er allerdings nicht kontrolliert; dort könnte wohl jemand einsteigen. Aber es war eigentlich egal; hier gab es nichts zu klauen.

Bevor er die Gartenpforte abschloss, über die doch jeder hinüberklettern konnte, öffnete er von Weitem das Auto. »Steig ein.«

»Ich fahre mit Iris.«

»Steig ein – sie hat keinen Kindersitz.«

Tanja murrte, aber Iris führte sie zu Marks Auto und öffnete ihr mit einer ausholenden Handbewegung die Tür. Dann verbeugte sie sich großartig. »Bitte sehr, mein Fräulein.«

Mark wartete, bis Iris losfuhr. Dann öffnete er den Kofferraum und legte den Bär hinein. Als er anfuhr, fragte Tanja prompt danach und er wimmelte sie ab.

6

Das Restaurant war im Stil einer altdeutschen Bauernstube eingerichtet; Herzen in die Stuhllehnen geschnitzt und Tischdecken mit weiß-blauen Rauten gemustert. Und das Essen war schlicht und sehr deutsch. Ella liebte es, weil sie selber genauso kochte und Mark kam manchmal mit Tanja her, weil es die Art Essen gab, die sie von zu Hause gewohnt war.

Plötzlich fragte er sich, warum er sie wirklich mitgenommen hatte. Weil er vor seiner eigenen Kühnheit erschrocken war? Er hätte ihren unvermeidlichen Protest einfach ignorieren können. Ella hätte sich um sie gekümmert und bis zum Morgen wäre Tanjas schlechte Laune vorbei gewesen.

Iris besprach mit Tanja die Speisekarte und sie diskutierten das Für und Wider der einzelnen Gerichte. Sie legte eine Engelsgeduld an den Tag; nicht einen Augenblick wirkte sie, als wolle sie Tanjas gewundenen Gedankengängen nicht mehr folgen.

Schließlich entschied Tanja, was Iris essen sollte – was ihrer Meinung nach Iris schmecken musste, weil es ihr auch schmeckte. »Du hast bestimmt niemanden, der für dich kocht. Jetzt musst du dich satt essen.«

Iris gluckste. »Ich bin schon groß. Ich kann für mich selber kochen.«

Tanjas Blick ging zu Mark. »Papa ist auch groß und kann trotzdem nicht kochen. Deswegen wohnen wir bei Oma Ella.«

Iris lachte schallend; so laut, dass sich die Gäste an den

Nachbartischen umdrehten. Mark zog den Kopf ein, als er die Blicke bemerkte; dann gab er sich Mühe, in das Lachen der beiden einzustimmen.

Iris runzelte die Stirn – sie glaubte ihm dieses Lachen nicht.

Er fürchtete, sie könnte wissen wollen, warum sie wirklich bei Ella wohnten, und fragte schnell, was sie trinken wollte. Dann stand er auf, um den Kellner an den Tisch zu holen. Dabei hatte er das Gefühl, sie sähe ihm mit immer noch gerunzelter Stirn hinterher.

In seiner Hast übersah er eine Hundeleine, die ein Dackel zwischen Herrchen und Nachbartisch gespannt hatte, wo er um Hühnerknochen bettelte.

Mark stolperte und brachte bei dem Versuch, einen Sturz zu vermeiden, eine Hand auf den Tisch des Hundehalters. Als er dabei das Tischtuch verschob, rutschte der Teller mit der Suppe zur Seite. Der Hundehalter griff zu spät zu und die Suppe floss zu Boden. Sofort stürzte sich der Dackel mit einem Quietschlaut darauf und die Leine wickelte sich vollends um Marks Beine.

Mark fluchte, aber jetzt hatte er die volle Aufmerksamkeit des Kellners; und nicht nur seine, sondern auch die der Wirtin hinter dem Tresen. Sie zog ein Handtuch hervor und wedelte auffordernd damit in der Luft. Aber Mark hing fest und bückte sich erst einmal nach der Leine, um sich davon zu befreien.

Dann stand Tanja neben ihm. »Aber Papa!«

Iris kam mit dem Handtuch der Wirtin, musterte ihn kurz und gab es dann dem Hundehalter, der einen Teil der Suppe auf seinem Schoß hatte.

Der Mann blickte zwischen ihnen hin und her, dann auf seine ruinierte Hose. Er packte den Dackel im Nacken. »Ich habe es mir wohl selbst zuzuschreiben.«

Während sie auf das Essen warteten, unterhielt Tanja sie unermüdlich mit Anekdoten aus der Vorschule; sonst wäre diese Viertelstunde wohl ziemlich einsilbig verlaufen. Mark wusste nicht recht, worüber er sich in Tanjas Beisein mit Iris unterhalten sollte.

Beim Hauptgang hakte Iris schließlich nach. »Reden Sie immer so wenig?«

»Nur wenn meine Tochter dabei ist.« Er lächelte gezwungen. »Ich hoffe, Sie langweilen sich nicht allzu sehr.«

Iris legte ihm die Hand auf den Arm. »Aber nein. Ich hatte schon lange keinen so vergnüglichen Abend.« Hoffentlich meinte sie damit nicht das Malheur mit dem Dackel.

Dann ließ sie sich vielleicht doch nicht von jedem einladen – oder wurde selten eingeladen. Ihre Blicke trafen sich und er stellte überrascht fest, dass sich in ihren Augen ein warmes Licht entzündet hatte. Dies sah nicht nach Spott aus – sie meinte es ernst.

Jetzt wusste er erst recht nicht mehr, was er sagen sollte und stotterte ein »Dann ist ja gut« heraus.

»Ich habe begriffen, dass Sie noch eine andere Interessentin haben. Warum wollten Sie dann überhaupt eine Anzeige aufgeben?«

Darauf hatte er keine Antwort, die in Tanjas Beisein getaugt hätte. Weil er der Schröder misstraute. Er schüttelte unwillkürlich den Kopf.

»Papa, wegen mir brauchst du nicht nachzudenken. Ich bin auch mit Iris einverstanden.« Tanja warf der jungen Frau einen leuchtenden Blick zu.

»Also bist du diejenige, die das entscheidet? Und ich habe die Prüfung bestanden?« Sie sah Mark wieder an. »Herr Schreiber, ich würde das Haus gerne mieten. Es gefällt mir gut. Allerdings – wenn Sie es in Wahrheit verkaufen wollen ...« Sie senkte den Blick.

Enttäuschung kroch in ihm hoch. »So schnell verkauft sich ein Haus auch wieder nicht.«

»Trotzdem – wegen einem Jahr oder so ist mir der Aufwand zu groß. Es bleibt ja nicht beim Umzug selber; ich muss dann erneut auf Suche gehen.« Sie presste die Mundwinkel zusammen. »Ich weiß mit meiner Zeit etwas Besseres anzufangen.«

»Schade«, sagte Tanja.

Und Mark dachte dasselbe. Krampfhaft überlegte er, womit er sie überzeugen könnte.

Sie schien ihm seine Enttäuschung anzusehen, denn sie hob ihr Glas und trank ihm zu. »Aber ein schöner Abend ist es.« Es klang, als wollte sie sagen, es müsse nicht der letzte sein. »Es wird sicher nicht an mir hängen, ob Sie ihr Haus vermieten können oder nicht; Sie haben doch noch die andere Interessentin.«

Er gab ein so unwilliges Grunzen von sich, dass sie hell auflachte. Während sie ihr Schnitzel von den Pilzen befreite und klein schnitt, schielte sie aus den Augenwinkeln mehrmals zu ihm. Mark manschte genau wie Tanja die gekochten Kartoffeln zu einem Brei mit Sauce. Iris wirkte amüsiert.

Tanja nahm dann das Messer in die linke Hand und zerrte damit an ihrem Fleisch herum. Bevor das Schnitzel vom Teller rutschte, hielt Iris es mit ihrer eigenen Gabel fest. »Langsam!«

»Ich will aber essen wie ihr«, maulte Tanja und bohrte weiter mit der Messerspitze im Fleisch herum.

»Bist du Linkshänderin? – Nein? Dann nimm das Messer in die andere Hand.« Iris nahm ihr das Besteck weg und hielt es ihr richtig hin. »Und halte das Messer flach, während du schneidest. An der Spitze hat es keine Säge. Und ...« Von ihrem Hals aus stieg leichte Röte in ihr Gesicht. sie blickte zu Mark. »Entschuldigen Sie.«

Er grinste. »Wir sollten öfter zusammen essen gehen; dann hätte sie es bald gelernt. Meine Mutter nimmt ihr die Arbeit immer ab.«

Sie schenkte Tanja das Wasserglas voll und schnitt sich selber ein Stück von ihrem Fleisch ab. Zwischendurch blickte sie mit gerunzelter Stirn zu Mark. Was kam wohl als Nächstes?

»Und warum bringen Sie es ihr nicht bei?«

»Tanja isst zu oft mit meiner Mutter allein.«

»Und darum lässt sich Ihre Mutter das Heft nicht aus der Hand nehmen.« Sie grinste ihn über das Weinglas hinweg an. »Meine ist auch so. Dass ich inzwischen erwachsen bin, hat sie noch nicht gemerkt.«

»Ella ist meine Oma«, verkündete Tanja so laut, dass es durchs halbe Restaurant schallte. »Ich habe keine Mutter.«

Erschrocken ob der Blicke um sie herum zog Mark unwillkürlich wieder den Kopf zwischen die Schultern.

»Du armes Kind«, sagte eine ältere Frau am Nachbartisch. Sie streckte eine Hand aus und strich Tanja über den Kopf. Dann lächelte sie Iris zu. »Aber manchmal reicht auch eine Ersatzmutter. Wenn sie so nett ist wie ...« Sie lächelte noch mehr, was freundlich gemeint war.

Mark schickte ein Gebet zum Himmel, dass sie nicht fragte, wo Tanjas Mutter war. Schnell sagte er zu der Frau: »Oder wie Sie.«

Sie blickte etwas verunsichert. Iris prostete ihr zu und sie griff deshalb gleichfalls zu ihrem Glas. Auch Mark hob das seine, trank es aus und goss sofort wieder nach.

Er hielt Iris die Flasche vor die Nase. »Mehr?« Um beschäftigt zu wirken, winkte er vorsichtshalber auch noch dem Kellner; der würde sich wie zuvor zwischen die beiden Tische stellen.

Die alte Dame wandte sich wieder ihrem eigenen Tisch

zu und sagte etwas zu dem Mann ihr gegenüber. Hoffentlich waren sie sie nun los. Und hoffentlich vergaß Tanja die Frau gleich wieder.

Iris begann, ihr Gemüse hin und her zu schieben und aß nur noch ein paar Bissen. Währenddessen ging ihr Blick immer wieder zwischen Mark und Tanja hin und her.

Tanja hatte ihren Teller mit der Aussage »Genug« in die Mitte des Tisches geschoben und zog ihre Füße hoch auf die Sitzfläche, während sie den Kellner mit Luchsaugen verfolgte. Sie wartete natürlich auf ihren Nachtisch.

Mark winkte dem Kellner noch einmal, diesmal die leere Flasche hoch erhoben. Immerhin; das verstand er und kam gleich darauf mit einer neuen Flasche und Tanjas Schokoladentorte.

»Eine ganze Flasche ist zu viel.« Iris winkte ab. »Lieber einen offenen Wein.«

»Der ist aber nicht dasselbe.« Der Kellner drehte die Flasche in der Hand, unschlüssig, ob er sie öffnen sollte.

»Wir brauchen sie nicht leer zu trinken.« Mark lächelte Iris zu. »Die Wirtin hebt sie fürs nächste Mal auf – falls wir bald wiederkommen.«

Iris lachte ihr helles Lachen. »Ach so.« Das Grübchen in ihrem rechten Mundwinkel zeigte, dass sie sich bestens amüsierte. »Mit Speck fängt man Mäuse.«

»In einem Restaurant darf es keine Mäuse geben«, sagte Tanja mit größter Ernsthaftigkeit. Dann griff sie nach dem Arm des Kellners. »Nicht wahr? Und dann würden wir auch nicht mehr herkommen.«

Der Kellner setzte seine allergewichtigste Miene auf, sodass Iris allein bei dem Anblick schon wieder lachte. Für einen kurzen Moment grinste der Kellner, dann hatte er seine Miene wieder im Griff. Er nickte Tanja zu. »Sehr richtig, junge Dame!«

Tanja klatschte in die Hände. »Er hat mich ›junge Dame‹ genannt. Habt ihr das gehört?«

»Ja, Maus.« Der Wein war ein guter Grund für ein neues Treffen mit Iris. »Wir könnten am Wochenende den Rest der Flasche trinken.«

Sie schüttelte den Kopf.

»Wenn wir länger warten, wird der Wein schlecht.«

»Soll ich sie nun öffnen?«

Mark biss sich verunsichert auf die Unterlippe, aber da sagte Iris schon: »Machen Sie nur.« Sie sah Tanja fragend an. »Wie wäre es stattdessen schon mit Freitag?«

Freitags hatte Tanja ihren Flötenunterricht; er zögerte. Das würde zu viel für sie.

Tanja verstand ihn wohl. »Essen müssen wir doch sowieso.«

Umwerfende Logik! Iris lachte wieder.

»Und was wird Oma dazu sagen?«

Tanja krumpelte die Nase. »Sie wird es überleben.«

Mark zuckte zusammen. Iris sah es wohl, denn sie runzelte schon wieder die Stirn. Hastig trank er sein Glas leer und hätte dem Kellner die Flasche am liebsten aus der Hand gerissen, bevor er sie auf den Tisch stellen konnte.

Er lächelte zaghaft. »Freitag um fünf? Dann ist Tanjas Kurs zu Ende.«

Aber obwohl sie den Tag selbst vorgeschlagen hatte, sagte Iris nicht zu. »Rufen Sie mich am Freitag an. Oder kommen Sie vorbei. Sie müssen ja noch die Anzeige bezahlen, falls Sie sie aufgeben wollen.« Hatte sie die etwa aufgehoben?

Sie stand auf und räumte in ihrer Handtasche herum. Schließlich zog sie den Autoschlüssel hervor. »Aber ich fürchte, viele werden so denken wie ich.«

Mark seufzte. »Vielleicht gibt es jemanden, der dringend eine neue Bleibe braucht.« Er wusste auch schon, wer; und das gefiel ihm nicht besonders.

Er hatte erwartet, dass Iris ihm ihre Telefonnummer gab. Aber während er dann die Rechnung bezahlte, sagte sie nur, er könne sie vormittags in der Zeitung erreichen.

Schon wieder etwas, was seine Neugierde weckte. Was mochte sie nachmittags tun?

Tanja war inzwischen so müde, dass sie den Kopf auf den Tisch gelegt hatte und schnarchte. Von ihr bekam er jetzt keine Unterstützung mehr.

Vorsichtig schob er ihren Stuhl zurück; sie grunzte und streckte abwehrend eine Hand aus. »Maus, auf geht's.« Er nahm sie auf den Arm und sie gingen nach draußen. Es war neblig geworden und die Feuchtigkeit ließ ihn frösteln. »In meiner rechten Hosentasche ist der Autoschlüssel. Wenn Sie ...?«

Iris griff ohne Scheu in seine Tasche; die Wärme ihrer Hand drang durch den dünnen Stoff. »Haben Sie gesehen, wo ich parke?«, fragte er ganz überflüssigerweise, um sich von ihrer Nähe abzulenken.

Iris lief zu dem Parkplatz voraus, der dem Restaurant gehörte, aber nirgendwo blinkten die gelben Lichter auf, als sie auf den Schlüssel drückte.

»Weiter, ja?« Sie drehte sich zwei Mal nach ihnen um und versicherte sich, dass sie auf dem richtigen Weg war. Dann war sie nahe genug an seinem Auto, um es zu öffnen. »Der alte Renault hat solchen Luxus nicht.«

Iris öffnete die rückwärtige Tür, damit er Tanja hineinsetzen konnte. Dann steckte sie den Schlüssel wieder in seine Tasche; ihre Hand war jetzt merklich kühler.

Er hatte die schlafende Tanja auf dem Arm und konnte sich nicht rühren. Bevor ihm noch etwas einfiel zu sagen, verschwand sie im Dunst.

7

Als Mark am nächsten Abend nach Hause kam, hörte er schon an der Eingangstür die leicht schrille Stimme der Schröder und Tanjas Glucksen. Er tauschte seine Straßenschuhe gegen Pantoffeln und brachte den Aktenkoffer ins Schlafzimmer. Das gab ihm Zeit, sich zu überlegen, was er davon halten sollte.

Bernward und die Schröder saßen in der Küche, während Ella das Abendessen vorbereitete. Tanja war bei der Schröder auf dem Schoß. Mark hätte sie am liebsten heruntergezerrt.

Er lehnte sich gegen den Türrahmen und wartete, bis er seinen Zorn im Griff hatte. »Die Vorschule scheint nicht lange genug zu dauern.« Er streckte die Arme nach Tanja aus.

Sofort sprang sie vom Schoß der Schröder und kuschelte sich an ihn; er ging in die Hocke und küsste sie auf die Stirn. »War das ein schöner Tag, Maus?« Tanja schlang ihre Arme um seinen Hals und machte eine Bewegung, die er als Nicken deuten konnte.

»Als Oma Ella mich abgeholt hat, war plötzlich auch Onkel Bernward da. Ich habe mich schon gewundert, aber dann wollte er gar nicht mich abholen, sondern Frau Schröder.«

»Und darum seid ihr jetzt alle hier?« Mark blickte über Tanjas Schulter und versuchte, in Ellas Gesicht zu lesen, was sie dachte. Ihre Miene war undurchdringlich – und das hieß, sie war nicht begeistert.

Sollte es noch einen Zweifel geben, räumte sie ihn mit ihrem hektischen Wirtschaften endgültig aus. Er löste Tanjas

Arme von seinem Nacken und richtete sich auf. »Kann ich dir helfen, Mutter?«

Sie schnaubte. »Wenn mir mal jemand sagen täte, wie viele wir zum Abendessen sind.«

Die Schröder strich ihren Rock glatt und erhob sich, um auch die Rückseite gerade zu ziehen. »Herr Schreiber, Ihr Haus gefällt mir sehr. Aber von meinem mageren Gehalt als Lehrerin kann ich mir keine Hypotheken leisten. Und ich kann in keiner Weise abschätzen, wie ich nach der Scheidung finanziell dastehe. – Ich meine ...« Sie blickte Bernward an. »Das Haus, das ich mit meinem Noch-Ehemann bewohne, gehört uns gemeinsam. Aber ich kann Herbert kaum zwingen, es zu verkaufen. Außerdem ist es noch nicht abbezahlt.« Sie nestelte weiter an ihrem längst glatt sitzenden Rock herum.

Mark nahm Ella den schweren Kartoffelsack ab und stellte ihn mitten auf den Tisch. »Bernward, bleibst du zum Essen?«

Bernward blickte zur Schröder. »Also, eigentlich nein. Eigentlich habe ich heute Abend schon etwas anderes vor.«

»Dann ist ja gut.« Bernward merkte vermutlich nicht, dass er es sarkastisch meinte. »Morgen vielleicht? Damit Mutter Gesellschaft hat? Da sind nämlich Tanja und ich wieder auswärts essen.«

»Schon wieder?« Ella nahm einen Salatkopf aus dem Kühlschrank und hielt ihn Tanja vor die Nase. »Den oder Tomaten?«

»Wirklich? Oja.« Tanja hüpfte begeistert auf und ab. Die Salat-Frage schien sie ausnahmsweise nicht zu interessieren.

»Herr Schreiber, Bernward – Ihr Bruder sagte, Sie könnten sich auch vorstellen, das Haus zu vermieten.«

Mark zuckte die Achseln. »Sicher – warum nicht? Es hat lange genug leer gestanden. Aber jedem Mieter muss klar sein, dass er vielleicht sehr schnell wieder ausziehen muss. Sowie der Makler einen Käufer gefunden hat.« Er holte das Schälmesser aus der Schublade. »Es ist also nur für jemanden, der dringend etwas sucht und in Kauf nimmt, gleich wieder auszuziehen.«

»Ist das denn erlaubt?« In Bernwards Stimme schwang ein empörter Unterton mit.

»Ja sicher. Ich fasse den Mietvertrag entsprechend ab. Ist umso einfacher, da ich es möbliert vermieten würde.«

Bernward lief rot an. Also hatte er sich schon weiter hineingehängt, als er vermutet hatte.

»Ich würde es ja kaufen; gerne ja«, ging die Schröder dazwischen. »Aber im Moment weiß ich halt nicht ...« Ihre Stimme wurde leiser und Mark verstand nicht, was sie zum Schluss noch murmelte.

Er setzte sich an den Tisch und fing an zu schälen. Die Hartnäckigkeit dieser Frau begann ihn zu ärgern. Aber er bemühte sich, daran zu denken, dass es ihr gutes Recht war. Und er hatte keinen vernünftigen Grund, sie abzulehnen.

Tanja stellte sich neben ihn, fischte Kartoffeln aus dem Sack und reihte eine nach der anderen vor ihm auf dem Tisch auf. Er zog sie an sich. »Dankeschön.« Er brauchte nicht einmal eifersüchtig zu sein, falls die Schröder dort einzog.

»Ich verstehe schon ...« Er hob kurz den Blick von den Kartoffeln und bemühte sich um ein freundliches Lächeln. »Mir wäre es natürlich am liebsten, mit so wenig Aufwand wie möglich auszukommen. Wenngleich Bernward sich angeboten hat ...« Er ließ die Worte verklingen und schälte weiter. Nachdem er die nächste Kartoffel in die Schüssel geworfen hatte, sah er die Schröder wieder an. »Vielleicht reden Sie mal mit Ihrer Bank? Oder Ihrem Scheidungsanwalt? Und dann sehen wir weiter?« Dafür würde sie sicher ein paar Tage brauchen. Dann fiel ihm noch etwas ein. »Haben Sie sich denn schon viele Häuser angeschaut?«

Sie schüttelte den Kopf.

»Ist es nicht ein bisschen zu groß für Sie allein?«

»Tanja hat mich überhaupt erst auf die Idee gebracht. Ich sagte Ihnen ja …« Sie blickte zu Tanja und wechselte das Argument. »Sicher ist es groß für eine Person. Aber ich habe nicht die Absicht, ewig allein zu bleiben.«

»Ach so.« Ellas trockener Ton ließ keinen Zweifel, dass sie das als Wink mit dem Zaunpfahl verstand. »Um das Ende einer Beziehung richtig zu verarbeiten«, sie unterbrach ihren Wortfluss mit einem eindrucksvollen Seufzer, »dafür braucht es aber schon seine Zeit.«

»Da mögen Sie recht haben. Aber meine Ehe endet nicht erst mit der Scheidung. Nur ziehen wir jetzt erst die Konsequenzen.« In ihrem Gesicht waren keine Gefühle zu erkennen.

Brennend gerne hätte er jetzt gewusst, warum sie sich scheiden ließ. Bernward würde es ihm wohl sagen können — falls er es wollte. Plötzlich betrachtete er ihn mit Misstrauen. Hatte der sich einwickeln lassen?

Die Schröder zupfte an ihrer Bluse herum, versuchte im Sitzen, sie im Rücken richtig in den Rock zu stecken. Diese Frau würde ihn zum Wahnsinn treiben mit ihren Ticks. Aber vielleicht war sie bloß nervös. Am liebsten hätte er das jetzt ausgenutzt, um sie endgültig zu vertreiben. Aber wenn sie auf ihn sauer wäre — das mochte er Tanja nicht antun. Also lächelte er sie weiter freundlich über den wachsenden Berg an Kartoffelschalen an. »Sie sagen mir dann einfach Bescheid, wenn Sie klarer sehen.«

»Natürlich, wir treffen uns ja jeden Morgen.« Das hatte sie wohl endlich als Verabschiedung verstanden, denn sie stand auf und strich noch einmal über ihren Rock. Die Frau hatte wirklich einen Tick.

Sie schob sich den Riemen ihrer Handtasche über die

Schulter und klopfte zur Verabschiedung auf den Tisch, als ob sie sich in einer Kneipenrunde befände.

Aber Tanja streckte ihr die schmutzige Hand entgegen. »Bis morgen, Frau Schröder.«

Die Schröder ergriff sie mit beiden Händen und drückte sie. »Gute Nacht, Tanja.«

Als sie die Küche verließ, ohne sich umzudrehen, gab Bernward endlich wieder ein Zeichen seiner mentalen Präsenz von sich. Er sprang auf und polterte mit dem Stuhl gegen die Spülmaschine.

»Aber Bernward!« Ella griff nach dem Stuhl und richtete ihn wieder auf.

Die Schröder hatte sich erschrocken umgedreht, aber dann grinste sie, wohl über Bernwards betretenes Gesicht. In Gegenwart der Schröder von Ella getadelt zu werden, da musste er sich fühlen wie ein kleiner Junge.

»Aber Mutter! Es ist doch gar nichts passiert.«

Ella zuckte die Achseln. »Hab ich was gesagt?« Ella konnte auf ihre leise Art manchmal wirklich perfide sein.

»Ich bring dich nach unten; warte.« Bernward folgte der Schröder eilig aus der Küche.

Tanja nahm ihre Hand vom Mund und prustete los. »Onkel Bernward war aber komisch eben.«

»Sag aber morgen früh nichts zu Frau Schröder; es könnte Bernward kränken.«

»Das glaube ich nicht; er weiß ja nichts davon.«

Mark runzelte die Stirn. Die verschlungenen Pfade der Erwachsenen mochte er ihr gerade nicht erklären.

Aber sie lenkte schon ein. »Wenn du meinst, Papa.« Gewiss würde sie den Besuch von Frau Schröder jedoch ausgiebig mit ihren Freundinnen durchhecheln.

Es war vielleicht ein bisschen verrückt, aber er hatte plötzlich das Gefühl, dass er Tanja als Verbündete brauchte.

Wofür aber? Er wusste ja gar nicht, was er wollte. Er wusste nur, dass er diese Schröder nicht als Mieterin haben wollte – und dass er damit Bernward in die Quere kam.

8

Gerade, als Mark am nächsten Morgen vor der Vorschule hielt, tauchte an der nächsten Kreuzung die Schröder auf ihrem Motorroller auf.

„Maus, sag mal", er drehte sich zu Tanja um, „was meinst du: Ist es egal, wer in unser altes Haus zieht? Wenn wir es sowieso nicht mehr brauchen." Wie erwartet, schob sie ihre Unterlippe vor. „Wen sollten wir lieber in unserem alten Haus wohnen lassen? Die Iris von der Zeitung oder deine Frau Schröder?"

„Sie ist nicht meine Frau Schröder", protestierte Tanja sofort. Wie gut, dass Kinder zuweilen doch berechenbar waren. „Sie ist bloß unsere Gruppenleiterin." Sie schubberte mit den Zähnen über die Unterlippe. „Aber sie ist eine ganz nette, viel netter als die von den kleinen Kindern."

„Ach ja?"

Die Ampel schaltete um und Frau Schröder fuhr über die Kreuzung. Sie hielt wieder neben dem Auto. Mark ließ das Fenster herunter.

„Guten Morgen, Tanja. Guten Morgen, Herr Schreiber."

Er gab den Gruß zurück. Aber sie sollte keine Gelegenheit haben, auf das Haus zu sprechen zu kommen. „Tanja kommt gleich. Wir haben nur noch etwas zu bereden."

Sie fuhr zum Schultor.

Mark drehte sich wieder zu Tanja um. „Also, was meinst du?"

Tanja starrte der Schröder hinterher, sie schien nachzudenken. „Muss ich das jetzt gleich sagen?"

„Nein, Maus, natürlich nicht. So etwas muss reiflich überlegt werden.“

„Gut, ich überlege. – Aber jetzt muss ich in die Schule.“

Mark stieg aus und öffnete ihr die Tür. „Heute hole ich dich ab.“

„Und dann gehen wir mit Iris wieder essen?“

Er lächelte, erfreut über ihr Interesse. „Ich hoffe es; ich habe sie noch nicht gefragt.“

Er konnte sie nicht fragen – nicht an diesem Morgen. Als er bei der Zeitung vorbeifuhr, war sie noch nicht da. Und er hatte keine Zeit zu warten. Aber die Kollegin wollte ihm auch nicht Iris’ private Nummer geben. Irrsinnigerweise begründete sie es damit, dass Iris nicht im Telefonbuch stand. Als ob er nicht eben deshalb nach ihrer Nummer fragte.

Fluchend fuhr er ins Büro

Kurz bevor die Anzeigenabteilung Mittagspause machte, fuhr er noch einmal hin. Ein junger Mann saß hinterm Tresen und Mark fragte wieder nach Iris.

„Iris?“ Er zog die Schultern hoch. „Ich kenne die Kolleginnen nicht mit Vornamen. Ich bin nur zur Aushilfe.“ Er drehte zwei Namensschilder zu sich. „Meinen Sie Frau Kannert?“

„Ja genau.“ Mark griff in seiner Jackentasche nach dem Kugelschreiber. „Können Sie mir sagen, wann ich sie hier erreichen kann?“

Der junge Mann schüttelte den Kopf. „Wenn sie heute früh nicht da war, dann hat sie entweder Spätschicht oder frei. Versuchen Sie es doch um drei noch mal. Warum rufen Sie sie nicht einfach an?“

„Weil sie nicht im Telefonbuch steht.“

„Oh!“ Der junge Mann musterte ihn so misstrauisch, als überlegte er, ob Mark ein Stalker sein könnte. Aber der teure Anzug schien ihn zu beruhigen, denn er begann zu lächeln und bat Mark um ein wenig Geduld. Er suchte in seinem Computer herum und dann gab er Mark die Telefonnummer.

Es half ihm aber nicht weiter, dass er nun ihre Telefonnummer hatte. Niemand antwortete; nicht einmal ein Anrufbeantworter.

Um drei hatte er keine Zeit und um vier musste er Tanja abholen und zu ihrer Flötenstunde bringen. In der Eile und auf dem kurzen Weg kamen sie nicht dazu, viel miteinander zu reden. Aber Tanja kündigte an, sich bald zu entscheiden .

Tanjas Unterricht dauerte nur eine halbe Stunde – zu wenig, um in der Zwischenzeit ans andere Ende der Stadt zu fahren. Mark versuchte, in der Zeitung anzurufen, kam aber nicht durch. Unter ihrer häuslichen Telefonnummer meldete sich noch immer niemand.

Er hatte vergessen zu fragen, wann die Anzeigenabteilung schloss. Im Berufsverkehr würde er mindestens eine dreiviertel Stunde brauchen. Und dann war es eigentlich schon unverschämt spät, noch zu erwarten, dass sie Zeit hätte. Sie hatte den Freitag zwar selber vorgeschlagen, aber das war doch recht halbherzig gewesen.

Tanja drängte, es trotzdem zu versuchen. „Sie hat vielleicht morgen Zeit, aber wenn wir sie heute nicht fragen, ist sie dann schon verabredet.“

Dem konnte er nicht widersprechen und er steuerte die nächste Telefonzelle an.

„Aber nein“, protestierte Tanja. „Lass uns hinfahren.“

Mark gab sich ungerührt; Ablehnungen mochte er lieber per Telefon als ins Gesicht. „Am Telefon ist es leichter, ein Gespräch zu beenden.“

„Aber warum willst du das denn? Wir reden doch mit Iris.“

Eben. Und er könnte das Telefon notfalls schnell an Tanja weitergeben. „Hast du dich inzwischen eigentlich entschieden?“

Tanja feixte. „Ist das dein Problem? Du weißt nicht, was du sagen sollst?“ Sie seufzte unüberhörbar. „Ihr Erwachsenen seid aber immer dumm.“

„Wenn du es sagst, Maus.“

„Fahr los, Papa. Sonst machen die zu, bevor wir dort sind.“

Mittlerweile hoffte er es beinahe. Aber er tat wie geheißen.

Unterwegs redete Tanja unaufhörlich; aber von allem anderen, nur nicht von der Frage, wer in ihr altes Haus einziehen sollte. Mark versuchte mehrmals einzuhaken, aber sie reagierte nicht darauf. Im Rückspiegel beobachtete er ihr Mienenspiel und nach einer Weile war er sicher, dass sie ihn absichtlich hinhielt. Wie konnte ein so kleines Kind schon so raffiniert sein; woher hatte sie das bloß!

Der Verkehr staute sich wieder einmal noch mehr als er erwartet hatte. Schließlich suchte er sich einen Parkplatz neben einer Telefonzelle und hielt an. Als Tanja ihre Unterlippe vorschob, sagte er schnell: „Mindestens sollten wir wissen, wann die zumachen.“

„Und was hast du davon, wenn du es weißt?“

„Dann können wir gleich umdrehen, statt hier noch ewig im Stau zu stehen.“ Er blickte auf die Uhr am Armaturenbrett: kurz nach fünf schon. Wenn jetzt noch jemand da wäre, wäre auch um halb sechs noch offen. Eigentlich sagte er gerade nicht die ganze Wahrheit. Bis um halb sechs sollten sie es allemal schaffen.

Natürlich folgte Tanja ihm in die Telefonzelle ... Er holte tief Luft und wählte die Nummer der Anzeigenabteilung. Zu seiner Überraschung meldete sich Iris.

Er vergaß, seinen Namen zu nennen und zu grüßen. „Um wie viel Uhr schließen Sie?“

„Um halb sechs.“ Ihre Stimme klang kalt, wie ein Ansagedienst. Galt das ihm?

Mark holte noch einmal tief Luft. „Das passt genau. Wir holen Sie ab." Bevor sie antworten konnte, legte er auf.

Tanja lachte. „Das hast du schlau gemacht, Papa. Nun muss sie mit uns essen gehen. Sie kann ja nicht weg."

Bei der Vorstellung musste auch Mark lachen. Und er mochte ihr die Hoffnung auch nicht nehmen; er hoffte ja gleichfalls, dass Iris mit diesem Überfall einverstanden wäre.

Als sie schließlich vor der Zeitung ankamen, war es fast halb sechs. Mark fuhr langsam vorbei und blickte sich nach allen Seiten um: kein Parkplatz in Sicht. Mussten um die Zeit nicht ein paar Leute nach Hause fahren? Er wendete an der nächsten Kreuzung und fuhr langsam zurück.

Direkt vor dem Verlagsgebäude hielt er an. „Dort ist es." Er deutete zu der Tür in der Glasfassade. „Meinst du, du könntest schon mal alleine hineingehen, während ich einen Parkplatz suche? Traust du dich?"

„Ist dort Iris?"

Mark nickte. Dann stach ihm ein Motorroller ins Auge, der, halb von zwei parkenden Autos verborgen, fast vor der Tür am Rand des Bürgersteigs parkte.

„Vielleicht nicht nur Iris." Das hätte ihm gerade noch gefehlt. Er deutete auf den Motorroller. „Ist das nicht das Ding von Frau Schröder?"

Tanja verzog den Mund. „Woher soll ich das wissen! Die sehen doch alle genauso aus."

„Aber solche alten gibt es nur noch ganz selten."

Tanja zog ein Schippchen. Sofort tat es ihm leid, dass er sie so abgebügelt hatte.

„Mädchen und Technik?" Er schmunzelte, langte mit dem Arm nach hinten und streichelte sie am Bein. „Magst du nun aussteigen oder nicht?"

Was sie brummte, klang nach Ja. Schnell stieg er aus und öffnete ihr die Tür. Bevor er weiterfuhr, wartete er, bis sie richtig hinter der Glastür verschwunden war. Dann hatte er Glück: Vier Autos vor ihm wurde ein Parkplatz frei.

Während er einparkte, behielt er im Augenwinkel die Glastür im Blick. Wenn dieser Roller tatsächlich der Schröder gehörte, wo war dann sie? Kein Mensch parkte sein Zweirad weit entfernt von seinem Ziel. Und die Front des Verlagshauses war mindestens fünfzig Meter lang. An der Kreuzung gab es einen Supermarkt, ein Stück weiter zurück einen Friseur. Um dorthin zu gehen, gab es keinen Grund, vor der Anzeigenabteilung zu parken.

Mark lauschte dem klickenden Geräusch, das die Uhr auf der Armatur jede Sekunde von sich gab. Zwei Minuten bis halb. Wenn er so täte, als hätte er seinen Parkplatz nicht gleich gefunden? Vielleicht verschwand die Schröder um halb sechs und er musste ihr nicht über den Weg laufen.

Er starrte auf die Tür, dann wieder auf die Uhr. Er machte sich Illusionen; Tanja würde sie in Beschlag nehmen und aufhalten, falls die Schröder es nicht brandeilig hätte. Und das hätte sie gewiss nicht mehr in dem Augenblick, in dem sie feststellte, dass Tanja Iris kannte. Diese neugierige Ziege.

Er suchte in der Jackentasche ein paar Münzen für die Parkuhr zusammen und stieg dann mit einem Seufzer aus. Wenigstens war er vorgewarnt.

Von der nahen Kirche schlug es halb, als er seine Münzen in die Parkuhr steckte. Ob Iris die Schröder zum Gehen nötigen würde, obwohl sie Tanjas Lehrerin war? Mark schüttelte den Kopf; Iris würde überhaupt niemanden mit Verweis auf die Schließungszeit hinauswerfen, sondern kundenfreundlich mit ihrem Feierabend warten.

Er machte sich auf alles nur Erdenkliche gefasst, während er auf die Anzeigenabteilung zuging. Falls Tanja die zwei als

Konkurrentinnen enttarnt hatte, würden sie sich vielleicht in den Haaren liegen wie zwei kriegerische Zicken.

Oder sie würden auf ihn lauern, sich vereint auf ihn stürzen und des Verrats und Betrugs bezichtigen. Der Heimtücke.

Dann würde er Tanja schnappen und mit ihr das Weite suchen. Und sie bräuchte sich nicht mehr zu entscheiden, welche der beiden ihr lieber wäre.

Drinnen war es dunkler als draußen und er spiegelte sich in der Scheibe. Iris war nicht zu sehen; die Schröder stand vor Tanja, zu ihr hinuntergebeugt. Damit konnte er gar nichts anfangen.

Mark stieß die Tür auf. Im gleichen Augenblick kam Iris durch die gegenüberliegende Tür in den Schalterraum zurück, ihre weiße Strickjacke über dem Arm. Reflexhaft lächelte er ihr entgegen.

Sie hatte an diesem Tag eine Seite des halblangen Haars mit einem Perlmuttkamm hochgesteckt, was ihrem Gesicht eine exotische Note verlieh.

»Papa, du hattest recht.« Tanja lief auf ihn zu und zog ihn an die Klappe, wo sich der Tresen öffnen ließ.

Im Vorbeigehen grüßte er die Schröder mit einem floskelhaften »Wie klein unsere Stadt doch ist.«

Sie nahm es gelassen auf. »... und wie viele Zeitungen sie hat.« Außer dieser gab es nur noch eine, die aber mehr ein Anzeigenblatt war.

»Ja, Mark, stellen Sie sich vor: Auch die Lehrerin Ihrer Tochter sucht eine neue Wohnung.« Das klang gar nicht verdächtig. Hatte Tanja ausnahmsweise nicht geplaudert?

»Das weiß Papa schon.«

Bevor Tanja zu viel erzählen konnte, hakte er ein. »Hat Tanja gesagt, was wir vorhaben?«

Iris gluckste. »Ich dachte es mir gleich, als Sie anriefen.« Also hatte sie seine Stimme erkannt.

In diesem Augenblick entschied er, dass er zu allen Bedingungen bereit wäre, wenn sie nur sein Haus mieten würde. Wenn er nur Tanjas Gedanken lesen könnte.

Iris ging zur Tür und steckte den Schlüssel von außen ins Schloss. »Wenn ich bitten darf?«

Mark ergriff Tanjas Hand und folgte so schnell wie möglich nach draußen. Auch die Schröder setzte sich in Bewegung. Sie blieb vor ihm stehen und sein Magen zog sich zusammen. Herr im Himmel, wenn sie jetzt wieder nachfragte!

Aber die Schröder beugte sich zu Tanja und gab ihr ein Küsschen auf die Backe. »Bis Montag, meine Kleine.« Ihm gab sie die Hand. »In ein paar Tagen erst habe ich Termine bei der Bank und mit meinem Anwalt. Ich hoffe, es hat so lange Zeit.«

In Tanjas Gegenwart mochte er nicht lügen; so hob er nur leicht die Achseln. »Wir sehen uns ja jeden Tag.«

Während die Schröder ihren Roller anwarf, wandte er sich an Iris. »Sie haben mir aber noch nicht gesagt, ob Sie einverstanden sind.« Dabei wurde ihm bewusst, dass sie ihn zuvor beim Vornamen genannt hatte.

»Klar ist sie das!«

»Ich freue mich.« In Iris' Augen schimmerte es wärmer als ihre Worte vermuten ließen.

Endlich war die Schröder weg und Mark entspannte sich. »Fahren wir wieder mit zwei Autos?«

Iris deutete den Bürgersteig hinunter. »Dort steht mein Fahrrad.«

Er sah kein Fahrrad. Ein kurzes Lächeln ging über ihr Gesicht, als habe sie seine Irritation verstanden. »Im Hof unserer Druckerei. Natürlich nicht auf der Straße.«

Sie gab Tanja einen Klaps auf die Schulter. »Wir treffen uns am Spielplatz.« Mit einem Grinsen ließ sie Mark stehen.

»Was für ein Spielplatz?«, murmelte er verspätet, aber das konnte sie nicht mehr hören.

»Papa, komm endlich.« Tanja hatte das Auto entdeckt und zerrte an ihm. »Du bist wirklich komisch heute.«

Er legte den Arm um ihre Schulter. »Gell, du hast nicht verraten, dass die Schröder auch an unserem Haus interessiert ist.«

»Wäre das besser gewesen?« Sie sah ihn schräg von der Seite an.

»Wenn es dir lieber wäre, dass sie einzieht, ja. Dann sollten wir Iris keine falschen Hoffnungen machen.« Er schloss das Auto auf und öffnete ihr die Tür.

»Ich denke eher, Iris will doch nicht.«

Enttäuschung stieg in ihm hoch. »Hat sie so etwas gesagt?«

»Jetzt nicht.« Endlich stieg sie ein.

Er schloss die Tür und ging um das Auto herum. Der Verkehr war dicht, Stoßstange an Stoßstange. Die Autos schlichen an ihm vorbei. Trotzdem wartete er, bis sie wegen der nächsten Ampel hielten, ehe er die Tür öffnete und einstieg.

»Wie kommst du darauf, dass sie das Haus nicht will?«, fragte er vorsichtshalber noch einmal.

»Hat sie beim Essen nicht gesagt, dass sie nicht dauernd umziehen will?«

Mark nickte, fädelte sich in den Verkehr ein und fragte nach dem Spielplatz.

»Steht hier drauf.« Er blickte in den Rückspiegel. Tanja zog einen Zettel aus ihrer Hosentasche und streckte ihre Hand nach vorne.

»An der Ampel. Jetzt musst du erst mal warten.«

»Und wenn wir dann falsch fahren?«

Dann könnte er es auch nicht ändern. Sie hätte ihm den Zettel auch geben können, bevor er losfuhr. An der nächsten Kreuzung musste er warten; schnell griff er nach dem Papier: Da war eine hastig hingekritzelte Zeichnung drauf und eine Ortsangabe. Und das Restaurant war eingezeichnet, dort in der Nähe also. Er hatte nicht geahnt, dass es da einen Spielplatz gab. Erstaunlich, wie gut Iris sich dort auskannte. »Wir fahren ziemlich richtig.« Er drehte sich zu Tanja um, bevor er abbog. »Es klang vorhin, als täte es dir leid, wenn Iris unser Haus nicht will.« Konnte sie nicht endlich mit ihrer Entscheidung herausrücken? Er schaute wieder scheinbar angestrengt nach vorn, auf den Verkehr konzentriert, aber war ganz Ohr, was nun folgen würde.

»Wenn jemand nicht will, kann man nichts machen.« Das klang, als versuchte sie sich einzureden, dass es eh nicht an ihr lag. Sie beugte sich vor. »Oder vielleicht doch?«

»Manchmal. Wenn man weiß, warum der andere nicht will.«

»Und wissen wir es?«

Mark rieb sich nachdenklich den Nasenrücken. »Du hast es selbst vorhin gesagt: Sie will nicht dauernd umziehen. Also müsste sie sicher sein ...«

»Sie müsste so lange wohnen dürfen, wie sie will? Das können wir doch entscheiden; es ist unser Haus.«

»Aber nicht mehr, wenn wir es verkauft haben.«

Tanja schob die Unterlippe vor und lehnte sich wieder zurück. »Sind wir bald da?«

»Gleich, Maus.«

Kurz bevor sie in die Straße mit dem Spielplatz einbogen, tauchte die emsig radelnde Iris vor ihnen auf. Tanja klatschte in die Hände. »Sie ist schneller als wir.«

»Sie wird eine Abkürzung für Fahrräder kennen.«

Als er sie fast erreicht hatte, fuhr er langsamer und ließ Tanjas Fenster ganz herunter, bevor er an ihr vorbeifuhr. Tanja beugte sich hinaus, fuchtelte mit beiden Händen und rief nach ihr. Iris blickte kurz zu ihnen und lachte Tanja an. Ihr Rad machte einen Schlenker auf sie zu und schnell konzentrierte sie sich wieder aufs Fahren.

An zwei Hochhäusern vorbei öffnete sich rechter Hand eine große Grünfläche, fast ein Park. Zwischen mächtigen Platanen standen weit auseinandergezogen ein paar Schaukeln, ein Karussell und zwei Klettergerüste. Weiter entfernt, hinter ein paar großen Büschen, leuchtete es in bunten Farben; dort gab es also noch mehr Spielgeräte. Vereinzelt standen braun gestrichene Holzbänke herum, alle belegt von Frauen jüngeren Alters.

»Hier waren wir ja noch nie«, rief Tanja.

Mark öffnete ihr die Autotür; sie rannte los. »Willst du nicht auf Iris warten«, rief er ihr hinterher. »Lauf nicht so weit!«

Er blickte die Straße hinunter; Iris bog um die Ecke. Er winkte und deutete auf den Spielplatz; dann lief er Tanja hinterher.

Sie stand vor einem pyramidenförmigen Klettergerüst, das mit beweglichen Drahtseilen ausgestattet war. Die Abstände zwischen ihnen waren seiner Meinung nach entschieden zu groß für die kleine Tanja. Er deutete zu dem zweiten, das solide aus Holz gebaut war. »Willst du nicht lieber das nehmen?«

Sie schaute nicht einmal hin. »Kenn ich schon.«

Iris schob ihr Fahrrad über die Wiese und lehnte es an die nächstgelegene Bank. Sie schwang sich auf das unterste der Drahtseile und streckte eine Hand nach Tanja aus. »Gemeinsam oder um die Wette?«

Tanja sprang hoch, um die Hand zu ergreifen, aber sie sprang zu kurz. Mark half ihr auf das unterste Seil, Iris beugte sich zur Seite und umschloss Tanjas Hand mit ihren Fingern. Tanja hielt sich mit der anderen an einem Querseil fest. Iris zog ein bisschen, während Tanja einen Fuß hob, um das nächste Seil zu erreichen. Mark schob nach und Tanja war oben, der Kopf auf gleicher Höhe wie der von Iris.

»Halt dich fest«, sagte sie und führte Tanjas Hand ans Gerüst. »Was ist mit Ihnen, Mark?«

Mark blickte sich suchend um; nirgendwo stand ein Schild mit der üblichen Altersbegrenzung. Trotzdem sagte er: »Ich fürchte, das Teil bricht zusammen, wenn es mein Gewicht ertragen muss.«

Iris grinste amüsiert und Tanja sagte: »Papa ist ein bisschen dick, weißt du. Du solltest ihn mal in der Badehose sehen.«

Unwillkürlich zog Mark den Bauch ein; gleich würde er rot werden.

Iris lachte auf. »Du solltest deinen alten Vater nicht so blamieren.«

»Papa ist nicht alt.« Tanja hob automatisch den Fuß, um zornig aufzustampfen. Aber auf dem Netz rutschte sie ab; flink griff Iris zu, damit sie nicht das Gleichgewicht verlor.

»Wenigstens etwas.« Manchmal verteidigte sie ihn doch.

Mark ging einen Schritt zurück und zog die Kamera aus der Jackentasche, um die beiden zu fotografieren.

Tanja probierte ein Spielgerät nach dem anderen aus und Iris hielt mit. Mark sah ihnen schuldbewusst zu: So spielte er nie mit Tanja; meist beschränkte er sich darauf, ihr Hilfestellungen zu geben. Oder zuzusehen.

Schließlich gelangten sie ans Ende des Spielplatzes. Dort wurde das Gelände hügelig und die Bäume standen dichter.

»Versteck spielen«, forderte Tanja.

Endlich ein Spiel, wo Mark mithalten konnte. Er blickte auf die Uhr – eine halbe Stunde hatten sie noch Zeit zum Spielen. »Einverstanden, aber lauf nicht so weit weg. Hier kennen wir uns nicht aus.«

»Aber ich.« Iris deutete nach links. »Ein paar Straßen

weiter wohne ich. Das ist mein tägliches Jogging-Gelände.«
Wieso hatte er sich das nicht denken können?

Tanja lief zu einem großen Baum und stellte sich mit dem Gesicht dicht an die Rinde. Sie begann zu zählen.

»Ist Ihre Arbeit bei der Zeitung eigentlich eine feste Stelle?«

Sie deutete auf Tanja, die inzwischen bei Zehn angekommen war. »Leise. Wir müssen uns verstecken. Schnell weg.« Sie legte ihr Fahrrad auf den Boden und verschwand im Gebüsch.

9

Später ging Mark Hand in Hand mit Tanja zum Auto zurück, während Iris zum Restaurant radelte.

Als Iris außer Sichtweite war, blieb Tanja stehen. »Können wir nicht etwas machen, dass sie doch in unser Haus einzieht? Die Frau Schröder muss das nicht tun; die sehe ich sowieso alle Tage in der Schule.«

Wenn es nur so einfach wäre. Tanja sollte sich besser keine großen Hoffnungen machen. »Aber wir können Iris doch auch sehen, wenn sie nicht in unserem alten Haus wohnt. Siehst du doch.«

Tanja runzelte die Stirn. »Da habe ich aber sehr or- orginisieren müssen.«

»Organisieren.«

»Auch gut!« Sie ließ ihn los und ging weiter; dann blieb sie wieder stehen. »Also?«

Mark schüttelte den Kopf. »Wenn ich das Haus nicht verkaufe, können wir uns kein neues leisten.«

»Warum brauchen wir überhaupt ein neues?«

»Das habe ich dir doch erklärt.«

Tanja zog einen Flunsch und rannte zum Auto, so schnell sie konnte. Er öffnete ihr von Weitem. Als er einstieg, saß sie fertig angeschnallt auf ihrem Kindersitz, immer noch mit Flunsch. Und in ihren Augen schimmerten Tränen.

»Können wir?«, fragte er, nur um irgendetwas zu sagen, während er den Motor anließ. Sie gab keine Antwort und machte auch den ganzen Weg zum Restaurant den Mund nicht auf.

Seufzend parkte er ein; Iris' Rad stand natürlich schon davor. Er hatte Tanjas Tür noch nicht richtig geöffnet, da sprang sie schon heraus und lief ins Restaurant. Er schloss ab und blieb noch einen Moment stehen, während er die Restauranttür anstarrte, als stünde dort die Lösung.

Er würde den Makler fragen, wie viel er einbüßte, wenn er das Haus als Geldanlage verkaufte, mit einer langfristigen Mieterin darin. Vorher würde er sich keine Gedanken machen.

Iris saß an einem Ecktisch am Fenster zum Garten; Tanja stand heftig mit Händen und Füßen werkend vor ihr. Iris lachte laut und ungeniert. Wenn er Bernward mit ihr außer Gefecht setzen konnte, dann würde er das wohl tun. Wieder rätselte er, warum ihm das überhaupt wichtig war.

Auch an diesem Abend blieb er lange einsilbig. Iris sah ihn zwei oder drei Mal fragend an, aber er schüttelte mit einem Lächeln den Kopf und so wandte sie sich wieder Tanja zu. Mit der Zeit hatte er das Gefühl, Tanja wollte ihm unbedingt etwas beweisen. Wenn sie wüsste, dass sie Eulen nach Athen trug.

Nachdem sie das Dessert bestellt hatten, unterbrach Mark schließlich die Albereien der beiden. »Iris, ich möchte Sie etwas fragen.«

»Warum sagt ihr denn ›Sie‹?«, platzte Tanja dazwischen. »Ihr kennt euch doch jetzt, oder?«

»Ich glaube nicht.« Iris lächelte nicht mehr und strich Tanja übers Haar. »Weißt du, Schätzchen, es dauert sehr sehr lange, bis man einen Menschen wirklich kennt.« Das klang nicht nur sehr ernsthaft; das hörte sich auch ein wenig bitter an.

Aber was wunderte es ihn eigentlich. Sie war schließlich auch keine siebzehn mehr, eher ... Er war nicht in der Lage, ihr Alter zu schätzen. »Wie alt sind Sie eigentlich?«, platzte er ohne nachzudenken heraus.

Ihr Mund blieb einen Augenblick offen stehen. Dann

beugte sie sich vor, ganz Unglauben im Gesicht. »Das wollten Sie mich fragen?«

»Bitte? Nein, natürlich nicht.« Diese Frau ließ ihn in ein Fettnäpfchen nach dem anderen treten. Er zerrte mit zwei Fingern an seinem Hemdkragen.

Iris lachte wieder. »Es braucht Ihnen trotzdem nicht gleich peinlich zu sein.«

Er zögerte. »Vielleicht ... vielleicht duzen wir uns trotzdem?« Er wagte, seinen rechten Mundwinkel zu einem Lächeln hochzuziehen. »Auch wenn wir uns nicht richtig kennen, meine ich.«

Sie streckte eine Hand aus und legte sie auf die seine. »Gerne, Mark.«

Und befangen machte sie ihn auch mit ihrer Ungezwungenheit. Wie lange war es eigentlich her, seit er das letzte Mal mit einer Frau ausgegangen war? Außer mit Christina.

Sie zog die Hand wieder zurück. »Und was wolltest du nun fragen?«

Mark griff nach seinem leeren Weinglas. »Bestellen wir noch eine Flasche?« Er lachte auf. »Nein, das wollte ich auch nicht fragen.«

Sie stimmte in sein Lachen ein und auch Tanja kicherte nach einem verständnislosen Blick eifrig mit.

»Sie wollen ... Du willst mir hoffentlich keinen Heiratsantrag machen?«, fragte Iris mit einem breiten Grinsen.

»Das nicht«, ging Tanja vorlaut wieder dazwischen. »Aber so ähnlich.«

»Tanja! Jetzt sei aber still!« Sofort bereute Mark seine harten Worte, denn wieder stiegen Tränen in ihre Augen. Er seufzte. »Gleich kommt das Eis.« Als ob er sie damit trösten könnte; er seufzte gleich noch einmal.

Iris strich ihr über die Wange. »Dein Vater hat es nicht so gemeint. Nicht weinen, Schätzchen.«

Plötzlich störte es ihn, dass sie dauernd ›Schätzchen‹ zu Tanja sagte. Er biss sich auf die Lippen, um nicht die nächste Krise heraufzubeschwören, und unterdrückte einen weiteren Seufzer.

Er suchte nach Worten für seine Frage; da hatte er eine Idee, bei der er sich ungemein raffiniert vorkam. »Tanjas Lehrerin, diese Frau Schröder, die heute bei dir im Büro war«, begann er. Tanja riss die Augen auf und wischte sich die Tränen weg, »Die sucht ein anderes Haus, weil sie sich von ihrem Mann trennen will.« Natürlich wusste Iris, dass die Schröder auf Wohnungssuche war; vielleicht war er doch nicht so pfiffig wie er dachte. Aber jetzt konnte er nicht mehr zurück.

»Jedenfalls, sie wäre auch sehr an unserem Haus interessiert. Auf jeden Fall, um es zu mieten. Vielleicht auch kaufen.«

Auf Iris' Stirn entstanden kleine Falten und Tanjas Gesicht drohte mit dem nächsten Wolkenbruch.

Er beeilte sich, zu Ende zu kommen. »Dich würden wir aber viel lieber in unserem Haus sehen.« In Tanjas Gesicht ging die Sonne auf. Immerhin.

Die kleinen Falten auf Iris' Stirn machten einer großen zwischen den Augenbrauen Platz. Sie stützte die Arme auf und rieb sich mit den Zeigefingern die Winkel zwischen Nasenwurzel und Augen.

Tanja hatte natürlich keine Geduld und sprang auf. »Iris, warum sagst du nichts dazu?«

»Weil man erst nachdenkt, bevor man redet.« Sie strich ihr übers Haar. » Was soll ich denn dazu sagen?«

Tanja verdrehte die Augen und blickte dann zu Mark. Sie grinste schelmisch. »Danke, das mache ich gern‹ vielleicht?«

Am liebsten hätte er jetzt auch die Augen verdreht.

Iris sah ihn aufmerksam an. »Mit der Aussicht, wieder

auszuziehen, sobald du das Haus verkauft hast, ist es für mich nicht attraktiv.« Ihre Stimme wurde unerwartet hart. »Ich bin keine Lückenbüßerin!«

Welches Fettnäpfchen hatte er jetzt erwischt?

»Aber nein.« Er war am Untergehen. »Das habe ich nicht vergessen. Deshalb-... Ich habe das Geld aus dem Haus die letzten drei Jahre nicht gebraucht; ich brauche es auch die nächsten drei Jahre nicht. Oder so.« Was ihn freilich in Schwierigkeiten bringen würde, wenn er selber eines suchte. Aber das war weder Hier noch Jetzt.

»Also verkaufst du es doch gar nicht?«

»Doch – eigentlich schon.« Er versuchte, an Land zu kommen. »Aber an jemanden, der es nicht selber braucht, sondern bloß sein Geld gut anlegen will.«

»Und wer garantiert dir das?«

»Eine entsprechende Klausel im Kaufvertrag, die das Recht auf Kündigung deines Mietvertrags ausschließt.«

Sie kniff die Augen zusammen. »Das kommt dich teuer – so weit kenne ich mich aus.« Sie trank den letzten Schluck aus ihrem Glas und winkte damit dem Kellner. »Um erst einmal deine andere Frage zu beantworten.«

Um ihre Augen tauchte die Andeutung eines Lächelns auf. »Und warum willst du das tun?«

Mark schnaufte. »Brauchst du darauf eine Antwort?« Er wusste sie doch selber nicht.

Das Lächeln wanderte in ihre Augen hinein. »Vielleicht nicht.« Sie legte ihren Arm um Tanjas Schultern. Wenn sie es so verstand, sollte es ihm recht sein; wenigstens war das kein Fettnäpfchen. Hoffentlich.

Der Kellner kam mit der neuen Flasche, öffnete sie und ließ Mark probieren. Geistesabwesend nickte er und trank dann noch einen Schluck. »Er schmeckt aber nicht genauso wie die andere Flasche.«

»Es tut mir leid; das ist ein neuer Jahrgang. Sie hatten die letzte Flasche vom 98er.«

Iris nahm ihm das Glas weg und nippte. »Wir nehmen ihn trotzdem.«

Diese Frau wusste augenscheinlich, was sie wollte. Mark holte sich sein Glas zurück und ließ den Kellner einschenken. Vielleicht musste er dem Makler am Montag sagen, dass er überhaupt nicht mehr verkaufen wollte. Aber das war ihm jetzt ganz egal. »Was muss in einem Mietvertrag stehen, den du unterschreiben kannst, ohne schlaflose Nächte zu haben?«

10

Eine Woche später unterschrieb Iris den Mietvertrag, der ihr auch bei einem Verkauf garantierte, mindestens fünf weitere Jahre in dem Haus zu wohnen. Außerdem hatte sie das Recht, ein Gegenangebot zu machen, wenn ein Käufer auftauchte. Aber das war rein theoretisch, weil sie überhaupt nicht die Mittel zu haben schien, ein Haus zu kaufen.

Am Wochenende danach fuhren Mark und Tanja hin, um zusammen mit Iris die Renovierungen zu beginnen. Tanja trug stolz die Pinsel und Farbroller ins Haus; Mark schleppte die schweren Farbeimer, die er im Baumarkt gekauft hatte.

Iris saß auf den Stufen vor der Haustür. »Gibt es hier Katzen?«

Trotz des Gedankens an den Trampelpfad zuckte Mark die Achseln. »Die Nachbarn sagen Nein. Aber ich bin sicher, es gibt welche, die unsere Terrasse lieben. Bist du allergisch gegen Katzen?«

Sie schüttelte den Kopf und stand auf. »Komm.« Sie folgten ihr zur Rückseite des Hauses. »Sieh dir das Schlachtfeld an!«

Unterhalb der Terrasse waren drei Rosenstöcke halb aus dem Erdreich gerissen worden und ihre Wurzeln ragten seitlich in die Luft. Ein Teil der Blüten lag zerpflückt auf der Wiese. Der große Oleander war bis zur Hälfte abgeknickt. Im Steingartenbeet waren violett und weiß blühende Polster herausgerissen und in handtellergroße Einzelteile zerlegt worden.

»O nein!« Tanja stürzte auf das Beet zu und hob vorsichtig eines der violetten Polster hoch. »Die lassen ja alle ihre

Köpfchen hängen.« Sie begann zu schluchzen. »Die armen Blümchen!«

»Sie brauchen bloß Wasser, Maus. Das kriegen wir wieder hin, keine Sorge.« Mark ging zum Oleander und musterte die Verwüstungen genauer. Und wenn sich hier zehn Kater ihre Kämpfe geliefert hätten, solch eine Zerstörung brächten sie nicht fertig.

Iris hockte sich neben Tanja und half ihr, die Polsterchen einzusammeln. Währenddessen ging Mark zum Gartenschuppen und holte die Gießkanne und zwei Schippchen.

Im Hinausgehen fiel sein Blick auf einen Spaten in der Ecke: Er war voller Lehm. Nachdenklich kratzte er sich mit einem der Schippchen im Nacken. Bernward würde niemals ein Gerät so schmutzig wegstellen. Den musste jemand anderes benutzt haben; er sollte den Schuppen künftig abschließen. Wenn er nur wüsste, wo der Schlüssel war.

Gemeinsam zeigten sie Tanja, wie sie die ramponierten Polster wieder anpflanzen konnte und halfen ihr bei den ersten. Dann holte Mark Wasser und goss sie vorsichtig an.

Tanja versuchte, die Kanne zu heben, aber auch halb voll war sie noch zu schwer für sie.

»Wir machen das nachher«, sagte Iris. »Meinst du, du kannst ein bisschen alleine weiterpflanzen, und Mark hilft mir, alle Sachen ins Haus zu tragen?«

Tanja sah sich erschrocken nach allen Seiten um und schüttelte dann heftig den Kopf. »Alleine habe ich Angst.«

Markt stockte der Atem. Woran erinnerte sie sich?

Iris runzelte die Stirn. »Aber hier ist doch niemand. Wir machen auch gleich die Terrassentür auf.«

»Aber hier war jemand!«

»Offensichtlich!« Er konnte in Tanjas Gegenwart unmöglich darüber reden, wovor sie sich in Wahrheit fürchten mochte. »Also komm mit und hilf uns beim Tragen. Dann kann Iris anfangen zu streichen und wir beide machen den Garten zusammen wieder heil.«

Tanja deutete auf die Rosenblüten. »Das geht doch nicht mehr heil.« Aber sie stand auf und fasste ihn an der Hand.

»Die Rosen kommen nachher in eine Vase oder in eine Wasserschüssel«, versprach Iris, während sie ihnen folgte.

Tanja ließ Marks Hand nicht mehr los, bis sie zur Gartenpforte hinaus waren. Als er dann den nächsten Farbeimer holte, wollte sie nur an seiner Hand zum Haus zurück, und weil er ihr das verweigerte, fasste sie neben seiner Hand am Henkel mit an.

»Papa, es war jemand im Garten und hat alles kaputt gemacht.«

»Und darum fürchtest du dich jetzt? Vermutlich haben sich da nur ein paar Kater gehauen.« Er hasste sich für seine Worte, aber vielleicht waren tatsächlich Kater unterwegs gewesen. Zur Jahreszeit konnte es gerade eben passen.

»Warum sollten sie das tun?«

»Jeder will der erste sein.« Wie fing man bei einer Fünfjährigen mit der Aufklärung an? »Wenn mehrere Kater die gleiche Katze zur Frau haben wollen, dann kämpfen sie um sie.«

»Ach so.« Sie schien zufrieden und ließ sogar den Henkel los. »Deswegen brauchen sie doch unseren Garten nicht kaputt machen.«

Mark grinste erleichtert. »Vielleicht wollten sie ihrer Angebeteten ein paar Rosen verehren.«

»Papa, die Sache ist ernst!« Tanja sprang voraus zur Haustür.

Mark atmete auf; wenigstens dieses Problem war erledigt. Aber wer war wirklich im Garten gewesen? Einen Moment schoss ihm der Gedanke durch den Kopf, Bernward könnte seinen Ärger darüber ausgelassen haben, dass er den

Mietvertrag nicht seiner neuen Freundin gegeben hatte. Aber das war absurd; Bernward war Gärtner.

Tanja verkündete, im Haus zu helfen, damit sie anschließend alle zusammen im Garten weiterarbeiten konnten. Mark wagte keinen Widerspruch, um nicht erneut eine Krise heraufzubeschwören.

Während er noch überlegte, wie sie Tanja einbeziehen sollten, zeigte Iris ihr, wie sie gemeinsam die Abdeckfolien ausbreiten und mit Klebestreifen befestigen konnten. Die Couchgarnitur und manch anderes Stück würden bleiben; mit den Möbeln aus ihrer Eineinhalb-Zimmer-Wohnung könnte sie nie das Haus füllen.

Mark entfernte währenddessen die Nägel und Dübel aus den Wänden.

Triumphierend kam Tanja zu ihm, nachdem der Teppich und die Couchgarnitur gesichert waren. »Siehst du, Papa, ich kann das schon.«

»Ich habe nichts Gegenteiliges gesagt.« Er zwinkerte ihr fröhlich zu, schon gespannt, was Iris als nächste Beschäftigung einfallen würde.

»Aber gedacht!« Sie stampfte einmal mit dem Fuß auf und lief dann zu Iris zurück. Woher hatten die Kinder bloß ihren sechsten Sinn!

Als Tanja später im Bad verschwand, stieg Iris von der Leiter und stellte sich dicht neben ihn, den Blick zur Tür. »Mark, ich glaube nicht, dass dort draußen bloß ein paar Kater unterwegs waren.«

»Es ist zu wüst dafür; richtig. Aber Tanja braucht noch nichts über Vandalismus zu lernen.«

»Darum habe ich auch nichts gesagt, so lange sie hier war.«

Er nickte; hoffentlich war das Thema damit erledigt.

»Wer könnte so etwas tun? Hattest du hier Feinde?«

Mark sagte sehr langsam: »Hier gibt es niemanden, der uns Böses will.«

Iris lächelte gezwungen. »Dann hoffe ich einfach mal, dass das auch für mich gilt.«

Die Badezimmertür schlug mit einem lauten Scheppern ins Schloss. Er machte eine Kopfbewegung zum Flur und hoffte, Iris würde seine Erleichterung nicht sehen. »Sie ist gleich wieder hier.« Angelegentlich schraubte er an der Wandlampe weiter und reichte Iris dann die gläsernen Schalen, während Tanja die Wohnzimmertür öffnete.

Im weiteren Verlauf der gemeinsamen Arbeit im Wohnzimmer war Iris recht einsilbig, schien auch auf Tanjas unendliche Fragen viel kürzer angebunden zu reagieren als zuvor. Aber Tanja schäumte weiterhin vor Begeisterung und Übermut; vermutlich bildete er sich das also nur ein.

Nachdem das Wohnzimmer so weit vorbereitet war, dass die Decke gestrichen werden konnte, schickte Iris sie hinaus in den Garten.

Weil die Leiter vor der Terrassentür stand, gingen sie zur Haustür hinaus. Sie schlenderten um das Haus herum und blieben vor dem Schmetterlingsbaum stehen.

Tanja versuchte sich im Zählen, um herauszufinden, wie viele Schmetterlinge ihn umschwirrten. Aber weiter als bis Zehn kam sie auch nach mehreren Anläufen nicht. »Woher soll ich wissen, welche ich schon gezählt habe und welche nicht«, maulte sie schließlich. »Die halten ja nie auch nur zwei Sekunden an.«

»Ich sorge dafür, dass sie anhalten.« Mark zog seine Kamera aus der Tasche und machte vier Fotos, von jeder Seite des Baumes eines.

Zuerst klatschte Tanja begeistert in die Hände, aber beim dritten Foto sagte sie: »Und woher weißt du, dass du jetzt nicht dieselben mehrmals fotografiert hast?«

»Wir werden sehen. Vielleicht können wir sie unterscheiden, wenn wir sie uns zu Hause genau ansehen.«

»Das glaub ich nicht. Schmetterlinge sehen doch alle gleich aus!«

»So? Also, der ist weiß, der ist helllila, der ...«

»Papa, du ziehst mich auf!« Aber sie kicherte jetzt.

»Dann nehmen wir das Foto, wo am meisten drauf sind.« Mark kam zu ihr auf den Weg zurück, steckte die Kamera ein und versuchte, einen Zitronenfalter zu fangen.

»Und woher wissen wir, auf welchem Foto die meisten drauf sind?«

»Schlaumeier! Indem wir sie zählen natürlich.« Mark hatte den Falter auf der Hand und schloss vorsichtig die andere darüber, um nicht die zarten Flügel zu berühren. Er ließ eine schmale Öffnung, durch die Tanja hindurchschauen konnte.

Sie kniff ein Auge zu und ging mit dem Gesicht ganz nahe heran. »Ich glaube, er hat Angst. Er zittert ja!«

»Dann lassen wir ihn lieber ganz schnell frei.« Mark zog die Hände von Tanjas Gesicht zurück und öffnete sie vorsichtig. Der Schmetterling verharrte noch einen Moment mit gefalteten Flügeln auf seiner Handfläche, dann spannte er sie auf und erhob sich in die Luft. Er blieb nicht am Schmetterlingsbaum, sondern flog im Zickzack weiter in den Garten hinein.

Tanja zog ihn vorwärts. »Ich will sehen, wo er zu Hause ist.« Er musste mit ihr dem gleichen Zickzack folgen, den der Schmetterling flog.

Kurz bevor sie den Steingarten erreichten, kam aus der Ecke, wo der Gartenschuppen stand, ein lautes Geräusch.

»Hast du dort die Tür aufgelassen, Papa?«

Es knackte laut in den Johannisbeersträuchern daneben und dann schien es zwischen ihnen Bewegung zu geben. Er entzog Tanja seine Hand und lief hin.

Als er an den Sträuchern ankam, fand er ein paar Zweige, die offensichtlich frisch abgebrochen waren: Trotz der Wärme waren die Blätter nicht welk, die Bruchstellen nicht angetrocknet. Zur Kontrolle knickte er einen weiteren Zweig. Dessen Bruchstelle sah genauso frisch aus wie die der anderen.

Er brauchte eine Erklärung für Tanja; für das Geräusch und für sein Weglaufen. »Vielleicht schon wieder eine Katze!« Mit dem ›Vielleicht‹ war es nur eine Vermutung, keine Behauptung; er log sie nicht an.

Tanja stand vor dem Steingartenbeet und schien ihn gar nicht zu hören. Mark warf noch einen Blick in die Büsche, dann ging er zu ihr. Zwei Tränen rollten ihre Wangen hinunter, während sie wie erstarrt auf das Beet schaute. Zwei der Polster waren wieder herausgerissen.

»Wer war das?« Tanja schluchzte auf und warf sich in seine Arme. »Papa, das glaube ich nicht, dass das die Katzen waren.«

Er nickte über ihrem Kopf, den Blick wachsam auf die Büsche gerichtet. »Ich fürchte, du hast recht!« Es war nicht richtig, ihr weiter etwas vorzumachen.

Sie drückte sich noch fester an ihn und er hielt sie, bis sie aufhörte zu schluchzen. Dann zog er ihr Taschentuch aus ihrer Rocktasche und wischte ihr das Gesicht ab.

Sie nahm es ihm weg und putzte sich die Nase. »Wer macht so etwas?« Sie kniete sich an den Beetrand und begann, die Pflanzen wieder einzusetzen. »Jetzt sind alle kaputt.«

»Das kriegen wir wieder hin.« Er gab ihr ein Schippchen; dann setzten sie die Pflanzen eine nach der anderen wieder an ihren Platz und drückten sie vorsichtig mit den Schippchen fest.

Iris kam hinaus auf die Terrasse und rief sie zu einem Eis. »Ihr seid ja noch viel fleißiger als ich.«

Ihre Munterkeit klang gezwungen. Und als sie dann auf den Terrassenstufen saßen und ihr Eis löffelten, sah sie ihn ein paar Mal nachdenklich an; sie wollte ihm etwas sagen, aber nicht in Tanjas Beisein. Ihm fiel jedoch nicht ein, mit welchem Auftrag er Tanja fortschicken konnte.

Dann war das Eis aufgegessen und sie gingen wieder zurück an ihre Arbeiten; Iris ins Wohnzimmer und Mark und Tanja in den Garten. Das Steinblumenbeet war bald fertig und Mark holte Wasser zum Gießen.

Der Wasseranschluss für den Garten befand sich an der Wand neben der Kellertreppe: Während er die Gießkanne volllaufen ließ, ging er die Treppe hinunter und klinkte die Kellertür; sie ließ sich öffnen. Überrascht sah er nach, ob der Schlüssel von innen steckte; aber dort war keiner. Er überlegte, ob an dem Bund, den er Iris gegeben hatte, ein Kellerschlüssel gewesen war. Aber dieser hier musste auch irgendwo sein.

Bevor er dazu kam, in den Keller zu gehen und nachzusehen, ob er einfach heraus- und heruntergefallen war, riss ihn das Plätschern der überlaufenden Gießkanne aus seinen Überlegungen. Er drehte das Wasser ab und ging zu Tanja zurück.

Tanja hatte sich aus dem Gartenschuppen einen flachen Henkelkorb geholt und sammelte die Rosenblätter vom Rasen darin. Als sie ihn mit der Gießkanne kommen sah, setzte sie den Korb ab und kam zum Beet zurück. Langsam ließ Mark das Wasser über die Polster fließen, während Tanja begann, mit ihrem Schippchen die Pflanzen noch einmal anzudrücken.

»Ich glaube, das ist jetzt nicht mehr nötig.«

Sie ließ das Schippchen auf der Stelle fallen. »Na gut! Wo tun wir die Rosenblätter hinein?«

»Lass dir von Iris eine Schüssel oder eine Schale geben.«

Sie lief zur Terrasse und sauste die Stufen hoch; dann trommelte sie mit ihren Fingern gegen die Scheibe. Nachdem Iris ihr geöffnet hatte, setzte Mark die Gießkanne ab und ging zu den Johannisbeersträuchern neben dem Gartenhaus.

Er folgte den Bruchstellen ins Gebüsch und zwängte sich zwischen den Sträuchern hindurch zum Zaun. Auf den ersten Blick schien er intakt. Mark zerrte vorsichtig daran; er bewegte sich nicht. Er ging drei Pfosten nach rechts und dann drei Pfosten weit nach links; überall war der Zaun gut befestigt. Am Boden gab es nirgendwo eine schadhafte Stelle oder gar ein Loch, wo ein Tier hätte durchkriechen können.

»Papa, wo bist du?«

Tanjas Ruf hielt Mark davon ab, den Zaun noch einmal abzulaufen. Als er die Sträucherreihe durchquert hatte, drehte er sich noch einmal um: Er hatte höchstens zwei oder drei Zweige geknickt; dabei war er nicht besonders vorsichtig gewesen.

Was machte er sich nur für Gedanken; langsam kam er sich lächerlich vor.

Tanja füllte gerade den Rest aus der Gießkanne in eine kobaltblaue Schale. Dass Iris sie gefunden hatte, wunderte ihn. Er hatte sie in einem der Hängeschränke ins oberste Fach gepackt, um sie nur nie wieder vor Augen zu haben. Er seufzte; vielleicht war es doch keine gute Idee gewesen, das Haus zu vermieten.

Sie schaufelte die Rosenblätter hinein. »Ist das nicht schön?«

Mark nickte mechanisch.

»Schenken wir die Blumen der Oma?«

Und brachten die Schale nach Hause? Er schluckte; aber nach einem Moment fiel ihm ein Grund für seine Ablehnung ein. »Die können wir nicht im Auto transportieren; das ganze Wasser würde verschüttet.« Das fehlte noch, dass die

Schale in Ellas Küche gelangte und ihn ständig an Christinas Mutter erinnerte. »Stell sie Iris auf den Küchentisch. Das wird sie freuen.«

»Und was bringen wir Oma mit?«

›Gar nichts von hier‹, hätte er am liebsten gesagt. »Wir schauen nachher mal.« Mechanisch strich er Tanja eine Strähne aus dem Gesicht und befestigte sie mit ihrer Haarspange an der Seite.

Tanja erhob sich langsam mit der Schale in der Hand. Dabei hielt sie sie unweigerlich zu schief und das Wasser floss ihr über die Beine. Erschrocken ließ sie los.

In einem Reflex streckte Mark die Hand aus und fing die Schale, bevor sie am Boden zerschellte.

Er starrte auf den goldfarbenen Vogel am Boden der Schale; am liebsten hätte er sie noch nachträglich fallen lassen, aber Tanjas Geschrei wäre unerträglich. An ihrem Rock und an seiner Hose klebten feuchte Rosenblätter. Er stellte die Schale ab und begann, die Blätter von ihr abzulesen.

»Jetzt muss ich noch mal von vorne anfangen, Hilfst du mir?«

Es blieb ihm wohl nichts anderes übrig, wollte er keine Tränen heraufbeschwören. Die leere Gießkanne schwenkend ging er Wasser holen.

»Papa!« Tanja schrie wie am Spieß.

Er ließ die Gießkanne fallen und drehte sich um. Dort war nichts außer Tanja mit ihren Blumen. »Was ist denn jetzt?«

Sie streckte den Arm aus und zeigte zum Gartenschuppen. »Da war jemand!«

Er lief zu ihr zurück. »Wer?«

Als er sie erreichte, fing sie an zu zittern. Ihre Zähne klapperten aufeinander und sie brachte ihre Worte kaum heraus. »Ich habe Angst, Papa!«

»Wen hast du denn gesehen?«

»Ich weiß nicht.« Sie flüsterte jetzt. Ein Schauer überlief sie. »Ein Schatten, ganz groß.«

Er drückte sie an sich und strich ihr über den Rücken. Als er aufsah, kam ihm eine Idee. »Vielleicht war es wirklich ein Schatten. Die dicke fette Wolke da oben vielleicht, die sich plötzlich vor die Sonne geschoben hatte. Schau mal.« Er zeigte zum Himmel.

Tanja sah hoch und wischte sich mit dem Arm übers Gesicht. »Glaubst du das wirklich?«

»Wäre doch möglich, oder?«

Sofort kehrte der ängstliche Ausdruck in ihr Gesicht zurück. Es war doch ein Fehler gewesen, sie mitzunehmen. Aber er brachte es nicht fertig, sie zu belügen. »Ich habe es doch nicht gesehen.« Er bückte sich und reichte ihr die kobaltblaue Schale. »Ich hole Wasser.«

Sie beobachtete ihn, als er zum Wasserhahn zurückging. Hoffentlich blieb sie jetzt so stehen und drehte sich nicht um. Jeden Moment rechnete er mit einem erneuten Aufschrei.

Mit zusammengebissenen Zähnen füllte er die Kanne und blickte dabei aus den Augenwinkeln nach ihr. Sie stand bewegungslos, die Schale mit beiden Händen haltend weit von sich gestreckt. Das Beste wäre, sie ließe sie jetzt fallen, aber das tat sie nicht.

Er füllte die Schale wieder und dann erklärte sie, dass sie die Rosen jetzt in die Küche brächte. Als er sah, dass sie nicht zur Terrasse ging, sondern ums Haus herum, um die Küche vom Flur aus zu erreichen, setzte er die Gießkanne ab und lief wieder zu den Sträuchern am Zaun. Von der Ecke aus, die am weitesten vom Gartenschuppen entfernt war, schritt er langsam die ganze Länge des Grundstücks ab.

An einer Stelle gab es im Nachbargarten Fußabdrücke in einem Beet. Direkt hinter dem Gartenschuppen, wo die

Sträucher weiter auseinander standen, war die Oberkante des Zauns deutlich verbogen. Aber all das besagte natürlich gar nichts. Er ging in die Hocke, um sich den Boden genauer zu betrachten. Doch hier hatte er zuvor selber Gras und Unkraut zusammengetreten. Er hätte eher darauf achten müssen. Wie auch immer; daraus war nicht abzulesen, wer sich hier herumtrieb.

Und es war albern. Wann war er auf die Idee gekommen, Detektiv zu spielen? Wenn Iris ihn hier sah, würde sie ihn auslachen. Er kehrte zur Terrasse zurück.

Inzwischen saß Iris dort mit Tanja an ihrer Seite. Sie sangen das Lied von den fleißigen Handwerkern. Iris wirkte wieder entspannt und ausgelassen, so wie er es von ihr kannte.

Erleichtert atmete er auf. Es hätte ihm leid getan, wenn sie sich unwohl gefühlt hätte, denn gewiss würde sie keinen wirklichen Anlass dazu haben.

»Und? Wie weit sind diese Handwerker hier?«, rief er von Weitem und deutete auf das Wohnzimmer.

»Sie warten auf die Heinzelmännchen.« Iris kicherte. »In der Hoffnung, sie würden den Rest erledigen.«

Er stieg die Stufen hoch, schaute zur Tür hinein und drehte sich dann grinsend um. »Für mich sieht es so aus, als wären die Heinzelmännchen schon da gewesen.«

Sie runzelte die Stirn.

»Ist doch fertig, oder?«

Sie presste die Mundwinkel aufeinander, bevor sie antwortete. »Männer!« Sie schnaubte verächtlich. »Siehst du nicht, dass noch geputzt werden muss?«

Er lachte. »Natürlich sehe ich das.« Komisch; in dieser Weise zu flunkern, machte ihm nichts aus. Es war ja nur im Scherz geschwindelt; sie musste das wissen. »Aber wenn du heute putzt, bleibt der Staub an der frischen Farbe kleben.«

»Nein, wie schlau!«

Tanja sah ihn mit strahlenden Augen an. »Ja, gell! Papa ist ganz ganz schlau!«

Mark und Iris sahen sich einen Moment verblüfft an; dann prusteten sie los.

Tanja runzelte die Stirn. »Was habe ich denn Komisches gesagt?«

»Nichts, Maus, gar nichts.« Mark setzte sich neben sie und nahm sie auf den Schoß.

11

Am Abend kam Bernward. »Es ist vielleicht das letzte Mal für eine Weile, dass ich Zeit habe, zum Abendessen zu kommen, Mutter.«

Ella stemmte die Hände in die Hüften. »So oft, wie du dich in den letzten Wochen überhaupt hast blicken lassen, ist mir das längst klar.«

»Onkel Bernward, hast du eine neue Flamme?«

Bernward grinste. »Wo hast du denn das Wort her?«

»Weiß nicht. Hast du?«

»Keine Ahnung. Erst musst du mir sagen, was das Wort bedeutet.«

Tanja stand auf, stellte sich zu Ella und stemmte wie sie die Hände in die Hüften. »Ich lass mich nicht aufziehen.«

Bernward verdrehte die Augen und blickte die Küchendecke an.

»Ja richtig! Die Decke muss dringend gestrichen werden«, sagte Ella.

Bernward grinste fröhlich. »Mich könnt ihr heute nicht ärgern.«

Mark lachte. »Also bist du wieder einmal bis über beide Ohren verliebt.«

Bernwards Augen begannen zu glänzen und er sah erwartungsvoll von ihm zu Ella und wieder zu ihm. Aber Mark dachte nicht daran zu fragen, wer die neue Flamme war. Er hatte einen Verdacht und es gefiel ihm nicht besonders gut, dass Bernward es ausgerechnet dieses Mal ernster zu nehmen schien als gewöhnlich. Hoffentlich würde Ella auch nicht fragen; er warf ihr hinter Bernwards Rücken einen warnenden Blick zu.

Ella legte eine Hand auf Tanjas Kopf; offensichtlich gingen ihre Gedanken in die gleiche Richtung wie seine. Mark nickte langsam.

Tanja blickte zu ihr hoch und Ella sagte schnell: »Holst du das Besteck und hilfst mir beim Tischdecken?«

Bernward stand auf, blickte einen Moment unschlüssig von einem zum anderen. »Ich gehe eine rauchen.« Er sah Mark an. Erwartete er, Mark würde ihn fragen, wenn sie alleine waren?

Mark schüttelte den Kopf. »Doch nicht vorm Essen.« Er grinste. »Und übrigens versuche ich gerade, es mir abzugewöhnen.«

Bernward hob eine Augenbraue. »Deine neue Flamme ist wohl Nichtraucherin.« Im Hinausgehen zündete er seine Zigarette an.

Tanja hielt in ihrer Bewegung inne, eine Gabel über dem Tisch schwebend. »Papa, du hast auch eine neue Flamme?« Sie klang enttäuscht.

»Ich habe keine Flamme – weder alt noch neu.« Er nahm ihr die Gabel ab und legte sie neben Ellas Teller. »Ich helfe dir.«

»Und Iris?«

»Wer ist Iris?« Ella drehte sich um und sah Mark höchst neugierig an.

»Das weißt du doch, Mutter. Die Mieterin.« Er hatte wohl ein wenig zu schnell reagiert, denn sie kniff die Augen zusammen und wandte sich dann wortlos wieder ihren Töpfen zu.

»Aber wir duzen sie«, beeilte sich Tanja zu erklären.

Mark ging an der Balkontür vorbei und schob sie bis auf einen schmalen Spalt zu. Bernward konnte aber eh nichts gehört haben, denn er lehnte weit vorgebeugt am Geländer und sah zur Straße hinunter. Er nahm die Teller aus dem Schrank und schielte zu Ella, während er deckte.

Sie rührte so angelegentlich die Sauce für den Salat zusammen, als gäbe es gerade nichts Wichtigeres. Sie müsste den Namen doch längst kennen; aber vielleicht hatte sie ihn nicht mit der Mieterin zusammengebracht. Die Atmosphäre war plötzlich aufgeladen und Mark hätte sich gerne auch eine Zigarette angezündet.

Stattdessen nahm er den Schokoladenpudding aus dem Kühlschrank. »Ich hole die Schälchen aus dem Wohnzimmer.« Er floh aus der Küche.

Tanja folgte ihm. »Ich helfe dir beim Tragen.« War das auch eine Flucht?

Während sie im Wohnzimmer neben dem Schrank stand und er ihr zwei Dessert-Schälchen reichte, sagte sie: »Papa, was ist mit Iris?«

»Was soll mit ihr sein?«, fragte er so harmlos wie möglich. Aber natürlich konnte er ihren sechsten Sinn nicht übertölpeln.

»Du willst nicht über sie reden. Wegen Oma Ella oder wegen Bernward?«

Das nächste Schälchen stellte er auf der Anrichte ab. »Vor Ella habe ich keine Geheimnisse.«

»Gut.« Sie langte nach dem abgestellten Schälchen. »Machst du mir bitte die Tür auf?«

»Aber sicher.« Wahrscheinlich hielt sie die Erwachsenen jetzt wieder einmal für plemplem, wie immer, wenn sie etwas nicht durchschaute.

Bernward kam vom Balkon und ließ sich ächzend auf seinen Stuhl fallen. »Ich verschimmele langsam hinter meinem Schreibtisch. Hast du nicht noch ein bisschen echte Gartenarbeit für mich, damit ich nicht einroste?« Er zog den Teller zu sich heran und fuhr mit einem Finger über den Rand, als studiere er das Muster dort. »Oder macht das jetzt alles deine Mieterin?«

»Wenn sie erstmal eingezogen ist, sicher.« Worauf wollte Bernward hinaus? Er glaubte ihm den Überdruss mit der Schreibtischarbeit nicht.

»Ich dachte, sie wäre schon eingezogen.« Bernward klang verdächtig beiläufig.

»Heute haben Papa und ich Gartenarbeit gemacht«, platzte Tanja heraus. »Stell dir vor, jemand hat ganz viele Pflanzen kaputt gemacht. Aber Papa hat gesagt, die abgerissenen Rosen könnten wir nicht mitnehmen. Wir würden das Wasser im Auto verschütten.«

Bernward hob den Blick vom Teller. Auf einmal wirkte er hellwach. Er schob den Kopf vor. »Was heißt, jemand hat Pflanzen kaputt gemacht?«

Mark zog die Schultern hoch. »Keine Ahnung. Jedenfalls zu viel Zerstörung für ein paar Katerkämpfe.«

»Es gibt dort weder Vandalen noch Kater.« Bernward sprach leise und zögerlich, als sei er nicht sicher, was er dazu sagen wollte.

»Und der Katzenpfad zur Terrasse?« Mark widersprach so heftig, dass Tanja ihre Augen aufriss.

Sie klopfte mit dem Löffel gegen ihr Glas, um sich der Aufmerksamkeit aller sicher zu sein. »Aber Papa, du hast doch gesagt, Kater würden nicht so viel Unfug anrichten.«

»Hab ich das?« Er versuchte, von dem Thema wegzukommen. »Wie gesagt, Iris – die Mieterin – zieht demnächst ein und dann brauchen wir uns damit nicht mehr zu befassen. Sobald sie mit dem Renovieren fertig ist, muss ich nur noch darauf achten, dass die Miete jeden Monat auf meinem Konto landet.«

»Und was machst du mit dem Makler?«

Mark grinste Bernward an. »Das Haus ist immer noch zu kaufen.« Er grinste noch ein bisschen mehr. »Vom wem auch immer.«

»Tanjas Lehrerin sucht keine Geldanlage; sie braucht eine neue Bleibe.«

Mark neigte den Kopf zur Seite. »Hat sie immer noch keine?«

Bernward schnaubte, aber Tanja sagte: »Frau Schröder wohnt jetzt bestimmt woanders. Sie kommt nämlich immer aus einer ganz anderen Richtung in die Schule als früher.« Sie streckte den Arm in Richtung Herd aus. »Von da. Wo du auch herkommst, Onkel Bernward, wenn du mich abholst.«

»Du guckst aber genau hin.« Über Bernwards Gesicht zog eine leichte Röte. »Wenn ich dich abhole, komme ich meistens aus der Gärtnerei. Oder sonst wo her.«

Womit er behaupten wollte, dass er nicht von zu Hause kam. Interessant, was ihm an diesem Abend alles wichtig war. Mehr und mehr deutete darauf hin, dass die Schröder Bernwards neue Flamme war.

Ella zog das Geschehen mit dem Kommando »Jetzt wird gegessen« an sich. Sie schwang die Kelle von einem zum anderen, dann streckte sie die Hand nach Tanjas Teller aus. »Komm, Schätzchen, du musst bald ins Bett.«

Tanja stand auf und hielt den Teller vor ihr hin. Dann balancierte sie ihn vorsichtig zu ihrem Platz zurück und begann zu essen.

Mark schob ihren Teller ein wenig von der Tischkante weg. »Damit deine Haare nicht reinhängen. Soll ich sie dir zusammenbinden?« Er stand auf und ging ins Bad, um einen Haargummi zu holen. Wenn er zurückkam, würde Bernward hoffentlich mit seiner eigenen Suppe beschäftigt sein.

Er flocht Tanja einen dicken Zopf und plauderte dabei mit ihr, um nicht in Gefahr zu geraten, von Bernward in weitere Fragen verwickelt zu werden. Als er sich dann setzen wollte, klingelte das Telefon.

Ella ging in den Flur.

»Deine Mieterin, glaube ich.« Sie hielt ihm den Apparat hin.

Mark vergewisserte sich, dass es tatsächlich Iris war. Als er Tanjas neugierigen Blick sah, ging er mit dem Telefon auf den Balkon. Sie hatte zwar den Löffel in der Suppe versenkt, aß aber nicht weiter.

»Mark, jemand war im Garten.«

»Ja sicher.« Er wusste nicht, wie er reagieren sollte.

»Ich meine, noch während wir da waren.« Auch das war nicht zu übersehen gewesen. »Ich wollte nichts sagen, um Tanja nicht zu ängstigen.«

Er seufzte. »Sie hat es trotzdem gemerkt. Es ist ihr gleich aufgefallen, dass jemand die frisch eingesetzten Pflanzen wieder herausgerissen hat. – Machst du dir Sorgen deswegen?«

»Nicht direkt. Ich glaube doch, dass ich mit ihm fertig würde.« Sie lachte, aber es klang nicht so ungezwungen wie sonst.

Er wusste immer noch nicht, was sie jetzt von ihm erwartete und gab daher bloß ein unbestimmtes Brummen von sich.

»Als ihr in der Küche wart, habe ich ihn nämlich gesehen.«

»Was?« Er dämpfte seine Stimme. »Und das sagst du erst jetzt?«

»Wegen Tanja – ich wollte nicht ...«

Er entschuldigte sich für seinen Ausbruch und dann erzählte sie ihm von einer schmalen Gestalt, die verschwunden war, als sie gegen die Scheibe geklopft hatte. »Eigentlich war es nicht schlau, ihn zu verjagen«, schloss sie. »Ich hätte besser herausgefunden, wer es ist.«

»Das möchte ich jetzt auch gerne wissen.«

Ihre Stimme klang wieder völlig gelassen. »Jetzt weiß er mit Sicherheit, dass das Haus wieder benutzt wird. Da wird er wohl nicht wiederkommen.«

Iris machte wahrscheinlich einen Denkfehler, denn das musste der Kerl doch schon gewusst haben, als er Bernwards Gartenarbeiten gesehen hatte. Aber Mark war nicht sicher; darum widersprach er lieber nicht, sondern stimmte ihr zu. »Wo bist du jetzt?«

»Zu Hause natürlich.« Er hörte ein Lächeln in ihrer Stimme. »Ich sitze zwischen Umzugskartons und sortiere meine Uni-Sachen.«

»Deine Uni-Sachen?«

Sie schien noch mehr zu lächeln. »Dachtest du, der Job bei der Zeitung wäre meine Lebensperspektive?«

Als sie gluckste, wagte er zu widersprechen. »Natürlich nicht. Wie jede Frau wartest du auf einen Mann, der dir zwei Kinder beschert.«

Er war schockiert, als sie schlagartig aufhörte zu lachen. Das musste ein besonders großes Fettnäpfchen sein. Peinlich berührt fiel ihm ein, dass sie bitter geklungen hatte, als sie vor Wochen über Beziehungen gesprochen hatten. Weil er nicht wusste, wie er sich dieses Mal aus der Affäre ziehen sollte, fragte er schnell, wann sie das nächste Mal im Haus wäre.

Noch bevor sie antwortete, bedeutete Ella ihm, endlich essen zu kommen. Das nahm er zum Anlass, das Gespräch eilig zu beenden und Iris' »Weiß nicht« nichts entgegenzusetzen.

Als er dann in die Küche zurückkam, schwärmte Bernward Tanja gerade von der Schröder vor, geschickt verpackt in Fragen nach ihrer Meinung.

»Klar ist sie klasse.« Sie hob den Blick zu Mark »Sonst dürfte sie auch nicht in der Vorschule arbeiten, oder?«

»Werdet ihr dann also Frau Schröder das Haus verkaufen?«, hakte Bernward nach, ehe Mark oder sonst jemand Tanjas Frage beantworten konnte.

»Was hat das eine mit dem anderen zu tun?« Ella sprach wie üblich mit vollem Mund. Ihre eigenen Regeln hatten noch nie für sie selber gegolten.

Tanja kicherte. »Oma, mit vollem Munde spricht man nicht!«

»Ich weiß nichts davon, dass die Schröder das Haus tatsächlich kaufen will.« Mark blickte Tanja fragend an. »Hast du das eben erzählt?«

»Aber Papa!« Sie zeigte mit ihrem überschwappenden Löffel auf Bernward. »Onkel Bernward weiß bestimmt viel mehr von ihr als wir alle zusammen. In der Schule reden wir doch bloß über Schulsachen.«

Ella blickte von ihrem Teller auf. »Aha!«

»Was heißt ›Aha‹?«Bernward fauchte; er ließ sich doch ärgern. Seine Reaktion ließ keinen Zweifel mehr, dass er sich die Schröder geangelt hatte – oder sie ihn.

»Wir wissen jetzt, wer deine neue Flamme ist.« Ella feixte.

Mark fand es nicht lustig. Damit hatte er sie am Hals, bis er einen anderen Käufer gefunden hatte. Er musste so schnell wie möglich noch mal mit Heuer reden.

Tanja bekam kreisrunde Augen. »Ehrlich? Klasse!«

»Wieso ist das klasse?« Mark war konsterniert.

»Dann habe ich zwei. Iris und Frau Schröder.« Zwei was? Er hatte keine Ahnung, was sie damit meinte.

Jetzt feixte Bernward. »Ich dachte, Iris ist bloß deine Mieterin.«

»Und meine Freundin.« Tanja sah triumphierend in die Runde. »Wenn sie nicht meine Freundin wäre, hätte ich ihr das Haus doch gar nicht gegeben!«

Selten war Mark ihrem vorlauten Mundwerk so dankbar gewesen wie in diesem Augenblick.

Bernward verzog seinen Mund zu einer spöttischen Grimasse. »Ich wusste nicht, dass du das entscheidest. Und was sagst du dann, wenn Mark verkauft?«

Tanja zuckte die Achseln.

Sie hatte gerade den Mund voller Pudding, sodass Mark eingreifen konnte, bevor ihr eine Antwort einfiel. »So lange wir kein Angebot haben, machen wir uns darüber keine Gedanken.« Wie bekam er Bernward von der Schröder weg? Gar nicht. »Frau Schröder sehe ich praktisch jeden Tag. Sie wird es mir schon sagen, wenn sie mit ihrer Scheidung fertig ist.«

Dazu fiel Bernward natürlich nichts mehr ein. Er aß noch drei Löffel, dann stand er auf. »Ich muss los.«

»Aber es ist doch noch so früh«, protestierte Ella automatisch.

»Ich habe noch etwas vor.«

»Aha!«, sagte sie wieder und Bernward ballte die Fäuste, Aber diesmal wagte er nichts zu sagen.

Er knallte die Wohnungstür ins Schloss, als er ging. Sie sahen sich an und als Tanja losprustete, lachten auch Ella und Mark.

»Onkel Bernward ist wirklich, wirklich komisch!«

12

Erst nach einer Woche hatte Mark Zeit für einen Termin mit dem Makler. Dieses Mal trafen sie sich in dessen Büro im Stadtzentrum, denn Mark wollte keinesfalls, dass Heuer mit Iris' Umzugsvorbereitungen kollidierte. Oder er gar ihre Renovierungen kommentierte.

Heuer empfing ihn ein wenig unwirsch. »Ist Ihnen eigentlich klar, dass uns wegen der Vermietung ein Super-Angebot durch die Lappen gegangen ist?«

Mark registrierte das »uns« mit Genugtuung. Also hatte der Makler nicht so viel zur Auswahl, dass er seine Kunden mit Vorschlägen überschütten konnte. Ungefragt ging er voraus zur Besucherecke und setzte sich breitbeinig auf das beige Ledersofa. »Ist es nicht immer falsch, das erstbeste Angebot anzunehmen? Wer weiß, was sich uns noch bietet.«

Heuer ließ sich ächzend in den schmalen Sessel ihm gegenüber fallen. »Ich weiß nur, was uns jetzt entgangen ist! Und sagen Sie mir nicht, Sie wollen es nun doch unvermietet verkaufen.«

»Keine Sorge, ich weiß, was ich will.«

Heuers Miene sagte deutlich, dass er genau dies bezweifelte. »Wie präsentabel ist das Haus denn jetzt?«

»Es wird gerade von der Mieterin renoviert. Der Garten ist perfekt.« Eigentlich hätte er noch mal vorbeifahren sollen, aber er setzte darauf, dass der Eindringling nicht zurückgekommen war. »Wenn ihn nicht jemand verwüstet hat.«

Heuer schnaufte überrascht. »Wer würde so etwas tun!«

»Das frage ich mich auch. Jedenfalls ist es kein Problem, Besichtigungstermine zu vereinbaren.« Aber auch das war keineswegs sicher: Iris konnte es nicht gefallen, wenn ständig irgendwelche fremden Leute durch das Haus stiefelten. Sie hätten dazu eine Vereinbarung treffen müssen; nun war es zu spät. Jetzt war es seine Aufgabe, ihre Rechte und ihren häuslichen Frieden zu schützen.

»Wenn Sie das Haus recht bald verkaufen könnten, wäre ich Ihnen sehr dankbar. Ich möchte mich nicht ewig darum kümmern müssen.«

Heuer schnaufte lauter; jetzt klang es deutlich nach Empörung. »Ich hätte es Ihnen schon verkauft, wenn Sie mich hätten machen lassen.«

»Habe ich nicht?« Mark setzte ein unschuldiges Gesicht auf und lächelte gewinnend. Er habe eine Anzeige von ihm in seiner Tageszeitung gefunden und sei sicher, bei Heuer in guten Händen zu sein. Der erste Teil des Satzes war nicht einmal gelogen.

Dieser Makler gefiel ihm immer noch nicht; aber er sollte nicht denken, dass er kein guter Klient war. Er breitete seine Arme rechts und links auf der Sofalehne aus. »Ich weiß, dass nichts ärgerlicher ist für einen Makler, als wenn nach all seiner Arbeit ein Haus doch an ihm vorbei verkauft wird.«

Heuer blinzelte. Seine plötzlich gespannte Körperhaltung verriet, dass er nun sehr wachsam war.

Was er vorhatte, war ein bisschen unfein und vielleicht erreichte er damit gar nicht sein Ziel. Vielleicht verärgerte er bloß die Schröder, sodass sie Iris oder Tanja das Leben schwer machen würde. Unwillkürlich schüttelte er den Kopf. Tanja ging ab Herbst in die Schule; sie hatte dann nichts mehr zu tun mit der Schröder.

»Worauf wollen Sie hinaus?« Heuer balancierte auf der Sesselkante, als sei er sprungbereit, falls nötig.

»Es ist ein Gedankenspiel; rein theoretisch alles.« Heuer sollte ruhig annehmen, dass er zurückruderte, noch bevor er zum Kern der Sache gekommen war. »Mir kam nämlich folgender Gedanke: Wenn mich jemand aus dem Bekanntenkreis anspricht, weil er mitbekommen hat, dass ich jetzt verkaufe«, er machte eine Pause, »also, was mache ich mit dem?«

Heuer lehnte sich zurück. »Schicken Sie ihn zu mir. Sagen Sie ihm, wie es ist: Ich kümmere mich um Ihre Immobilie.«

Mark nickte. »Ja, schon. Aber jeder weiß, dass das Haus maklerfrei weniger kosten würde. Zwar bin ich Ihr Klient, aber letztendlich zahlt es der Käufer.«

»Wenn das Ihr Problem ist.« Heuer machte eine Handbewegung, als verscheuche er eine imaginäre Fliege. »Der Kaufpreis richtet sich letztlich doch nach der Zahlungsfähigkeit des Kunden. Da gibt es immer eine Obergrenze.« Er griff nach einer goldfarbenen Schachtel mit metallic-blauer Schrift, die auf dem Beistelltisch neben seinem Sessel lag. »Mögen Sie?« Er öffnete die Schachtel: Konfekt, in weißes Seidenpapier gebettet. »Ich lasse es mir einmal die Woche aus Paris kommen.«

Er hielt ihm die Schachtel über den Tisch hin und Mark nahm gleich zwei Pralinen. »Wer weiß das schon?«

Heuer grinste. »Niemand. Aber wir haben doch ein Interesse daran, dass die Käufer sich nicht ruinieren. Freilich, Ihnen kann es hernach gleichgültig sein. Aber die Banken sind kein Freund von Zwangsversteigerungen oder sonst wie uneinbringlichen Forderungen.« Er schleckte sich tatsächlich Zeigefinger und Daumen ab; dann steckte er noch eine Praline in den Mund. »Als Makler bringt mir das kein Ansehen.« Sein Blick wurde lauernd. »Ich bin sicher, Sie fragen nicht ohne Grund. Sie denken an jemand Bestimmtes. Hat er Sie schon gefragt?«

»Sie. Nicht direkt.« Dass er nicht weiter zu theoretisieren brauchte, machte den Rest einfacher. »Aber ...« Vielleicht sollte er es mit den Kunstpausen nicht übertreiben. »Sie ist jemand, die sehr nahe an der Familie ist. Wenn ich sie verärgern würde, hätte ich schon etwas Stress.«

»Schicken Sie sie zu mir.« Heuer grinste. »Seien Sie sicher, sie wird nicht das Gefühl haben, zu viel zu bezahlen.«

Dass Heuer mit allen Wassern gewaschen war, genau darauf setzte er doch. Aber er runzelte die Stirn, als sei er skeptisch. »Wie wollen Sie das denn erreichen?«

»Wenn Sie es mir nicht zutrauen, warum erzählen Sie es mir dann überhaupt?«

»Weil ich dachte, wir könnten es in dem Fall unter der Hand regeln. Nur wir beide. Und nach außen treten Sie nicht in Erscheinung.«

Heuer stand auf und öffnete eine Zigarrenschachtel auf dem Schreibtisch. Er schien die Bauchbinden zu studieren, bevor er sich entschied. Schließlich nahm er eine besonders dicke heraus und zündete sie an. Erst das Konfekt, jetzt die Zigarre: Der Mann hatte entschieden etwas von einem Gourmand.

Mit der Zigarre im Mund setzte er sich wieder. »Ich bin ein ehrlicher Mensch. Und darum sage ich Ihnen was: Ich glaube nicht, dass Sie das hinkriegen.«

»Danke.« Mark ließ ihn seinen Sarkasmus hören.

Heuer wedelte wieder mit einer Hand; dieses Mal dem Qualm hinterher. »Aber das macht nichts. Es wäre nicht ehrlich.« Mittlerweile war es verdächtig, wie oft er seine Ehrlichkeit betonte. »Deswegen gefällt es mir nicht.«

Mark kniff die Augen zusammen und starrte durch den Qualm hindurch. Wenn er jetzt protestierte, würde Heuer dann den Spruch über seine Unfähigkeit zurücknehmen und auf seinen Vorschlag eingehen? Er seufzte vernehmlich. »Mir gefällt es ja auch nicht. Aber was soll ich machen?«

Heuer knurrte ungeduldig. »Habe ich Ihnen doch gesagt: Schicken Sie sie zu mir.«

»Die eleganteste Lösung wäre allemal, wenn diese Frau das Haus überhaupt nicht kaufen würde. So nicht und auch anders nicht.« Er beugte sich vor und senkte seine Stimme. »Ich finde, es ist ein bisschen wie bei einem Gebrauchtwagen. Den verkauft man doch auch nicht im Freundeskreis. Wenn sich dann die ersten Macken zeigen, ist man den Freund los, weil der sich übervorteilt fühlt.«

Heuer bellte auf, was wohl ein Lachen darstellen sollte, dann aber in Husten überging. Er sollte nicht rauchen.

Als er sich wieder gefangen hatte, sagte er: »Das ist mal ein Vergleich. Also, Sie möchten, dass ich schnell einen anderen Käufer finde, wenn diese Frau auftaucht.«

»Das ist sicher nicht so ohne Weiteres möglich ... Aber wenn sich zumindest jemand anderes für das Haus interessieren würde?«

»Das soll ich dieser Frau dann erzählen? Und Sie denken, sie glaubt mir das? Wenn die so misstrauisch ist wie ein Gebrauchtwagenkäufer, wird sie glauben, ich wolle bloß den Preis hochtreiben.«

»Das sehe ich auch so. Eindrucksvoller ist es bestimmt, wenn Sie zu einem Besichtigungstermin mehrere Leute einladen.«

»Das gehört sich nicht!«

Mark lächelte dünn. »Es wird doch jeder einsehen, dass Sie die Mieterin nicht ständig belästigen können.«

Heuer nickte gleich zwei Mal. »Darum wird auch niemand das Haus kaufen wollen, so lange es vermietet ist.« Er runzelte die Stirn. »Und deswegen brauchen Sie sich auch um diese Familienbekannte keine Gedanken machen. Warum sollte ausgerechnet sie das Haus haben wollen?«

»Wird nicht jeder Käufer erst mal denken, so eine Mieterin sei kein Problem? Die habe er im Ernstfall ganz schnell draußen?«

»Hat er auch. Er braucht bloß auf Eigenbedarf zu klagen. Hat diese Bekannte von Ihnen ein Argument dafür?«

In Marks Magen machte sich ein flaues Gefühl breit. Das hatte er nicht bedacht. Oder unterschätzt. Und Iris war auch nicht auf die Idee gekommen, ihr Vertrag sei nicht wasserdicht. Aus Verlegenheit griff er sich noch zwei von den Pralinen, die Heuer unvorsichtigerweise auf dem Tisch hatte stehen lassen.

Heuer sah ihm zu. »Sie hat also ein Argument.«

Plötzlich kam ihm diese Praline überzuckert vor; geradezu widerlich süß. »So weit ich weiß, lebt sie in Scheidung.«

Heuer zog eine Augenbraue hoch. »Dann sollten wir ihr das Haus zugestehen.« Marks Unbehagen schien ihn zu amüsieren. »Sofern sie es überhaupt bezahlen kann.« Er nahm die Zigarre aus dem Mund und betrachtete sie: Sie brannte wohl nicht gut genug; er zündete sie noch mal an. »Scheidungen gehen ins Geld. Hat ihr Mann genug davon?«

»Keine Ahnung.« Mark schüttelte den Kopf. »Ich weiß eigentlich überhaupt nichts über ihren Hintergrund.«

»Und warum nennen Sie sie dann eine enge Bekannte der Familie?« Heuer bohrte seinen Blick in Marks Gesicht.

»Weil ...« Er geriet ins Stottern. »Sie ist seit Kurzem mit meinem Bruder befreundet.«

Heuer grinste einen Moment anzüglich, dann wurde er wieder ernst. »Wenn das so ist, wird sie nicht viel Geld aus der Scheidung schlagen. Auch wenn das Schuldprinzip offiziell nicht mehr gilt ...« Er legte die Zigarre in den überdimensionalen Aschenbecher auf seinem Beistelltisch und griff nach einem Notizblock. »So manches spielt bei den Richtern unbewusst eine Rolle.«

Mark dachte an seine eigene Scheidung und nickte.

»Aber vielleicht taucht sie doch hier auf. Wie heißt die Dame?«

Zweifel überfielen Mark, ob er sich diesem Makler nicht zu sehr anvertraute. Er biss von der nächsten Praline die Hälfte ab und besah sich die Füllung, während er nachdachte. »Ein Allerweltsname leider. Ich werde ...« Er aß den Rest. »Ich kündige es Ihnen an, wenn ich sie zu Ihnen schicke.«

Das Gesicht des Maklers verfinsterte sich. Aber er sollte nicht denken, dass er vielleicht doch an ihm vorbei ein Geschäft machen wollte; er brauchte ihn immerhin. »Wir müssen uns dann doch abstimmen. Je nachdem, wie die Dinge konkret stehen.«

Der Makler grunzte, dann legte er mit wieder freundlicherem Gesicht den Block beiseite. »Das ist wohl wahr.«

Als Mark dann ging, war er immer noch in Zweifel, ob er klug gehandelt hatte. Zumindest durfte Bernward von diesem Manöver nichts erfahren; er wäre ihm auf ewig böse. Er stoppte den Wagen in der nächsten Parklücke, weil er sich plötzlich fragte, warum ihm daran lag, ob Bernward sauer war oder nicht.

Den Kopf auf das Lenkrad gelegt, ließ er die letzten Jahre Revue passieren. Ihm fiel keine Situation ein, in der er sich in Bernwards Gegenwart wohl gefühlt hätte. Geschweige denn, dass das Verhalten Bernwards irgendwie herzlich zu nennen gewesen wäre. Genau genommen war es schon seit Tanjas Geburt so: Schlagartig war ihm Bernward damals über Wochen ausgewichen. Bis eben war es ihm nie aufgefallen; er hatte eigentlich auch keine Zeit gehabt, darüber nachzudenken.

Mark hob den Kopf und ein paar Schritte weiter fiel ihm ein Blumenladen ins Auge. Einem spontanen Einfall folgend, stieg er aus und kaufte einen Strauß Moosrosen für Iris. Sollte er sie nicht antreffen, würde er ihn in der Gießkanne vor die Haustür stellen.

Er parkte direkt vor der Gartenpforte. Er wollte sie öffnen, aber sie war abgeschlossen. Irritiert starrte er die Fassade hoch.

Im ersten Stock stand das große Fenster vom ehemaligen Schlafzimmer offen. Ein Vorhang bauschte sich im Wind zum Fenster hinaus. Offensichtlich war Iris jetzt dort am Renovieren; es sollte ihr Arbeitszimmer werden.

»Iris!« Sie hörte ihn offensichtlich nicht. Er rief lauter, aber nichts rührte sich im Haus. Nun fehlte es doch, dass es an der Gartenpforte keine Klingel gab. Aber sie hatten sie nie abgeschlossen,

Mark sah sich um. Kein Mensch war auf der Straße und um diese Zeit dürfte auch kaum jemand von den Nachbarn am Fenster stehen. Und wenn – sie kannten ihn. Er konnte ihnen immer etwas von einem vergessenen Schlüssel erzählen. Trotzdem rief er zuerst noch einmal nach Iris. Er legte den Blumenstrauß auf den Sockel mit dem Briefkasten. Dann stieg er auf den Zaun und kletterte darüber.

Noch einmal sah er sich um; anscheinend hatte ihn niemand beobachtet.

Auch die Haustür war abgeschlossen, sodass er klingeln musste. Warum hatte er ihr eigentlich schon alle Schlüssel gegeben?

Iris öffnete nicht. Vielleicht war sie doch nicht da; hatte einfach vergessen, das Fenster zu schließen. Oder es offen stehen lassen, um den Farbgeruch auszulüften. Er zuckte die Achseln und holte die Blumen.

Plötzlich stellten sich seine Nackenhaare auf. Vielleicht hatte sie nicht nur dies eine Fenster aufgelassen?

Er ging nach hinten zur Terrasse; dort war alles ordnungsgemäß geschlossen. Aber er hatte vergessen, sich um den Schlüssel für die Kellertür zu kümmern. Auf diesem Wege konnte jeder ins Haus kommen.

Er ging zum Keller, drückte die Klinke herunter und ließ die Tür weit aufschwingen. Dann tastete er nach dem Lichtschalter, der fälschlich hinter der Tür angebracht worden war, und ging zu der Treppe, die am anderen Ende des Raums nach oben führte.

»Iris?« Am Absatz zum Hausflur blieb er stehen, hoffte noch immer, sie wäre doch da.

Ein Luftzug kam unter der geschlossenen Wohnzimmertür durch; nur ganz leicht, aber an seinen strumpflosen Füßen spürte er ihn trotzdem. Wie an dem Tag, als er das Haus zum ersten Mal wieder betreten hatte. Auch ein Geräusch schien von dort zu kommen. Mit zwei Schritten war er an der Tür und öffnete.

Die Terrassentür war immer noch geschlossen. Wie am ersten Tag hatte er sich den Luftzug wohl nur eingebildet.

Er musterte das Wohnzimmer. Aber er war seit Tagen nicht hier gewesen; so konnte er nicht beurteilen, wie es aussehen müsste. Die Möbel schienen genauso abgedeckt, wie Iris es mit Tanja gemeinsam besorgt hatte.

Er ging in die Küche, fand eine schlichte weiße Vase im Schrank unter der Spüle, füllte sie mit Wasser und stellte die Rosen hinein.

Da er nun schon hier war, sollte er zumindest die Läden schließen, damit das Parkett oben nicht ruiniert würde, falls es regnete. Auch das hatte er vergessen, ihr zu sagen: Dies war die Wetterseite des Hauses.

Er ging nach oben.

Als er die Tür zu seinem alten Schlafzimmer öffnete, erstarrte er buchstäblich. Er war sicher gewesen, dass Iris hier schon Raufaser geklebt hatte. Aber von den Wänden hingen Fetzen und in einer Ecke neben dem Fenster lag ein großer Knäuel heruntergerissener Tapeten.

Der Wind hob eine Tapetenbahn neben dem Fenster

an: Das war nicht die alte Schlafzimmertapete, sondern hell-
beige gestrichene Raufaser.

Langsam ließ Mark sich auf die Schwelle sinken, mit
dem Rücken am Türrahmen, den Blick starr auf die Tapeten
gerichtet. Er sollte auch im Kinderzimmer nachschauen, aber
er konnte sich nicht entschließen, wieder aufzustehen. Er
fürchtete sich geradezu davor, dass es dort genauso aussehen
könnte.

Jemand hatte es auf dieses Haus abgesehen. Oder auf
Iris?

Im Kinderzimmer nachzuschauen, würde ihn auch
nicht klüger machen.

Stattdessen ging er hinunter in den Keller und begann,
nach dem fehlenden Schlüssel zu suchen. Aber in dem
schmalen Zwischenraum zwischen Fußboden und Regalbö-
den war es zu dunkel, um zu erkennen, ob er irgendwo darunter lag. Nachdem er in der Küche vergeblich nach einer Taschenlampe gesucht hatte, legte er sich vor dem Kellerregal
auf den Bauch und tastete die Flächen unter dem Regal Zentimeter für Zentimeter ab.

Nach einer Viertelstunde hatte er zwei Pingpong-Bälle,
eine kleine Harke, eine Schachtel Schrauben, ein paar Dübel
und einen Zollstock hervorgeholt. Nacheinander legte er alles
ins Regal. Obwohl es recht unsinnig war, schaute er noch in
die Schraubenschachtel, aber da war der Schlüssel auch nicht.

Mark setzte sich auf die Kellertreppe und versuchte
noch einmal, sich zu erinnern, ob es an einem der Bunde, die
er Iris gegeben hatte, einen zweiten Kellerschlüssel gab.

Plötzlich beschlichen ihn Zweifel, ob sie es billigen
würde, dass er überhaupt ins Haus gekommen war. Kurzerhand leerte er die Vase in der Küche, trocknete sie mit seinem
Taschentuch ab und stellte sie unter die Spüle zurück. Dann
verließ er über den Keller das Haus.

Der Garten wirkte dieses Mal, als sei der Eindringling nicht mehr zurückgekommen; nichts schien zerstört oder abgerissen worden zu sein. Während er zu den Johannisbeeren ging, achtete er genau darauf, wie der Boden vor seinen Füßen aussah. Noch einmal sollte ihm das nicht passieren, dass er Spuren zertrampelte. Aber selbst bei den Sträuchern gab es kein Zeichen für ein Eindringen: keine neuen Bruchstellen an den Sträuchern, keine Abdrücke in der weichen Erde.

Er öffnete die Tür des Gartenschuppens – keine erdverklebten Schaufeln und alles ordentlich aufgeräumt. So viel war gewiss: Wenn er den Vandalen nicht in flagranti erwischte, käme er nicht weiter. Und wenn Iris doch die Tapeten selbst abgerissen hatte? Er kannte sie doch viel zu wenig, um zu wissen, was in ihrem Kopf vorgehen mochte.

Er nahm die Gießkanne zum Haus zurück, füllte sie und steckte die Moosrosen hinein.

Zeit, nach Hause zu fahren.

»Tag, Herr Schreiber.« Am Oleander auf der anderen Seite des Zauns tauchte die Tochter der Nachbarin, der alten Frau Wimmer, auf. Die Tochter war selber schon Ende Vierzig und wohl nicht mehr sehr fit. Eine Hand in den Rücken gestützt, die andere einen Rechen mit sich ziehend, schlurfte sie heran.

Er blieb stehen und nickte ihr einen Gruß zu; an den Vornamen konnte er sich nicht mehr erinnern.

»Das ist gut, dass Sie den Garten endlich in Ordnung gebracht haben. Ständig hatte ich Ihre Unkrautsamen zwischen meinen Blumen.«

»Es tut mir leid«, murmelte er und ging weiter.

»Ich freue mich wirklich, dass hier endlich wieder Leben einkehrt«, rief sie ihm hinterher.

Nun blieb er doch stehen und drehte sich um. Wenn die Frau so neugierig war, hatte sie vielleicht etwas gesehen.

»Wie kommen Sie darauf?« Hoffentlich war die Frage unauffällig genug.

»Wegen mir haben Sie doch bestimmt nicht Ordnung gemacht.« Sie wedelte mit der Hand in Richtung Steingartenbeet. »Aber mir scheint, Sie haben noch keine richtige Vorstellung, was Sie machen wollen.«

»Wie kommen Sie darauf?« Fiel ihm nichts anderes ein als die gleiche dämliche Frage zu wiederholen?

Ihr Lächeln verschwand, als habe er sie mit seiner Frage beleidigt. Vorsichtshalber trat er einen Schritt näher. »Sie können es gewiss viel besser beurteilen als ich. Ich habe doch gar keine Erfahrung.«

Ihr Lächeln kehrte zurück. »Na, wenn ich das so sehe: Sie und Ihr Bruder – der nette junge Mann ist doch ihr Bruder?«

Bernward »jung«? Also war sie immer noch auf Männerfang.

Er nickte.

»Also, Sie und Ihr Bruder ... Wie heißt er doch gleich ...«

Dieses Mal reagierte er nicht.

»... Sie setzen die Pflanzen dahin oder dorthin und dann kommt diese junge Frau und rupft sie wieder heraus.«

Mark runzelte die Stirn. Er hatte erwartet, Iris würde es ihm erzählen, wenn sie sich an den Garten machte. Wieso hatte sie sich überhaupt die Zeit dafür genommen, bevor sie im Haus fertig war?

Die Nachbarin schien ihn etwas gefragt zu haben. »Wie?«

»Ich sagte, das bekommt den Pflanzen nicht, wenn man sie ständig umsetzt.«

»So viel weiß ich auch. Aber was soll ich machen?« Er war sich nicht sicher, ob er ihren Redefluss lieber stoppen sollte oder darauf hoffen, dass sie noch etwas wirklich Interessantes zu erzählen hatte.

Sie kam dichter an den Zaun. »Eine Zeichnung natürlich!«

Mit einer solchen Antwort hatte er nicht gerechnet. Er musste sie verständnislos angeschaut haben, denn sie schwenkte den Rechen im Halbkreis. »So habe ich es gemacht. Einen Plan gemeinsam mit Mutter, was wohin gepflanzt werden soll. Da gab es kein Vertun und«, sie schob einen Oleanderzweig zur Seite und kam noch näher, »auch kein Genörgel hinterher. Jeder Strauch, jede Zwiebel hatte ihren Platz.«

»Das ist eine gute Idee.«

Sie öffnete den Mund, wohl zu weiteren Erklärungen. Aber er entschied, dass er nicht länger mit ihr reden wollte. Er bedankte sich, ging zur Haustür und stellte die Gießkanne mit den Blumen ab.

Als er zur Gartenpforte lief, blickte er sich aus den Augenwinkeln nach ihr um. Natürlich stand sie immer noch da und beobachtete ihn.

Sie würde sich wundern, wenn er jetzt über die Gartenpforte kletterte. Darum ging er ein paar Schritte zurück und nahm Maß. Er bezweifelte, dass er es schaffte, mit einem einzigen Sprung hinüberzukommen, aber wenigstens konnte er es auch bei Misslingen als sportliche Übung verkaufen. So oder so; Iris würde jetzt wohl doch erfahren, dass er hier gewesen war. Aber sicherlich hatte die Nachbarin ihn nur im Garten herumlaufen sehen.

Er atmete aus und wieder ein, hielt kurz die Luft an und rannte los. Er sprang – und eine Hosentasche verhakte sich in einer Zaunspitze und riss. Dass er festhing, war sein Glück; er hätte sich den Hals brechen können. Langsam ließ er sich wieder heruntergleiten. Während er sich zur Seite drehte, um scheinbar den Schaden zu betrachten, schielte er nach der Nachbarin. Sie stand immer noch am Zaun. Wenigstens schien sie nicht zu lachen.

Mit Ingrimm betrachtete er die Gartenpforte; er konnte jetzt unmöglich anfangen zu klettern. Er ging noch ein paar Schritte weiter zurück und versuchte es mit einem seitlichen Hechtsprung. Er blieb mit seiner Jacke an den Verzierungen der Oberkante hängen, aber wenigstens war er jetzt oben. Vorsichtig löste er die Jacke, dann stellte er einen Fuß an der Außenseite auf eine Sprosse der Pforte und hob das andere Bein hinüber.

»Die junge Frau kann das aber viel besser«, rief ihm die Nachbarin zu. Iris sprang über die Gartenpforte? Er hatte sie eher für einen Bücherwurm gehalten.

Konnte er sie irgendwie vorwarnen, bevor sie ihr Arbeitszimmer sah? Zurück im Büro versuchte er, sie zu erreichen.

Zu Hause war sie nicht. Bei der Zeitung sagte ihm eine arrogante männliche Stimme, Iris habe sich für drei Tage krank gemeldet.

»Das kann nicht sein«, entfuhr es ihm.

Der Mensch am anderen Ende reagierte sofort. »Sie meinen, Frau Kannert ist gar nicht krank? Haben Sie sie gesehen?«

Mark schloss einen Moment die Augen und verfluchte sein ewiges Ungeschick. Was hatte er Iris jetzt angetan? »Ich habe sie letzte Woche gesehen. Da war sie noch ganz gesund.« Was für ein Schwachsinn; er nahm sich zusammen. »Ich habe mich nur gewundert, dass ich es nicht weiß.«

Der Mann gab einen Lachlaut von sich. »Ach so!« Es klang mehr als anzüglich. »Dann sind Sie wohl der neue Liebhaber.«

Mark schnaubte. »Ich bin der neue Vermieter!« Er legte auf. Jetzt hatte er sich auch noch gerechtfertigt.

13

Nach der Nachmittagsvorstellung im Kindertheater ging Mark mit Tanja auf die erste Einkaufsrunde für den Schulbeginn im Herbst. Es war nicht ganz klug, denn kurz vor Ende der Sommerferien würde manches billiger sein. Aber Tanja konnte es nicht mehr erwarten; es schien, als sei sie die Vorschule plötzlich leid geworden.

Gleich hinter der Kasse packte sie alle Hefte, Stifte und Malsachen aus und in ihren neuen dunkelblauen Ranzen. »Setz ihn mir auf!«

»Jetzt hier? Sofort? Er ist schwer.« So ein Unsinn; mit den Büchern würde er später noch schwerer sein.

Tanja machte ihr entschlossenes Gesicht und er gab lachend nach. »Wirst du jeden Tag mit mir Hausaufgaben machen?«

Er stellte sich hinter sie und richtete die Länge der Riemen. »Ich hoffe doch, du wirst nicht jeden Tag Hausaufgaben machen müssen.«

Sie blickte ihn über ihre Schulter an. »Machst du trotzdem mit mir jeden Tag Hausaufgaben? Wenn man ganz schnell etwas lernen will, muss man jeden Tag üben.«

»Woher hast du denn diese Weisheit?« Er schmunzelte; bei diesem Eifer würde sie den Schulstoff im Handumdrehen bewältigen.

»Von Iris!« Sie nahm seine Hand und zog ihn Richtung Parkplatz.

Mark konnte sich nicht erinnern, dass Tanja mit Iris in letzter Zeit allein gewesen war. Waren sie überhaupt schon einmal allein gewesen? Auf dem Spielplatz, das zählte nicht, da waren sie zu dritt gewesen. Genauso wie im Restaurant und beim Renovieren. »Wann war das denn?«

»Heute Nachmittag!«

Er blieb so abrupt stehen, dass ihm jemand in die Hacken trat. Ein älterer Mann legte ihm die Hand auf die Schulter. »Entschuldigen Sie bitte.«

»Meine Schuld«, murmelte Mark, ohne sich umzudrehen. »Wieso hast du Iris heute Nachmittag gesehen?«

Tanja kicherte. »Bist du jetzt neidisch, Papa? Das kommt davon, dass du immer erst kommst, wenn die Vorschule aus ist.«

Er neigte den Kopf und betrachtete Tanja mit gerunzelter Stirn. »Ich glaube, du willst mich aufziehen. Iris hat in eurer Schule nichts verloren.«

»Doch!« Sie triumphierte. »Sie wollte zu Frau Schröder.«

Das war absurd. Mark war nun erst recht überzeugt, dass Tanja flunkerte. »Will Iris jetzt auch unter die Lehrerinnen gehen?«

»Papa, du bist blöd. Das hat Iris doch gar nicht gelernt.« Wie kam Tanja denn darauf? Das wusste ja nicht einmal er. »Auch wenn sie eine tolle Lehrerin wäre; bestimmt viel toller als die Frau Schröder.«

Offensichtlich musste er dringend herausfinden, was Tanja neuerdings an Problemen mit der Schröder hatte. Und was Iris in der Vorschule tat, wollte er jetzt auch wissen. »Neuerdings vergleichst du Frau Schröder immer wieder mit Iris. Warum das auf einmal?«

»Aber Papa! Früher habe ich Iris doch gar nicht gekannt.«

Auf was für Argumente Kinder doch kamen. »Das überzeugt mich. Aber früher hast du so große Stücke auf Frau

Schröder gehalten. Neuerdings scheint sie dir nicht mehr alles recht zu machen.«

»Ich glaube, sie ist ein bisschen zerstreut in letzter Zeit.« Das war nicht verwunderlich. Aber Tanja zu erklären, dass die Scheidung ihr wahrscheinlich den Schlaf raubte, das ging denn doch zu weit. »Und ich lerne auch nichts Neues mehr.«

Er nahm sie an der Hand, damit sie dicht neben ihm ging. Sie war zu klein, um gesehen werden, wenn die Autos rückwärts aus den Parklücken fuhren. »Das ist eigentlich ganz prima. Es bedeutet, du hast alles gelernt, was ein Kind in der Vorschule lernen kann.«

Tanja zog die Oberlippe hoch und kräuselte die Nase. »Warum muss ich dann überhaupt noch hingehen?«

Schon wieder eine dieser Fragen, für die es keine gute Antwort gab. »Was möchtest du denn stattdessen machen?«

»In die Schule gehen!«

Mark umarmte sie. »Wunderbar!«

»Heißt das Ja?« Tanjas Augen begannen zu glitzern.

»Ich fürchte nein. In der Schule müssen sie doch erst eine Klasse und eine Lehrerin für dich haben.«

Tanja zog ihren Flunsch. »Aber in die Vorschule will ich nicht mehr.« Offensichtlich sah sie ihm an, was er darüber dachte. Sie reagierte, bevor er den Mund aufmachen konnte. »Du hast eben selbst gesagt, dass ich dort schon alles gelernt habe.«

Mark nickte ergeben. »Also fragen wir morgen früh in der Schule. Und was machst du, wenn die Nein sagen?«

Tanja zuckte die Achseln. Damit war das Thema aber nur vertagt.

Mark versuchte einen neuen Anlauf. »Guck mal, in der Vorschule hast du einen Haufen Freundinnen; mit denen kannst du immerhin spielen. Zu Hause bei Oma würdest du dich nur langweilen.«

»Aber da gibt es wenigstens keinen Streit.«

»Streitet die Frau Schröder etwa mit dir?« Also doch. Er hatte es ja befürchtet, sie könne es an Tanja auslassen, wenn sie das Haus nicht bekäme. Dann musste er wohl mit Bernward ein offenes Wort reden.

»Mit mir doch nicht. Das wagt sie nicht. Sie weiß genau, dass ich mich bei Onkel Bernward über sie beschweren würde.«

»Was stört es dich dann, wenn sie streitet?«

Tanja stemmte die Fäuste in die Hüften. »Was es mich stört? Du hättest die beiden mal hören sollen heute Mittag!«

»Welche beiden?« Mark überlegte, an welcher Stelle er den Faden verloren hatte.

»Na, von wem rede ich die ganze Zeit? Iris und die Frau Schröder.«

Mark starrte sie an. Iris war in die Schule gegangen, um mit der Schröder zu streiten. Oder hatte die Schröder sie gebeten zu kommen? Aber die wusste doch gar nicht, wer das Haus gemietet hatte. Oder doch? »Was? Was haben die denn überhaupt miteinander zu tun?«

Tanja seufzte. »Sie haben wegen dem Haus gestritten. Ganz laut; wir brauchten gar nicht zu lauschen. Ich habe trotzdem nicht alles verstanden.« Sie zog einen Träger ihres Ranzens von der Schulter. »Schwer. Hilfst du mir?«

Mark beeilte sich, ihr den Ranzen abzunehmen, und hängte ihn sich selbst über eine Schulter. »Was hast du denn verstanden?« Er sollte besser Iris direkt fragen, aber nach all den Merkwürdigkeiten wusste er nicht mehr, woran er war.

Tanja hob die Schultern und presste die Mundwinkel aufeinander. Dann setzte sie sich auf ein Mäuerchen und ließ die Beine baumeln. Er sollte sich besser in Geduld üben, wenn er etwas Vernünftiges erfahren wollte.

Tanja rieb sich die Nase. »Also – verstanden habe ich,

dass etwas kaputt ist und Iris die Schröder fragte, ob sie das war.«

»Ernsthaft?« Mark schüttelte den Kopf. »Warum sollte Frau Schröder es zugeben, wenn sie etwas kaputt gemacht hat?«

»Eben.« Tanja grinste verschmitzt. »Tu ich ja auch nicht. Es gibt bloß Ärger, wenn es herauskommt.«

»Wie man sieht!« Also war Iris auf der Suche nach dem Eindringling und testete alle denkbaren Möglichkeiten aus.

»Frau Schröder war es aber bestimmt nicht.«

»Warum denkst du das?«, fragte Mark automatisch.

»Frau Schröder möchte das Haus doch haben, oder? Was man haben möchte, macht man nicht kaputt.«

Manchmal schon: Wenn man feststellte, dass man es nicht kriegen konnte. Aber das war zu kompliziert für Tanja. »Das ist wahr«, pflichtete er ihr deshalb bei. »Aber irgend jemand muss es gewesen sein.«

»Vielleicht solltet ihr einen Detektiv anstellen.«

Mark stupste sie auf die Nase. »Du hast wohl zu viele TKKG-Kassetten gehört?«

»War er denn wieder da inzwischen? Hat er wieder die Blumen herausgerissen?«

»Ich weiß es nicht.«

»Warum war Iris dann so wütend?«

»Das sollten wir sie vielleicht fragen.« Er konnte Tanja unmöglich sagen, dass er von den Tapeten wusste. Es wurde immer komplizierter.

Aber sie beendeten stattdessen den Einkauf; dann gingen sie zusammen Eis essen.

Schon von der Wohnungstür hörten sie Bernwards zornige Stimme. Er stand bei Ella in der Küche und redete auf sie ein. Mark lauschte ungeniert, während er im Flur Tanja half, die Sandalen auszuziehen.

»Warum schimpft er denn mit Oma, wenn Onkel Bernward sich über jemanden geärgert hat?«

»Weil sonst niemand da ist, mit dem er schimpfen kann. Bis jetzt.« Er erhob sich und gab Tanja einen Klaps. »Geh spielen. Ich sag dir Bescheid, wenn das Essen fertig ist.«

Sie blieb stehen. »Nein; ich muss doch Oma Ella helfen.«

Amüsiert versuchte Mark, sie trotzdem in ihr Zimmer zu dirigieren. »Seit wann hilfst du Oma beim Kochen? Das ist ja etwas ganz Neues.«

»Doch nicht beim Kochen.« Bevor er sie aufhalten konnte, war sie in der Küche.

Als er ihr folgte, stand sie schon vor Bernward und zerrte ihn am Arm. »Onkel Bernward! Bernward!«

Er wischte ihre Hand weg, während er weiterredete.

Aber sie ließ sich nicht beirren. »On-kel Bern-ward!«, schrie sie, so laut sie konnte. Mark bewunderte ihren Mut; er sollte sie langsam für voll nehmen.

»Sei still, wenn Erwachsene reden«, fauchte Bernward.

Aber Tanja griff mit beiden Händen nach seinem Hemd und zerrte weiter an ihm.

Mark grinste. »Tanja möchte dir offensichtlich etwas Wichtiges sagen.«

Bernward verstummte für einen Augenblick. »Was soll es denn Wichtiges geben?« Er packte Tanjas Hände und löste sie von seinem Hemd. »Wirst du mich wohl loslassen?«

Tanja senkte die Hände, nur um sie zu Fäusten geballt in die Hüften zu stemmen. »Du sollst nicht mit Oma Ella streiten!«

»Wir streiten nicht«, knurrte Bernward.

»Du kannst es nennen, wie du willst.« Ella zog Tanja an sich. »Schätzchen, lass ihn doch. Jeder hat mal schlechte Laune; und heute ist eben Onkel Bernward dran.«

»Aber das war gemein, was er gesagt hat. Ich habe alles genau gehört.« Sie funkelte Bernward an. »Und ich habe heute Nachmittag auch genau gehört, was die Iris und Frau Schröder gestritten haben.« Das konnte jetzt aber schief gehen!

Doch Bernward verdrehte nur die Augen und starrte den Fettspritzer über dem Herd an. Dann zog er seine Zigaretten aus der Hemdtasche. »Gegen euch komme ich nicht an. Macht doch, was ihr wollt.« Er verschwand auf dem Balkon.

Mark trat zu Ella. »Was hat er wirklich?«, fragte er leise.

Sie hob die Achseln. »Liebeskummer, vermute ich. Wahrscheinlich haben sie zum ersten Mal gestritten und er hat die Schlacht verloren.« Ella konnte wirklich gehässig sein, aber er wunderte sich trotzdem darüber. Sie grinste. »Es ist mir recht.«

Bernward steckte den Kopf zur Tür herein. »Wie lange dauert es eigentlich noch?«

»Wenn du mich nicht aufgehalten hättest, wäre das Essen schon fertig.« Ella nickte Tanja zu und die zog die Schublade mit dem Besteck auf.

Als sie schließlich am Tisch saßen, murmelte Bernward wie beiläufig, den Mund noch halb voll. »Du solltest deine Mieterin im Auge behalten; sie scheint nicht ganz dicht zu sein.«

Mark tat sich zwei Kartoffeln auf und begann, Tanja das Fleisch klein zu schneiden. Dazu würde er gewiss kein Wort sagen.

»Interessiert es dich nicht?« Bernward senkte sein Besteck und sah ihn herausfordernd an.

Aber es war ein Fehler, dass er Tanja wieder die Mühe abnahm. Mark gab ihr das Besteck, wie Iris es getan hatte, und half ihr nur dabei, das Messer im richtigen Winkel anzusetzen.

Als sie mit dem Fleisch fertig waren, warf er Bernward

einen Blick zu. »Anscheinend interessiert es dich; das reicht doch.«

Bernward schnappte nach Luft.

»Onkel Bernward, du guckst wie ein Fisch.« Tanja kicherte.

Mark legte ihr die Hand auf den Arm, bevor Bernward reagieren konnte. »Iss, Maus, du musst bald ins Bett.«

»Aber ich will nicht mehr in die Vorschule!« Ausgerechnet jetzt kam sie wieder damit? Vielleicht nicht schlecht, um das Thema zu wechseln.

Ella griff Tanjas Protest sofort auf. In der heißen Diskussion, die sich daraufhin entspann, kam Bernward bis zum Ende des Abendessens nicht mehr zu Wort.

Danach flüchtete Mark mit Tanja ins Bad, um sie fürs Schlafengehen fertigzumachen.

»Ich will lesen lernen.« Bevor sie ins Bett stieg, griff sie in das Regel mit den Bilderbüchern. Manche davon hatten auf jeder Seite ein oder zwei Zeilen mit sehr großen Buchstaben; eines davon nahm sie und sprang ins Bett. »Das da – was heißt das?«

Mark setzte sich neben sie auf die Bettkante. »Das ist ein ziemlich langes Wort: ›Waschbär‹.«

Sie wiederholte es.

Er nahm ihr das Buch aus der Hand. »Für den Anfang suchen wir uns besser die leichten Worte.«

Sie kräuselte ihre Nase, aber er suchte eine Seite, auf der fast alle Worte nur aus wenigen Buchstaben bestanden. Er hatte keine Ahnung, wie man am schnellsten lesen lernte. »Das ist ein I, das ein N. I-N. Da – lies das Wort.«

Sie sprach es ihm nach; dann suchte er, ob es noch auf anderen Seiten stand.

»Mark! Telefon.« Ella rief ihn aus der Diele.

»Ich warte auf dich.« Tanja nahm das Buch entgegen.

»Nein, Maus. Schlaf lieber; morgen fangen wir eher an mit dem Lesen.« Er gab ihr einen flüchtigen Kuss auf die Stirn und beeilte sich, ans Telefon zu kommen.

Ella war wieder in die Küche zurückgekehrt; Bernwards Stimme hatte einen nörgeligen Tonfall. Mark seufzte, als er das Telefon aufnahm.

»Mark! Endlich!« Iris klang panisch. »Ich versuche schon den ganzen Tag, dich zu erreichen.«

Das konnte er zwar nicht glauben; sonst hätte Andrea etwas gesagt. Aber es war ihm gerade egal. »Ich dich auch. Heute Nachmittag in der Vorschule haben wir uns wohl gerade verpasst.«

»Das war etwas anderes.« Sie stockte; anscheinend wusste sie nicht, was sie jetzt sagen sollte.

»Was gibt es so dringend?«

»Mark ...« Sie holte geräuschvoll Luft. »Du warst heute dort, nicht wahr? Eine Nachbarin hat es mir erzählt.«

»Ich dachte, ich könnte dir vielleicht ein bisschen helfen.« Wie einfach es sich am Telefon lügen ließ. »Ich hatte einen terminfreien Nachmittag.«

»Aber du warst nicht im Haus drin, oder?«

Er zögerte; wenn ihn die Nachbarin nun doch gesehen hatte? Wäre das möglich?

Er dachte einen Moment zu lange nach. »Also ja«, sagte sie und in ihrer Stimme schwang ein Zittern, das Angst genauso gut wie Ärger sein konnte.

»Der Keller war nicht abgeschlossen.«

»Wie hast du das gemerkt?« Jetzt bebte ihre Stimme wirklich.

Warum sollte er eigentlich nicht zugeben, dass er im Haus gewesen war? »Ganz einfach. Ich habe es ausprobiert, weil die Vordertür abgeschlossen war und ein Fenster offen stand. Ich dachte, ich mache es besser zu bei dem Wetter.«

»Ist das alles?« Ihre Stimme gewann an Schärfe. »Mehr hast du nicht zu sagen?«

»Ich habe den Kellerschlüssel gesucht und nicht gefunden. Und seitdem habe ich versucht, dich zu erreichen.«

Sie schnaufte, schien zu zögern. »Du warst wohl nicht der Einzige. Dieser ...« Ihr Tonfall änderte sich plötzlich; sie klang wie abgewürgt und dann kam ein Schluchzer. Ihre nächsten Worte waren kaum zu verstehen. »... Vandale ... hat die Tapeten heruntergerissen ... voll gemalt ...«

»Die Tapeten, ja. Ich dachte, du hättest deinen Geschmack geändert.« Sie musste ihn für einen Idioten halten. Als ob er dächte, sie wüsste nicht, was sie wollte. Und selbst wenn. Kein normaler Mensch würde sich seinen Umzug in der Weise ruinieren. »Aber ich weiß nicht ... Deswegen habe ich versucht, dich zu erreichen.«

Sie sagte nichts; einen Augenblick fürchtete er, sie habe aufgelegt.

»Iris, wo bist du jetzt? Ich komme zu dir.«

»Ich brauche keinen Babysitter! Ich bin zu Hause und will jetzt noch eine Stunde arbeiten, bevor ich schlafen gehe.«

Er fühlte sich geohrfeigt. »So. Und warum hast du mich jetzt angerufen?«

»Ich wollte wissen, ob das Zimmer schon so aussah, als du dort warst.«

»Aha. Und wozu?«

»Irgendwer muss das ja sein, der dort alles kaputt macht.« Ihre Stimme klang kühl; sie hatte sich wieder in der Gewalt. »Gute Nacht.« Sie legte auf, bevor er reagieren konnte.

Er schluckte, dann packte ihn die Wut. Er wählte ihre Nummer, vertippte sich zwei Mal, weil seine Hände vor Zorn bebten. Aber sie ging nicht ran. Wie konnte sie auch nur einen Moment glauben, dass er es gewesen war. Er ballte die

Fäuste, wählte dann noch einmal. Dann knallte er das Telefon auf die Ladestation.

»Sagte ich nicht, dass deine Mieterin etwas seltsam ist?« Bernwards schadenfrohe Stimme erreichte ihn trotz der geschlossenen Küchentür.

Mark wäre ihm am liebsten an den Hals gesprungen. Um ihm aus dem Weg zu gehen, ging er ins Wohnzimmer und schaltete den Fernseher an.

Mit einer Hand suchte er nach dem Programmheft, während er mit der anderen die Programme durchklickte. Schließlich fand er einen alten Spielfilm, an dem Ella ihre Freude haben würde. In dem Sender liefen noch Nachrichten; es waren zwei oder drei Minuten bis zum Beginn des Films.

Er drückte auf leiser und ging zur Küche. »Mutter, gleich gibt es einen Hitchcock; ich helfe dir nachher beim Abräumen.«

Bernward blickte auf die Küchenuhr und begann, das Geschirr in die Spüle zu stellen. »Ich mach das; geht nur. Ich habe keine Zeit, für den Film zu bleiben.«

Mark verkniff sich die Frage, ob er mit seiner Flamme verabredet wäre, aber Ella konnte den Mund nicht halten. »Dann ist es ja umso schöner, dass du überhaupt zum Essen gekommen bist.« Ob Bernward gemerkt hatte, dass sie das »Essen« so betonte?

Er hakte Ella unter. »Bestimmt wäscht er auch gleich ab.«

Das Geschirr klirrte mehr als nötig; Bernward hatte es gehört und nun blieb ihm nichts andere übrig als auch einmal die Hausarbeit zu übernehmen. Mark feixte.

Trotzdem der Vorspann schon lief, fragte Ella, was Iris gewollt hatte, dass er so aufgebracht gewesen war.

Mark seufzte; er kam sich plötzlich kindisch vor. »Nichts Wichtiges eigentlich.«

Ella sah ihn vorwurfsvoll an. Sie drehte den Ton wieder leiser. »Du weißt doch, dass du mich noch nie belügen konntest. Also, was ist passiert?«

»Die Kellertür war nicht abgeschlossen und da ist jemand ins Haus eingedrungen und hat dort den Vandalen gegeben.« Er zuckte mit den Achseln, als sei es gleichgültig. »Ärgerlich; aber solche Dinge passieren nun einmal selbst in einer spießig-bürgerlichen Gegend wie dieser. Wenn man sich über alles aufregen wollte, hätte man viel zu tun.«

»Und warum hast du dich dann trotzdem aufgeregt?«

»Weil ...« Konnte sie nicht auch mal locker lassen? Er wusste nicht, was er dazu sagen sollte.

»Ich habe mich halt über Iris geärgert.«

»Über Iris. So!«

Er platzte mit dem ganzen Zorn heraus, der ihn wieder überrollte. »Sie hat gerade so getan, als sei ich es gewesen, der die Tapeten von den Wänden gerissen hat.«

»Jungejunge.« Ella drehte sich zum Fernseher und stellte ihn wieder lauter.

Mark lehnte sich zurück und begann, den Film zu genießen. Es war lange her, dass er ihn gesehen hatte und er verfolgte aufmerksam die Feinheiten der Geschichte, als sähe er ihn erst zum zweiten oder dritten Mal. Bernward wusch tatsächlich noch ab; sonst wäre er schon längst gegangen.

Nach einer Viertelstunde drang immer noch das Klappern der Töpfe aus der Küche. Mark feixte, als es einmal besonders laut schepperte. »Er scheint es doch nicht so eilig zu haben.«

»Es klingt nach Großputz«, feixte sie zurück.

Das befürchtete er inzwischen auch. Bernward wollte anscheinend bis zum Ende des Films bleiben. »Kann es sein, dass er wegen irgendetwas ein schlechtes Gewissen hat?«

»Psst.« Ella beugte sich gespannt vor, um den Schatten

genauer zu beobachten, der Treppe hochschlich, und antwortete nicht gleich. »Er will mit dir reden; das ist alles.«

»Hat er dir das gesagt, als ich mit Tanja beschäftigt war?«

Sie warf ihm einen missbilligenden Blick zu. »Das war nicht nötig.«

Er versuchte, sich wieder auf den Film zu konzentrieren, aber es gelang ihm nicht mehr. Mit einem Ohr lauschte er ständig zur Küche. Es klang wirklich nach einer Großaktion; Bernward schien auch noch den Fußboden zu wischen. Dann klappte die Balkontür. Rauchpause oder fertig; das war die Frage.

Mark schielte zur Uhr über dem falschen Kamin: Der Film ging noch eine halbe Stunde. Er hatte keine Lust auf eine weitere Diskussion über Iris; erst recht jetzt nicht, nachdem er sich über sie geärgert hatte. Aber ihm fiel nur eine Möglichkeit ein, Bernward aus dem Weg zu gehen, falls er auf das Ende des Films wartete.

Als die Szene kam, die der Abschluss sein musste, stand er auf. »Gute Nacht, Mutter.« Er verzog sich schnell ins Bad, drehte die Dusche auf und begann, sich auszuziehen.

Das Telefon klingelte wieder. Fluchend warf er sich den Bademantel über und ging in die Diele. An der Küchentür sah er Bernwards Schatten; gleich würde er sie wohl öffnen. Er nahm das Telefon ins Bad und setzte sich auf den Rand der Badewanne.

»Mark, es tut mir leid.« Iris' Stimme klang seltsam schüchtern. »Ich wollte dir nur sagen ...« Er hörte, dass sie plötzlich lächelte. »Ich konnte nicht einschlafen, weil ich ein schlechtes Gewissen habe. – Ich habe natürlich nicht wirklich gedacht, dass du es warst.«

Ein Gefühl des Triumphs machte sich bei ihren Worten in ihm breit. »Schon gut. Du brauchst dich nicht zu entschuldigen.« Er freute sich darauf, es Bernward unter die Nase zu reiben – aber was genau eigentlich?

»Aber ich war so aufgebracht. Umso mehr, je länger ich dich nicht erreichen konnte.«

Er konnte ihr schlecht noch einmal sagen, dass sie sich nicht entschuldigen sollte. »Ich helfe dir. Wann bist du das nächste Mal draußen?«

Nachdem er das Gespräch beendet hatte, war er zuerst unschlüssig, ob er Bernward weiter ignorieren sollte oder mit ihm reden. Dann entschied er sich gegen Reden. Statt zu duschen, ließ er Wasser in die Wanne laufen. Er huschte ins Schlafzimmer und holte sich zwei Ausgaben der arch+.

Von Bernward war nichts zu hören und zu sehen; dabei war er sicher, dass er noch da sein musste.

Vorsichtshalber schloss er die Tür ab, bevor er es sich in der Wanne gemütlich machte. Eigentlich fehlte nur noch das Glas Rotwein.

Zwei Mal ließ er warmes Wasser nachlaufen, bevor Bernward schließlich aufbrach. Er machte in Gedanken drei Kreuze, dass er nicht versucht hatte, ihn im Bad zu besuchen.

Aber was hatte er eigentlich von ihm gewollt? Nun blieb das nagende Gefühl, dass ihm etwas Wichtiges entgangen war

14

Am folgenden Tag hielt eine Besprechung Mark sehr viel länger auf als er vorausgesehen hatte. Also holte er erst Tanja ab, bevor er sein Versprechen einlösen konnte, Iris zu helfen.

Tanja wurde immer stiller, je näher sie dem Haus kamen. Schließlich fiel es Mark auf und er fragte sie.

»Ich habe Angst.« Sie schien in ihrem Kindersitz zu schrumpfen. »Wenn dort wieder der Zerstörer ist?«

»Aber Maus, er tut uns doch nichts. Das ist nur ein Spinner, der das Chaos liebt.« Hoffentlich klang er überzeugend.

Ein Blick in den Rückspiegel sagte ihm aber, dass sie sich immer noch ängstigte. Nur gut, dass sie nichts von den abgerissenen Tapeten wusste.

Er war selber beunruhigt. Aber wenn sie künftig den Keller abschließen würden, käme der Eindringling wenigstens nicht mehr ins Haus.

»Papa? Hast du nicht auch Angst?«

An der nächsten Ampel drehte er sich zu ihr um, damit sie ihn ansehen konnte. »Nein, Schatz. Angst habe ich keine. Aber ich gebe zu, dass es ein bisschen gruselig ist, nicht zu wissen, wer da heimlich im Garten herumgräbt.« Und warum er das tat.

Als er um die Ecke bog, stand wieder das Fenster im ehemaligen Schlafzimmer offen. Aber gewiss hieß das dieses Mal, dass Iris schon da war.

Ein kleiner Fiat parkte direkt davor, die Heckklappe geöffnet. Die Farbtöpfe sagten ihm, dass es Iris' Auto sein musste.

Er stieg aus und griff sich zwei der Farbeimer. Tanja lief ihm voraus, klinkte die Pforte auf und rannte dann die Stufen zur Haustür hoch. Sie streckte gerade die Hand nach der Klingel aus, als Iris öffnete.

Sie hatte ihre Haare in der Weise der Türkinnen in ein großes Kopftuch eingebunden; nur eine Strähne hing ihr ins Gesicht. Auf der Nase hatte sie zwei weiße Farbspritzer und ihr Kittel war von oben bis unten bekleckert.

»Nachschub!« Mark schwenkte die Eimer. »So viel, wie du auf deinen Kleidern verstreichst, wirst du ihn dringend brauchen.«

Sie lachte und mit diesem Lachen fiel ihm ein Stein vom Herzen: Es war nichts weiter passiert.

Iris streckte Tanja abwehrend die Hände entgegen. »Komm mir nicht zu nahe in deinem schönen Kleid; die Farbe geht nicht rauszuwaschen.«

»Was machst du denn damit? Bist du bald fertig?«

Iris seufzte. »Ich wäre es eigentlich.«

Unwillkürlich umklammerte Mark die Henkel der Farbeimer fester; hoffentlich sagte sie jetzt nichts über die Tapeten.

»Ich habe gerade die Decke im Flur oben gestrichen. Nun könntet ihr mir bei den Wänden helfen.«

Tanja sprang begeistert von einem Bein aufs andere. »Hast du gehört, Papa. Wir helfen Iris.«

»Könntet« hat sie gesagt. Wir bräuchten für dich etwas Anderes zum Anziehen.«

Tanja knurrte und Iris lachte wieder. »Was das betrifft – Mark, du bist auch nicht angezogen wie ein Malermeister.«

»Es wird sich schon etwas finden, was ich trotzdem machen kann.«

»Ich auch!« Tanja blickte ihn triumphierend an. Er hatte sich mal wieder selber den Wind aus den Segeln genommen.

»Im Garten gibt es heute nichts zu tun«, sagte Iris mit großem Nachdruck.

Mark stellte endlich die Farbeimer auf den Stufen vor der Haustür ab. Selbst ihm wurden sie langsam zu schwer. »Willst du uns nicht erst einmal reinlassen? Und wo soll ich die hinstellen?«

Iris ging beiseite. »Nicht an die Wände kommen, Tanja.«

Tanja blieb brav in der Flurmitte stehen. »Und jetzt?«

Iris nahm einen Farbeimer und Mark folgte ihr mit dem anderen bis zum Treppenabsatz. »Magst du ein Eis?« Iris schickte Tanja mit einer Handbewegung in die Küche.

»Belohnung vor der Arbeit?« Mark zog die Augenbrauen hoch. »Findest du das pädagogisch?«

Iris lachte wieder. »Für mich ist es ›nach der Arbeit‹. Und da ihr gerade jetzt gekommen seid ...«

Sie stellten die Eimer auf die Stufen und folgten Tanja in die Küche. Sie hatte schon eine Schublade aufgezogen und starrte mit schräg gelegtem Kopf und gerunzelter Stirn hinein. »Hier sind gar keine Löffel!«

Iris öffnete einen Karton, der unter dem Fenster stand, holte einen Besteckkorb heraus und schob ihr den Karton vor die Füße. »Hier hast du etwas zu tun. Leg das in die Schublade.«

Während Tanja das Besteck aus dem Karton einräumte, holte sie das Eis aus dem Gefrierfach und drei kleine Teller aus einem anderen Karton.

Mark und Tanja setzten sich hin, um ihr Eis zu essen, während Iris mit Verweis auf ihren bemalten Kittel im Türrahmen stehen blieb.

Plötzlich weiteten sich ihre Augen. »Mark!« Sie deutete mit dem Löffel zur Terrasse.

»Was ist denn?« Er ging zu ihr und kniff die Augen zusammen, um besser gegen die tief stehende Sonne schauen zu können, aber da war nichts zu sehen.

»Ich dachte ...«

Auch Tanja stand auf und stellte sich mit dem Teller in der Hand neben sie in den Flur. »Ist er wiedergekommen?«

Mark schüttelte den Kopf. »Da ist niemand.«

»Ich habe mich geirrt; es war nur ein Schatten.« Iris verzog den Mund zu einem Lächeln, aber ihre Augen blickten unverändert ernst.

Tanja zog die Augenbrauen zusammen und kräuselte ihre Nase: Sie glaubte Iris nicht; das war ihr deutlich anzusehen.

Mark schob Tanja in die Küche zurück. »Du wirst dich bekleckern, Maus. Und dann schimpft Oma Ella mit mir, dass ich nicht besser auf dich aufgepasst habe.«

»Oma Ella schimpft nie. Schon gar nicht mit dir.« Aber sie setzte sich wieder auf ihren Platz. »Bekomme ich noch mehr?«

»Bleib mit dem Löffel über dem Tisch«, mahnte Mark, um irgendetwas zu sagen, ohne ihre Frage zu beantworten. Er aß schnell sein eigenes Eis auf, nahm Iris ihren Teller und den Löffel ab und stellte alles in die Spüle. »Wir bringen nur eben die Farbeimer nach oben. Bleib sitzen.«

Iris folgte ihm mit dem zweiten Eimer nach oben. Auf halber Treppe fragte er leise: »Was hast du dieses Mal gesehen?«

»Jemand ist von der Terrasse direkt in den Garten hinunter gesprungen. Ich habe ihn nur von hinten gesehen. Schmal, helle Haare, hochhackige Cowboy-Stiefel.«

»Hochhackig? Welcher Mann trägt hierzulande Cowboy-Stiefel mit Absätzen? Aber das gibt eine gute Spur!«

»Wenn es überhaupt eine gibt. Aber was haben wir davon?«

Sie langten im Flur an.

»Es muss doch herauszufinden sein, wer da sein Unwesen treibt.« Er stellte den Eimer neben die Schlafzimmertür. »Hast du einen Kellerschlüssel?«

Sie sah ihn verwundert ein. »Ich weiß nicht. Ich dachte, es gibt nur einen.«

Sie rannte die Treppe hinab. Bevor er sie einholen konnte, kam sie mit einem Schlüsselbund in der ausgestreckten Hand zurück. »Welcher ist der Kellerschlüssel?«

Er nahm ihr den Bund ab und ging neben ihr weiter hinunter. »Ich weiß es nicht.« Die Sicherheitsschlüssel unterschieden sich nur durch ihre farbigen Ringe und er hatte längst vergessen, welche Farbe welche Tür bedeutete. »Probieren wir es aus.«

Tanja kaum aus der Küche. »Seid ihr fertig? Was machen wir jetzt?«

»Ich komme gleich«, antwortete Mark und wandte sich zur Kellertreppe. »Du könntest Iris beim Abwaschen helfen.«

Iris grinste. »Den Abwasch wollte ich euch beiden überlassen; in den Keller können wir auch nachher noch gehen. Ich streiche weiter.«

Mark blickte auf den Bund. »Ich komme gleich wieder.«

»Na schön. Aber ich bin genauso ein Dickkopf wie du. Der Abwasch bleibt dir überlassen.«

Tanja kicherte, als sie Iris grinsen sah. »Streitet ihr euch jetzt auch?«

»Eigentlich nicht.« Mark lief hinunter, hörte eben noch, dass Tanja sagte: »Du streitest dich aber oft.« Hatte Tanja etwa mitbekommen, dass er nach dem Telefongespräch auf Iris sauer gewesen war? Wenn sie ihn verriet, würde Iris ihn für zickig halten.

Er probierte alle Schlüssel an der Kellertür durch: Zwei

gingen zwar ins Schloss, aber keiner ließ sich drehen. Also musste er noch einmal suchen.

Als er nach oben kam, waren Tanja und Iris verschwunden. Er lauschte noch einen Moment, ging dann aber in die Küche und ließ heißes Wasser für den Abwasch einlaufen.

Die Haustür klappte und dann hüpfte Tanja in die Küche, den Arm um ein Känguru aus hellbraunem und weißem Plüsch, das fast ebenso groß war wie sie selber. »Guck mal!« Sie stellte es vorsichtig neben sich auf den Fußboden.

»Wo hast du denn das her?«

»Von Iris natürlich.«

Die Haustür schlug gegen die Wand und dann kam Iris, unter irgendeiner Last ächzend. Mark lief ihr mit noch nassen Händen entgegen. Sie schleppte ein Möbelteil.

»Warte doch, Ich helfe dir.« Schnell ging er in die Küche zurück und trocknete sich die Hände ab.

Iris setzte das Möbel ab. »Nach oben.« Es war ein Teil eines alten Schreibtischs.

»Willst du das Arbeitszimmer nicht lieber erst mal fertig machen?«

Als sie die Stirn runzelte, bereute er seine Einmischung.

»Hilfst du mir beim Hochtragen oder nicht?«

Natürlich half er ihr. »Das Känguru war aber nicht nötig.«

Sie setzte das Möbel auf ihrer Stufe ab. »Das ist nicht von mir.«

»Ihr habt es doch gerade aus dem Auto geholt.«

»Ich hatte es dort nur abgestellt, weil ich es nicht in Gefahr bringen wollte.«

Hieß das etwa, sie hatte es im Haus gefunden, nicht davor? Er brachte es nicht fertig, nachzufragen

Sie stellten das Schreibtisch-Teil im Flur vor Tanjas Kinderzimmer ab. Dort drin standen immer noch alte Möbel, weil Mark noch niemanden gefunden hatte, der das Bettchen oder die Wickelkommode haben wollte. Vielleicht war es eine noch bessere Beschäftigung für Tanja, ihm beim Abbauen zu helfen statt sich mit ihm durch den Schmutz im Keller zu wälzen. »Habt ihr nicht eine ›Umsonst‹-Sparte bei den Kleinanzeigen?«

»Nein.« Iris rieb sich die Nase. »Wer würde denn etwas bezahlen, um solch eine Anzeige aufzugeben?« Auch wieder wahr. »Aber es gibt Mitarbeiter-Rabatte. Was möchtest du verkaufen?«

Mark breitete die Arme aus. »Alles hier.«

Sie nickte. »Ich kümmere mich darum, wenn es dir recht ist. Sollen wir Tanja etwas sagen?«

»Ich pflege ehrlich zu ihr zu sein.«

Iris zog die Brauen hoch, als glaubte sie ihm nicht; aber sie sagte nichts.

Auf der Treppe blieb sie plötzlich stehen und sah sehr nachdenklich aus. »Wieso denkst du, das Känguru sei von mir?«

Er lehnte sich ans Geländer. »Von wem ist es denn?«

Jetzt sah sie noch nachdenklicher aus.

»Was ist los?« Sie hatte gesagt, es habe sie gestört; also hatte sie es im Haus gefunden. »Falls du das denkst: Ich habe es nicht hier abgestellt. Warum sollte ich?«

Sie rieb sich die Nase. »Du hast es von keinem Nachbarn?«

Er brauchte ihr nicht zu antworten. Sie dachte das gleiche wie er; er sah es am Aufblitzen ihrer Augen. »Der Fremde.«

»Aber warum?«

Sie seufzte. »Wenn du es nicht weißt. Es ist doch dein Haus.«

Sie hatte recht. Das Ganze hatte begonnen, bevor sie

es gemietet hatte. Es konnte nichts mit ihr zu tun haben. Und damit war auch die Schröder aus dem Spiel. Er sagte es ihr.

Iris schüttelte den Kopf. »Das Känguru ist eine nette Geste. Darum könnte das sehr wohl von der Schröder sein. Sie könnte von deinem Bruder wissen, dass die Kellertür nicht abgeschlossen ist. Oder?«

Er nickte; wenig überzeugt. Warum hätte die Schröder diesen Umweg nehmen sollen? Wenn in der Vorschule niemand von dem Känguru wissen sollte, hätte sie es Bernward gegeben.

»Aber langsam finde ich es gruselig. Ich möchte zumindest wissen, was das alles soll.«

»Vielleicht ist Schluss damit, wenn du hier wohnst.«

Sie zeigte ihm ihre Skepsis, indem sie eine Augenbraue hochzog. »Ich bin doch nicht den ganzen Tag zu Hause.«

Tanja rief von unten; sie klang, als habe sie etwas erschreckt. Sie rasten los, stießen in der Enge der Treppe aneinander. Die Berührung elektrisierte ihn, aber dann war es vorbei.

Mit Tränen in den Augen stand Tanja mit ihrem Känguru in der Wohnzimmertür und starrte hinaus in den Garten.. »Ich habe Angst«, jammerte sie, als Mark sie an der Schulter fasste.

Er hockte sich vor sie. »Du brauchst keine Angst zu haben.« Er strich ihr die Strähnen aus dem Gesicht und deutete auf das Stofftier. »Jetzt erst recht nicht mehr. Jetzt passt auch das Känguru auf dich auf, nicht nur wir beide. Schau mal, wie groß und stark es ist.«

»Papa!« Sie stemmte die freie Hand in ihre Hüfte. »Es ist doch nur ein Spielzeug!«

Er drückte sie an sich. »Freilich. Aber es hilft trotzdem, wenn du ganz fest daran glaubst.« Er lächelte sie an. »Die Schatten da draußen sind auch nicht echt. Gespenster bloß.« Es war wirklich ein Fehler, Tanja hierher mitzunehmen.

Sie schüttelte den Kopf und spähte über seine Schulter.

»Siehst du etwas?« Er drehte sich nicht um.

»Jetzt nicht.« Sie wischte sich mit dem Schlappohr des Kängurus eine Wange trocken. »Jetzt ist sie fort.«

Sie? Mark zog die Brauen zusammen und richtete sich auf. »Hast du gesehen, wo er hin ist?«

Tanja deutete hinter ihn, sodass er sich doch umdrehte. Zwei zerrupfte Rosenblüten lagen auf der Terrasse.

Er spürte Iris' Blick in seinem Genick und wandte sich zu ihr um. Sie schien etwas sagen zu wollen, sich dann aber anders zu besinnen.

»Maus, wir räumen dein altes Zimmer zusammen, einverstanden?«

»Darf ich mir aussuchen, was ich behalten möchte?«

»Wir werden sehen.« Ihr Flunsch kündigte die nächste Krise an. »Wenn wir einen Platz in unserer Wohnung dafür finden.«

»Oder stellen wir es in den Keller. Für unser neues Haus.«

Mark wagte nicht zu widersprechen. Das Stichwort Keller erinnerte ihn daran, dass sie bis zum Abend eine Möglichkeit finden mussten, die Tür abzuschließen.

Iris malerte und sie bauten die Möbel im Kinderzimmer ab. Tanja zeigte sich anfangs vernünftig genug, nur ein bisschen Bettzeug mitnehmen zu wollen. Aber während Mark die Möbelteile nach unten in den Flur trug, setzte sie sich plötzlich auf die oberste Treppenstufe. »Und mein Känguru? Wo schläft das?«

Ihm schwante, dass sie ihr Babybett haben wollte. »Bei dir natürlich. Eine Bettdecke hast du jetzt dafür und ein Kissen auch.«

»Das wird aber eng«, maulte sie.

Er gab ihr einen Stups auf die Nase. »Aber nein. Das wird warm und kuschelig. So wie sonntags, wenn du zu mir kommst.« Er lief schnell die Stufen hinunter, damit sie nicht widersprechen konnte.

Sie folgte aber, das Känguru hinter sich her schleifend. »Ich weiß nicht.«

»Wir probieren es aus. Einverstanden?«

Als sie nickte, atmete er auf.

Iris kam mit einem leeren Farbeimer aus ihrem Arbeitszimmer. »Fertig. Gehen wir zusammen essen? Ich lade euch ein für eure Hilfe.«

Mark sah sie verdutzt an; sie kicherte. »Gesellschaft haben ist auch Hilfe. Man fühlt sich nicht so allein.«

Trotz ihres Lachens hatte er den Verdacht, dass sie beunruhigt war. Er gab Tanja den Autoschlüssel. »Dann bring schon mal das Känguru ins Auto und schnall es gut neben deinem Sitz auf der Rückbank fest.«

Sie hüpfte nach draußen. »Ich lerne jetzt vom Känguru, wie man springt.«

Er sah ihr nach, bis sie an der Gartenpforte angekommen war. Iris stellte den Farbeimer vor die Tür.

»An deinem Bund ist kein Kellerschlüssel. Wir müssen erst den anderen finden, bevor wir gehen können.«

»Bist du denn sicher, dass er dort unten ist?«

Mark schüttelte den Kopf. »Aber er kann nirgendwo sonst sein, wenn du ihn nicht abgezogen hast.«

»Und auch niemand anderes? Vielleicht hat dein Bruder vergessen, ihn zurückzulegen?«

Auf den Gedanken war er noch nicht gekommen. Aber das erklärte nicht das Känguru: Die Schröder würde es nicht hier auf den Küchentisch setzen.

»Können wir die Tür nicht verbarrikadieren, damit niemand mehr ins Haus kann?«

»Was bin ich blöd«, entfuhr es ihm. »Das ist überhaupt die einzige sichere Möglichkeit.«

Sie lachte schon wieder, aber dann nickte sie. »Falls der Fremde den Schlüssel an sich genommen hat.«

Tanja kam zurück. »Essen wir jetzt?«

»Gleich. Wir müssen noch schnell im Keller etwas erledigen.«

»Ich komme mit.« Als Mark die Stirn runzelte, setzte sie schnell hinzu: »Ich habe Angst.«

Mark nahm ihre Hand; im Grunde hatte sie ja recht. Er hieß sie, sich in Sichtweite auf die Kellertreppe zu setzen und dann räumte er mit Iris erst das Regal leer; dann schoben sie es vor die Tür und räumten es wieder ein.

»Aber jetzt kann niemand mehr rein!«, protestierte Tanja. »Warum macht ihr das?«

Eben darum.

»Das macht nichts«, sagte Iris. »Wir gehen durch die Haustür.«

»Oder durch die Terrassentür.« Mark deutete auf die nun freie Wand. »Hier muss Iris auch streichen.«

Iris brachte ihm eine Taschenlampe und er leuchtete den Boden ab. Ein paar mehr Schrauben lagen da, aber kein Schlüssel. Um Tanja gegenüber den Schein zu wahren, bückte er sich und las die Schrauben zusammen.

Bernward und die Schröder. Je länger Mark darüber nachdachte, desto sicherer war er, dass es keine andere Erklärung gab.

Über die Jahre mochte sich ein Landstreicher in dem Haus eingerichtet haben. Allen neugierigen Nachbarn zum Trotz. Es war zwar unwahrscheinlich, da es so wenig Spuren gegeben hatte, die auf die Anwesenheit eines Menschen hindeuteten, aber es wäre denkbar. Allen neugierigen Nachbarn zum Trotz: Die hatten sich ja auch nicht darum gekümmert, dass jemand den Garten in ein Schlachtfeld verwandelt hatte.

Doch kein Landstreicher würde zurückkehren, wenn das Haus wieder bewohnt wurde.

Nachdem er Tanja ins Bett gebracht hatte, rief er Iris an. »Es geht mir nicht aus dem Kopf. Was hat die Schröder dir gesagt, als du bei ihr warst?«

»Nichts, was weiterhilft. Sie hat natürlich abgestritten, dass sie die Tapeten zerfetzt hat. Und ich muss zugeben, ich fand sie sehr überzeugend.«

»Und wenn es zwei verschiedene Leute sind?«

»Das kann ich mir nicht vorstellen.«

Er konnte es sich auch nicht vorstellen; aber eigentlich konnte er sich überhaupt nichts vorstellen von dem, was hier geschah. »Tanja hat von einer Frau geredet; du von einem Mann.«

»Aber ihre Lehrerin hätte sie doch erkannt. Und sich nicht so gefürchtet.«

Schon wieder ein Umstand, den er außer Acht gelassen hatte. Er war nicht zum Detektiv geboren. »Also eine fremde Frau. Es können trotzdem zwei sein.«

Iris brummte irgendetwas, dann sagte sie lauter: »Ich habe diesen Eindringling immer nur von hinten gesehen. Vielleicht habe ich mich geirrt.«

Jetzt brummte er vor sich hin statt zu antworten. »Wir kommen nicht weiter. Vielleicht, wenn du eingezogen bist.«

Eine halbe Minute blieb es still in der Leitung. Dann kamen sehr langsam Iris' Worte: »Und wenn ich es mir anders überlege und unter diesen Bedingungen nicht mehr einziehen möchte?«

Er schnappte nach Luft. Gerade wollte er antworten, da fiel ihm ein, dass sie ihre Wohnung gekündigt hatte und es schon einen neuen Mieter dafür gab. Sie konnte gar nicht zurück. Beruhigend!

»Wir werden herausfinden, wer dahinter steckt, bevor

du einziehst.« Hoffentlich fragte sie nicht, wie er sich das vorstellte. Er hatte keine Ahnung, wie das gehen sollte. »Am Samstag schicke ich Tanja mit meiner Mutter in den Zoo und dann werde ich die Nachbarn abklappern.«

Sie lachte und ihm fiel ein Stein vom Herzen. »Ist das eine Gegend, in der die Grünen Witwen den ganzen Tag am Fenster hängen? Bisher hatte ich nicht den Eindruck. Da habe ich mir ja was Schönes eingebrockt.«

»Aber nein; die meisten müssen doch arbeiten, um die Hypotheken abzuzahlen. Aber vielleicht hat doch jemand etwas gesehen.«

»Und wie soll das gehen? Guten Tag, haben Sie einen Einbrecher in meinem vergammelten Garten gesehen?« Sie kicherte; plötzlich schien sie sich zu amüsieren.

Darauf hatte er keine Antwort. Vermutlich würde auch keine zugeben, dass sie spionierte.

»Ich komme mit«, verkündete Iris. »Du stellst mich als neue Mieterin vor und so haben wir einen Vorwand für die Besuche.«

Also würde sie einziehen. Das war gerade das einzige, was ihn wirklich interessierte.

15

Nachdem Mark Ella und Tanja am Eingang zum Zoo abgesetzt hatte, fuhr er zum Haus. Als er in die Straße bog, galt sein erster Blick dem ersten Stock. Es wunderte ihn schon gar nicht mehr, dass das Fenster des Arbeitszimmers offen stand.

Aber sie hatten die Kellertür doch verrammelt! – Nein, Iris war vermutlich schon da. Oder hatte es am Vorabend aufgelassen.

Auf der gegenüberliegenden Straßenseite parkten zwei Autos, aber der Fiat, den Iris zuletzt gefahren hatte, war weit und breit nicht zu sehen. Sie würde jedoch kaum gegenüber parken und alles über die Straße schleppen. Und wenn sie zu Fuß gekommen war, weil sie nichts zu transportieren hatte? Die Umwelt schonen; das passte zu ihr.

Er blieb im Auto sitzen, öffnete nur das Seitenfenster und musterte das Haus auf der Suche nach einem Hinweis, dass wieder etwas passiert war.

Da schnarrte hinter ihm eine Fahrradklingel; er drehte sich um. Mit knirschenden Felgen hielt Iris neben ihm. »Wie gut, dass das Arbeitszimmer im ersten Stock liegt.« Sie deutete nach oben. »Ich habe vergessen, das Fenster zu schließen.« Hoffentlich stimmte das und sie wollte ihn nicht nur beruhigen.

»Ich habe nicht so sehr viel Zeit.« Ihm graute bei dem Gedanken an die Fragen, die er von den Nachbarn zu erwarten hatte. »Ich muss meine beiden nachher aus dem Zoo abholen.«

Iris stellte das Fahrrad an den Stufen vor der Haustür

ab und drehte sich dann mit ausgestrecktem Arm einmal im Kreis. »Wenn die alle zu Hause sind, wer weiß, wie lange wir dann festsitzen.« Sie kicherte. »Und in welchem Zustand wir wieder herauskommen.«

»Das liegt doch ganz an uns!«

»Aber wenn wir es zu eilig haben, erfahren wir nichts. Das wird nur funktionieren, wenn wir uns Zeit für ein Schwätzchen nehmen.« Das befürchtete er auch.

»Oder du setzt die Gespräche an einem anderen Tag fort.«

Sie lief die Stufen hoch und schloss die Haustür auf.

»Ich dachte, wir gehen gleich zu den Nachbarn.«

In Marks Stimme musste so viel Protest gelegen haben, dass sie sich abrupt umwandte und ihn mit vorgerecktem Kinn anstarrte. »Du scheinst es ja wirklich eilig zu haben. Wie viel Zeit gibst du uns?«

Das nun hatte er sich nicht überlegt und er stotterte herum, bis er sich entscheiden konnte. »Höchstens zwei Stunden.«

»Immerhin.« Aber sie verschwand trotzdem im Haus.

In einem Anfall von Aufmüpfigkeit setzte Mark sich auf die unterste Stufe, obwohl dies gerade die unbequemste war.

Gegenüber kam ein jüngerer Mann aus dem Haus und stieg in eins der geparkten Autos; einer weniger also, den sie ausfragen konnten. Aber wer auf der anderen Straßenseite wohnte, sah eh nicht viel. Höchstens, wenn jemand über die Gartenpforte sprang. So wie er. Ob die Wimmer das weitererzählt hatte?

Mark ging ums Haus herum und musterte dabei den lockeren Boden mit den Ziersträuchern am Zaun zu den Wimmers: keine frischen Spuren. Es war auch nicht logisch, dort entlangzulaufen.

Drüben waren den Zaun entlang nur vereinzelt Oleanderbüsche gepflanzt. Gladiolen wechselten mit Lilien und Akelei ab, sodass die Wimmers weitgehend ungehindert auf Marks Grundstück blickten. Vielleicht konnten sie den hinteren Bereich von einer anderen Stelle genauso gut überblicken.

Der Steingarten sah unbeschädigt aus und es lagen nirgendwo abgerupfte Blüten herum. Warum auch sollte jemand zurückkommen, wenn es sich in einem anderen Garten ebenso gut hausen ließ? Vielleicht waren sie gar nicht die Einzigen, deren Garten Vandalen zum Opfer gefallen war.

Wieder ein Denkfehler. Mark seufzte frustriert. Als Bernward mit der Gartenarbeit angefangen hatte, hatte es diesen Trampelpfad gegeben, den er schon lange nicht mehr für einen Katzenpfad hielt.

Aber in ein paar Tagen würde Iris einziehen und dann brauchte ihn das alles nicht mehr zu interessieren. Darum vermietete er das Haus doch.

Wie von einem Sog hatte er sich in den letzten Wochen immer tiefer hineinziehen lassen.

Er ging zurück nach vorne.

Iris saß auf den Stufen vor der Haustür und war kreidebleich. Ohne nachzudenken nahm er sie in den Arm.

»Mark!« Ihre Stimme war dünn und hoch wie die eines kleinen Mädchens.

Er strich ihr übers Haar, wie er es mit Tanja tat, wenn er sie trösten wollte. »Was ist denn?« Aber er wusste es doch!

»Ich bin sicher ... Er war wieder da.« Ihre Stimme wurde noch dünner; dann brach sie mit einem Schluchzer ab.

»Was ist dieses Mal passiert?« Er kam sich dämlich vor, aber er wusste nicht, was er sonst sagen sollte.

»Ich weiß nicht.« Sie schob ihn weg und setzte sich kerzengerade hin. »Es gibt keine richtigen Spuren wie sonst. Aber ich bin sicher, dass der eine Sessel im Wohnzimmer anders abgedeckt ist als vorher. Und in Tanjas Zimmer ... Ich kann es nicht sagen.« Sie sank in sich zusammen und blickte ihn ratlos an. »Ich weiß, dass er wieder da war.«

Er mochte nicht fragen, wie der Fremde denn hereingekommen sein sollte. Die Kellertür war verrammelt und bis auf das Fenster im ersten Stock alles andere fest verschlossen gewesen.

»Wir wollten zu den Nachbarn gehen. Wenn die demnächst zu ihren Wochenendeinkäufen aufbrechen ...« Er deutete auf die andere Straßenseite. »Einer ist schon weggefahren;«

Sie schloss mit gesenktem Kopf die Haustür ab und folgte ihm.

Bei den Wimmers hatte er an einem Fenster Bewegung gesehen, als er angekommen war. Dort klingelte er zuerst.

Statt von der Haustür aus zu öffnen, kam ihnen die junge Wimmer durch den ganzen Vorgarten bis zur Gartentür entgegen. Mit ihren flatternden, weiten Ärmeln glich sie einem leuchtendbunten Papagei. Dieses Gewand hatte sie schon getragen, als er zehn Jahre zuvor das Haus gekauft hatte.

»Da ist ja unser Hochsprungmeister.« Sie grinste, als sie Iris' verdutztes Gesicht sah. »Er hat neulich versucht, über das Gartentor zu springen. Es war ein äußerst vergnüglicher Anblick. Er kann es nämlich überhaupt nicht.« Sie hakte Iris unter. »Kommt rein. Mutter ist schon ganz begierig, die neue Nachbarin kennenzulernen.« Sie deutete zur anderen Seite ihres Grundstücks. »Die Jansens lassen sich kaum sehen. Für den Garten haben sie jemanden, einen muffeligen Alten, der einen anschaut, als habe er den bösen Blick. Und selber trauen sie sich nicht über den Rand ihrer Terrasse.«

»Eigentlich waren sie auch nie zu Hause. Früher.« Wenn sie mehr über die Eigenheiten der Nachbarn erzählte, könnten sie sich vielleicht ein paar Wege und ein paar Kaffeestunden sparen. Aber besonders wohl fühlte er sich nicht unter den geradezu gierigen Blicken der Frau.

Die alte Wimmer empfing sie im Flur mit einer Kuchenplatte in der Hand. »Ihr kommt gerade richtig. Vor zehn Minuten ist er fertig geworden. Mark, ich erinnere mich, dass Sie Kaffee trinken. Und Sie?«

Nachdem die gegenseitige Vorstellung und die Getränkefrage erledigt waren, lotste die junge Wimmer, Valentina, sie in den Salon; ein kleines Zimmer mit einer Couchgarnitur im Rokoko-Stil und altmodisch gestreifter Tapete an den Wänden. Der Blick ging bedauerlicherweise zur Straße hinaus.

Trotzdem stellte er sich ans Fenster. »Wunderschöner Garten.« Er deutete nach links. »Ich kann mich nicht mehr erinnern. Sind die Blumen das ganze Jahr über dort oder wechselt ihr die Pflanzen regelmäßig aus?«

»Aber Mark!« Valentina lachte lauthals. »Die Gladiolen und die Lilien sind Zwiebeln; die hole ich zum Winter raus, damit sie nicht erfrieren. Und die Akelei muss ich jedes Jahr neu säen. Heutzutage gibt es fast nur noch Hybriden.«

»Ein großes Stück oder ein kleines Stück?«, unterbrach Frau Wimmer und legte ein Viertel des Obstkuchens auf einen Teller. Sie kam zu Mark ans Fenster und deutete auf den Lehnstuhl. »Wenn ich hier vorne bin, ist das mein Lieblingsplatz.«

»Aber hier gibt es doch nicht viel zu sehen. So eine ruhige Straße!«, ließ sich Iris vernehmen.

Die Wimmer drehte sich um. »Das denken Sie! Mir ist es Unterhaltung genug.« Sie kicherte. »Ich habe sogar mal eine Zeit lang Tagebuch geführt. Aber nicht hier. Hinten auf der Gartenterrasse.«

Mark schnaufte überrascht. Hatte die Wimmer etwa das, was sie brauchten? »Was gibt es denn dort zu notieren?«

Sie kicherte wieder. »Die Gartenarbeiten rechts, links und hinten raus zur Mendelssohn-Straße.« Sie drückte Mark den Teller in die Hand und verließ den Salon.

Zwei Mal schlug eine Tür zu, dann kam sie mit einem Ringbuch zurück.

Sie schwenkte es mit triumphierender Miene. »Wenn die Blätter weg sind, sieht man mehr. Angefangen habe ich letzten Herbst, weil die Webers behauptet haben, sie würden regelmäßig die Kastanienblätter zusammenfegen und auf den Kompost werfen. Aber wir hatten die ständig im Garten. Damit bin ich zum Schiedsmann gegangen.«

Iris machte ein Gesicht, als sei sie beeindruckt. »Und das hat etwas genützt?«

Die Wimmer schlug ihre Kladde auf. »War doch eindeutig. Sonntag, 30. September: Silvia Weber schmeißt Blätter über den Zaun zu uns. Montag, 12. Oktober: Der Weber schiebt einen Blätterhaufen am Zaun zu Schreibers zusammen. Und so weiter. Als der Winter vorbei war, ging es wieder los: Dienstag, 2. März: Der Weber streitet sich mit der jungen Frau in Schreibers Garten.«

Mark schluckte. »Wie bitte? Streitet sich ... Sie haben auch notiert, was in meinem Garten passiert ist?«

Sie sah auf. »Was ich halt gesehen habe. Man weiß ja nie, wozu es mal gut ist.«

»Tatsächlich.« Mark rechnete hastig nach. Vor drei Monaten; hatte er da schon beschlossen, das Haus zu verkaufen? Mit wem hatte er damals darüber gesprochen? »Haben Sie noch mehr davon?«

»Wovon?« Sie musterte Iris mit zusammengekniffenen Augen. »Ich sehe ja auch mit Brille nicht mehr richtig gut. Auf einem Auge, wissen Sie ...« Sie ging näher an Iris heran. »Hatten Sie das Haus damals schon? Sie sehen ihr nicht sehr ähnlich.«

»Wem?«, fragten Mark und Iris gleichzeitig.

»Nun, dem Mädchen, das sich ständig im Garten herumgetrieben hat, ohne ernsthaft daran zu denken, ihn in Ordnung zu bringen. Nie hat sie das Unkraut beseitigt. Immer nur an den Blumen herumgeschnippelt. Wenn überhaupt.«

Iris grinste Mark an. »Da habe ich wohl Glück gehabt, dass du es inzwischen aufgegeben hast, deine künftigen Mieter auf ihre Fähigkeiten im Gartenbau zu testen.«

Er grinste zurück. »Es hat mir zu lange gedauert.« Wie konnte er mehr über diese Frau herausfinden? Der gewitzten Iris würde vielleicht etwas einfallen.

»Das war keine junge Frau, Mutter! Und erst recht kein Mädchen.« Valentina tippte sich an die Schläfe. »Jung ist was anderes.«

Die Alte knurrte empört. »Du denkst, dass ich senil bin ...« Sie warf ihrer Tochter einen giftigen Blick zu. »Du wärest froh, wenn man dich in deinem Alter auch noch für jung halten würde.«

»Sie schätzen Sie also etwa so alt wie Ihre Tochter ein?«, unterbrach Iris den drohenden Schlagabtausch.

Ein wütendes Knurren war die Antwort.

»Ich denke schon, dass sie in meinem Alter war.«

Es folgte ein zweiter giftiger Blick von der Mutter. »Nein! Sie ist wirklich noch jung. Nicht wie du. Schaust du eigentlich nie in den Spiegel?«

Mark setzte sich in einen der zierlichen Sessel, stellte den Kuchenteller ab und nahm sich eine Kaffeetasse vom Tisch. »Dankeschön.« Er löffelte Zucker in die Tasse und rührte nachhaltig darin herum.

»Vermutlich ist es heutzutage in solch einer Siedlung wie hier auch nicht mehr anders als wie in dem Hochhaus, in dem ich bis jetzt wohne. Man grüßt sich zwar, wenn man sich über den Weg läuft, aber eigentlich kennt man niemanden«, sagte Iris.

Die Wimmer trank ihren Kaffee in zwei langen Schlucken aus. »Früher habe ich alle Nachbarn gekannt; gut sogar. Aber seit ich mich nicht mehr so bewegen kann und mir die Gartenarbeit zu schwer geworden ist ...« Sie langte nach der Kuchenplatte und schob noch ein Stück auf ihren Teller. Wenn sie immer so viel aß, brauchte sie sich nicht über ihre Unbeweglichkeit zu beklagen.

»Was ist eigentlich aus Ihrer Frau geworden?« Die Frage kam so unvermittelt, dass Mark sich in seinem Sessel zusammenkrümmte. »Sie war doch damals für unzurechnungsfähig erklärt worden, oder?« Bei dieser Frage fixierte sie Valentina, als ob sie gerade ihre eigene Tochter meinte. »Das muss sie wohl gewesen sein. Ich hätte ihr das jedenfalls nie zugetraut.«

Iris sah ihn alarmiert an. Nun würde er ihr wohl einiges erzählen müssen.

»Ich habe Christina nach dem Prozess niemals mehr gesehen.« Er biss die Zähne zusammen. »Ich bin froh, dass Tanja sich an nichts erinnern kann.«

Iris' Blick wurde noch eine Spur wachsamer; dann senkte sie ihre Lider.

»Kinder vergessen schnell. Sie war doch noch ein Baby.« Die Wimmer begann in ihren Erinnerungen zu kramen und schwätzte munter über Baby-Dramen ihrer eigenen Tochter. »Gell, das weißt du nicht mehr?«, fragte sie zwischendurch immer wieder.

Valentina gab keine Antwort, aber nach Marks Dafürhalten interessierte sie sich schlicht nicht für die alten Geschichten. Sie waren einander schon früher in tiefem Hass zugetan gewesen. Vermutlich hatte die Mutter alle Heiratskandidaten verscheucht und die Tochter nie den Mut gehabt, sich von ihr zu lösen und auszuziehen.

Irgendwann während ihres Geplauders griff die Wimmer nach Valentinas Hand und tätschelte sie. »Meine Valentina ist eine gute Tochter. Wenn ich sie nicht hätte, wäre ich längst in einem Pflegeheim oder wo sonst man die Alten hinkarrt, wenn man sie noch nicht verscharren kann.« Ihr Blick ging zu Mark und er hielt den Atem an in Erwartung des nächsten Tiefschlags. »Lebt Ihre Mutter nicht auch noch?«

Die Erleichterung über den Themenwechsel entlockte ihm einen Lacher. »Falls die Löwen sie nicht inzwischen aufgefressen haben. Sie ist heute mit Tanja in den Zoo gegangen und meine Tochter schwärmt schon seit Tagen von Daniel in der Löwengrube.«

»Schicken Sie sie etwa in einen katholischen Kindergarten?«, fragte Valentina.

»Dann sehen Sie Ihre Mutter wohl öfter.« Die Wimmer warf Iris einen anzüglichen Blick zu. »Wenn Sie einen Babysitter brauchen.«

Mark grinste; jetzt konnte er ihr den Wind aus den Segeln nehmen. »Aber nein. Wir wohnen zusammen; Tanja, Mutter und ich. Ich bin sicher, meiner Mutter gefällt es gut so.«

»Müttern gefällt es immer.« Valentina sah einen Moment lang so verbiestert aus, als wolle sie dem noch etwas Gehässiges hinzufügen. Aber dann stand sie auf und verließ den Salon.

Iris musterte die Fotos an den Wänden. »Sind die Fotos von hier? Dann wohnen Sie ja schon ewig hier.«

»Ich bin hier sogar geboren. Aber dann ist alles zerbombt worden, weil es in der Nähe eine Rüstungsfabrik gab. Ich bin in einem Lager aufgewachsen; erst nach vielen Jahren konnten sich meine Eltern einen Neubau leisten.«Sie stützte eine Hand auf die Lehne ihres Sessels und stand auf. »Und dann sind sie wieder hierher zurückgekommen.« Auf dem sepiafarbenen Foto, das sie von der Wand nahm, war ein Paar mittleren Alters vor einem Rohbau zu sehen. »Das ist vom Richtfest. Ich habe sogar noch altes Spielzeug, wollen Sie es sehen?«

Mark versuchte, Iris unauffällig ein Zeichen zu geben, aber es misslang:

Die Wimmer sah es, nicht Iris. Sie lächelte nachsichtig. »Sie wollen gehen? Sagen Sie es nur. Ich merk schon, Sie haben keine Zeit für eine alte Frau, die in der Vergangenheit lebt.« Sie begann, das Geschirr zusammenzustellen.

»Ich komme gerne wieder, wenn ich eingezogen bin. Aber vorher ist noch so viel zu tun.« Iris stand auf und strich sich den Rock glatt; eine Geste, die Mark plötzlich unangenehm an die Schröder erinnerte.

»Ich helfe Ihnen.« Sie nahm einen Teil des Geschirrs auf. »Wo ist die Küche?«

»Aber Kindchen, lassen Sie nur.« Das Leuchten im Gesicht der Frau widersprach ihrer Ablehnung; sie freute sich unbändig. Wahrscheinlich war sie es von Valentina nicht gewohnt. Wo steckte die überhaupt?

Iris stellte das Geschirr neben der Spüle ab, wo es noch ein wenig freien Platz gab. In der Spüle selber befanden sich schmutzige Töpfe; aus einem roch es intensiv nach Blumenkohl. Auf dem Tisch standen zwei volle Einkaufstüten und daneben Büchsen mit Katzenfutter.

Iris deutete auf die Büchsen. »Ihre Katzen leben wohl draußen?«

Die Wimmer schüttelte den Kopf.; sie war im Türrahmen stehen geblieben. »Wir haben keine Katzen. Schon lange nicht mehr. Meine Tochter füttert die halbe Nachbarschaft durch. Oder vielleicht auch die ganze.«

Vielleicht war das eine weitere Gelegenheit, etwas zu erfahren. »So oft, wie ich jetzt da war in den letzten Wochen: Ich habe nie eine Katze gesehen. Wo sind die denn?«

Die Wimmer gähnte. »Keine Ahnung. Ich sehe auch nie welche.«

Im Flur dann hörten sie leise Musik aus dem oberen Stockwerk; es klang nach Tschaikowski und Klavier. »Ich hatte ganz vergessen, dass Ihre Tochter spielt.«

»So könnte man es nennen.« Die Wimmer seufzte. »Sie ist sehr begabt, aber sie hatte nie Lust, etwas daraus zu machen. Wenn ich solche Möglichkeiten gehabt hätte ... Aber damals nach dem Krieg ... Ich konnte froh sein, dass ich genug zu essen hatte.«

Sie begleitete sie zur Haustür und zeigte zu Marks Grundstück. »Solche verlassenen Ecken wie dort, die ziehen leicht Tiere an. Allerdings tippe ich auf Marder.« Sie gab Iris die Hand. »Passen Sie auf Ihr Auto auf. Ich habe im Fernsehen gesehen, dass die Viecher Bremsleitungen fressen.« Nachdem sie die Tür geöffnet hatte, blieb sie im Rahmen stehen statt sie hinausgehen zu lassen. »Möchten Sie vielleicht unsere Garage mieten? Zur Sicherheit?«

»Und wo lässt Ihre Tochter dann das Auto?«

Sie knurrte; das schien ihre häufigste Art der Wortmeldung zu sein. Was sie jetzt damit meinen mochte, konnte er nur raten.

»Die Tiere, die hier herumlaufen, stören mich eigentlich nicht«, sagte Iris lächelnd. »Ist doch schön, ein Stück Natur direkt vor der Haustür zu haben.«

»Sie können die Garage wirklich gerne haben. Valentina wird ihr Auto bestimmt bald verkaufen; dann ist Platz genug.« Sie senkte die Stimme zu einem Flüstern. »Dann kann sie die Garage wenigstens nicht auch noch als Abstellkammer benutzen.«

Iris lächelte immer noch. »Das Auto, mit dem Sie mich ein paar Mal gesehen haben, hat mir ein Freund geliehen, damit ich die ganze Renoviererei einfacher habe. Nachher fahre ich wieder Fahrrad.«

»Gehören sie etwa zu den Grünen? Wie reizend!«

Bevor Iris antworten konnte, ergriff Mark Frau Wimmers Hand und verabschiedete sich noch einmal.

Als sie dann wieder auf der Straße standen, sahen sie sich kurz an und liefen zurück bis vor die eigene Haustür. Iris ließ sich auf die Stufen fallen und bekam einen solchen Lachkrampf, dass sie sich die Seiten hielt.

Mark setzte sich grinsend neben sie. »Ein tolles Paar, die zwei! Mütter und Töchter!« So gedankenlos, wie die Äußerung auch gewesen war, ließ sie doch seinen Magen krampfen.

Abrupt hörte Iris auf zu lachen. »Da war etwas.« Sie rieb sich die Lachtränen aus dem Gesicht und legte ihm beide Hände auf den Arm. »Anspielungen, die ich nicht verstanden habe. Mit denen die nicht nur einander in die Pfanne hauen wollten.«

Unter ihrem wachsamen Blick drehte er den Kopf zur Seite und starrte in den Himmel.

Iris ließ ihn los und rückte ein paar Zentimeter von ihm weg. »Es geht mich gewiss nichts an.«

Mark stand auf und ging die Stufen hinunter. Dort fühlte er sich weit genug entfernt, sie wieder anzusehen. »Aber du bist neugierig.«

Sie wurde rot und biss sich auf die Lippen. Er hatte sie nicht verletzen wollen; es tat ihm leid, dass es so abweisend bei ihr angekommen war. Wieder einmal verfluchte er sein Ungeschick, das auszudrücken, was er wirklich meinte. Jetzt wusste er nicht mehr weiter.

»Zu wem gehen wir als Nächstes?« Sie sah ihn hochmütig an. »Oder wissen wir jetzt genug?«

Er schüttelte den Kopf und setzte sich aufs Treppengeländer. »Bestimmt erzählt die alte Wimmer dir bei nächster Gelegenheit mehr.« Er deutete nach rechts. »Es sieht nicht so aus, als wären die viel draußen. Und dann – die meisten Spuren habe ich hinten am Gartenschuppen und bei den Sträuchern gefunden.«

»Als ob der Eindringling über eines der hinteren Nachbargrundstücke gehen würde?«

Er kratzte sich am Kinn. »Muss das nicht jeder, der nicht von der Straße kommt?«

»Eben. Wahrscheinlich also, dass er über ein Grundstück geht, das relativ verlassen ist.«

»Und schwer einsehbar.«

»Was bedeutet das?« Sie sah ihn ratlos an. »Ich meine, auf welches Grundstück trifft das zu?«

Gleichfalls ratlos hob er die Achseln. »Jedenfalls habe ich hinten die meisten Spuren gefunden. Geknickte Zweige, verbogenen Zaun.« Das hieß, eher die Nachbarn an der Rückfront befragen als die direkt neben ihnen.

»Du weißt es am besten.« Es klang nicht, als meinte sie das wirklich. Aber sie kam mit.

16

»Wenn wir mehr herausfinden wollen«, sagte Iris auf dem Weg um den Block, »dann müssen wir gezielter von dem ausgehen, was wir bis jetzt wissen.« Mark sah sie verblüfft an und sie lachte verschmitzt. »Ich gebe es zu; ich lese am laufenden Band Krimis. Und kenne alle Hitchcock-Filme auswendig.«

Ihr Lachen ließ ihn erleichtert aufatmen. Iris trug ihm seine Zurückweisung nicht nach. »Wenn das so ist, dann überlasse ich mich ganz deinen detektivischen Fähigkeiten.«

»Also was haben wir?«

»Es gibt hier doch Katzen.«

Sie blieb stehen. »Warum ist das wichtig?«

»Als wir mit dem Garten anfingen, Bernward und ich, gab es einen deutlich sichtbaren Trampelpfad zur Terrasse.«

Sie zuckte die Achseln. »Katzen lernen zwar manchmal Türen öffnen ...«

»Und sie springen durch Fenster. Der Kirschbaum steht günstig.« Warum sagte er das jetzt? Das war doch albern.

»So ein Unfug.« Iris klang plötzlich richtig ungehalten. »Katzen reißen nicht in dieser Weise Tapeten von den Wänden. Sie stellen keine Stofftiere auf den Küchentisch. Was noch? Sie verwüsten keinen Garten in dem Ausmaß.« Sie verschränkte die Arme. »Was ist es, was du nicht wahrhaben willst?«

»Was ich nicht wahrhaben will?« Er wich ihrem Blick aus.

Es war wie ausgestorben. Abgesehen vom Gezänk einiger Spatzen in dem Kirschbaum im Garten neben ihnen herrschte sonntägliche Ruhe. Es war aber Samstag:

Plötzlich fand er es unheimlich. Es war die Zeit für Gartenarbeiten und doch knatterte kein Rasenmäher, klackerte kein Gartensprenger. Keine Terrasse, von der das Klirren von Tellern oder das Lachen von Kindern zu ihnen herüber klang. Alle schienen entweder noch am Frühstückstisch in der Küche zu sitzen oder schon einzukaufen.

»Mein Bruder – ich bin sicher, dass er eine Liebschaft mit der Lehrerin von Tanja hat. Aber es passt nicht zusammen.«

»Die Schröder ist so alt wie die Tochter von der Wimmer? Meinst du, sie kann das gewesen sein?«

Mark zuckte die Achseln. »Zumindest anfangs nicht. Sie hat erst von Tanja erfahren, dass ich das Haus verkaufen will.« Und sie machte nicht den Eindruck, als sei sie nicht ganz bei Trost. Hier war aber doch ein Verrückter am Werk. »So lange wird sie wohl auch noch nicht in Scheidung leben.«

Iris grinste. »Das ist nun kein Argument. Das kann dauern, wenn die sich nicht einig werden. Aber du hast recht; sie kann es nicht sein.«

»Also was haben wir?«, wiederholte er. »Katzen? Vielleicht! Jedenfalls Tiere, die Katzenfutter fressen.«

Iris lachte. »Marder, Füchse, Wölfe ...«

Wölfe! Das war nun wirklich zu komisch. Mark fiel in ihr Lachen ein.

Ein Schwarm Spatzen stob erschreckt in die Höhe bei dem Lärm, den sie veranstalteten. Einer verlor seine Kirsche. Sie platschte direkt vor Iris' Füßen auf die Gehweg-Platten und hinterließ kleine rote Spritzer auf ihren weißen Ballerinas.

Wie Blut.

Plötzlich wurde ihm schwindlig und er griff hastig nach dem Zaun neben sich. Nach zwei tiefen Atemzügen hatte er seinen Herzschlag wieder unter Kontrolle und der Schatten vor seinen Augen verschwand.

Iris nahm ein Papiertaschentuch aus ihrer Handtasche und wischte die Schuhe ab. »Jetzt kann ich mich wieder sehen lassen.« Sie blickte zu ihm hoch; anscheinend hatte sie nichts gemerkt.

»Also, wir konzentrieren uns wohl besser auf diese Frau. Nicht die Katzen.« Sie sagte es leichthin, als scherze sie, aber ihre Miene blieb ernst. Ihre Nase kräuselte sich wie die von Tanja.

»In einer Stunde muss ich am Zoo sein.«

Iris beschleunigte ihren Schritt.

Das Grundstück an der Mendelssohn-Straße, das zur Hälfte an die Johannisbeeren grenzte, hatte zur Straße keinen Zaun. Nie zuvor war ihm das aufgefallen; aber er war auch nie bewusst an diesem Grundstück vorbeigegangen. Er kannte diese Nachbarn nur von gelegentlichen Gesprächen über den gemeinsamen Zaun hinweg.

Die Behrens waren ein älteres Ehepaar, das sich mühsam das Geld für die Hypotheken zusammensparte. Ihr Garten war ein Musterbeispiel für Landwirtschaft in der Stadt: Von Kartoffeln über Tomaten bis zum Basilikum bauten sie alles an, was sie das Jahr über brauchten. Die Ernte der mächtigen Obstbäume dürfte in guten Jahren ebenfalls für eine ganze Saison reichen. Vermutlich waren sie aus Geldknappheit Selbstversorger. Der Mann arbeitete Schicht, sodass er oft Zeit hatte, der Frau bei der Gartenarbeit zu helfen.

»Von hier aus braucht niemand zu klettern«, stellte Iris mit einem Ausdruck der Zufriedenheit fest. »Dies ist wohl die beste Möglichkeit, in deinen Garten zu gelangen.«

»Wenn man davon absieht, dass die zwei ständig in ihrem Garten arbeiten.«

Iris breitete die Arme aus. »Ständig? Sieht gerade nicht so aus.«

Er konnte nicht widersprechen. Es gab eine erstaunliche Menge Unkraut im Vorgarten. Auf einem der Beete schien es sogar höher als das, was da zwischen Brennnesseln und Schachtelhalmen unidentifizierbar als Nutzpflanze wuchs. Anscheinend hatten sie den Garten in letzter Zeit nicht mehr so intensiv gepflegt wie früher.

»Hoffentlich geht es ihnen gut«, murmelte er.

»Wieso?«

»Sie sind schon ziemlich alt. Und hier sieht es nicht mehr so gepflegt aus wie früher.« Es passte auch nicht zu ihnen, dass ihnen das Bild egal war, das sie der Nachbarschaft mit diesem Vorgarten boten.

Er hatte ein ungutes Gefühl, als sie vor der Haustür standen und Iris klingelte. Drinnen schlug ein Gong in zwei Tönen an. Aber weiter geschah nichts. Nach einer Minute drückte Iris noch einmal auf den Klingelknopf. Und wieder warteten sie darauf, dass sich dort drinnen jemand rührte.

Mark zuckte die Achseln und wandte sich zum Gehen; Iris zögerte noch. Dann kam von innen ein schlurfendes Geräusch. Er ging zurück zur Tür. Eine Kette klirrte. Die Haustür öffnete sich einen Spalt breit und eine leise Frauenstimme fragte, wer da sei.

Das mulmige Gefühl in Marks Magen wurde stärker, aber nun konnte er nicht mehr zurück und er sagte, dass er ihnen seine Mieterin vorstellen wolle.

Die Kette klirrte wieder; dann öffnete die Frau die Tür ganz. Sie trug einen verwaschenen Hausmantel und ihr Gesicht war eingefallen, dunkle Ringe unter den Augen.

»Ich würde Sie gerne hereinbitten, aber mein Mann hat Schicht.« Sie lächelte zaghaft. »Möchten Sie nicht heute Nachmittag wiederkommen?«

Mark sah Iris an; genauso wie er zögerte sie zu antworten.

»Aber da haben Sie vielleicht gar keine Zeit?« Die Frage klang eher hoffnungsvoll als bedauernd.

Wieder sah er Iris an.

Sie lächelte die Frau an. »Ja gerne. Ich bin sowieso den ganzen Tag hier, weil ich mit dem Renovieren noch nicht fertig bin. Da komme ich zwischendurch gerne auf einen Sprung vorbei.«

»Ich sage meinem Mann Bescheid.« Die Behrens verabschiedete sich schnell und schloss die Tür wieder.

Mark blickte auf seine Uhr. »Noch ein Versuch?«

»Aber sicher; das war doch unser Plan für heute Vormittag. Und wo? Rechts die Leute?«

Er überlegte. »Wenn die Frau über das Grundstück der Behrens' kommen konnte, dann lohnen sich auch deren Nachbarn links. Zu denen gibt es nur Hecken und ein niedriges Mäuerchen. Das hält niemanden auf.«

»Und eher als die Behrens selber, die bestimmt niemanden über den Zaun zu dir klettern lassen.« Sie grinste. »Die Frau sah mir aus, als bräuchten die keinen scharfen Hund.«

Aus dem rückwärtigen Teil des linken Gartens kamen Geräusche. Irgendetwas klapperte in gleichmäßigem Rhythmus, mal lauter, mal leiser werdend.

»Da mäht jemand noch mit der Hand?«

Ja natürlich; das war das Geräusch eines mechanischen Rasenmähers.

Hier gab es einen Zaun zur Straße, aber die Gartenpforte hatte Klinken und sie war nicht abgeschlossen. Sie verzichteten darauf, an der Haustür zu klingeln und gingen gleich nach hinten in den Garten.

Ein Mann in kurzen Hosen mühte sich mit dem alten Rasenmäher ab. Als er wendete, bemerkte er sie, denn er ließ den Rasenmäher stehen, wischte sich mit dem Handrücken über die Stirn und kam auf sie zu.

Wenige Meter vor ihnen blieb er überrascht stehen. »Ja, also ... Sie sind das, Herr Schreiber? Nach so vielen Jahren; das ist ja eine Überraschung.« Er wandte sich zur Terrasse. »Marlies! Marlies!«

Die Vorhänge wehten zur Terrassentür hinaus und dann kam seine Frau an den Rand der Terrasse. Sie stützte sich aufs Geländer und musterte Mark und Iris. »Ziehen Sie jetzt wieder zurück? Ist das Ihre neue Frau? Und wo haben Sie die süße Tanja gelassen?«

Der Mann lachte. »So viele Fragen auf einmal kann kein Mensch beantworten. Kommen Sie. Mögen Sie ein Bier oder lieber einen Tee?«

Mark mochte keinen Tee, aber für Bier war es entschieden zu früh am Tag. Also akzeptierte er den Tee.

Er gab Marlies die Hand und präsentierte Iris als seine neue Mieterin. Zu seiner Erleichterung stellten sich Marlies und ihr Mann selber vor; er hatte auch dessen Namen nicht mehr in Erinnerung gehabt.

»Wir wollen gar nicht stören.« Iris blieb am Geländer stehen. »Einen schönen Garten haben Sie.« Sie lächelte Gerald an. »Das sieht nach viel Arbeit aus.« Wollte sie einen Zwist auslösen in der Hoffnung, dass dabei genauso viel herauskam wie bei den Wimmers?

Gerald lächelte kurz zurück, dann blickte er seine Frau an. »Marlies macht das meiste. Mich stellt sie für die groben Arbeiten an.«

Marlies verzog den Mund. »Weil du dich immer aufdrängst.« Als auf ihrer rechten Wange ein Grübchen auftauchte, war Mark erleichtert. »Vielleicht kannst du demnächst bei Frau Kannert – war das Ihr Name? – weitermachen.«

»Womit?« Gerald blickte grinsend von einer Frau zur anderen. »Ich helfe immer gerne, wenn ich kann. Aber Ihr Garten scheint jetzt endlich in Ordnung gekommen zu sein.«

Marlies lachte. »Wir werden schon etwas finden, um dich loszuwerden, damit wir ungestört sind.« Sie sah Iris jetzt wieder direkt an. »Ich freue mich sehr. Endlich wieder eine Nachbarin in meinem Alter.« Ihr Blick ging nach rechts. »Die jüngste hier ist Valentina Wimmer. Haben Sie die schon kennengelernt? Ich werde nicht warm mit ihr.«

Iris nickte und Mark fragte sich leicht amüsiert, worauf das die Antwort sein sollte. Sie stieß sich vom Geländer ab und kam an den Tisch. »Ein Tee wäre mir recht.«

»Ich mache neuen.« Marlies hob die Kanne. »Was ist eigentlich aus Ihrer Frau geworden?«

Mark schluckte; dieses Mal würde er nicht so leicht davonkommen: Christina hatte sich während der Schwangerschaft mit Marlies angefreundet, weil die damals arbeitslos gewesen war und sich in ihrem Hausfrauendasein gelangweilt hatte.

Er legte die Stirn in Falten. »Ich habe sie seit fast drei Jahren nicht mehr gesehen.«

»Also seit dem Prozess«, sagte Gerald.

»Es ist besser so für Tanja.« Es klang wie eine Rechtfertigung. Dabei war er doch der Meinung, dass er keinen Grund hatte, sich zu rechtfertigen. Schließlich war es logisch, dass Tanja an allererster Stelle kam und er nur für sie verantwortlich war.

»Aber Sie hätten sie doch auch ohne Tanja besuchen können«, protestierte Marlies prompt.

»Es schien mir nicht klug.«

Marlies kniff die Augen zusammen. »Christina hat auf Sie gewartet. Auf Ihre Hilfe.«

»Woher wissen Sie das?« Mark war schockiert.

»Ich habe sie besucht.« Marlies klang spitz; sie warf einen Blick auf Iris, ehe sie weitersprach. »Während Sie Ihrer Wege gegangen sind.«

Mark begann sich zu ärgern. »Frau Kannert hat das Haus gemietet.« Seine Reaktion war entschieden zu heftig; das merkte er selbst, kaum dass er ausgesprochen hatte. Wieso brachte diese Frau ihn dazu, sich zu rechtfertigen? Er spürte Iris' forschenden Blick und zog unwillkürlich den Kopf ein. Hastig trank er seine Tasse aus und stand auf.

»Ihr Bruder hat mir erzählt, dass Sie es verkaufen wollen«, sagte Gerald. »Gilt das trotzdem noch?«

Noch so ein Thema, dem er in Iris' Gegenwart lieber aus dem Weg gegangen wäre. Diese gemeinsame Runde durch die Nachbarschaft war doch keine gute Idee gewesen. »Wie heißt es bei Radio Eriwan: Im Prinzip ja.« Er setzte ein Grinsen auf. »Aber das Wichtigste ist mir, dass es bewohnt wird.« Das war ganz belanglos; er wollte schlicht dieses Kapitel seines Lebens abschließen. »Häuser sollten nicht sich selbst überlassen bleiben.«

»Und Gärten auch nicht ... auch nicht sich selbst überlassen bleiben.« Gerald kam die Stufen hoch und trank einen Schluck aus einer Bierflasche, die im Schatten unter dem Tisch stand. Dann begann er, in den Blumenkästen herumzuschnippeln, die am Fuße des Terrassengeländers standen. Eine verwelkte Geranienblüte nach der anderen fiel zu Boden.

»So ganz sich selbst überlassen war er nun auch wieder nicht«, widersprach Marlies.

»Wieso? Haben Sie Ihren Mann regelmäßig hinübergeschickt, wenn er Ihnen hier zu viel abgeschnitten hatte?« Iris gestikulierte zu den Geranien.

Marlies lachte auf. »Stellen Sie sich vor, auf die Idee bin ich noch gar nicht gekommen.« Sie gab Gerald einen Klaps auf die Schulter. »Das wäre mal eine Idee. Für die Canasta-Nachmittage mit meinen alten Klassenkameradinnen.«

Gerald hörte auf zu schneiden, trank die Bierflasche leer und wischte sich dann mit dem Handrücken den Mund ab. Nun hatte er zu der dunklen Spur auf der Stirn auch noch eine quer übers Kinn.

»Und wer hat ihn gepflegt, wenn es nicht Ihr Mann war?« Iris sah von einem zum anderen. »Ich dachte bisher, er sei drei Jahre lang sich selbst überlassen gewesen.«

»War er auch«, antwortete Gerald.

»Ich weiß nicht.« Marlies sah ihren Mann an, als wolle sie sich dessen Bestätigung holen. »Wir haben aber nie jemanden gesehen.« Damit widersprach sie sich eigentlich; es schien ihr nicht aufzufallen.

»Von hier aus können wir allerdings auch gar nichts sehen. Oder nur mit größter Mühe.« Außer Gerald arbeitete an der Grundstücksgrenze. Sie gehörten wohl nicht zu der Sorte Nachbarn, die am Zaun standen und guckten, was bei den anderen geschah. Wovon sprach Marlies also?

»Als wir vor ein paar Wochen mit dem Herrichten angefangen haben, gab es einen Trampelpfad zur Terrasse.« Mark zeigte in eine unbestimmte Richtung. »Es war unübersehbar, dass regelmäßig ein bestimmter Weg benutzt wurde.«

»Einen Trampelpfad zur Terrasse?« Obwohl er vage geblieben war, starrte Marlies mit zusammengekniffenen Augen direkt zu den Johannisbeeren. »Von wo aus denn?«

Mark zuckte die Achseln. »Er ging mehr oder weniger quer durch den Garten.« Dass er praktisch bis zu ihnen ging — oder von ihnen kam —, schien ihm plötzlich nicht ratsam zu erwähnen. Dass sie überhaupt nie jemanden gesehen hatten, schien ihm plötzlich auch wenig glaubwürdig. Aber vielleicht saß Marlies nicht mehr den ganzen Tag zu Hause; vielleicht arbeitete sie inzwischen. Bevor er das nicht wusste, sagte er lieber nichts mehr.

»Ich habe gar keine Ahnung von Gartenarbeit«, erklärte Iris da. »Ich bin in einer Großstadtwohnung aufgewachsen. Wir hatten nicht einmal einen Balkon.«

Worauf sie nun hinauswollte, war ihm völlig schleierhaft. Aber da die beiden angeblich niemanden gesehen hatten, wollte er jetzt lieber gehen. »Dann bist du hier in den richtigen Händen.« Er blickte Marlies an und wackelte mit den Augenbrauen. »Sie haben doch sicher ab und zu ein bisschen Zeit.«

Sie nickte. »Ich bin mal wieder arbeitslos.« Also doch zu Hause. Aber seit wann?

Sie wandte sich an Iris: »Was machen Sie eigentlich?«

»Ich arbeite im Augenblick bei der Zeitung; nichts Besonderes.« Iris machte eine wegwerfende Handbewegung. »Nichts von Dauer und nichts für die Dauer.«

Marlies seufzte. »Ich wäre mittlerweile mit allem zufrieden.«

»Und in der Zwischenzeit?« Iris schien sich ernsthaft für diese Frau zu interessieren.

Mark schob mit einer ausladenden Bewegung den Ärmel hoch und blickte auf die Armbanduhr.

Aber Iris ignorierte seine Geste. »Sie werden doch nicht bloß kochen und putzen.«

Mark nahm sich zusammen, um nicht dazwischenzufahren. Er würde sie erst hinterher fragen, was das für eine Strategie gewesen sein sollte, und sie jetzt gewähren lassen, bis er Tanja abholen musste. Für jetzt musste er einfach ein bisschen Geduld haben.

Er setzte sich wieder und griff nach der Teekanne. Es war ein schweres bitteres Gesöff; vermutlich das Zeug, was man aus Solidarität in Dritte-Welt-Läden kaufte. Er hatte nicht gewusst, dass es Leute gab, die es wirklich tranken. Die erste Tasse war nicht so schlimm gewesen, aber nun war er länger durchgezogen.

Nach einem Schluck setzte er die Tasse wieder ab und blickte suchend um sich.

Marlies sprang auf. »Wollen Sie Zucker oder Milch?«

Mark blickte in seine Tasse. »Am liebsten beides.«

Sie lief ins Haus.

Iris wandte sich dem Garten zu und beobachtete Gerald, der gerade den abgemähten Rasen zusammenrechte. »Haben wir eigentlich auch einen Rasenmäher?«

Mark runzelte die Stirn, irritiert über das ›wir‹. »Er steht im Gartenschuppen.« Dann fügte er hinzu. »Er läuft mit Benzin; Gemisch, genauer gesagt.«

Iris' Augen weiteten sich. »Damit kenne ich mich überhaupt nicht aus.«

Mark schmunzelte. »Aber du kannst doch Auto fahren.«

»Hast du ein Auto?«, fragte Marlies, die mit Zucker und Milch zurückkam und wohl die letzten Worte von Mark gehört hatte. »Was für eins?«

»Ich fahre Rad«, erklärte Iris und klang dabei, als ginge sie plötzlich auf Distanz.

»Schade.« Marlies reichte Mark die Zuckerdose und einen Löffel und stellte die Milch ab. »Sonst hätten wir ab und zu wegfahren können. Gerald ist viel unterwegs und dann nimmt er fast immer das Auto mit.«

Marlies, die auf ihren Vorteil bedacht war; genauso hatte er sie in Erinnerung gehabt. Aber um Iris musste er sich gewiss keine Sorgen machen. Die war keine, die sich die Butter vom Brot nehmen ließ. Ganz anders als Christina damals.

Gedankenversunken rührte er in der Tasse herum. Dann stand er auf, um die Milchtüte am anderen Ende des Tisches zu erreichen. »Die alte Frau Wimmer hat erzählt, sie habe eine junge Frau in meinem Garten gesehen.«

Gerald lachte. »Sie ist zwar so kurzsichtig, dass sie einen nicht mal erkennt, wenn man in einem Meter Entfernung an ihr vorbeigeht, aber irgendetwas wird sie schon gesehen haben. Sie sitzt ja den ganzen Tag am Fenster.«

Marlies deutete nach rechts. Auf der Terrasse des übernächsten Hauses balgten sich zwei Welpen, die kaum größer als eine Hand waren. »Denen hat sie auch mächtig Ärger gemacht im letzten Jahr. Bis vor den Schiedsmann ging der Streit.«

»Wie unangenehm, solche Nachbarn zu haben.« Iris trank ihre Tasse aus. »Hoffentlich mache ich nichts falsch.«

»Die junge ist noch schlimmer.« Marlies wandte sich an Mark. »Die ist unausgesetzt auf Männerjagd.« Sie sah ihm einen Moment lang tief in die Augen; dann drehte sie sich zu ihrem Mann um. »Stimmt es nicht, mein Schatz?«

Gerald lachte. »Das ist mir noch gar nicht aufgefallen. Woher weißt du das denn?«

Sie lachten alle vier und Mark begann, sich zu entspannen. Schließlich lud Marlies sie zum Mittagessen ein.

Iris nahm mit der Bemerkung an, es brächte ihr zusätzlich Zeit zum Renovieren, wenn sie sich an einen gedeckten Tisch setzen könnte.

»Wenn Sie noch mehr Zeit sparen wollen, dann kommen Sie.« Gerald stand auf und winkte ihr, ihm zu folgen.

Sie gingen zum Ende des Gartens. Beide verschwanden kurz zwischen zwei Haselnussbüschen, dann tauchten sie wieder auf und kamen zurück zur Terrasse.

»Da gibt es ein Loch im Zaun«, rief Iris schon von Weitem. Ihre Augen glitzerten. »Also kein wirkliches Loch; man kann sich aber bequem zwischen zwei Pfosten hindurchzwängen.«

»Bequem hindurchzwängen?« Mark lachte und tat amüsiert. »Wie geht das denn?« Dem stand allerdings im Wege, dass Marlies vermutlich die meiste Zeit zu Hause war.

Er wandte sich an Gerald. »Jetzt hätte ich gerne doch ein Bier.« Der nickte und verschwand im Haus.

»Und was machen Sie nun, solange Sie arbeitslos sind?«,

fragte Iris noch einmal. Sie musste Gedanken lesen können. Damit sie genau das fragen konnte, hatte Mark Gerald weggelotst.

Marlies hob die Schultern. »Was soll ich schon machen? Der Haushalt ist im Nu erledigt; ohne Kinder gibt es nicht viel zu tun. Der Garten ist auf die Dauer auch eher langweilig und eine Saisonarbeit. Gerald ist manchmal tagelang auf Dienstreise.« Es klang aber nicht wirklich, als würde sie sich darüber beklagen.

»Dann kann ich verstehen, dass Sie sich Nachbarinnen wünschen, mit denen Sie Unterhaltung haben. Schwierig heutzutage.« Iris sah bedauernd drein. »Familien mit kleinen Kindern wären ideal als Nachbarn.«

»Oh, ich langweile mich keineswegs.« Marlies sprach schneller; sie wurde ganz eifrig. »Es gibt so viel, was ich tun kann. Ich kann den ganzen Tag in einem Buchladen verbringen und stöbern. Und wenn ich dann nach Hause komme, habe ich Lesestoff für Wochen. Ich gehe tanzen, schwimmen. Einkaufen dauert meist auch sehr lange; ohne Auto brauche ich viele Wege, alles zusammenzukriegen. Ich kann schließlich nicht jedes Mal ein Taxi nehmen. Letzte Woche ist in der Farnholzstraße eine neue Boutique eröffnet worden ...«

Um dem ausufernden Geplapper zu entkommen, stand Mark auf und suchte Gerald. Erstaunlich, dass er mit dem Bier noch nicht zurückgekommen war. Er fand ihn in der Küche, damit beschäftigt, einen Stecker auseinander zu schrauben.

Gerald sah auf. »Entschuldigen Sie, Sie wollten ja ein Bier. Das habe ich ganz vergessen.« Er ging zum Kühlschrank und holte eine Flasche aus dem Gemüsefach. Er öffnete sie mit den Zähnen und reichte sie Mark mit einer erneuten Entschuldigung. »Es ist immer unendlich viel zu tun, wenn ich ein paar Tage zu Hause bin. Marlies überlässt alles mir.«

Mark setzte die Flasche an und lehnte sich an den Türrahmen. Wenn man die beiden getrennt voneinander hörte, klang es überhaupt nicht mehr nach glücklicher Ehe; anscheinend machten sie einander mehr vor als Fremden. Oder hatten ein großes Bedürfnis, ihren Frust loszuwerden. »Sie sind viel unterwegs?«

Gerald setzte sich hin und löste die Kabelenden aus dem Stecker. »Wissen Sie das nicht mehr?«

Mark lächelte gequält. »Ich habe wohl eine Menge verdrängt.«

Gerald nickte. »Das kann ich mir gut vorstellen. Wie geht es Ihrer Tochter? Sie hat alles mit angesehen, oder nicht?«

Unerwartet hatte er das Gefühl, er könnte endlich einmal mit jemandem reden; Gerald wusste schon so viel. Er setzte sich zu ihm an den Tisch. »Tanja geht es gut. Denke ich. Sie war ja noch sehr klein damals.«

Gerald holte eine Zange aus einer Schublade und knipste die ausgefransten Kabelenden ab. Er räusperte sich. »Kinder vergessen nie etwas. Sie schieben es weg, denn sonst könnten sie nicht überleben.«

Er sprach von sich selbst – Mark wusste nicht, was er darauf antworten sollte. »Tanja hat sich wohl an manches erinnert, als sie das Haus wiedergesehen hat.«

»Sie haben Sie hierher mitgenommen?« Gerald sah erschrocken aus. »Hielten Sie das nicht für zu riskant?«

»Doch; eigentlich schon. Aber ich hatte keinen vernünftigen Grund – also, mir fiel keiner ein, um es ihr zu verweigern.« Mark trank weiter und überlegte, wie er es Gerald besser erklären könnte. »Ich versuche, sie nie zu belügen. Was wirklich schwierig ist.« Er trank noch einen Schluck und stellte die Flasche dann ab. »An ihre Mutter erinnert sie sich nicht mehr. Sie hat auch nie ein Bild von ihr gesehen.«

»Eines Tages werden Sie es ihr sagen müssen.« Gerald wirkte immer noch besorgt; dann ging ein Lächeln über sein Gesicht. »Wollen wir uns nicht wieder duzen? Blödes Sie.«

»Gerne.« Mark griff wieder nach der Flasche; sie war schon halb leer. Er hatte gar nicht gemerkt, dass er so viel getrunken hatte. »Ich weiß. Aber auch das ist ein Grund, dass ich das Haus verkaufen will. Oder wollte.«

»Das ist aber schwierig, wenn es vermietet ist. Das war nicht klug.«

Mark lehnte sich zurück. »Ich fürchte, vieles von dem, was ich in letzter Zeit gemacht habe, war nicht klug.«

Gerald legte den Schraubenzieher beiseite und stützte den Kopf auf seine Fäuste. »Möchtest du darüber reden?«

Mark griff wieder zur Flasche, um sein Zögern zu verbergen.

Gerald lächelte. »Muss ja nicht heute sein.«

Mark entspannte sich und lächelte zurück. »Was mich derzeit am meisten bewegt, ist die Frage, wer sich in letzter Zeit in meinem Garten herumgetrieben hat.« Er trank noch einen Schluck. »Und im Haus.«

»Das steckt also hinter eurer Vorstellungstour?«

Mark zog den Kopf zwischen die Schultern. Er war sich nicht sicher, ob es ihm egal war, dass Gerald sie durchschaut hatte.

»Soll ich Marlies bitten, ein Auge darauf zu haben? Ich selbst bin einfach zu selten hier.«

»In ein paar Tagen zieht Iris ein. Ich denke doch, dass es damit erledigt ist.« Marlies einzubeziehen schien ihm nicht die allerklügste Idee. Sie war so selbstbezogen, dass er nicht wusste, was man ihr alles zutrauen konnte.

»Und wenn nicht?«

Marks Magen krampfte sich zusammen; das war der wunde Punkt. Am liebsten hätte er die Vorfälle jetzt bagatellisiert. Aber Gerald könnte er sich wohl anvertrauen – allein, weil dem nichts verborgen zu bleiben schien. Unwillkürlich fragte er sich, ob Marlies fremd ging, wenn Gerald nicht da war, und ob der das wusste. Wie kam er jetzt auf diese Idee?

»Wenn nicht?«

Geralds Nachfrage zwang ihn zu einer Antwort. »Wird schon nicht. Wer auch immer das ist, so blöd kann der doch nicht sein.«

Gerald lachte. »Eine Meinung scheinst du immerhin über euren Eindringling zu haben. Hast du auch einen Verdacht?«

Mark fühlte sich mehr und mehr unter Druck. »Eigentlich nicht.« Er hätte besser doch nicht davon angefangen. Andererseits, Hilfe brauchten sie vielleicht schon.

»Und uneigentlich?«

Mark musste plötzlich lachen; er ließ sich tatsächlich ausfragen. »Sag mal, bist du Detektiv oder so etwas?«

Gerald bückte sich und hob eine kleine Schraube vom Fußboden auf. »Sag es halt, wenn du nicht weiter darüber reden willst. Ich dachte nur, vielleicht hilft es weiter.« Er begann, den Stecker zusammenzuschrauben.

Mark seufzte. »Du hast wohl recht.«

»Willst du auch noch ein Bier?« Gerald stand auf und öffnete den Kühlschrank. »Detektiv nicht, aber so etwas Ähnliches.« Er stellte Mark ein Bier auf den Tisch. »Ist denn etwas passiert? Ich meine, stellt der Kerl irgendetwas an? Dann solltest du die Polizei rufen.«

Mark griff nach der Flasche. Gerald langte in eine Schublade und reichte ihm einen Öffner.

»Im Haus selber ist eigentlich nur einmal eindeutig etwas passiert: Da hat er in einem Zimmer die frisch geklebten Tapeten heruntergerissen. Sonst ist es eher so, dass ich nicht wirklich sicher sein kann, dass jemand da war. Aber vorher ist der Garten dermaßen verwüstet worden, dass es kaum Tiere gewesen sein können. Mehr als einmal.« Er öffnete seine Flasche und blies sacht hinein, bevor er trank. »Einmal stand ein riesiges Plüschtier auf dem Küchentisch. Ich dachte, es sei von Iris; aber sie sagt Nein.«

»Diese Iris – was ist das für eine?«

Mark hob abwehrend die Hände. »Sie hat bestimmt nichts mit all dem zu tun. Das ging schon los, bevor ich sie überhaupt kannte.«

»Das ist aber heftig, wie du sie verteidigst.« In Geralds Mundwinkel erschienen Grübchen. »Hast du dich in sie verguckt?« Das Lächeln verschwand. »Nach drei Jahren – da wird es eigentlich Zeit.«

»Wofür?« Als ob nicht klar wäre, worauf Gerald hinauswollte. Mark setzte die Flasche an und trank einen langen Schluck. »Ich habe keine Zeit für Beziehungskisten.«

Gerald lachte. »Man muss sich ja nicht gleich einen Klotz ans Bein hängen. Sie scheint ganz in Ordnung zu sein.«

»Ich habe keine Zeit«, beharrte Mark. »Aber vor allem ist mir Tanja wichtiger. Ich möchte nicht ... Sie ist schnell bereit, ihr Herz an jemanden zu hängen. Und sie ist noch zu klein. um zu verstehen, dass Menschen auch wieder gehen müssen.«

»Vielleicht fehlt ihr etwas.«

»Die weibliche Hand?« Mark schüttelte heftig den Kopf. »Wir leben bei meiner Mutter. Und die ist weder alt noch senil noch unmodern.« Das war vielleicht ein bisschen beschönigt, aber sie hatte Tanja voll und ganz die Mutter ersetzt.

»Ist es ihretwegen oder deinetwegen, dass du dieses schöne Haus aufgibst?«

»Meinetwegen.« Bei diesem Mann hatte es keinen Zweck, etwas verbergen zu wollen. Und es war auch angenehm, einmal mit jemandem reden zu können. Wie sehr hatte ihm das all die Jahre gefehlt. »So gesehen ist es auch nicht richtig, dass ich es nun vermietet habe. Ich wollte mit all dem endgültig nichts mehr zu tun haben.«

»Und warum dann?«

Mark drehte einen Moment die Flasche zwischen den Fingern. »Das ist im Grunde eine komplizierte Geschichte. Bei der es nicht nur um Iris geht, sondern auch um Tanja.« Er trank und schob die Flasche dann ein Stück weg. Wenn er so weitermachte, hätte er bald einen Schwips. Vielleicht wusste er jetzt schon nicht mehr, was er eigentlich redete? »Um eine Lehrerin von ihr. – Und meinen Bruder.«

Gerald sah ihn aufmerksam und mit unbewegtem Gesicht an. Er schien sich keine Gedanken darüber zu machen, dass Marlies ihr Gespräch unterbrechen könnte. Und vermutlich hatte er recht; bestimmt kannte er seine Frau gut genug, um zu wissen, dass sie Iris so bald nicht alles erzählt hatte.

»Das meinte ich vorhin.« Und jetzt wollte er das Gespräch wirklich abschließen. Er schämte sich zu sehr seines Misstrauens gegenüber Bernward – mehr noch als gegenüber der Schröder. Darüber wollte er nicht mit einem Fremden reden. Plötzlich fragte er sich, was Gerald von ihm denken mochte. Und dann fragte er ihn.

»Ich weiß nicht«, antwortete Gerald frei heraus. »Marlies hat damals die Berichte über den Prozess verfolgt und mir brühwarm ihre Kommentare dazu geliefert. Ich denke, du hast Furchtbares durchgemacht und wahrscheinlich hast du noch nicht damit abgeschlossen. Erinnert dich der Anblick deiner Tochter nicht ständig daran?«

»Tanja sieht Christina wenig ähnlich.« Eher glich sie Ella. Oder gar niemandem. »Und sie erinnert mich überhaupt nicht an meine Frau. Tanja ist ein ganz eigenständiger Mensch.« Er pulte versonnen am Etikett der Flasche. »Ganz und gar eigenständig. Mit ihren Interessen wie mit ihren Launen und Wünschen.«

»Sie war ein ganz süßes Baby. Besucht uns doch mal. Ich würde gerne sehen, was aus ihr geworden ist.«

»Bei Gelegenheit. Da wir nun eh öfter hier sind als ich geplant hatte.« Jetzt hätte er gern gewusst, warum die beiden keine Kinder hatten; aber er wagte nicht zu fragen.

Aber Gerald schien von alleine darauf zu kommen, dass Mark dieser Gedanke durch den Kopf ging. »Eines Tages legen wir uns auch Kinder zu. Wenn ich nicht mehr so viel unterwegs bin ... Marlies hat so schon genug am Hals, wenn ich nicht da bin.«

Mark fragte sich, was das sein mochte, das so viel Mühe kostete. Diese Frau hatte ihn wohl mächtig unterm Pantoffel; dabei machte Gerald auf den ersten Blick gar nicht den Eindruck, als ließe er sich unterbuttern.

Aber in Beziehungen wusste man ja nie. Vermutlich war er derjenige, der gerne Kinder hätte und sie wollte nicht. Als Mann hatte man es nicht mehr in der Hand; weder so noch anders.

Die Stimmen der beiden Frauen näherten sich; nun waren sie wohl doch am Ende angelangt. Oder Iris hatte endlich auf die Uhr geschaut.

»Ich werde darauf achten«, versprach Gerald noch, dann erschien Iris im Flur.

»Nachdem ich die Einladung zum Mittagessen angenommen habe, will ich Marlies auch die Zeit lassen, etwas Feines zu kochen.«

Mark stand auf. »Ich muss Tanja und Mutter abholen.«

Gerald drückte er fest die Hand; dann verabschiedete er sich mit einem Winken von Marlies.

Auf der Straße hakte sich Iris bei ihm ein. »Die denken, wir haben etwas miteinander. Hast du das vor?«

Mark blieb wie angewurzelt stehen, fassungslos angesichts ihrer Offenheit.

Sie lächelte. »Nein?«

Er schnappte nach Luft und bekam nur ein heiseres Krächzen als Antwort zu Stande.

»Iris, du bist unglaublich«, brachte er endlich heraus, nachdem sie ein paar Schritte weitergegangen waren.

Sie blieb wieder stehen und sah ihn mit glitzernden Augen an. Sie wäre offensichtlich nicht abgeneigt. »Wenn ich nur wüsste, was du vor mir verheimlichst ... Ich denke, es gibt etwas Wichtiges, was ich vorher wissen sollte.«

Er nickte.

»Willst du darüber reden?«

Er schüttelte den Kopf; was war das nur für ein Tag. Ihre Augen verdunkelten sich. Da wurde ihm klar, dass ihm etwas an ihr lag.

»Nicht jetzt«, sagte er daher. »Ich brauche mehr Zeit dazu als ich jetzt habe.«

Sie runzelte die Stirn, aber sie blieb untergehakt, als sie weitergingen. »Gut.«

Er konnte es fast nicht glauben, wie sehr es ihn erleichterte. Beides: dass er jetzt nichts zu sagen brauchte und dass sie nicht sauer war.

17

Tanja merkte schneller als Ella, dass Mark mit seinen Gedanken sehr weit weg war, als er sie vom Zoo abholte. Weil er ihr nicht richtig zuhörte, weigerte sie sich, zum Auto zu gehen. Stattdessen wollte sie mit Mark zurück in den Zoo, um ihm die Löwenbabys zu zeigen. Erst als Ella erklärte, sie sei von dem vielen Laufen so müde, dass sie unbedingt nach Hause müsse, lenkte sie ein.

Unterwegs redete Tanja unaufhörlich und stieß Mark immer wieder von hinten an, um Bestätigung oder um eine Antwort bittend. Schließlich wurde es ihm zu bunt und er herrschte sie an, so könne er nicht Auto fahren. Da brach sie in Tränen aus und er zog sich Ellas Ärger zu, weil sie seinen unbeherrschten Ausbruch unmöglich fand.

Als er sie daraufhin ebenfalls anfauchte, dämmerte es auch ihr. »Tanja, ich glaube, dein Papa ist auch müde.« Sie drehte sich zu ihr um. »Wir sollten ihn nicht länger strapazieren.«

»Stra... pezieren? Wie Iris das macht?«

Ella kicherte. »Das ist wahrscheinlich genau das Problem.«

»Mutter!« Mark warf ihr einen, wie er hoffte, vernichtenden Blick zu.

Aber sie war gewillt, sich zu rächen und tat scheinheilig. »Darf man dir heute gar nichts mehr sagen? Wer hat dich denn so geärgert!«

»Niemand. Es war ein interessanter Vormittag mit vielen interessanten Leuten.«

»Ach? Ich dachte, du wolltest zu dieser Iris zum Renovieren.« Sie starrte ihn an in der Erwartung einer Reaktion, die ihr mehr verriet.

»Genau.« Er hatte nicht die Absicht, ihr in Tanjas Gegenwart mehr zu erzählen: Warum war sie nur so schwer von Begriff!

»Lerne ich sie auch mal kennen, diese Iris?«

»Warum das denn?« Er schielte nach Tanja; was hatte sie Ella bloß wieder erzählt. Aber wenn er sie jetzt fragte ... Er hatte den Verdacht, dass auch das Teil von Tanjas Geplapper gewesen war, dem er keine Aufmerksamkeit geschenkt hatte. Unmöglich, sie jetzt zu fragen; er würde ein Drama heraufbeschwören. Und wenn er noch mehr sagte, machte er sich noch verdächtiger.

»Tanja schwärmt von ihr.« Diese Antwort war nahezu überflüssig; und schlauer war er nun auch nicht.

»Willst du mich vielleicht verkuppeln?« Er bemühte sich um ein Kichern. »Unser Idyll in Aufruhr versetzen?«

»Mein Eindruck ist, dass der Aufruhr längst begonnen hat. Was ist neuerdings los zwischen dir und Bernward?« Es musste ihr wirklich auf der Seele brennen, dass sie das Thema in Tanjas Gegenwart ansprach.

»Neuerdings! Findest du, dass sich in den letzten drei Jahren etwas geändert hat zwischen Bernward und mir?« Er hielt an der Ampel, obwohl sie gerade erst gelb geworden war, sodass Bremsen quietschten und das Auto hinter ihnen nur wenige Zentimeter entfernt zum Stehen kam. Mark blieb ungerührt; er nutzte die Gelegenheit, sich Ella zuzuwenden, gespannt, was sie antworten würde.

»Ihr seid wie Hund und Katze.«

»Merkst du das jetzt erst?« Seiner Erinnerung nach hatte er noch nie mit Bernward in Frieden gelebt.

»Es ist schlimmer geworden mit euch beiden.« Sie lehnte sich zurück und schloss die Augen. »Ich beobachte euch schon lange.«

»Das denke ich mir.« Er lachte bitter.

»Früher schien mir, dass Bernward einen geheimen Groll gegen dich hegt und du würdest nichts merken. Darum dachte ich, wenn das so ist, lass ich die Dinge besser auf sich beruhen. Aber neuerdings bist auch du wütend. Warum? Hast du das Gefühl, er lässt dich im Stich?«

»Aber nein. Er tut, was er kann. Allein die ganze Gartenarbeit. Und um das Haus hätte er sich auch gekümmert, wenn ich es nicht vermietet hätte.« – ›Doch‹, hätte er stattdessen sagen müssen, ›ich fühle mich verraten von ihm. Seit er mit Tanjas Lehrerin angebandelt hat.‹ Aber das konnte er in Tanjas Beisein nicht sagen. Und er hatte immer noch Zweifel, ob er fair war gegenüber Bernward.

Er bog in die Einfahrt zur Tiefgarage. Dabei warf er einen Blick nach hinten. Tanja saß angespannt in ihrem Kindersitz und ließ sich gewiss kein Wort entgehen.

Aber Ella hielt die Augen weiter geschlossen; für dieses Mal bestand sie nicht auf einer Fortsetzung.

Er parkte, öffnete Ella die Tür und half Tanja von ihrem Sitz herunter. »Maus, hast du einen Wunsch für den Rest des Tages?«

»Schwimmbad oder Spielplatz.«

Spielplatz.

Aber er war nervös und unaufmerksam statt mit Tanja zu spielen. Schließlich wimmelte er sie ab, als sie nicht alleine schaukeln wollte, sondern ihn bat, sie zu schubsen.

Als ihr die Tränen in die Augen stiegen, merkte er endlich, was er tat. Er hob sie von der Schaukel herunter, drückte sie an sich und entschuldigte sich bei ihr.

»Ich habe ein Problem und muss die ganze Zeit daran denken. Das macht mich so unwirsch«, setzte er noch hinzu.

Sie schlang die Arme um seinen Hals. »Das kann doch jedem passieren, Papa.« Sie rückte so weit weg, dass sie ihm ins Gesicht sehen konnte. »Ist es wegen Iris?«

Dieses schlaue Kind! »Wie kommst du darauf?«

Er brannte zu erfahren, was Iris noch in Erfahrung gebracht hatte. Doch sie war vermutlich noch immer bei Marlies oder gar bei den Behrens – er würde sie gar nicht erreichen.

»Du warst doch heute früh bei ihr zum Helfen. Hast du dich auch mit ihr gestritten?«

»Ich streite mich nie«, sagte er automatisch.

»Unfug!« Sie ließ ihn los und stemmte die Fäuste in die Hüften. »Alle Leute streiten. Also, was hast du ihr getan?«

Dieses Kind! »Wie kommst du darauf, dass ich ihr etwas getan habe? Vielleicht war es umgekehrt?«

»Nie!« Sie stampfte mit dem Fuß auf. »Belüg mich nicht, Papa. Iris ist viel zu nett.«

Er lächelte über ihren Eifer. »Du hast sie wohl richtig gern inzwischen?«

»Du doch auch.« Sie nahm endlich die Fäuste herunter und hievte sich wieder auf die Schaukel. »Deswegen dürft ihr euch auch nicht streiten, weißt du.«

Er strich ihr die Haare aus dem Gesicht. »Du hast eben selbst gesagt, dass alle Leute manchmal streiten.«

Sie stieß seine Hand beiseite. »Aber nicht Iris!«

Er lachte so laut, dass sich die beiden Frauen auf der nächsten Bank zu ihnen umdrehten. Erst sahen ihre Gesichter nach empörter Missbilligung aus; er hatte sie wohl in ihrem Tratsch gestört. Aber als sie Tanjas fröhliches Gesicht sahen, hellten sich ihre Mienen auf.

»Mal ein Vater, der sich Zeit für seine Tochter nimmt«, sagte die eine und drehte sich sogleich heftig gestikulierend wieder zu ihrer Banknachbarin um. »Ich sag dir ...« Ihre Worte versanken im Geschrei zweier kleiner Jungen, die auf die beiden zugerannt kamen.

»Und wie war das neulich in der Vorschule?«

»Ruf sie an!« Tanja griff ihm in beide Hosentaschen und suchte nach seinem Adressbuch. Als sie es gefunden hatte, hielt sie es sich vor die Nase. »Welcher Buchstabe?«

Er hörte auf zu lachen. »Wer?« Dass er sie fragte, obwohl er genau wusste, wen sie meinte, brachte ihm einen strafenden Blick ein.

»Das hat keinen Zweck; sie ist doch gar nicht zu Hause. Sie ist eigentlich nie zu Hause.« Den letzten Satz sagte er eigentlich mehr zu sich selbst als zu Tanja. Da war der Freund, der ihr den Fiat für den Umzug lieh. Und von wem hatte sie den Renault gehabt?

Tanja reagierte sofort. »Wo ist sie denn, wenn sie nicht zu Hause ist?«

»Aber Maus; woher soll ich das denn wissen.«

»Wenn du sie auch nie fragst!«

»Das tut man nicht; das gehört sich nicht.«

»Blöde Erwachsenen-Regel! Wenn sie nicht zu Hause ist, dann ist sie vielleicht im Haus und tapeziert. Lass uns hinfahren.«

Die neugierigen Blicke der beiden Frauen auf der Nachbarbank verhinderten, dass er protestierte. Die hörten bestimmt jedes Wort.

Wenn sie bei Marlies zum Essen gewesen war, war sie vermutlich so lange in Beschlag genommen worden, dass sie tatsächlich bis zum letzten Tageslicht am Renovieren war.

Dann hatte er eine Idee, wie er Tanja ausbremsen konnte. »Und was sagen wir ihr, warum wir sie besuchen? Dass du mit ihr sprechen willst?«

Tanja schaute ihn tatsächlich ein bisschen ratlos an.

»Will ich doch gar nicht«, sagte sie zögernd. »Du sollst dich bei ihr entschuldigen. Oder so.«

Er lächelte. »Wenn das so ist: Ich brauche mich nicht zu entschuldigen.« Sie sah äußerst misstrauisch aus mit ihrer gekräuselten Nase und den zusammengezogenen Augenbrauen. »Wirklich nicht. Und vielleicht lässt du uns Erwachsene allein entscheiden, was wir tun?«

Tanja malte mit der Fußspitze Kreise in den Sand und hatte die Lippen zusammengepresst, als wolle sie etwas sagen und traute sich nun nicht mehr.

Wider Willen lächelte er. »Wir können morgen früh anrufen und fragen, ob sie mit uns auf den schönen Spielplatz geht.«

Tanjas Miene erhellte sich und sie hörte auf, im Sand zu malen. »Oder ins Restaurant? Ich glaube, ihr Erwachsenen geht lieber in Restaurants als auf einen Spielplatz.«

18

Bernward brachte an diesem Abend die Schröder zum Essen mit. Ella fiel erst aus allen Wolken, denn er hatte weder sich noch sie angekündigt; entsprechend hatte sie nur einen Erbseneintopf als ganz normales Samstagsabend-Essen gekocht. Dann zog sie Bernward auf den Balkon und redete heftig gestikulierend auf ihn ein; anscheinend war sie sauer.

Die Schröder sah nichts davon, denn sie saß mit dem Rücken zum Balkon. Obendrein wurde sie von Tanja in Beschlag gelegt, die anschleppte, was Ella ihr im Zoo an Tierheften gekauft hatte.

Aber sie hörte ihr kaum zu. Tanja wurde immer einsilbiger und brachte die Hefte schließlich wieder in ihr Zimmer zurück. Dann half sie Mark beim Tischdecken, was, wie nur er wusste, durchaus als Affront gegen die Schröder gemeint war.

Die Schröder zuppelte nervös an ihrem Rock und schien nicht zu wissen, wie sie tun sollte, nun, da Tanja sie ignorierte. Sie war selbst dran schuld; er hatte nicht das geringste Interesse, es ihr einfach zu machen.

Ella und Bernward waren immer noch draußen auf dem Balkon. Die Schröder drehte sich zwei Mal nach den beiden um, aber Mark ignorierte es und sie sagte nichts.

Als sie sich zum dritten Mal nach Bernward und Ella umdrehte, sagte Tanja: »Gell, Sie rauchen auch im wirklichen Leben nicht?«

Frau Schröder starrte Tanja verdutzt an. »Was meinst du mit ›im wirklichen Leben‹?«

»Wenn Sie nicht bei uns in der Vorschule sind. In der Schule darf ja niemand rauchen.«

Sie lächelte; sicher war sie erleichtert, dass Tanja sich wieder mit ihr befasste. »Das ist einfacher, wenn man auch im wirklichen Leben nicht raucht.«

»Und nicht so kalt«, setzte Tanja altklug hinzu. »Onkel Bernward kommt oft zähneklappernd vom Balkon, weil er in Omas Küche auch nicht rauchen darf.« Sie grinste und klang ein bisschen schadenfroh. »Wegen mir nämlich.«

Mark ließ sich von ihrer Schadenfreude anstecken. »Er könnte sich das Rauchen natürlich auch abgewöhnen. Oder zumindest für die paar Stunden verzichten, die er mal hier zu Besuch ist.«

Die Schröder zog die Augenbrauen hoch. »Das klingt nicht ganz freundlich.«

»Wieso?« Mark setzte seinen unschuldigen Blick auf. »Habe ich denn nicht recht?«

»Doch, sicher.«

»Papa hat immer recht.« Tanja klang triumphierend, als habe sie es jetzt darauf angelegt, die Schröder zu ärgern.

Aber sie ließ sich nicht verunsichern. »Väter haben immer recht, Schätzchen. Mütter übrigens auch.« Bei den letzten Worten blickte sie Mark an, nicht Tanja.

»Omas auch?«, fragte Tanja.

Die Schröder nestelte am Kragen ihrer Bluse und zog die Ecken auf die gleiche Höhe. »Da musst du nicht mich fragen; ich habe keine Oma gehabt.«

»Das kann nicht sein.«

Mark zog Tanja zu sich auf den Schoß. »Kleiner Naseweis.«

»Ich habe meine Omas nicht gekannt. Sie sind beide vor meiner Geburt gestorben; es war Krieg damals.«

»Ich kenne auch nur Oma Ella. Die andere Oma hat

nur noch ein bisschen gelebt, als ich auf die Welt kam. Aber ich kann mich nicht mehr an sie erinnern.« Sie rutschte auf Marks Schoß hin und her, bis sie es bequem fand. »Ich habe Hunger. Soll ich Oma Ella rufen?«

Er legte die Arme um ihre Taille. »Bleib nur hier.«

»Ich war ganz klein, als meine andere Oma gestorben bist. Kleine Kinder können sich nicht erinnern, sagt Papa. Alles, was ich von früher weiß, haben mir Papa und Oma Ella erzählt.« Sie hob die Schultern. »Manchmal müssen sie es mir auch noch mal erzählen, weil ich es wieder vergessen habe.«

Das wäre dummerweise ein Stichwort für die Schröder, um Tanja nach ihrer Mutter zu fragen. – Und danach, warum sie Tanja nichts von ihr erzählten.

»Ich glaube, es dauert doch zu lange, auf Bernward zu warten. Lauf und hol die beiden.« Er schob Tanja von seinem Schoß und in Richtung Balkontür.

Wieder einmal ärgerte er sich über Bernward. Er hätte der Schröder längst einmal sagen können, dass dies alles ein Tabu vor Tanja war. Es war unvorstellbar, dass die nie versucht hatte, ihn auszufragen, neugierig wie sie war. Aber wenn er ihn zur Rede stellte, würde er wahrscheinlich behaupten, er habe sich nicht in Marks Angelegenheiten einmischen wollen. Obwohl er es ständig tat.

Bernwards Zigarette war ein glimmender Punkt; als Tanja die Tür öffnete, flog er davon. Ella kam an Tanjas Hand in die Küche, Bernward hinter ihnen her.

Mark servierte den Eintopf, während Ella auf der Ablage neben der Spüle die Fleischwurst in Scheiben schnitt. Tanja stand neben ihr, nahm eine Wurstscheibe nach der anderen und verteilte sie einzeln auf die Teller. Dabei zählte sie laut ab. Als sie bei »zehn« angekommen war, fasste sie Ella am Arm. »Genug, Oma Ella.«

Ella nickte und setzte sich zu ihnen an den Tisch. Tanja faltete zu Marks Erstaunen die Hände; bisher hatte sie sich immer geniert, in Gegenwart Fremder zu beten. Deshalb waren sie übereingekommen, das Tischgebet durch eine Danksagung vor dem Schlafengehen zu ersetzen.

Sie sah Ella auffordernd an, nicht ihn. Auch das erstaunte ihn. Er war gespannt, ob sie ihm anschließend eine Erklärung liefern würde.

Die Schröder sah irritiert von einem zum anderen; dann sagte sie mit gepresster Stimme. »Ich komme gleich wieder.« Sie ging in den Flur.

Ella zog kurz die Augenbrauen hoch. »Zweite Tür rechts«, rief sie ihr dann hinterher.

Sie faltete ihre Hände und begann das Tischgebet zu sprechen. Tanja runzelte die Stirn, als mache sie etwas falsch, fiel dann aber brav in das Gebet mit ein.

Die Schröder kam mit einer gemurmelten Entschuldigung zurück und griff nach dem Löffel, noch ehe sie sich hingesetzt hatte. Bernward legte eine Hand beruhigend auf die ihre. Sie aß schnell, als habe sie es plötzlich eilig fortzukommen. Gleich darauf verschluckte sie sich und hustete.

»Ach herrjeh!« Ella stand auf und holte Gläser aus dem Hängeschrank hinter Bernward. Er quetschte sich mit seinem Stuhl dichter an den Tisch heran. »Das hättest du aber auch schnell machen können«, sagte sie dabei laut und deutlich.

Tanja rutschte auf ihrem Stuhl hin und her. Dabei achtete sie nicht darauf, wie sie ihren vollen Löffel hielt und vergoss ihn über die Tischdecke.

Mark hielt kurz die Luft an. Die Blöße würde er sich nicht geben, dass er sie in Gegenwart der Schröder ermahnte. Er fing Ellas Blick ein, die Tanjas Gekleckere beobachtet hatte, während sie die Gläser verteilte. Auch sie würde nichts sagen.

Er nahm seine Papierserviette. »Hat das schöne Kleid auch etwas abbekommen?«

Da erst wurde Tanja aufmerksam; erschrocken ließ sie den Löffel in den Teller fallen. Immerhin war der Eintopf zu sämig, um über das Tischtuch zu spritzen. Sie blickte an sich herunter. »Weiß nicht.«

Mark stand auf, rückte sie ein Stück vom Tisch weg und betrachtete den Rock. »Alles in Ordnung mit deinem Kleidchen.«

»Heb den Teller hoch.« Ella stand mit einem Platzdeckchen da und legte es auf den Fleck. »So ist der Tisch wieder schön.«

Die Schröder saß mit verkniffenem Mund dabei; vermutlich erinnerte sie die Szene an die Manschereien, mit denen sie Tag für Tag in der Vorschule fertig werden musste. Bernwards Blick schien sie zur Vorsicht zu mahnen. Also hatten die beiden etwas geplant für diesen Abend und warteten nur auf die passende Gelegenheit.

Tanja aß zwei Teller von dem Eintopf, sodass sie anschließend sogar auf den Schokoladenpudding verzichtete. »Iss du ihn«, sagte sie, ohne jemand Bestimmtes zu meinen. »Den krieg ich jeden Tag, wenn ich will. Aber Erbsensuppe nicht. Das ist ein Festessen.«

Bernward runzelte die Stirn ob dieses Lobs; er verabscheute Erbsen. Aber Ella nickte zufrieden. Sie wusste genau, warum Tanja das sagte, und Mark zeigte unbekümmert seine Erheiterung.

»Sie war wirklich sehr gut«, sagte die Schröder höflich. Sie lächelte sparsam. »Vielleicht kann Tanja mir gelegentlich das Rezept bringen. Oder natürlich Bernward.« Der alte Trick – frage die Gastgeberin nach dem Rezept, um sie zufriedenzustellen.

Mark stand auf. »Dann können wir jetzt ins Bad gehen. Komm, Maus.« Aber eigentlich wollte er zumindest wissen, warum Bernward die Schröder mitgebracht hatte. »Bleibt ihr heute Abend etwas länger?«, fragte er daher. »Ich komme wieder, wenn Tanja im Bett ist.«

»Wenn ich eingeschlafen bin!« Sie zog ihn an der Hand nach draußen in den Flur.

Nachdem er ihr im Bad geholfen und sie ins Bett gebracht hatte, setzte er sich neben sie und langte nach einem Bilderbuch mit wenig Text auf jeder Seite. »Tu mir einen Gefallen, Maus, und lass mich schnell wieder in die Küche. Ich möchte wissen, was Onkel Bernward ausheckt.«

»Seit wann ist es wichtig, was Onkel Bernward macht?«

»Dieses Mal könnte es wichtig sein.« Hoffentlich konnte er sie überzeugen, ohne ihr viel erklären zu müssen. Er könnte es ihr auch gar nicht erklären. »Onkel Bernward war merkwürdig heute Abend, fandest du nicht?«

»Das ist er doch dauernd in letzter Zeit.«

Er nickte, dankbar, dass sie ihm selber ein Argument anbot. »Eben. Und deswegen könnte es wichtig sein zu wissen, was er vorhat.«

Sie kräuselte nachdrücklich ihre Nase; es war eine bewusste Geste in diesem Augenblick.

»Vielleicht betrifft es das Haus. Du weißt, sie wollte es auch haben.«

»Und Iris?«

»Dann betrifft es auch Iris.«

»Das soll es nicht. Sie soll weggehen.«

Mark gab ihr einen Kuss auf die Stirn. »Du siehst, ich passe besser auf, was da los ist.«

Sie kräuselte immer noch ihre Nase, aber sie nickte. »Gute Nacht, Papa. Aber morgen erzählst du mir alles.«

Langsam ging er in die Küche zurück und versuchte dabei zu erlauschen, worüber sie sprachen. Doch er hatte die Tür selber geschlossen, damit Tanja nicht beim Einschlafen gestört wurde. Überdies sprachen sie leise.

Er zögerte einen Moment, aber Ella sah ihn durch das gemusterte Glas. Und er mochte sie auch nicht länger als nötig mit den beiden allein lassen.

Sie hatte irgendwo noch eine halbvolle Flasche Cognac gefunden und nun stand sie vor Bernward auf dem Tisch. Er schenkte sich gerade ein, vermutlich zum zweiten Mal, denn die beiden Frauen nippten an fast vollen Gläsern. Auch auf Marks Platz stand ein Cognacschwenker.

Er ignorierte ihn und holte sich ein Bier aus dem Kühlschrank. »Morgen ist zwar Sonntag und ich brauche auch nicht zu arbeiten, aber ich bleibe trotzdem bei meinem Bier.«

»Er ist sehr gut.« Die Schröder hatte wohl doch schon das zweite Glas vor sich, denn ihre Augen flackerten unruhig, während sie ihn anschaute.

Mark öffnete die Balkontür und ging nach draußen. Er ließ sie halb offen stehen, was sie einerseits als Signal verstehen konnten, dass er sich nicht aus ihrer Gesellschaft ausschloss, und ihm andererseits die Möglichkeit gab, das Gespräch zu verfolgen. Es war aber nur belangloses Geplauder über Bernwards Arbeit, versehen mit ein paar gärtnerischen Tipps für Balkonpflanzen. Was interessierte sich die Schröder für Balkonpflanzen, wenn sie bei ihrem Mann ausziehen wollte? Er hatte immer noch den Verdacht, dass sie auf ihn warteten.

Nachdem er sein Bier ausgetrunken hatte, zündete er sich eine Zigarette an, warf sie aber nach drei Zügen über das Geländer hinunter in den Vorgarten. Er schob das Problem nur auf – welches auch immer es sein mochte. Er nahm seine Flasche und ging in die Küche zurück.

Ella streckte die Hand aus. »Ich stell sie gleich weg.« ›Weg‹ hieß in den Bierkasten, der im Keller stand; sie wäre mindestens fünf Minuten fort. Das machte sie mit Absicht.

Mark überließ ihr die Flasche. Sie stand auf und zog sich ihre Hausschuhe richtig über die Füße, um nicht unterwegs zu stolpern. Bernward und die Schröder verständigten sich mit einem Blick und einer Bewegung der Augenbrauen.

Er holte sich noch ein Bier und lehnte sich dann an die Kühlschranktür. »Also? Was gibt es?«

Bernward reckte das Kinn vor und sah die Schröder an. Es war wohl als Aufforderung gemeint, aber sie lächelte bloß und blieb stumm. Bernward lehnte sich zurück und sein Blick ging zwischen Mark und der Schröder hin und her. Wenn ihr Anliegen harmlos wäre, wären sie schon längst damit herausgerückt.

»Also ...« Die Schröder räusperte sich. »Ich bin ja nun geschieden.«

Mark öffnete seine Flasche und trank.

»Genau«, sagte Bernward. »Und deswegen möchte Lenora mit dir reden.«

»Dann soll sie es doch einfach tun.« Mark lehnte sich mit dem Rücken an die Arbeitsfläche, stellte die Flasche dort ab und stützte die Hände auf.

»Sie hatten gesagt, ich solle Ihnen Bescheid sagen, wenn ich alles so weit geregelt habe.«

Mark nickte. »Das ist lange her.«

Die beiden sahen sich wieder an; die Schröder seufzte. »Ich weiß.«

»Sehr lange.«

»Ich weiß.« Die Schröder holte Luft, öffnete den Mund und klappte ihn wieder zu. Sie hatte etwas von einem Fisch, der am Ersticken war. »Das gemeinsame Haus werden wir verkaufen und ich denke, mein Anteil wird reichen, um eine bedeutende Anzahlung für ein eigenes zu leisten. Ich habe auch mit meiner Bank gesprochen. Die geben mir eine günstige Hypothek für den Rest.«

Mark lächelte sparsam. »Dann wünsche ich Ihnen viel Erfolg bei der Suche. Mein Makler sagt, derzeit seien die Preise recht hoch. Es wird wohl nicht einfach sein.«

Während er sprach, bekam ihr Gesicht einen immer verkniffeneren Ausdruck. Wie Bernward wohl damit umgehen mochte, wenn sie dieses Gesicht eines Tages für ihn hätte? Bislang hatte er noch jede Beziehung beendet statt aufkommende Konflikte zu lösen.

Mark setzte die Flasche an und trank den Rest in einem Zug aus.

»Ich möchte gerne Ihr Haus kaufen.« Ihre Stimme war leise und sie sprach stockend. »Nicht nur mieten.« Sie reckte das Kinn vor. »Dann hätten Sie das Problem ganz vom Hals.«

»Wohl wahr.« Er lächelte breiter. »Aber ich dachte, Sie bräuchten eines, in dem Sie selber wohnen können.«

»Natürlich! Und das Ihre ist in jeder Hinsicht ideal.«

»Außer in einer.« Er bemühte sich, die Häme aus seiner Stimme herauszuhalten. »Dort wohnt jetzt jemand.«

»Das macht nichts.« Sie zuckte die Achseln. »Das kann man jederzeit ändern.«

»Tatsächlich? Jederzeit?« Er stellte die Flasche ab. »Daran arbeiten Sie wohl jetzt schon.«

»Wie meinen Sie das?« Ihre Stimme klang so irritiert, dass Mark den Ausdruck in ihrem Gesicht genauer studierte. Ihre Überraschung wirkte überzeugend.

»Es versucht jetzt schon jemand, die neue Mieterin zu vertreiben. Noch bevor sie eingezogen ist.«

Ihre Augen weiteten sich; der Schock war echt. Dass er es herausfinden würde, damit hätte sie sicher gerechnet. Also war es nicht das, worüber sie erschrocken war. Oder doch?

»Nachbarn sagen, es sei eine Frau, die sich dort herumtreibt.«

Sie fuhr auf. »Denken Sie etwa, ich bin das?«

Er würde es gewiss nicht abstreiten. »Sie ist dort schon länger zugange.« Aber wer sagte ihm, dass dort nicht zwei Personen unabhängig voneinander ihr Unwesen trieben? Höchst unwahrscheinlich, aber nicht unmöglich. Iris hatte auf einen Mann getippt, aber nur geraten. Tanja hatte eine Frau gesehen und die war gewiss nicht die Schröder gewesen, aber all das besagte nichts.

Konnte man sie von hinten für einen Mann halten? Vermutlich; kompakt genug war sie. Aber er konnte sie sich nicht in Hosen vorstellen; er hatte sie immer nur in Röcken gesehen, trotz des Motorrollers. Nein – eben deswegen. Anders als auf einem Motorrad konnte man auf einem Roller sehr gut in Röcken fahren. »Die alte Frau Wimmer hat schon vor ein paar Monaten eine Frau gesehen, die sich in meinem Garten herumgetrieben hat.«

Die Schröder entspannte sich und Bernward gab ein erleichtertes Schnaufen von sich.

»Warum erzählst du uns das?«, fragte er.

»Es ist vielleicht nicht ganz problemlos, dort zu wohnen.«

»Und das mutest du deiner Iris zu?« Bernward grunzte verächtlich.

Ella kam zurück; sie trug zwei Mineralwasserflaschen in der Hand und stellte sie in den Kühlschrank, bevor sie sich setzte. Sie streifte die Hausschuhe wieder von den Fersen; hatte sie die etwa eine Nummer zu klein gekauft?

»Jedenfalls treibt sich jemand auf dem Grundstück herum.« Mark setzte sich neben Ella. »Ich habe nicht die leiseste Ahnung, wer das sein könnte. Und ob es anfangs dieselbe Person war wie in den letzten Wochen.«

»Ich bin es jedenfalls nicht.« Die Schröder hatte ihre Fassung wiedergefunden. Sie reckte den Kopf. »Wollen Sie Ihr Haus nun verkaufen oder nicht?«

Er grinste. »Aber sicher doch.«

»Dann verkaufen Sie es an mich.«

»Es ist vermietet.«

»Das regle ich dann schon.« Sie würde also versuchen, Iris rauszuklagen. Plötzlich wurde er unsicher, ob der Mietvertrag in dieser Hinsicht wirklich wasserdicht war. Aber das war leicht herauszufinden.

»Gut.« Er stand auf und nahm die leere Bierflasche in die Hand. »Nein, du gehst nicht noch einmal in den Keller heute«, sagte er zu Ella. »Ich mach das.«

Als er schon im Flur stand, rief die Schröder: »Sie verkaufen es mir also?«

Er drehte sich noch einmal um; dabei fing er einen triumphierenden Blick von Bernward auf. Der würde sich noch wundern,

»Setzen Sie sich mit meinem Makler in Verbindung. Er kümmert sich um alles.«

Sie schluckte; aber dann fing sie sich und lächelte. »Gern.«

Er hob einen Finger zum Gruß. »Bernward weiß, wer es ist.«

Es würde reichen, wenn er den Makler ganz früh am Montag Morgen anrief.

19

Erst drei Tage später fuhr Mark wieder zum Haus, um Iris zu treffen. Allerdings hatte er auch nicht versucht, eher Zeit zu finden. Das Gespräch, das er ihr nach der Runde durch die Nachbarschaft schuldig war, hätte er am liebsten noch länger aufgeschoben.

Das Wohnzimmer stand voller Umzugskartons und Iris war am Auspacken. Die Abdeckungen von den Möbeln waren weggeräumt und in dem großen Eichenschrank standen die ersten Gläser.

Die neue Farbe an den Wänden änderte nichts daran, dass dieser Raum für ihn aussah wie drei Jahre zuvor. Er würde sich gewiss nie auf eines der Sofas setzen können, ohne an Christina zu denken. Ausgerechnet diesen Raum und die Küche hatte Iris kaum verändert.

»Viel Arbeit. Wie du siehst, kommst du gerade recht.« Das Lächeln verschwand aus ihrem Gesicht, als er unschlüssig in der Tür stehenblieb. »Was ist los?«

»Setzen wir uns auf die Terrasse.« Dort stand bislang nur die Bank vom Möbel-Discounter – mit ein wenig Fantasie könnte er es für einen x-beliebigen Garten halten.

Sie trat beiseite und ließ ihn vorgehen. Die Tür klemmte und er musste ordentlich an ihr ziehen, um sie zu öffnen. »Seit wann ist das denn?«, murmelte er.

Sie antwortete nicht; entweder hatte sie die Frage nicht gehört oder nicht verstanden, wovon er sprach. Der Gedanke, auch dies könne dem Fremden zuzuschreiben sein, ließ ihm die Nackenhaare zu Berge stehen. Aber über den Eindringling wollte er als letztes mit ihr reden, obwohl er brannte zu erfahren, was sie noch in Erfahrung gebracht hatte.

Sie setzten sich nebeneinander auf die Bank und starrten in die Gärten. Iris wartete.

Links tauchte Valentina Wimmer auf und winkte ihnen zu. Sie winkten zurück. Als sie an den Zaun trat, blieben sie aber sitzen statt sich von ihr in ein Gespräch verwickeln zu lassen, und Valentina begann angelegentlich, Unkraut zu harken.

Iris legte die Hand auf seine Schulter. Aber sie sagte nichts, sondern wartete weiter darauf, dass er begann.

»Es ist eine lange Geschichte.«

»Ich habe Zeit.« Der Druck ihrer Hand wurde fester.

»Aber eigentlich kann ich sie auch in aller Kürze erzählen.« Er deutete hinüber zum Gartenschuppen. »Wir hatten eine Axt.« Er verknotete seine Hände und starrte auf die abgekauten Fingernägel. Wann hatte er damit wieder angefangen?

»Vor drei Jahren ... Tanja war zwei ...« Dass sie ihm nicht mit einer Bemerkung oder Frage half, irritierte ihn und ließ ihn immer mehr stottern. Konnte sie es ihm nicht leichter machen?

Schließlich fing er noch einmal neu an. »Meine Frau hat ihre Mutter mit der Axt ermordet. Tanja saß in der Schaukel und hat alles mit ansehen müssen.« Er schloss die Augen, um die Tränen zurückzudrängen. »Ich bin zu spät gekommen.«

Iris sagte noch immer nichts und rührte sich auch nicht. Er drehte den Kopf zur Seite; sie brauchte nicht zu sehen, dass er den Tränen nahe war.

Nach einigen Minuten hatte er sich wieder unter Kontrolle. »Es hieß, Christina habe einen psychotischen Anfall gehabt. Sie ist in eine geschlossene Anstalt eingewiesen worden.« Er räusperte sich. »Ich habe sie nach dem Prozess nie wieder gesehen. Wir sind geschieden und Tanja gehört zu mir.«

»Das erklärt mir manches.«

Es gab nichts hinzuzufügen.

»Es ist nicht wirklich zu Ende, nicht wahr?«

Der Druck auf seiner Brust verstärkte sich und nahm ihm schier den Atem. »Es wird erst zu Ende sein, wenn ich sicher bin, dass Tanja das alles verkraftet hat.«

Sie legte eine Hand auf seine Wange und sah ihn mit traurigen Augen an. »Dessen wirst du niemals sicher sein können.«

»Ich weiß.« Er biss sich auf die Lippen und stand auf. Er hatte nicht das gesagt, worum es ihm eigentlich ging. War es für ihn zu Ende genug, um etwas Neues anzufangen?

Mark ging bis zum Rand der Terrasse und blickte zum Schuppen. Dort an der Wand hatte Christinas Mutter gelegen. Er hätte ihn abreißen lassen sollen; aber das war ihm irgendwie pietätlos erschienen.

Iris rührte sich immer noch nicht von der Stelle. Sie saß einfach da und wartete ab.

Er setzte sich wieder neben sie. »Was ich nicht weiß ...« Er räusperte sich; seine Kehle war so eng, dass er kaum Luft bekam. »Ich werde diesen Anblick nie vergessen können. Christina, die ... und Tanja, die bestimmt nicht begriff, was da geschah. Aber gewiss verstand, dass die Schreie von Christinas Mutter Todesangst und Schmerz bedeuteten ...« Hastig wischte er sich die Tränen aus dem Gesicht.

Iris legte ihre Hand wieder auf seine Schulter. »Das Leben geht trotzdem weiter.«Sie zog ihn an sich. »Und nicht nur irgendwie. Es kann auch wieder ein gutes Leben werden.«

Ihr Atem steifte seinen Hals; die Wärme ihrer Arme drang durch sein dünnes Hemd. Er drückte das Gesicht in ihr Haar und war versucht, einen Kuss darauf zu hauchen.

Minutenlang blieben sie sitzen, ohne sich zu rühren. Dann ließ Iris ihn los und räusperte sich. »Da drinnen stehen noch ein paar Kisten herum.« Sie ging ins Wohnzimmer zurück, ohne ihn anzusehen.

Mark starrte wieder hinüber zum Gartenschuppen, zu der Ecke, wo Geralds und Marlies' Grundstück begann. Der Eindringling – das war ein Problem der Gegenwart. Die Vergangenheit musste warten.

Er folgte Iris ins Haus. Sie leerte gerade einen Karton Bücher und stapelte sie auf dem Couchtisch.

»Es gibt hier kein Regal dafür.«

Sie sah auf. »Ich trage sie nachher nach oben. Der volle Karton ist mir zu schwer die steile Treppe hoch.«

»Wenn du etwas gesagt hättest.« Er bückte sich und nahm den noch drei Viertel vollen Karton auf. »Ich trage ihn hoch. Ins Arbeitszimmer?«

»Ich habe im Flur ein Regal aufgebaut.«

Als er das Flurregal sah, fragte er sich, wie sie es geschafft hatte, es alleine zusammenzubauen. Bevor man nicht mindestens zwei Seitenteile mit dem Kreuz und einem Brett stabilisiert hatte, fielen sie regelmäßig wieder um.

Die Bücher im Karton waren fast alle alt und verströmten den leicht muffigen Geruch wissenschaftlicher Archive. Neugierig geworden, schaute er sie sich genauer an, während er auspackte: zwei medizinische Lehrbücher vom Anfang des 20. Jahrhunderts, ein noch älteres Physik-Buch, mehrere Atlanten. Einen blätterte flüchtig durch: Die Ländergrenzen, die dort eingezeichnet waren, waren jene der Kolonialzeit vor dem ersten Weltkrieg. Daraufhin schaute er zuerst auf das Deckblatt und weil dort nichts stand, auf die letzte Seite: C. Kannert. Die Bücher waren uralter Familienbesitz.

Dass Iris aus einer Akademiker-Familie kommen könnte, erstaunte ihn. Sie wirkte nicht so, sondern wie ... Eigentlich hatte er kein Wort dafür, wie sie stattdessen wirkte. Bodenständig, das war es vielleicht.

Er wusste fast nichts von ihr. Wenn Tanja dabei war, sprachen sie beide nicht über sich selbst; das Mädchen nahm sie voll in Beschlag. Und sonst ... Entweder war es um das Haus und den Vertrag gegangen oder um die Frage, wer hier sein Unwesen trieb. Iris war ihm so vertraut geworden, aber genau genommen hatten sie überhaupt keinen privaten Kontakt miteinander.

Er räumte die Bücher ins Regal und lief mit dem leeren Karton wieder hinunter. »Wollten wir nicht die letzten Nachbarn auch noch besuchen?«

»Wozu?« Sie stapelte Teller aus einem Karton auf den Couchtisch. »Du musst nicht mitkommen. Es wirkt vielleicht ungezwungener, wenn ich alleine gehe. Und dir ist es unangenehm. Ich habe sehr wohl gemerkt, dass Fragen kamen, denen du lieber aus dem Weg gehst.« Sie stand auf und legte die Hände auf seine Oberarme. »Jetzt verstehe ich auch, warum. Sie alle haben deine Frau gekannt und wissen von dem Mord.«

Aber er wollte auch nicht in diesem Wohnzimmer bleiben, das aussah, als wäre die Zeit stehengeblieben. »Wir wollen doch herausfinden, wer sich hier herumtreibt.«

»Die Fragen kann ich auch alleine stellen.«

»Sicher.« Aber sie würde vielleicht nicht alle Hinweise einordnen können und es darum nicht herausfinden. »Aber ...«

Sie musste ihm seine Unsicherheit angesehen haben; sie legte ihm die Hand auf den Mund. »Kein Aber. Hast du vergessen, dass ich gerne Detektiv spiele? Verbring den Nachmittag lieber mit Tanja im Zoo.«

Er lachte auf. »Da war sie doch am Samstag schon mit Mutter.«

Sie schmunzelte. »Weiß ich doch.«

Der Gedanke verlockte ihn, sich nicht weiter kümmern zu müssen – ein Problem weniger. Schließlich nickte er. »Ich helfe dir noch eine halbe Stunde beim Ausräumen.«

Sie lachte. »Auch das ist nicht nötig. Selbst ist die Frau!«

Sie wollte ihn loswerden, dessen war er sich jetzt ganz sicher. Sie hatte gewiss jemand anderen, der ihr half.

Der Moment der Vertrautheit war verflogen. Er rang sich ein Grinsen ab. »Ich komme zu deiner Einweihungsfeier wieder. – Falls du mich einlädst.«

Sie rieb sich das Ohr und sah ihn nachdenklich an. Es war ihr wohl aufgefallen, dass er verstimmt war. »Warum denn nicht?« Anscheinend hatte sie nicht die Absicht, seiner Verstimmung auf den Grund zu gehen. Warum auch?

Er ging und hatte gleich darauf ein schlechtes Gewissen, weil er sich nicht einmal richtig verabschiedet hatte.

Um der Schröder aus dem Weg zu gehen, kam er absichtlich zu spät an der Vorschule an. Sie legte sehr viel Wert auf pünktlichen Feierabend und überließ in der Regel die Kinder den Lehrerinnen, die Spätdienst machten.

Doch er hatte sich verrechnet. Die Schröder stand vorm Eingang und schwenkte Tanjas Rucksack; Tanja hüpfte gleichzeitig auf der Stelle und die Schröder half ihr, das Gleichgewicht zu halten. Sie lachten laut, als Mark vor dem Tor bremste.

Tanja hatte sich unübersehbar wieder mit ihr ausgesöhnt.

»Da sind Sie ja endlich!« Es klang wie ein Tadel, aber sie bemühte sich gleich, ihn mit einem Lächeln abzumildern. »Ich habe auf Sie gewartet!«

»Das ist nicht zu übersehen.« Er beugte sich nach hinten und öffnete die rückwärtige Tür für Tanja. »Kommst du?«

Wenn er ihr nicht entgegenging, konnte er das Gespräch mit der Schröder vielleicht vermeiden.

Natürlich nicht. Sie kam zu ihm an den Wagen, einen Arm um Tanjas Schultern gelegt. »Herr Schreiber, können Sie nicht etwas tun, um die Sache mit dem Haus zu beschleunigen? Ich habe mit Ihrem Makler gesprochen, aber der hat mich auf nächste Woche vertröstet.«

»Aber Sie kennen das Haus doch schon. Ist die Besichtigung nicht eher eine Formsache?« Mark öffnete den Kofferraum von innen und wies nach hinten. »Wenn Sie so freundlich wären?« Er lächelte Tanja an. »Steig ein, Maus.«

Die Schröder legte den Rucksack in den Kofferraum und kam zu ihm zurück, Erwartung in ihrem Blick.

»Der Makler muss sich schließlich sein Geld verdienen.«

Halb erwartete er Widerspruch von ihr, aber sie wartete wohl darauf, dass er noch etwas sagte. Den Gefallen wollte er ihr nicht tun; er verabschiedete sich.

Aber bevor er starten konnte, öffnete sie die Tür. »Wissen Sie ...« Sie schien zu zögern, aber er hielt es für Taktik und ließ den Motor an. »Ich brauche wirklich dringend eine andere Wohnung!« Und er hatte gedacht, sie hätte sich bei Bernward niedergelassen; das verwunderte ihn nun doch.

Aus den Augenwinkeln warf er einen Blick auf Tanja, die sich interessiert vorgebeugt hatte, um sich nichts entgehen zu lassen. »Tja, ich habe nur dieses eine Haus anzubieten. Und wenn Sie es so eilig haben ...« Nun machte er eine ausdrucksvolle Pause. »Sie wissen doch, dass ich inzwischen vermietet habe. Dann kommt es sowieso nicht für Sie in Frage.«

Sie presste die Lippen zu einem schmalen Strich aufeinander und plötzlich sah sie alt und verkniffen aus. Er fragte sich, ob das ihr Ausdruck war, wenn sie mit den Kindern schimpfte.

»Wir haben einen Termin. Tanja muss zur Flötenstunde.«

Sie zog sich zurück. »Sie haben recht; die Besichtigung ist eher eine Formsache. Ich werde gleich mit Herrn Heuer in Verhandlungen treten.«

Da hatte er möglicherweise ein Eigentor geschossen; er sagte lieber nichts dazu.

Der Flötenunterricht für Tanja dauerte wie immer nur eine halbe Stunde. Während Mark sonst die ganze Zeit dabeiblieb, um anschließend Tanja beim Üben zu unterstützen, ging er dieses Mal zur nächsten Telefonzelle und rief den Makler an.

»Ich fürchte, ich habe einen Fehler gemacht«, bekannte er gleich nach der Begrüßung. »Ich habe die Schröder daran erinnert, dass sie das Haus schon kennt und eigentlich keine Besichtigung mehr nötig hat.«

»Sie wird mich also anrufen und nach dem Preis fragen.« Heuer klang amüsiert. Wahrscheinlich sah er sich wieder in seiner Meinung über Marks Ungeschick bestätigt. »Ich habe tatsächlich einen anderen Kaufinteressenten. Mit dem allerdings müsste ich das Haus besichtigen.«

»Und dies, bevor Sie der Schröder einen Preis nennen.« Iris würde wenig erfreut sein. »Will der auch selber einziehen?«

»Er will es als Zubrot für seine Rente. Er wird sich mehr für die Miete interessieren, die Frau Kannert zahlt als für den Kaufpreis.«

Mark wagte nicht, dem Makler zu sagen, wie hoch — oder vielmehr wie niedrig — die Miete war. Sie war deutlich unter dem Marktüblichen. Das könnte den neuen Interessenten abschrecken. Es war wohl nicht schlau gewesen, so großzügig zu sein.

Langsam fragte er sich, ob er überhaupt noch etwas richtig machte. »Ich überlasse es ganz Ihnen.«

»Aber wenn Sie vielleicht Frau Kannert meinen Anruf ankündigen würden?«

Das war vernünftig. Es war seine Aufgabe, ihr zu erklären, dass es nicht als Vertreibung gedacht war.

»Haben Sie eine Vorstellung davon, welchen Preis Ihre Schröder nicht mehr zahlen könnte? Ich muss ihr ja etwas erzählen.«

Mark musste zugeben, dass er das nicht einschätzen konnte. Vielleicht wusste Bernward, wie viel sie aus ihrer Scheidung herausschlagen konnte. Langsam kam er sich vor wie ein Intrigant.

Er sollte sich Klarheit darüber verschaffen, wie viel ihm an Iris lag.

20

Nach der Flötenstunde fuhren sie zu Bernward in die Gärtnerei. Sie fanden ihn in einem der Gewächshäuser, in dem die Orchideenpflanzen wuchsen.

Tanja lief anfangs begeistert von einer farbenprächtigen Blüte zur anderen; aber sehr schnell jammerte sie, es sei ihr zu heiß. Doch dann entdeckte sie Bernward, der kleine Palmen umtopfte.

»Das ist aber schön hier!«, rief sie und stürmte auf ihn zu.

Er ließ sein Schäufelchen fallen. »So eine Überraschung! Mein Schatz besucht mich im Zaubergarten.«

So viel Begeisterung! Da würde Bernward gewiss nicht merken, dass er ihn über die Schröder aushorchen wollte.

Er ließ die beiden noch einen Moment herumalbern. »Eine Überraschung sollte es tatsächlich sein. aber natürlich mehr für Tanja als für dich.« Er zwinkerte Bernward zu. »Dich hätte ich wohl besser vorher angerufen. Wir stören bestimmt, so unverhofft.«

Bernward ließ Tanja von seinem Schoß heruntergleiten. »Klar stört ihr, ich kann die armen Bäumchen ja nicht einfach liegen lassen. Wollt ihr mir helfen? Dann kann ich eher Feierabend machen und lade euch zu einem Eis ein.«

»Ist uns das Belohnung genug?« Mark zupfte Tanja an einer Strähne. »Maus, du solltest aber ein paar Klamotten ausziehen.«

»Ich mache mich bestimmt nicht schmutzig.« Sie schaute an sich herab und rümpfte die Nase. Auf dem hellblauen Rock war ein erdiger Fleck; schnell deckte sie ihn mit beiden Händen zu.

Mark lachte. »Und wenn, dann muss Oma waschen. Ich dachte eher, dass du nachher kein Eis essen kannst. Wenn du jetzt schwitzt, wirst du nachher frieren, wenn du genauso angezogen bleibst wie jetzt.«

Nachdem sie ihre Jacke ausgezogen hatte, reichte Bernward ihr ein Schippchen. Damit sollte sie die Erde rund um die Bäumchen festklopfen, nachdem er sie eingesetzt hatte.

»Und was macht Papa?«

Bernward zeigte zur Wand. »Mark kann gießen.«

Tanja kniete sich neben Bernward und fuchtelte ungeduldig mit dem Schippchen. Noch bevor er um das nächsten Bäumchen die Erde fertig angehäuft hatte, begann sie, darauf herumzuklopfen.

»Langsam«, sagte Mark, »erst muss ich ein bisschen gießen.«

»Das gibt aber eine schöne Eierpampe!« Sie zog die Nase kraus, aber sie hielt inne. »Du hast ja noch gar kein Wasser geholt.« Ihre Stimme hatte einen deutlich tadelnden Klang.

Mark grinste und lief zu den Wasserhähnen.

Er goss und sah dann zu, wie Tanja und Bernward arbeiteten; bei der nächsten Palme ging die Prozedur von vorne los. »Wie viele Bäumchen sind das denn?«

Bernward richtete sich auf und deutete zur Seite, wo die Palmen auf einem Haufen lagen. »Siehst du doch.« Er lächelte Tanja an. »Das schaffen wir, oder?«

»Klar!« Sie drehte sich um. »Papa, wenn du was arbeiten musst, dann mach nur.«

Er zog ein Taschentuch hervor und wischte ihr den gröbsten Teil der Erde ab, die inzwischen in ihrem Gesicht klebte. »Klang das so ungeduldig? Ich denke nur daran, dass die Eisdiele zumacht.«

Tanjas Gesicht wurde lang. »Dann müssen wir uns beeilen.« Sie klang ein bisschen zaghafter als zuvor.

Mark suchte vergeblich nach einem Dreh, das Gespräch auf die Schröder zu bringen, ohne dass es verfänglich wirkte. Aber eigentlich müsste Bernward es für normal halten, wenn er ihn über den Stand der Dinge informierte; sie war schließlich seine Freundin. Verfänglich hörte es sich nur für ihn selber an, weil er ein schlechtes Gewissen hatte. Bernward ahnte nichts von seinen Hintergedanken.

»Heuer hat einen weiteren Interessenten«, sagte er schließlich. »Der hat wohl eine Menge Geld.« Wahrscheinlich stimmte es sogar. »Hast du eine Ahnung, wie viel die ... Frau Schröder für den Kauf ausgeben könnte?«

Bernward legte die Pflanze beiseite, die er gerade in die Hand genommen hatte, und setzte sich auf seine Fersen. »Die Bank wird ihr schon einen ausreichenden Kredit einräumen, bis ihr Mann das gemeinsame Haus verkauft hat.«

»Da muss er sich ja auch was Neues suchen.« Mark grinste. »Scheidungen als Motor fürs Immobiliengeschäft – auch eine Idee.«

»Bei deiner Scheidung hattest du das Problem freilich nicht.« Bernward verzog den Mund zu einer abfälligen Grimasse. »Wer im Knast sitzt, braucht kein Geld.«

Mark wurde von einer Woge des Zorns fast überwältigt; allein Tanjas Gegenwart bremste ihn. »Du vergisst, dass das Haus mir allein gehört und wir Gütertrennung hatten.«

»Wer sitzt im Knast?« Tanja sah neugierig von einem zum anderen.

Mark warf Bernward einen zornigen Blick zu. Der ging daraufhin mit einem Grinsen vor Tanja in die Hocke. »Weißt du überhaupt, was das ist?«

»Klar. Wie bei Robin Hood. Der Sheriff hat alle eingesperrt, die ihre Steuern nicht zahlen wollten.«

»Das hat dich wohl sehr beeindruckt.« Gottseidank; Bernward hatte begriffen, dass Tanja eine Ablenkung brauchte. »Wo hast du das denn her?«

»Aus dem Film. Selbst die kleinen Mäuschen bekamen eine Eisenkugel an den Fuß.«

»Aber dann ist Robin Hood gekommen und hat alle befreit.«

»Nein, der nicht!« Tanja sah Bernward vorwurfsvoll an. »Aber Onkel Bernward, du guckst wohl nie fern? Robin Hood hat das Geld entführt, während die anderen die Mäuschen befreit haben.«

»Wir haben das Buch gelesen, als wir Kinder waren«, entgegnete Mark. »Damals gab es den Film noch nicht.«

Tanja richtete sich auf und stemmte die Fäuste in die Hüften, in der einen Hand noch immer die Schippe. Erde rieselte auf ihre weißen Sandalen. »Wenn Onkel Bernward das Buch gelesen hat, muss er es aber auch wissen!« Nur dass die Handlung im Film nicht identisch war mit der im Buch.

Mark grinste. »Da wollen wir dir lieber nicht widersprechen.« Er gab ihr einen Kuss auf die schlammverklebte Backe. »Jetzt aber schnell, damit wir fertig werden, bevor es wirklich kein Eis mehr gibt.«

Wenn die Schröder in absehbarer Zeit Geld aus dem ehelichen Haus zu erwarten hatte und nicht allein auf den Bankkredit setzen musste, würde sie eine Menge Geld zur Verfügung haben. Sie würde schwer zu überbieten sein, falls sie sich sein Haus in den Kopf gesetzt hatte.

Andererseits – könnte sie sich dann nicht ein anderes Haus leisten?

Viel schlauer war er jetzt immer noch nicht.

Mark parkte neben einer Telefonzelle unweit der Eisdiele. »Ich muss noch telefonieren.«

Bernward nahm Tanja an der Hand, aber sie entzog sich ihm. »Nein, wir warten auf Papa. Sonst schmilzt sein Eis, während er telefoniert.«

Aber wenn Bernward neben der Telefonzelle stand, konnte er weder mit Iris telefonieren noch mit dem Makler. Wenn Bernward der Schröder etwas weitererzählte, und sei es nur aus Versehen – nicht auszudenken. Es wurde immer schwieriger, sich in seinem eigenen Gespinst aus Intrigen und Manövern zurechtzufinden. Mark seufzte. »Es dauert nicht lange.«

Er rief Andrea an und erzählte ihr etwas, was ihm angeblich gerade eingefallen sein. Natürlich protestierte sie, das stünde schon dick und fett auf ihrem Terminkalender. Mark schmunzelte über ihre Empörung; gut, dass die beiden sie nicht hören konnten. Zur Tarnung wählte er danach noch eine beliebige Nummer aus seinem Adressbuch, von der er einigermaßen sicher war, dort niemanden anzutreffen. Dann nickte er den beiden durch die Scheibe zu und verließ die Telefonzelle. »Was ist? Kaufen wir den Laden auf?«

Lachend rannte Tanja in die Eisdiele und bestellte ganz alleine ihre Lieblingssorten.

Bernward betrat neben ihm die Eisdiele. »Deine Gespräche hätten auch warten können. So spät am Tag arbeitet niemand mehr.«

Mark zuckte die Achseln. »Ihr habt es überlebt, oder?« Er setzte sich an den nächstgelegenen freien Tisch und rückte einen Stuhl für Tanja zurecht.

Tanja kam mit der Bedienung, die gleich ihren Eisbecher mitbrachte, und sie bestellten für sich.

Mark stocherte so sehr in seinem Eis herum, dass es sogar Tanja auffiel. »Hat Frau Maurer etwas Wichtiges vergessen, Papa?«

Er war immer noch am Überlegen, wie er die Schröder

los wurde, und schreckte hoch. »Wie kommst du darauf, Maus?«

»Weil du sie unbedingt noch anrufen musstest.«

Dieses Kind war entschieden zu wachsam. Er wischte ihr einen rosa Erdbeereisklecks vom Kinn. »Es ist alles in Ordnung; mach dir keine Sorgen.«

»Aber du machst dir doch auch welche!«

Er lächelte. »Ich denke nach; das ist alles.«

»Habt ihr Probleme in der Firma?« Bernward legte seinen Löffel im Eisbecher ab, als mache er sich zu einem längeren Gespräch bereit. »Brauchst du etwa dringend das Geld aus dem Hausverkauf?« Bernward klang konsterniert; aber das war schwerlich sein ehrliches Gefühl.

»Wird schon.« Das könnte Bernward so passen, dass er unter Druck wäre. Nach zwei Löffeln lächelte er ihn an. »Alles im grünen Bereich. Ich kann abwarten.«

»Und wieso bist du dann gerade jetzt auf die Idee gekommen, das Haus endlich zu verkaufen?«

Mark grinste noch mehr. »Bin ich doch gar nicht. Ist doch Wochen her, seit ich den Heuer angeheuert habe.« Was in einer Krise natürlich überhaupt keine Zeit wäre. »Den Heuer angeheuert – was für ein Wortspiel. Ob ihm das schon mal jemand unter die Nase gerieben hat?«

»Aber wenn du etwas hast, dann sagst du es mir doch, oder?« Bernward beugte sich vor. »Wozu sind wir Brüder?« Das allerdings fragte Mark sich auch. Er hätte zu gerne gewusst, wie Bernward wirklich zur Schröder stand; doch in Tanjas Gegenwart konnte er das unmöglich fragen.

Aber er hatte eine Tochter, die Gedanken lesen konnte. »Onkel Bernward?« Sie hampelte ein bisschen herum und senkte ihr Gesicht tief über das Eis, als er sie fragend ansah. »Sag, wirst du die Frau Schröder heiraten?«

Jetzt war Mark wirklich gespannt.

Bernward schien kein bisschen geniert über die Frage. »Möchtest du das denn gerne?«

Sie verzog das Gesicht. »Nein. Dann würde sie doch meine Tante. Tanten sind doof.«

Bernward biss sich auf die Lippen; also steckte tatsächlich mehr dahinter als er zugeben wollte. »Woher weißt du das, Tanja? Du hast doch gar keine Tante.«

»Ich nicht. Aber meine Freundin Marieluise. Ihre Tante ist so doof, dass sie sogar den gleichen Namen hat.«

»Dafür kann die Tante von Marieluise doch nicht.« Mark gab sich alle Mühe, sich das Lachen zu verbeißen. »Sie war schließlich zuerst da.«

»Stimmt nicht. Sie ist zwei Jahre jünger als Marieluise.«

Mark verschluckte sich, als er weiter mit dem Lachen kämpfte, das in seiner Kehle steckte. »Dann hätte deine Freundin besser aufpassen müssen, dass ihr niemand den Namen nachmacht.«

Tanja warf ihm einen zornigen Blick zu. »Papa, die Sache ist ernst.«

»Mit Frau Schröder kann dir das aber nicht passieren.« Bernward lachte auch. »Sie hat schon einen Namen: Lenora.«

»Lenora?« Tanja machte große Augen. »Woher weißt du das?«

Das konnte doch wohl nicht sein, dass sie die Frage ernst meinte. »Wir wissen doch auch, dass Iris Iris heißt.«

»Das ist etwas anderes.« Tanja hatte offensichtlich ihren hartnäckigen Tag. »Iris ist doch unsere Freundin.«

Bernwards Gesicht verfinsterte sich. »Ach, tatsächlich?« Er sah Mark an; neben seinen Mundwinkeln standen zwei senkrechte Kerben und er klang knurrig. »Ich dachte, sie sei bloß deine Mieterin.«

»Und meine Freundin«, stieß Tanja hervor. »Überhaupt war sie zuerst meine Freundin; dann ist sie eingezogen.«

»Ich glaube, sie ist noch gar nicht eingezogen.« Mark versuchte den Anschein zu erwecken, als wäre er nicht auf dem Laufenden; allerdings hatte er wenig Hoffnung, dass es klappte. Tanja würde ihm sofort dazwischenfunken, wenn er etwas sagte, was sie besser wusste. Er kippte seinen Eisbecher ein wenig, um den Rest herauszukratzen, der schon halb flüssig geworden war. »Sie steckt eine Menge Arbeit in die Renovierung.«

»Vielleicht hättest du sie warnen sollen: Wenn es dem Käufer nun nicht gefällt?«

Mark kratzte lautstark und ungeniert die metallenen Wände des Bechers ab. Tanja sah ihm einen Moment zu, dann tat sie es ihm gleich.

»Bis ein Käufer einzieht, ist es abgewohnt.« Unter gesenkten Lidern blickte er über den Becherrand. »Iris hat einen Vertrag für fünf Jahre.«

»Das wird sie nicht vor einer Kündigung wegen Eigenbedarf schützen. Nach dem Verkauf hast du das nicht mehr in der Hand.«

Klang Bernward triumphierend oder kam es ihm nur so vor? Jedenfalls bedeutete seine Bemerkung, dass die Schröder sich sogar schon über solche Details mit ihm unterhielt. Sonst hätte er keine Meinung dazu.

Mark stellte den Becher zurück auf den Tisch. Auch Tanja stellte daraufhin ihren Becher ab. Die Bedienung musste irgendeine Bewegung als Aufforderung verstanden haben, denn keine Minute später stand sie vor ihnen und zog ihren Block aus der Servierschürze. »Alles zusammen?«

Während sie rechnete, rechnete Mark auch, aber im Gegensatz zu ihr kam er zu keinem Ergebnis. Für Häuser gab es keine eindeutigen Preisschilder.

Aber für Bernward hatte er noch etwas. Beim Hinausgehen sagte er: »Wenn du denkst, ein Verkauf brächte ein

Problem für die Mieterin, dann sollte ich vielleicht überhaupt nicht verkaufen.«

Bernward blieb abrupt stehen und schnaufte empört. »Du weißt auch nicht, was du willst.«

Er hatte zwar recht, aber trotzdem. »Doch; eigentlich schon. Ich werde noch einmal mit dem Makler reden. Bestimmt kann man in den Kaufvertrag eine passende Klausel einfügen.«

Bernward grinste. »Das Grundrecht auf Eigentum ...«

Mark grinste zurück. »Eigentum verpflichtet.« Er konnte sich wirklich nicht daran erinnern, dass er mit Bernward jemals einer Meinung gewesen war.

21

Zuhause rief Mark schließlich bei Iris an; wieder erreichte er sie nicht. Und wieder fragte er sich, wo sie sein mochte. Er ärgerte sich tatsächlich über sie. Solange bis sich sein Verstand einschaltete und ihm sagte, dass sie keinen Grund hatte, ihm zu sagen, wo und mit wem sie ihre Zeit verbrachte.

Mit wem – das war der Punkt. »Mark, du bist ja eifersüchtig«, sagte er zu seinem Spiegelbild, als er im Bad stand und die Zähne putzte.

Aber er musste sie doch so frühzeitig wie möglich davon informieren, dass der Makler eine Besichtigung plante. Gleich nach dem Aufstehen am nächsten Morgen rief er wieder an. Sie meldete sich mit schlaftrunkener Stimme.

Er lauschte, ob es neben ihrer Stimme weitere Geräusche gab – Geräusche, die auf die Anwesenheit eines anderen schließen ließen. Aber der Verkehr, der vor ihrem Fenster vorbeidröhnte, übertönte alles.

»Ist das immer so laut bei dir?«, fragte er ohne nachzudenken.

»Rufst du deswegen an?« Sie kicherte und klang gar nicht mehr schlaftrunken. »Auch ein Grund, hier auszuziehen. Noch ein paar Tage, dann bin ich fertig.«

»Deswegen rufe ich an«, sagte er; erleichtert, dass sie ihm das Stichwort geliefert hatte.

»Willst du mir wieder helfen?«

»Gerne. – Das weißt du doch.« Nun hatte er sich ablenken lassen. »Der Makler hat einen Investor. Also jemanden, der sich ein Haus als reine Geldanlage kaufen will.«

»Und da dachte er an deines.«

»Deswegen wollte ich wissen, wann es dir recht wäre, wenn wir zur Besichtigung kämen.« Um alles in der Welt durfte sie sich nicht bedroht fühlen. Was, wenn sie nun gar nicht mehr einziehen wollte? Wieder sagte er sich, dass ihr nichts anderes übrig blieb.

»Bis es vorzeigbar ist ... Ich fürchte, das dauert noch etwas.«

»Er will ja nicht einziehen!« Sollte er ihr erzählen, dass er damit die Schröder loswerden wollte? Er konnte nicht entscheiden, was klüger wäre.

»Hoffentlich!« In ihrer Stimme klang ein Lächeln und er entspannte sich. »Ich gebe dir einen der Schlüssel zurück, okay? Ich muss ja nicht dabei sein.«

Das fand er aber doch. Sie kennenzulernen schien ihm die beste Gewähr, dass sich dieser Käufer an die Vereinbarung hielt, die er mit ihr geschlossen hatte. »Natürlich nicht. Aber wir wollen ja auch nicht völlig ungelegen kommen.«

»Du kommst nie ungelegen, Mark.« Das Lächeln blieb in ihrer Stimme; es klang wie eine Verheißung. Jetzt war er sicher, dass zumindest im Augenblick niemand neben ihr im Bett lag. »Sucht euch halt einen Termin am Nachmittag.«

»Gut.« Er machte eine absichtsvolle Pause. »Gilt das auch für mich alleine? Heute?«

»Ich bin erst am späten Nachmittag wieder draußen.« Jetzt war sie ihm doch glatt ausgewichen.

»Dann wird es tatsächlich noch eine Weile dauern, bis alles fertig ist.«

»Es ist mühsam, alles allein zu machen.« Das klang wie eine Klage. Bisher hatte er geglaubt, sie meistere alles, ohne sich groß Gedanken darüber zu machen. Aber er hatte ihr doch seine Hilfe angeboten. Dies war jedoch der falsche Augenblick, sie daran zu erinnern.

Mark verschob einen seiner Nachmittagstermine und fuhr zum Haus. Es hatte in der Nacht ein schweres Gewitter gegeben, sodass es deutlicher kühler war als in den Tagen zuvor. Weit im Osten standen neue schwere Wolken am Horizont. In der Innenstadt nieselte es wieder und Mark fröstelte. Er schaltete die Heizung ein.

Es war schon Gewohnheit, dass sein erster Blick hoch zum Fenster des Arbeitszimmers ging, als er in die Straße bog. Angesichts des Wetters müsste es geschlossen sein, doch es stand offen, beide Flügel sogar.

Beunruhigt fuhr er schneller und stellte dann den Wagen schräg an den Straßenrand statt sich die Zeit zu nehmen, ordentlich einzuparken. Eilig schloss er ab und noch eiliger sprang er die Stufen zur Haustür hoch und klingelte.

Iris antwortete; ihre Stimme kam aus dem Arbeitszimmer. Trotzdem ließ Mark die Unruhe nicht los, die ihn beim Anblick des offenen Fensters erfasst hatte. Nervös trat er einen Schritt zurück, um ihr zu antworten.

Er trat zu weit, verfehlte die nächsttiefere Stufe: Sein Fuß knickte um und in seinem Knöchel schien etwas zu zerspringen. Er ließ sich auf die Treppe sinken und tastete nach dem Gelenk. Vorsichtig setzte er den Fuß auf der Stufe auf: Er schien belastbar zu sein, auch wenn es furchtbar weh tat.

Iris rief wieder und diesmal antwortete er mit gequälter Stimme.

Er erhob sich auf den anderen Fuß und griff nach dem Geländer, bevor er den verletzten ebenfalls aufsetzte. Ein stechender Schmerz durchfuhr das ganze Bein, aber er stand.

Er stützte sich aufs Geländer und ging vorsichtig die zwei Stufen hoch, das angeschlagene Bein möglichst wenig belastend. Gerade, als er die Tür erreichte, riss Iris sie auf und sah ihn erschrocken an.

»Meine Güte, Mark! Ich habe doch gehört, dass etwas nicht stimmt!«

Er lächelte. »Es ist weiter nichts. Ich habe mir bloß den Fuß vertreten.«

Sie sah ihm einen Moment prüfend ins Gesicht, dann kam sie einen Schritt näher und bot ihm ihren Arm als Stütze. Hinkend erreichte er die Küche und ließ sich auf einen Stuhl fallen.

»Zeig her!« Es war ein Befehl; sie würde sich nicht abwimmeln lassen.

Also zog er gehorsam das Hosenbein hoch. Das Gelenk schien dicker als das andere, aber das musste eine Täuschung sein. So schnell schwoll ein Gelenk nicht an.

»Zieh aus!« Sie nahm ein Handtuch vom Haken an der Wand und ließ Wasser darüberlaufen.

Mark zog Schuh und Socke aus und krempelte das Hosenbein noch weiter hoch.

Es wirkte sehr sachkundig, wie sie danach das ganze Gelenk und die Knöchel abtastete. Ihre Hände waren kalt und das tat gut. Das Gelenk schwoll anscheinend doch schon an. Iris wickelte das nasse Handtuch darum und richtete sich wieder auf.

Sie betrachtete ihn vom Kopf bis hinunter zum Fuß. »Damit kannst du nicht laufen. Du solltest es jedenfalls nicht.«

Er verdrehte die Augen und sah zur Küchendecke. »Ich bin gekommen, um dir zu helfen. Stattdessen mache ich dir Arbeit.«

Ihr Lachen klang amüsiert. »So viel Mühe war es nun auch wieder nicht.« Sie rieb sich über die Nase und lächelte sanft. »Gebrochen ist es nicht; aber ein paar Tage wirst du Geduld mit dir haben müssen.«

Es überraschte ihn, dass sie sich so sicher war. »Woher weißt du das?«

»Was erwartest du denn? Du wirst sehen, trotz des Handtuchs wird das Gelenk so dick werden, dass du kaum in einen Schuh kommen wirst. Und da glaubst du, dass du herumspringen kannst?«

Er knurrte. »Das kann ich mir tatsächlich denken. Ich meinte, woher du weißt, dass er nicht gebrochen ist?«

»Soll ich einen Krankenwagen rufen und dich zum Röntgen bringen lassen?«

Sie klang ein bisschen gekränkt, sodass er sich sofort irgendwie schuldig fühlte. Offensichtlich hatte er mal wieder ein Fettnäpfchen erwischt. Wenn er nur wüsste, welches.

»Wenn es gebrochen wäre, dann hätte ich wohl gar nicht auftreten können, oder?«

»Und wenn es angebrochen wäre, würdest du es dir damit ganz ruinieren.«

Er wagte nicht, noch einmal zu fragen, woher sie es wusste. Vermutlich hatte sie all die alten Bücher gelesen, auf die er gestoßen war, als er den Karton ausgepackt hatte. Akademikerfamilie – das musste es sein. »Was jetzt?«, fragte er stattdessen.

Sie lächelte wieder. »Kaffee oder Tee? Die Küche funktioniert schon.«

Er lehnte sich zurück, sorgfältig darauf bedacht, den Fuß dabei nicht zu bewegen. »Was du trinkst, trinke ich auch.«

Sie stieg auf eine Trittleiter, die sie hinter der Tür hervorholte. Aus einem der Oberschränke brachte sie eine bauchige Teekanne hervor, in die mindestens ein Liter passte. »Für mich alleine brauche ich die nicht. Darum habe ich sie dort oben verstaut.«

Also trank dieser Mensch, mit dem sie ihre freie Zeit verbrachte, keinen Tee.

Der Wasserkessel, den sie aus einem Schrank holte,

war von einer bräunlichen Patina überzogen, als sei ihr ab und zu das Wasser angebrannt. »Auch den brauche ich sonst nicht«, bemerkte sie, während sie Wasser einlaufen ließ. Aus einer Schublade zog sie die Tröte hervor und setzte sie auf die Ausgusstülle.

»Sehe ich so neugierig aus?«

Sie drehte sich um. »Wieso?«

»Weil du alles erklärst.«

Sie grinste und zündete das Gas an. »Ich rede manchmal zu viel.«

Wenn es nach ihm ginge, könnte sie viel mehr reden. Noch immer wusste er fast nichts über sie. Eigentlich nur, dass sie bei der Zeitung in der Anzeigenabteilung arbeitete, wie sie hieß und wo sie bisher wohnte. Erschreckend wenig – genau, wie es sich für eine x-beliebige Mieterin gehörte. Es fehlte lediglich die Gehaltsabrechnung, die gewöhnlich beim Abschluss des Mietvertrags vorgelegt wurde.

Sie stellte Zucker und Milch auf den Tisch und zwei rot gemusterte Teetassen im englischen Landhausstil. Als der Tee fertig war, schob sie die Kanne zu ihm hin. »Bitteschön.«

Sie dachte nicht daran, ihn zu bedienen, wie man es üblicherweise mit Gästen tat. Bemerkenswert.

»Ich bin froh, dass ich wenigstens meine Hände noch gebrauchen kann.«

Sie fragte nicht, was er mit dieser Bemerkung sagen wollte. Aber sie runzelte die Stirn und sofort kam er sich unverschämt vor. Bestimmt hatte sie die Spitze verstanden, die darin steckte. Was benahm er sich wieder unmöglich; er seufzte.

Bevor sie ihre Tasse an den Mund setzte, strich sie sich mit der linken Hand eine Strähne aus dem Gesicht und steckte sie hinter dem Ohr fest. Sie spreizte dabei den kleinen Finger ab, genauso wie sie ihn an der anderen Hand abspreizte, die die Tasse hielt. Seltsam sah es aus, auf der einen Seite elegant, auf der anderen affektiert. Woher sie diese Gewohnheit hatte? Es wirkte, als führten die kleinen Finger ein Eigenleben.

Iris trank in kleinen Schlucken und schloss dabei die Augen zur Hälfte. Sie setzte die Tasse erst ab, als sie leer war.

Er war gekommen, um mit ihr über diesen Investor zu reden. Nun hatte ihn der Unfall völlig aus dem Konzept gebracht. Wenn er während der gemeinsamen Arbeit davon gesprochen hätte, wäre es wie beiläufig gewesen. Aber hier, in dieser Küche, bekäme es eine enorme Wichtigkeit. Und wahrscheinlich hatte sie jetzt gar nicht genug Zeit, sitzen zu bleiben und ihm zuzuhören.

Er drehte die Tasse zwischen den Fingern. »Ich mache dir vielleicht nicht viel Mühe, aber ich halte dich von der Arbeit ab.« Er versuchte ein Grinsen. »Und jetzt kann ich dir nicht einmal zugucken. – Wie weit bist du da oben?«

»Wie weit war ich denn, als du letztes Mal hier warst?«

»Du warst am Karton-auspacken.«

Sie zuckte die Achseln. »Das mache ich dauernd. Jedes Mal, wenn ich ein Auto habe, nehme ich mit, was hineinpasst und packe es dann gleich aus. Ich kann es nicht leiden, wenn die Sachen rumstehen. Am Ende packt man gar nichts aus, weil es zu viel geworden ist.«

»Eine kluge Strategie.« Er überlegte, wie die Etage oben ausgesehen hatte. »Der Flur war jedenfalls fertig, denn da habe ich deine Bücher in ein Regal geräumt.«

»Heute streiche ich die Decke im Bad.« Seine Frage hatte sie damit aber immer noch nicht beantwortet.

»Und ich halte dich jetzt davon ab.«

Ihr Nicken wirkte unbekümmert. Als käme es nicht darauf an, dass eine Decke möglichst in einer einzigen Etappe gestrichen würde, damit man keine Übergänge sah.

Am besten wäre, er könnte jetzt verschwinden, ohne dass es aussah, als ergriffe er die Flucht. »Meinst du, ich kann noch Auto fahren?«

Sie runzelte schon wieder die Stirn. »Im ersten Gang vielleicht; wie willst du denn ... Oder hast du einen Automatik-Wagen?«

Im ersten Gang durch die halbe Stadt, das mochte nachts gehen, wenn die Straßen leer waren. Aber nicht im Berufsverkehr. Und was würde eine Polizeistreife denken, falls er ihr auffiel?

Sie stellte ihre Tasse ab. »Aber ich könnte dich auch nach Hause fahren.«

»Nein!« Das war wieder zu heftig gewesen. »Nein, darum geht es jetzt nicht. Ich muss aber mit Mutter regeln, dass sie Tanja aus der Vorschule abholt.«

Iris brachte ihm das Telefon und setzte noch einmal Wasser auf.

»Ich habe genug«, sagte er automatisch. Er verhielt sich, als sei sie Ella; er schalt sich schon wieder. Dauernd brachte sie ihn dazu, mit sich selber unzufrieden zu sein. »Wir sollten herausfinden, wie viel es eigentlich taugt, dass Gerald versprochen hat, unseren Garten im Auge zu behalten.«

Sie deutete auf seinen Fuß. »Du kannst dich doch gar nicht rühren.« Sie setzte sich übers Eck neben ihn. »Und jetzt solltest du erstmal dafür sorgen, dass Tanja abgeholt wird.« Sie grinste. »Ich bin schon groß; ich kann auf mich alleine aufpassen.«

Tanja nicht, ergänzte er in Gedanken. Aber konnte Iris auch auf sich aufpassen, wenn der Eindringling wiederkam? Die Stirn nachdenklich gekraust, rief er Ella an und erzählte ihr, was ihm passiert war.

Als sie antwortete, hielt er den Hörer ganz schnell weit weg. Ella regte sich so lautstark auf, dass sogar Iris Wortfetzen aufschnappen musste. Plötzlich legte sie eine Hand auf das Telefon.

Irritiert starrte er sie an; da legte sie einen Finger auf den Mund und er begriff endlich, dass er es abschirmen sollte, damit Ella ihre Worte nicht hörte.

Iris flüsterte. »Was meint sie damit, dass das Haus von einem bösen Zauber befallen ist?«

Er zuckte die Achseln. »Mutter ist abergläubisch.«

Sie sah mehr als skeptisch aus. »Das hätte dir überall passieren können.«

»Aber es ist hier passiert.«

Die Falten zwischen ihren Augenbrauen vertieften sich. »War jemand beteiligt außer dir selber?« Sie spitzte spöttisch die Lippen. »Ein Gespenst vielleicht?«

Er musste sie so erschrocken angesehen haben, dass ihr das Feixen schlagartig verging.

Aus dem Telefon kam Stille; Ella war fertig mit ihrer Predigt. Mark nahm es wieder ans Ohr. »Können wir uns jetzt den praktischen Dingen zuwenden? – Holst du Tanja ab?« Ellas Zögern sagte ihm, dass er etwas vergessen hatte. »Ja, ich weiß, Mutter«, setzte er schnell hinzu, obwohl er gar nichts wusste. Ihr Bridge-Nachmittag war doch nicht heute; normalerweise. »Ich mute dir viel zu.«

»Aber nein«, protestierte sie lauthals. Iris verfolgte das Gespräch immer noch, so weit sie etwas verstehen konnte. Es geschah ihm ganz recht.

Nachdem er mit Iris geklärt hatte, wann sie ihn nach Hause bringen würde und er es Ella gesagt hatte, beendete er erleichtert das Gespräch.

»Du manipulierst deine Mutter ja ganz gewaltig«, bemerkte sie.

Mark protestierte so heftig, dass er mit dem nächsten Satz beschämt zugab, wie recht sie hatte.

Iris legte wieder ihre Hand auf die seine. »Es ist aber auch zu einfach mit den Müttern; sie verführen uns geradezu.« Sie stand auf. »Aber an mir beißt du dir die Zähne aus. Ich gehe jetzt weiterstreichen.«

Fast automatisch setzte er zum Protest an; aber es stimmte. Er hatte gerade versucht, auch sie zu manipulieren, um eher nach Hause zu kommen. Und nur, um sein schlechtes Gewissen gegenüber Ella zu beruhigen, indem er sie so schnell wie möglich von ihrer Last mit Tanja wieder befreite. Wenn er sie schon manipulierte, dann sollte er wenigstens kein schlechtes Gewissen haben. Sonst lohnte es sich eigentlich gar nicht.

Mark schenkte sich noch einen Tee ein. Als er behauptet hatte, er habe genug, hatte er in Wirklichkeit den Aufbruch beschleunigen wollen. Wenn Iris keinen Grund gehabt hätte, noch länger in der Küche sitzen zu bleiben, hätte sie sich eher wieder an die Arbeit gemacht.

Er lauschte ihren Schritten über sich. Nun kam er an diesem Tag überhaupt nicht mehr dazu, länger mit ihr zu reden. Ella hatte so ein schönes Stichwort geliefert; aber er hatte es nur lächerlich gemacht. Manchmal zweifelte er an seinem Verstand. Oder genauer gesagt, an seiner Klugheit.

Oben quietschte ein Scharnier und danach scharrte etwas über den Boden. Iris schob die Leiter woanders hin. Dann wurde es wieder still: Sie stand auf der Leiter und weißte die Decke.

Er humpelte zum Fenster und zog einen Stuhl zu sich heran. Nun konnte er bequem nach draußen schauen.

Der Garten sah unbeschädigt aus. Den hätte Iris im Umzugsstress vielleicht ignoriert, aber auch im Haus musste alles in Ordnung sein. Da wäre ihr jede Veränderung aufgefallen und sie hätte es ihm sicher gesagt.

Auf dem Grundstück nebenan huschte das Papageienbunt von Valentina Wimmer hin und her. Dass die in ihren wallenden Gewändern Gartenarbeit machte, hatte ihn schon vor Jahren amüsiert. Vermutlich war auch dies ein Protest gegen die Mutter und deren effiziente, praktische Art. So weit er sich erinnern konnte, hatte Valentina nie gearbeitet – nie eine Arbeit gefunden, wie sie zu sagen pflegte. Vermutlich hatte der Widerstand gegen die Mutter sie daran gehindert, etwas Vernünftiges zu lernen. Aber eines Tages würde auch diese Mutter sterben.

»Mutter ist an allem schuld«, hatte Christina immer zu ihm gesagt.

»Mütter sind nie schuld«, murmelte er. Es wurde Zeit, dass er das Bernward klar machte. Auch ihm traute er zu, wie damals Christina sich ins Unglück zu stürzen, wenn die Dinge nicht so liefen, wie er es sich vorstellte. Bisher hatte Bernward jede Beziehung geschmissen – jedenfalls, so weit Ella oder er überhaupt davon erfahren hatten. In den letzten Jahren hatte er allerdings keine mehr gehabt, dafür umso mehr Affären; bloße Bettgeschichten. Vielleicht wurde das jetzt etwas mit der Schröder; dann sollte er sich für Bernward freuen.

Gedankenverloren starrte er weiter hinaus. Plötzlich schien es eine Bewegung im hinteren Bereich des Gartens zu geben; schwer einsehbar von der Küche. Er stützte sich aufs Fensterbrett und stand auf, aber so konnte er auch nicht mehr sehen als zuvor. Alles Mögliche konnte diese Bewegung ausgelöst haben, der Wind, Katzen, andere Tiere ... Oder er hatte sich sowieso getäuscht. Er müsste ins Wohnzimmer, um wirklich etwas zu sehen. Aber der Versuch lohnte nicht; er würde viel zu lange brauchen.

Mark öffnete das Fenster und lauschte; aber es kamen keine Geräusche aus dem rückwärtigen Bereich seines Gartens. Das einzige, was er hörte, war die Hacke aus dem Nachbargarten, wenn Valentina beim Jäten auf Steinchen traf.

Nach ein paar Minuten tauchte sie zwischen den Rhododendren am Zaun auf. Er sollte sie fragen, ob sie jemanden in seinem Garten gesehen hatte.

Gebückt hackte sie mit der rechten Hand die Erde locker, dann zog sie mit der linken das Unkraut heraus. Dabei schob sie sich in der Hocke vorwärts, bis an den Zaun. Um zwischen den nächsten beiden Büschen weiterzujäten, stand sie auf. Sie winkte und rief ihm ein Hallo zu.

Mark beugte sich vor und grüßte zurück. Bevor er seine Frage stellen konnte, kam auch von Iris aus der Etage oben ein Hallo. Natürlich hatte sie das Fenster geöffnet.

Wenn er Valentina nun fragte, würde sie es auch hören. Und egal, wie die Antwort lautete, er würde sie beunruhigen. Das wollte er auf keinen Fall. Er wurde einfach die Befürchtung nicht los, sie könnte in letzter Minute beschließen, doch nicht einzuziehen.

Die Nachbarin konnte er geradesogut anrufen; später oder morgen. Er winkte ihr noch einmal zu, um sie bei Laune zu halten. Sie winkte zurück und dann ging sie wieder in die Hocke und jätete weiter.

Über ihm erklangen Iris' Schritte und das Schaben der Leiter über den Boden, als sie sie wieder ein Stück weiterrückte: Von draußen klang das Geräusch der Hacke zu ihm.

Plötzlich sprang Valentina auf. »Da!« Sie wies mit der Hacke zum Garten hinterm Haus.

»Herr Schreiber!« Sie kam an den Zaun, fuchtelte mit der Hacke und winkte mit der anderen Hand.

Er beugte sich hinaus, aber so überblickte er immer noch kaum mehr als den Teil seines Gartens entlang des Zauns. »Was ist?«

Valentina ließ die Arme sinken. »Weg!« Sie presste die Lippen zusammen und hob bedauernd die Schultern. »Es tut mir leid«, sagte sie, erheblich leiser jetzt. »Ich fürchte, ich habe sie mit meinem Geschrei verjagt.« Sie? Die Frau vom Frühjahr?

Er breitete einen Arm aus, um ihr zu signalisieren, dass es nun nicht zu ändern wäre.

Wenn er gleich auf den ersten Ruf der Nachbarin reagiert hätte; aber so schnell hatte er sich nicht bewegen können. Gerald – er hatte ihn doch sowieso anrufen wollen.

Er hüpfte in den Flur. Dort hatte er unter der Garderobe ein Telefonbuch gesehen. Es musste sein eigenes altes sein, aber die Nummern in der Nachbarschaft hatten sich gewiss nicht geändert.

Iris' Schritte erklangen über ihm; dann beugte sie sich über das Treppengeländer. »War mir doch so. – Was machst du denn da?«

Mark streckte die Hand zum Bad aus. »Ich ...« Ihm wurde heiß; sollte sie halt denken, dass er rot wurde, weil er sich genierte.

Sie dachte es wohl tatsächlich, denn sie lachte. »Warum hast du mich nicht einfach gerufen?« Kopfschüttelnd kam sie die Treppe herunter. »Männer.« Sie schob einen Arm unter seine Achsel, um ihn zu stützen.

»Was hast du gegen uns einzuwenden?« Als ihre Mundwinkel nach oben zuckten, wagte er hinzuzufügen: »Wenn dir einer ein Auto leiht, dann ist er dir doch auch recht.«

Sie blieb stehen und lockerte ihren Griff. Für einen winzigen Augenblick schoss ihm der Gedanke durch den Kopf, sie würde ihn mitten auf dem Flur loslassen.

»Dem Auto ist es ganz egal.« Sie hielt ihn wieder fester. »Es tut ihm eher gut, wenn es mal weiter als bloß bis zum Zigarettenautomaten fährt.«

Jetzt hätte er gerne gefragt, warum das Auto sonst nur bis zum Zigarettenautomaten fuhr, aber ihm fiel nichts ein, was unverdächtig klang.

Iris stieß ihn mit ihrer Hüfte sacht vorwärts. »Höchstens noch eine halbe Stunde; dann bin ich fertig mit der Decke.«

»Vielleicht ist es bis dahin besser.«

Sie verdrehte die Augen. »Das schlag dir aus dem Kopf. Ein paar Tage wirst du dich gedulden müssen.« Sie standen vor der Badezimmertür und Iris öffnete.

Mark stützte eine Hand gegen die Wand. »Den Rest schaffe ich allein.«

»So?« Die Augenbraue, die bei diesem Wort in die Höhe schoss, verriet Spott. Das hatte er sich wohl verdient. Sie ließ ihn los. »Ruf mich, wenn du Hilfe brauchst.«

Er nickte und hüpfte einen Schritt ins Bad; dann drehte er sich auf dem gesunden Fuß und streckte die Hand nach der Tür aus. Aber Iris machte sie schon von außen zu.

Er hüpfte zwei Schritte weiter; dann machte er eine Pause, um zu lauschen. Iris' Schritte entfernten sich; dann hörte er nichts mehr. Das Bad oben war zu weit weg.

Er hüpfte zur Tür zurück und holte Telefon und Verzeichnis aus dem Flur.

Und wieder zurück ins Bad.

Er setzte sich aufs Klo und suchte Geralds Nummer heraus.

Nach zwei Mal Klingeln antwortete Marlies. Ihre Stimme klang, als kämpfe sie mit den Tränen. »Du bist es. – Ich dachte, Gerald.« Sie klang überraschend enttäuscht.

Automatisch entschuldigte er sich. »Wartest du denn auf ihn?«, fiel ihm dann ein zu fragen.

»Er sollte schon heute früh zurück sein, aber er meldet sich nicht einmal. Ich sitze hier wie auf Kohlen ...«

»... und starrst zum Fenster raus«, unterbrach er sie schnell, um zu verhindern, dass sie in eine ihrer Endlos-Reden verfiel. Wenn sie auf Gerald wartete, war der Anruf überflüssig.

Es funktionierte nicht, sie holte aus. »Zum Fenster eigentlich weniger. Ich habe mich irgendwann am Vormittag in den Vorgarten gesetzt. Ab zehn Uhr habe ich dort Sonne, sodass es auch ein ganz schöner Platz ist. Aber nicht dass du denkst, ich sei faul. Ich hatte eine Menge Näharbeit zu erledigen. Jetzt bin ich fast fertig.« Sie gab ein hölzernes Lachen von sich. »Deswegen wäre es an der Zeit, dass er endlich käme.«

»Vielleicht steckt er in irgendeinem Stau.«

»Nein, es gibt keinen Stau. Ich hab den Verkehrsfunk gehört.« Wieder bekam ihre Stimme einen weinerlichen Klang.

»Ich habe auch schon in Staus gestanden, die es gar nicht gab.« Er kam sich wieder einmal ziemlich bescheuert vor, aber was sollte er sonst sagen. »Entschuldige.« Sollte sie es beziehen, worauf sie wollte. »Ich wollte bloß Gerald sprechen. Ich rufe später wieder an, wenn er da ist.«

»Wenn er da ist«, echote sie lahm. »Und grüß mir deine Ex.«

»Was?« Er schrie es fast.

»Ich meine nur ... Ich dachte, ich hätte sie neulich in eurem Garten gesehen.«

Schockiert beendete er das Gespräch und starrte auf das stumme Telefon, bis er Iris auf der Treppe hörte. Marlies musste sich geirrt haben; Christina war in einer geschlossenen Abteilung. Trotzdem war er schockiert.

»Mark!« Iris rief schon von der Treppe und er antwortete schnell.

Sie klopfte an die Tür. »Soll ich dir helfen, hier herauszukommen?«

»Neinnein.« Er klemmte sich das Telefonbuch unter den Arm und steckte das Telefon in die Hosentasche. Dann hüpfte er langsam zur Tür, immer wieder eine Pause einlegend.

Iris stand nicht mehr vor der Tür. Die Terrassentür klirrte leise; sie schloss gerade ab und zog einen hellen Vorhang mit exotischen Mustern vor die Scheiben. Er legte das Telefon auf die Ladestation, lehnte sich an die Flurgarderobe und wartete, bis sie fertig war.

Diese Heimlichkeiten waren komplett verrückt. Sie wusste doch, dass er Gerald gebeten hatte, ein Auge auf den Garten zu haben.

»Wo wohnst du eigentlich?« Sie ließ den Motor an. »Ich weiß gar nicht, wo ich dich hinfahren soll.«

Er sagte es ihr und sie würgte den Motor ab. Mit einem ungläubigen Blick wandte sie sich ihm zu. »Und dann willst du das Haus hier verkaufen? Du musst verrückt sein.« Sie startete erneut und fuhr los.

»Ein Haus mit Garten ist mir natürlich auch lieber als eine Etagenwohnung mit einem Balkon, auf den gerade mal eine Bank passt.«

Er setzte sich seitwärts auf die Rückbank; so konnte er das Bein höher legen. Aber nun konnte er nicht mehr in den Rückspiegel schauen und sehen, was in Iris' Gesicht vorging. Er rutschte noch ein wenig hin und her, dann setzte er sich wieder aufrecht auf seinen Platz.

»Das war nichts?« Iris schien sein Manöver verfolgt zu haben. Jetzt gönnte sie ihm über den Rückspiegel ein mitleidiges Lächeln; vielleicht war sogar eine Spur Zärtlichkeit darin. Das wäre ihm entgangen, wenn er sich nicht aufgesetzt hätte.

Sie meinte natürlich sein Manöver; er benutzte ihre Frage als Stichwort. »Nein, das war nichts. Dieses Haus taugt nur noch für meine Alpträume.«

Iris schien ganz auf die Straße und den Verkehr konzentriert. Schweigend hielt sie an der nächsten Ampel und beugte sich vor, um im rechten Außenspiegel nach Radfahrern zu schauen. Sie fuhr schnell, nützte jede Lücke, um die Spur zu wechseln und voranzukommen, ohne die Geschwindigkeitsbegrenzung zu überschreiten. Obwohl sein Wagen ein Fünf-Gang-Getriebe hatte, verschaltete sie sich nicht. Sie fuhr weich; es gab keine abrupten Tempowechsel, die ihn aus der Balance gebracht hätten. Sie musste viel Fahrpraxis haben. Oder sie bestätigte das Vorurteil, dass Frauen die besseren Fahrerinnen seien.

»Ich hatte große Sorge, Tanja überhaupt dorthin mitzunehmen. Aber es scheint, dass sie tatsächlich zu klein war, um sich jetzt noch zu erinnern. Vielleicht hat sie damals doch nicht verstanden, was um sie herum geschah.« Das allerdings glaubte er selbst nicht.

Iris fuhr langsamer, bog in eine Seitenstraße und hielt dort an. Sie drehte sich nicht um, sondern nahm nur die Hände vom Lenkrad und legte sie in den Schoß.

Aber Mark wusste nicht, was er noch sagen sollte; dem gab es nichts hinzuzufügen.

Als Iris den Motor wieder anließ, waren zehn Minuten vergangen Und noch immer gab es keine Reaktion von ihr. Er wagte nicht zu fragen, was sie dachte. Oder ob sie gar noch etwas wissen wollte.

Ihre Finger bebten, als sie nach dem Schaltknüppel griff, um den Gang einzulegen. Sie würde in ein Mörderhaus einziehen. Er fühlte sich schuldig, dass er ihr das verschwiegen hatte. Die Nachbarinnen hatten ihr auch nichts gesagt — so viel war klar.

Worüber dachte Iris jetzt nach? Ob sie aus dem Mietvertrag herauskäme? »Wenn du jetzt denkst ...« Er brach ab; das ging nun doch zu weit, dass er ihr anbot, sie gehen zu lassen.

Aber sie hatte ihn schon verstanden. »Und was meinst du, wo ich jetzt bleiben soll, wenn ich dort nicht wohnen mag?« Sie setzte ein verunglücktes Grinsen auf. »Ich bin kein furchtsamer Mensch. Und bin überzeugt davon, dass die Toten nicht zurückkehren.«

»Natürlich nicht.« Wie ein Schlag traf ihn da der Gedanke, dass aber die Lebenden zurückkehren konnten. Marlies schien überzeugt, dass sie Christina gesehen hatte. Was, wenn sie der unbekannte Eindringling wäre?

Aber es war unmöglich; Christina war in einer geschlossenen Anstalt. Dort konnte man nicht fort, wann man wollte.

Er hatte sich nie dafür interessiert, was mit ihr geschah und wie sie behandelt wurde. Konnte man jemanden als geheilt entlassen nach nur drei Jahren? Nein, sie kam nicht raus.

»Angekommen.« Er lotste Iris in die Tiefgarage auf seinen Stellplatz.

Sie stellte den Motor ab. »Ich hoffe, euer Fahrstuhl funktioniert.«

»Heute früh ging er noch.« Er grinste. »Aber man weiß hier nie.«

Bestimmt war ihr klar, dass er übertrieb, aber sie lachte nicht. Es schien nichts zu geben, womit er die Situation entspannen konnte. Wenn er nur wüsste, was sie jetzt dachte!

Iris gab ihm den Schlüssel und half ihm dann auszusteigen. Von seinem Stellplatz bis zum Fahrstuhl war es erstaunlich weit; nie zuvor war ihm das aufgefallen. Nach ein paar Schritten hielt Iris neben einem Betonpfeiler an, schnaufte und lockerte den Griff.

Er lehnte sich gegen den Pfeiler. »Das schaffen wir doch nie!«, murrte er. Er war frustriert und suchte einen Grund zum Streiten.

»Du willst sagen, ich soll mich mehr anstrengen?« Sie funkelte ihn zornig an. »Vielleicht bist du ein bisschen schwer?« Sie ließ ihn jetzt tatsächlich los. »Soll ich dich vielleicht auf den Arm nehmen?« Sie fauchte wie eine Katze, der jemand auf den Schwanz getreten war.

Mark packte sie an der Schulter; einerseits, um sich abzustützen, andererseits, um sie zu beruhigen. »So habe ich es wirklich nicht gemeint!« Er wurde jetzt selber zornig. Er hatte ihr doch gar nichts getan und sie kanzelte ihn ab.

Mit einem Knurrlaut stieß sie seine Hand von ihrer Schulter und schob ihren Arm wieder unter seine Achseln. »Weiter!«

Was war eigentlich mit Leuten, die Probleme mit dem Gehen hatten? »Wir sollten die Hausverwaltung bitten, Bänke aufzustellen.«

Iris' rechter Mundwinkel verzog sich zu einem Grinsen. »Wenn die so gut ist wie meine, brauchen sie so lange, dass es dir nichts mehr nützt.«

»Ich dachte eigentlich mehr an andere.«

Sie schnaufte immer lauter; die obere Zahnreihe presste sie vor Anstrengung auf die Unterlippe.

»Pause?«, fragte er.

»Nein; umso schwerer wird es.«

»Ich schäme mich wirklich, dass ich dir so viel Mühe mache.«

»Das war doch keine Absicht, oder?« Sie klang wieder gereizt. Oder genervt.

Mark zog es vor, für den Rest des Weges den Mund zu halten.

Am Fahrstuhl ließ Iris ihn los und er lehnte sich an die Tür. An ihren Schläfen klebten schweißnasse Haare, die sie mit beiden Händen gleichzeitig zurückstrich.

Sie ließ die Finger in den Haaren und sah ihn an. Mark schluckte nervös. Ihr Blick wurde intensiver und hing an seinen Augen fest.

Dann trat sie einen Schritt zurück und senkte die Arme. »Kannst du aufschließen?« Ihre Stimme klang ruhig und unangestrengt. Kein Zauber mehr. Und kein Zorn.

Leichten Schrittes sprang jemand die Treppe herunter; der Schall kam von sehr weit oben.

Bevor sich am Fahrstuhl etwas tat, erreichte ein junges Mädchen den letzten Absatz. »Guten Abend. Gehen Sie lieber zu Fuß.«

Mark streckte fast automatisch den verletzten Fuß vor. »Täte ich ja gern.«

»Ist der Fahrstuhl etwa außer Betrieb?«, fragte Iris. »Da können wir lange warten.«

»Nein, das nicht; der ist nur immer so langweilig.« Das Mädchen verschwand in der Garage.

Es rumpelte ein wenig im Schacht; dann war der Fahrstuhl endlich da und die beiden Türen gingen automatisch auf.

Mark drückte den Etagenknopf und Iris hielt ihn weiter untergehakt, während sie nach oben fuhren. Eigentlich war es ganz unnötig, er könnte sich genauso gut an die Fahrstuhlwand lehnen, aber es fühlte sich richtig an.

Mit dem gleichen Gerumpel wie in der Garage bremste der Fahrstuhl wieder ab, fuhr erst um Zentimeter zu hoch und dann in die korrekte Position.

»Hoffentlich trifft deine Mutter nicht der Schlag.« Aber Iris meinte es nicht ernst; sie feixte.

»Warum?«, feixte er zurück. »Du siehst wunderschön aus.«

Iris hielt abrupt in ihrer Bewegung zum Türgriff inne. »Herumgesülze kann ich nun überhaupt nicht ausstehen.« Die Katze fauchte nicht nur; sie zeigte ihre Krallen.

Mark zuckte zusammen. »Ich wollte doch bloß ...«

»Nett sein?«

Nein, er wollte nicht bloß nett sein. Es war ihm ernst.

Aber wenn er das jetzt sagte, verstünde sie garantiert auch das falsch. Er zog den Kopf ein.

Zwei Schritte später hatte er die richtige Antwort. So hoffte er zumindest. »Ich mag dich gern.« Danach hielt er die Luft an, besorgt, wie sie darauf reagieren würde.

Sie warf ihm nur einen Seitenblick zu und half ihm weiter zur Wohnungstür. Er wurde nicht schlau aus ihr.

Und er traute sich nicht, noch etwas zu sagen.

Mark klingelte, bevor er aufschloss; Ella sollte vorgewarnt sein.

Tatsächlich stand sie schon im Flur, als er dann den Schlüssel herumdrehte und die Tür aufstieß. Iris schob ihn hinein; wollte sie etwa gleich gehen? Aber dann bräuchte er Ellas Hilfe.

Ella kam auf sie zu. »Dorthin.« Sie zeigte Richtung Wohnzimmer und ging voraus, um die Tür zu öffnen. Erst dort schaute sie Iris direkt an. »Das war ganz reizend von Ihnen, dass Sie Mark nach Hause gebracht haben.«

Mutter hat etwas gegen sie, stellte Mark geradezu erschrocken fest. Sie hatte »war« gesagt; sie wollte sie so schnell wie möglich los sein.

»Machst du uns einen Tee, Mutter?« Er musste dafür sorgen, dass Iris sich eingeladen fühlte.

Aber Iris schien Ella instinktiv richtig verstanden zu haben, denn sie wehrte heftig ab, nachdem sie ihn in einen Sessel verfrachtet hatte. Sie verschwand mit einem kurzen Gruß, bevor er sie ausdrücklich zum Bleiben auffordern konnte.

»Was hast du an ihr auszusetzen?«, fauchte er Ella an, als sie mit einem kalten Umschlag ins Wohnzimmer zurückkam.

Ella bückte sich vor ihm und schob das Hosenbein ein Stück höher. »Wieso ist sie denn so eilig fort?«

Mark riss ihr das Tuch aus der Hand. »Tu nicht so. Ich habe dir eine Frage gestellt!«

Tanja kam ins Wohnzimmer gehüpft. »Da bist du ja, Papa. Wo ist Iris? Ich habe ihre Stimme gehört.« Sie drehte sich im Kreis.

»Sie ist schon wieder gegangen.« Mark beugte sich vor und wickelte den kalten Umschlag um sein Bein. So konnte Tanja sein Gesicht nicht sehen.

Aber er auch nicht ihres. Als er den Kopf wieder hob, war er schockiert, dass in ihren Augen Tränen standen und sie die Zähne in ihre Unterlippe bohrte, um nicht zu weinen. Er streckte die Arme nach ihr aus und sie drückte sich an ihn.

»Aber das ist doch kein Grund zum Weinen, Maus.« Er wischte ihr die Tränen aus den Augen. »Wir werden bestimmt noch ganz viel mit ihr zusammen machen können.« Das wünschte er auch für sich selber so sehr, dass Tanja es wohl glaubte, denn sie seufzte erleichtert.

»Ich habe die Iris viel lieber als die Frau Schröder.«

Ella rief aus der Küche nach Tanja und Mark gestikulierte ihr, zu gehorchen. Gleich darauf kam sie wieder. »Wir essen heute hier im Wohnzimmer, sagt Oma Ella. Musst du jetzt die ganze Zeit hier sitzen bleiben? Ganz lange?«

»Ich hoffe nicht. Aber ich fürchte, du musst heute Abend mal alleine schlafen gehen.«

Tanja kräuselte ihre Nase. »Ich denke, das wird mal gehen.«

Am Ende half ihr natürlich Ella, aber Tanja weigerte sich, sich von ihr vorlesen zu lassen. Ella musste die Tür auflassen und Tanja erfand sich lauthals eine Geschichte zu einem ihrer Bilderbücher.

Ella wechselte noch einmal den kalten Umschlag. Dabei tastete sie über das Gelenk, aber im Vergleich zu Iris'

Griff am Nachmittag wirkte es eher wie eine hilflose Geste. Mark wehrte sie ab.

Da sah sie ihn vorwurfsvoll an. »Wie kannst du sicher sein, dass deine Mieterin recht hat, wenn sie meint, dass nichts gebrochen ist?«

»Meinst du, du kannst es feststellen?«

Ella schnaubte. »Das ist keine Antwort.«

Mark fühlte sich streitlustig. »Vielleicht sollten wir dann besser den Notarzt rufen?«

Ella schnaubte lauter. »Was noch?«

»Hingehen kann ich nirgendwo.« Mark hatte eigentlich nur den Wunsch, sich ins Bett zu legen, Iris anzurufen und zu hoffen, dass er am nächsten Tag wieder laufen konnte.

Sie musterte ihn von oben bis unten; dann ging sie hinaus und brachte ihm noch ein Bier. »Arbeiten kannst du notfalls auch hier; wozu hast du ein Telefon. Und im übrigen ist es auch nicht schlecht, wenn du dich mal darauf konzentrierst statt wie ein Floh überall herumzuhüpfen.«

Er nahm ihr das Bier ab und stellte es auf den Tisch. »Mutter, du bist mehr.als komisch heute.«

»Das kommt dir nur so vor.« Heute war der Tag der fauchenden Katzen; er gab es auf, darüber nachzudenken.

Als er sein Bier ausgetrunken hatte, hievte er sich aus dem Sessel. »Dann gehe ich jetzt telefonieren.« Hüpfend hangelte er sich von einem Möbelstück zum nächsten.

»Es ist mitten in der Nacht.«

Er stützte sich an der Türklinke ab. »Die Telefone funktionieren trotzdem noch.«

Sie lachte, aber es war ein garstiger Unterton dabei. »Deine Mieterin hast du um diese Zeit noch nie erreicht.«

»Was hast du gegen sie einzuwenden!«

»Ich kenne sie doch gar nicht.«

»Eben.« Er hüpfte weiter.

Das Bad ließ er aus; er warf sich gleich aufs Bett und griff zum Telefon. Aber dann legte er es wieder weg; ihm fiel kein glaubwürdiger Vorwand ein, Iris anzurufen.

22

Ella hätschelte Mark wie ein kleines Kind. Sie las ihm quasi jeden Wunsch von den Augen ab, aber eben deshalb wurde er immer unleidlicher.

Zum Streit kam es jedoch erst, als nach zwei Tagen Bernward zum Abendessen auftauchte – zum Streit zwischen Ella und Bernward.

Nachdem Tanja im Bett war, sah sich Bernward an, wie Ella Mark erst auf den Balkon half und mit Zigaretten versorgte und ihm danach ein neues Bier brachte. Dann platzte ihm der Kragen.

Ella hörte sich sein Geschrei eine Weile an. Dann sagte sie unbewegt: »Du warst schon immer eifersüchtig. Immer schon wolltest du genau das haben, was Mark besaß.«

Bernward verstummte einem Moment. Dann dämpfte er seine Stimme. »Ich bin nicht eifersüchtig. Ich will mein Recht; das ist alles.«

Ella sprach weiter, als habe sie ihn nicht gehört. »Und jetzt bist du auch eifersüchtig auf Tanja. Deswegen hast du dir die Schröder geangelt.«

Bernward lachte so übertrieben laut, dass es tatsächlich wahr sein konnte.

Trotzdem sagte Mark: »Aber Mutter, das ist doch albern.«

Ihre Augen schossen Blitze zwischen ihnen beiden hin und her.

Mark warf seine Kippe auf den Zementboden des Balkons und trat sie aus. »Um Zuneigung braucht man nicht zu konkurrieren; man kann mehr als einen Menschen gern haben. Bernward nimmt Tanja nichts weg, wenn er die Schröder für sich gewinnt. Genauso wenig«, er stockte, »genauso wenig wie die Schröder dir etwas wegnimmt, wenn sie Bernward für sich gewinnt.« Eigentlich meinte er Iris und sich, als er das sagte, doch das ginge jetzt zu weit. Aber bei Ellas Worten hatte er begriffen, dass sie eifersüchtig war. Sie konkurrierte mit Iris und darum verwöhnte sie ihn jetzt so sehr.

Bernward hieb mit der Faust auf den Tisch. »Was hast du gegen Lenora? Warum gönnst du ihr dein altes Haus nicht? Du brauchst es doch nicht mehr.« Er hatte seine Bemerkung zur Schröder absichtlich falsch interpretiert, um einen Aufhänger zu haben.

Mark stand auf und lehnte sich in den Rahmen der Balkontür, das verletzte Bein lässig über den Standfuß gekreuzt. »Mir ist es gleich, wer dort wohnt. Die Schröder hat etwas lange gebraucht, bis sie sich entschieden hat.«

»Aber nein; das ist doch gar nicht wahr. Lediglich die Bedingungen waren zu klären. Und in der Zwischenzeit hast du es schnell und heimlich vermietet.«

»Daran war nichts heimlich.« Wieso fing er an, sich zu rechtfertigen? Bernward gelang es immer noch, ihn in eine Ecke zu drängen. »Sie kann es nach wir vor kaufen.«

Bernward kniff die Augen zusammen. »Wenn das so ist ...« Er stand auf und holte seine Jacke aus der Garderobe im Flur. »Ich muss los!« Er verabschiedete sich mit einem Blick durch die Küchentür.

Ella saß da, die Arme aufgestützt. Jetzt erst fiel Mark auf, dass sie zuletzt nichts mehr gesagt hatte. »Mutter, was hast du?«

Sie stand auf und räumte die Teller ab. »Nichts.«

Mark hüpfte auf seinen Platz am Küchentisch zurück, während sie alles in die Spülmaschine räumte. Mit seinem angeschlagenen Gelenk konnte er ihr immer noch nicht helfen. Es wäre Bernwards Aufgabe gewesen, wenigstens dieses eine Mal.

Ella hatte eine merkwürdige Art, ihre Söhne unterschiedlich zu behandeln. Bernward hatte nie etwas im Haushalt tun müssen; dafür bevorzugte sie Mark beim Verwöhnen und mit kleinen Geschenken. Selbst wenn Bernward zum Abendessen kam, ließ sie sich nicht davon abhalten, Marks Lieblingsspeisen zu kochen. So gesehen, war sie auf ihre verquere Art gerecht.

Sie brachte ihm ungefragt noch ein Bier. Dann stellte sie zu seiner Überraschung ein Weinglas auf den Tisch und schenkte sich ein halbes Glas Rotwein ein.

Sie sagte nichts, nippte nur an ihrem Glas. Also sollte er beginnen; nur wusste er nicht, was sie erwartete. »Ich versuche morgen, wieder ins Büro zu gehen. Ich könnte ein Taxi nehmen, damit ich nicht selber fahren muss.«

»Warum hast du nicht Bernward gefragt, ob er dich abholt?«

»Das will ich ihm nicht zumuten. Nicht zwei Mal am Tag.« Er blies in seine halbleere Flasche und ließ sie klingen. »Ich dachte, es sei praktischer, wenn er mich abends nach Hause bringt. Dann hast du auch noch etwas von ihm. Er lässt sich so selten blicken in letzter Zeit.« Nun hatte er sich selbst widerlegt: Zuneigung für eine zweite Person nahm der anderen doch etwas weg. Da mochte er erst recht nicht mehr über Iris reden.

»Du hast doch was.« Ella setzte ihr Glas ab und verschränkte die Arme.

Mark gähnte. »Ich? Überhaupt nicht. Ich hatte den Eindruck, du wolltest mit mir reden.« Aber sie machte keine Anstalten. »Na schön.« Er brauchte plötzlich sehr viel Mut, um weiterzureden. »Ich habe Iris von Christina erzählt.«

»Und?«

Das wusste er doch auch nicht; warum hatte er es Ella jetzt überhaupt gesagt? »Sie sollte es besser von mir erfahren. Alle Nachbarn wissen Bescheid. Und auch das ist ein Grund, warum ich dieses Haus nicht mehr haben will. Weil vielleicht eines Tages jemand etwas zu Tanja sagt ...«

»Früher oder später muss sie es sowieso erfahren.« Sie neigte den Kopf, als habe sie aus dem Flur ein Geräusch gehört. Aber Tanja schlief längst.

»Ja sicher. Aber sie soll es von mir erfahren. Auf meine Weise.«

»Je länger du damit wartest, desto geringer sind deine Chancen.«

»Es weiß hier doch niemand etwas davon. Und in der Vorschule auch nicht.«

Ella schwenkte ihr Weinglas übertrieben heftig. »Wetten, dass die Schröder es inzwischen weiß?«

Mark zuckte die Achseln, aber wirklich wohl war ihm bei dem Gedanken nicht. »Es sind nur noch drei Wochen bis zu den Ferien. Und danach geht Tanja in die Grundschule.«

Das war wohl Mitleid, was er da in Ellas Augen las. »Du hältst mich für naiv?«

Sie nickte tatsächlich. »Bernward hat es ihr bestimmt haarklein erzählt. Und wer sagt dir, dass er nicht auch mit anderen darüber spricht?«

»Aber warum denn? Mir kann er doch nichts anhaben. Er schadet Tanja damit.«

»Meinst du, das interessiert ihn?«

Mark sah Ella ehrlich schockiert an: Das hielt sie von Bernward? Was mochte sie dann über ihn denken?

Er stemmte sich hoch. »Ich glaube, das letzte Bier war zu viel. Ich gehe schlafen.«

Sie stand gleichfalls auf und drückte seine Hand. »Gute Nacht, mein Junge.«

Dann konnte Mark wieder Autofahren und er holte Tanja von der Vorschule ab.

Sie kam Hand in Hand mit der Schröder aus dem Gebäude. Die Schröder strich ihr übers Haar, bevor Tanja die Stufen heruntersprang und winkend auf sein Auto zulief.

Mark stieg aus und drückte sie an sich. »Ist die Schröder wieder deine Freundin?«

Tanja machte die Tür auf und kletterte auf ihren Sitz auf der Rückbank. »Die Schröder ist Onkel Bernwards Freundin.«

Das war vielleicht eine Antwort! »Ist das nun ein Ja oder ein Nein?« Er versuchte, es von der witzigen Seite zu nehmen.

»Ich weiß nicht.« Sie muffelte plötzlich. »Ich will nicht nach Hause. Können wir auf den Spielplatz?«

»Warst du nicht jeden Tag dort?«

»Mit dir und Iris ist es aber anders. Die Schröder und Onkel Bernward haben mich immer allein spielen lassen.«

»Mit meinem Bein kann ich auch nicht richtig spielen.«

»Ruf Iris an!« Fehlte noch, dass sie hinzufügte »Keine Widerrede!«.

Aber er war zufrieden. Nun hatte er einen Vorwand und obendrein bewies es ihm, dass die Schröder Iris nicht den Rang abgelaufen hatte.

Auf den Spielplatz mussten sie alleine fahren, aber Iris lud sie ein, anschließend zu ihr zu kommen. Sie war fertig mit dem Renovieren.

Wieder zögerte er; es war schon automatisch. Aber nun hatte Iris gewiss so viel verändert, dass noch weniger als zuvor die Gefahr bestand, dass Tanja sich erinnerte.

Als er um die Ecke bog, ging sein Blick unwillkürlich zum Fenster im ersten Stock. Auf der äußeren Fensterbank standen zwei Kästen mit rot und weiß blühenden Pflanzen; keine Geranien, sondern irgendetwas anderes, was er nicht kannte.

Iris stand am Fenster, als warte sie schon. Tanja hüpfte auf ihrem Sitz auf und ab und winkte zum Seitenfenster heraus.

»Da kann sie dich nicht sehen.« Mark lachte. »Du müsstest von der anderen Seite winken.«

Tanja winkte weiter. »Das kannst du gar nicht wissen. Meine Arme sind schon ganz lang.«

Iris winkte zurück; vielleicht hatte sie doch etwas gesehen. Zumindest hatte sie den Wagen erkannt.

Noch bevor er parkte, öffnete sie die Haustür und kam ihnen bis auf die Straße entgegen. Tanja zerrte ungeduldig an ihrer Tür, die sie wegen der Kindersicherung nicht aufbekam.

Er dagegen zögerte, ein wenig orientierungslos. Als ob alles neu und fremd wäre. Und das war es in gewisser Weise auch: Weder wusste er, wie es jetzt im Haus noch wie es in Iris aussah.

Mark öffnete Tanja die Wagentür; Iris hob sie schwungvoll hoch.

»Wie geht es dir, meine Süße?« Sie drückte sie an sich und lächelte Mark über Tanjas Schulter an. »Wenn du näher kommst, drücke ich dich auch. Auf den Arm nehmen kann ich dich aber nicht. Ich habe neulich gemerkt, dass du zu schwer bist.«

Mark zögerte noch, da streckte Tanja einen Arm nach ihm aus. Also trat er dazu; mit Tanja zusammen war es harmlos.

Aber Iris legte einen Augenblick ihr Gesicht an das seine. Die intime Geste machte ihn sprachlos.

Dann ließ sie Tanja runter. »Du bist auch nicht mehr ganz leicht. Laufen musst du schon selber.«

Tanja hüpfte davon, von einer Ritze zwischen den Gehwegplatten zur nächsten.

»Macht sie immer das Gegenteil?«

»Von?«

»Ich kenne das Spiel so, dass man nicht auf die Ritzen treten darf.« Sie hielt die Hände als Trichter vor den Mund. »Nicht auf die Ritzen treten bitte!«

Tanja blieb stehen und guckte sich um. »Ich darf das! Was ich schon kann, das darf ich auch.« Sie sprang zur nächsten Ritze und blieb wieder stehen. »Nur auf die Ritzen springen ist nämlich viel schwieriger!«

Iris lachte lauthals. »Das ist wohl wahr. So habe ich das noch nie betrachtet.«

»Ich freue mich, dich zu sehen«, sagte Mark.

Iris hörte auf zu lachen und sah ihn an.

Seine Beklemmung nahm zu. Aber gleich darauf atmete er erleichtert aus, denn Iris hängte sich bei ihn ein, während sie neben ihm weiterging. Langsam folgten sie Tanja, die schon die Stufen zum Haus hinaufrannte. In der Tür blieb sie stehen und sah sich nach ihnen um.

Mark mochte sich nicht beeilen. Er ginge gerne noch eine Weile länger so an Iris' Seite. Als sie an der Haustür anlangten, griff Tanja nach seiner freien Hand und zog ihn in den Flur. Hoffentlich war dies kein plötzlicher Anfall von Eifersucht.

Zu seiner Verblüffung schubste sie ihn Richtung Wohnzimmer; dann griff sie nach Iris und zog sie zur Treppe. »Komm, zeig mir, was du gemacht hast.«

Iris folgte ihr zwei Stufen hoch, blieb dann aber stehen. »Wollen wir deinen Papa nicht mitnehmen?«

Tanja drehte sich um und musterte ihn mit gekräuselter Nase. »Na schön.«

»Danke.« Mark lachte und folgte den beiden nach oben, darauf bedacht, ein paar Stufen Abstand zu halten. Tanja sollte die Besichtigung mit Iris allein haben; es machte sie wichtiger.

Als er auf dem oberen Absatz ankam, standen die beiden in der Tür zum früheren Kinderzimmer.

»Guck«, sagte Iris gerade, »ich habe mein Bett an die gleiche Stelle gestellt, wo früher deines stand.« Es gab auch keine andere Möglichkeit in diesem Zimmerchen, aber das konnte Tanja nicht einschätzen.

Sie ging hinein. »Es passt! Dabei ist es viel größer als meines war.« Eine Schranktür knarrte leise. »Du hast aber viele Kleider!«

Kleider? Das wollte er auch sehen. Er hatte Iris bestimmt erst einmal in einem Kleid gesehen. Bevor Tanja die Tür wieder zuschlug, sah er es rot und azurblau darin schimmern. Kein Grün.

Blau musste Iris gut stehen; aber rot? Bei der Haarfarbe? Zum ersten Mal kam ihm der Gedanke, die Farbe könnte nicht echt sein. Er wusste nicht einmal das von ihr.

Iris und Tanja liefen an ihm vorbei ins Arbeitszimmer; Mark starrte auf Iris' Hinterkopf; aber im Flur war es ohne Beleuchtung zu dämmrig, um zu erkennen, ob es am Haaransatz eine andere Farbe gab. Die Lampen lagen noch auf dem Bücherregal an der Wand.

Die Bücher hatte Iris inzwischen alle ordentlich eingeräumt. Aber sie schienen nicht nach Sachgebiet geordnet zu sein, sondern eher nach Alter und Größe. Während Tanja und Iris im Arbeitszimmer waren, entdeckte er die Bücher, die er ein paar Wochen zuvor ausgepackt hatte. Vorsichtig strich er über die verwitterten Buchrücken.

»Die sind alle von meiner Großmutter.« Iris schaute aus dem Arbeitszimmer nach ihm.

Ertappt nahm er seine Hand weg. »Von deiner Großmutter?«

»Du dachtest, von einem Mann aus der Familie?« Sie lachte; er musste sie ziemlich verdutzt angeschaut haben. »Meine Großmutter gehörte zu den ersten Frauen in Deutschland, die studieren durften.«

»Dann müssen die Bücher schon ziemlich alt sein.« Eine dämlichere Antwort wollte ihm nicht einfallen.

»Meine Großmutter ist die Ella; sie ist super«, sagte Tanja. »Und wie heißt deine?«

»Ich habe deine Großmutter schon kennengelernt.« Iris ging zu Tanja zurück.

Mark hörte genau hin, aber er konnte keinen Unterton erkennen. Vielleicht hatte sie es Ella nicht übel genommen, wie sie von ihr verabschiedet worden war. Oder es war ihr egal. Er seufzte. Aber ihm war es nicht egal.

»Und wie heißt deine Großmutter?« Tanja konnte sehr beharrlich sein; bestimmt stand sie jetzt da und zupfte Iris am Ärmel.

Der Name – deswegen hatte er gedacht, sie hätten einem Mann gehört: C. Kannert. »Wieso hat deine Großmutter den gleichen Familiennamen wie du?«

Aus dem Arbeitszimmer klang Iris' Lachen. »Die väterliche Familie natürlich.« Das Lachen hatte ihm gegolten, nicht Tanja. Sie erschien wieder in der Tür. »Was dachtest du?«

Mark stieg Hitze ins Gesicht; bestimmt lief er jetzt rot an.

»Du dachtest, die Frauen meiner Familie hätten alle nicht geheiratet.«

Jetzt war er bestimmt knallrot. Er drehte sich schnell zu den Büchern um, um sein Gesicht vor ihr zu verbergen.

Aber Iris hatte sich sowieso schon wieder Tanja zugewandt. »Cornelia hieß sie. Möchtest du ein Bild von ihr sehen?«

Mark setzte sich auf die Treppenstufen, obwohl er das

Bild auch gerne gesehen hätte. Aber er genierte sich plötzlich, die beiden zu stören. Außerdem schmerzte das Gelenk inzwischen wieder. Er streckte das Bein weit von sich und lehnte sich mit der Schulter ans Treppengeländer.

Es roch nach der frischen Farbe. Bis die Lösungsmittel vollständig verdunstet waren, das dauerte eine Weile. Das war selbst damals so gewesen, als das Haus neu gebaut war und noch keine Fenster eingesetzt worden waren. Wenn er die Augen schloss, würde er dann vergessen können, wo er sich befand?

Er versuchte es. Damals hatten die Farben anders gerochen, aber trotzdem wusste er genau, wo er war. In diesem Haus würde er sich nie wieder wohl fühlen; er würde es ganz bestimmt verkaufen. Wenn sich niemand sonst fand, dann eben an die Schröder.

Tanja und Iris lachten und kicherten; irgendetwas fiel klappernd zu Boden. Mark ging nach unten; er mochte sie nicht stören.

Als er die Tür zum Wohnzimmer öffnete, verschwand eine Gestalt im Gebüsch neben dem Gartenschuppen. Dachte er jedenfalls; in Wahrheit sah er nur einen Schatten. Aber die Zweige bewegten sich noch einen Moment lang. Nicht so, wie sich Zweige im Wind bewegten, sondern heftiger und nicht so gleichförmig.

Er ging hinaus auf die Terrasse und hinkte zum Zaun, so schnell er konnte. Was nicht sehr schnell war.

Auf keinem der Nachbargrundstücke war jemand zu sehen. Aber um so schnell vollständig außer Sicht zu sein, müsste der Eindringling gerannt sein. Er hatte sich vermutlich getäuscht; rennen passte in seiner Vorstellung nicht zu heimlichem Tun.

Langsam ging er zum Haus zurück, betrachtete aufmerksam den Weg und die Beete. Nirgendwo gab es eine

Trittspur, nirgendwo abgerissene Blätter oder Zweige. Er hatte sich gewiss getäuscht.

»Hallo!«

Mark fuhr herum; Valentina Wimmer stand am Nachbarzaun und winkte ihn heran. Er blickte die Hanswand hoch, bevor er zu ihr ging. Wie immer stand das Fenster im ersten Stock offen. Aber Iris und Tanja waren beschäftigt; sie würden nichts mitbekommen, wenn sie leise sprachen.

»Man fühlt sich gleich besser, wenn das Haus neben einem nicht mehr verlassen ist.« Valentina stützte sich auf ihre Hacke. »Schön auch, Sie nun wieder öfter zu sehen.«

Eifersüchtig war sie anscheinend gar nicht. Aber vielleicht hatte er sich neulich getäuscht und ihr Interesse an ihm missverstanden. Wie überheblich zu glauben, alle Frauen interessierten sich für ihn! Typisch Mann, würde Iris sagen.

»Als Hausbesitzer hat man nun einmal eine gewisse Verpflichtung, auch den Mietern gegenüber.«

Sie lachte. »Da nehmen Sie es aber sehr genau. Erst, dass Sie sie mit allen Nachbarn bekannt machen ... Ich dachte eher, Mieter seien eine Plage, auf die man ein Auge haben muss.« Sie gestikulierte mit der Hacke zu ihrem eigenen Haus. »Groß genug wäre es schon, auch einen Teil zu vermieten. Und lohnend.« Sie seufzte. »Wenn Mutter einverstanden wäre.«

»Ist sie es denn nicht?«

Sie sah ihn an, als käme er vom Mond. »Ich habe sie nicht gefragt. Bisher hielt ich die Idee selber für absurd: fremde Leute in meinem Garten.«

Gutes Stichwort! »Fremde Leute im Garten habe ich auch ohne Mieterin. Eher hoffe ich, dass ich die nun los bin.«

»Fremde Leute?« Sie schwang ihre Hacke mit einer Geste, die wohl drohend sein sollte. »Denen hätte ich was erzählt, wenn ich welche gesehen hätte.« Das hatte sie doch!

Und ihre Mutter auch. Aber sie meinte wahrscheinlich ihren eigenen Garten.

»Sie sehen doch auch nicht alles.« Er ging näher an den Zaun. »Bestimmt haben Sie Besseres zu tun als meinen Garten zu bewachen.«

»Wenn Sie damit die Zeit meinen, die ich für die Versorgung meiner Mutter brauche.« Sie schien in sich zusammenzukriechen. »Ich kann mich meinen Verpflichtungen doch nicht entziehen.«

»Wer kann das schon?« Er zuckte die Achseln.

»Naja ...« War ihr Blick vielsagend gemeint, als sie ihr Kinn Richtung ehemaliger Kinderspielplatz reckte? »Alle Verpflichtungen braucht man offensichtlich nicht zu akzeptieren.« Sie hatte es vielsagend gemeint.

Gut, dass Iris seine Sichtweise kannte, bevor diese Frau ihre Version zum besten gab. Auch Geralds Frau hatte sich in einer Weise geäußert, die Sympathie für Christina vermuten ließ. Immer noch und trotz allem. Aber vielleicht wünschte sich auch Valentina manchmal, ihre eigene Mutter um die Ecke zu bringen.

Sie streifte mit der Hacke über einen Oleanderstrauch. »Das Lachen ihrer kleinen Tochter hat mich schon manchmal vor die Tür gelockt.«

Das war ihm damals nie aufgefallen, aber er hütete sich, ihr zu widersprechen. »Nun, demnächst haben sie wieder eine nette Nachbarin.«

Sie sah ihn überrascht an. »Ist sie denn noch nicht eingezogen?«

»Mittlerweile ist sie tatsächlich so gut wie fertig mit der Renovierung.« Er deutete zum Fenster im ersten Stock. »Wie kommen Sie darauf, Frau Kannert würde hier schon wohnen?«

Sie zuckte die Schultern, beide Arme wieder über dem

Hackenstiel verschränkt. »Ich habe sie so oft im Garten gesehen in den letzten Wochen.«

Also hatte Valentina doch viel mehr beobachtet als sie vorher zugegeben hatte. Aber das konnte nicht Iris gewesen sein. »Können Sie denn auf diese Entfernung«, er reckte das Kinn zu den Fenstern ihrer Villa, »erkennen, wer hier im Garten herumläuft?«

»Natürlich nicht. Aber genug, dass ich an den Bewegungen unterscheiden kann, ob es ein Mann oder eine Frau ist. Sowieso, wenn Sie es nicht sind, käme als Mann wohl nur Ihr Bruder in Frage.«

»Den Sie gar nicht erkennen würden nach so langer Zeit.« Er zwinkerte und sie fühlte sich wohl sofort verstanden.

»Oh, Ihren Bruder erkenne ich durchaus.« Sie erhob sich von ihrer Hacke. »Wir haben ja eine gemeinsame große Leidenschaft.«

Als ob Bernward für irgendetwas Leidenschaft entwickeln könnte. Er hatte Gartenbau bloß gelernt, weil es sich gerade angeboten hatte. Schockiert erinnerte er sich an Ellas Bemerkung ein paar Tage zuvor. Ohne es zu merken, hatte er ihre Meinung über ihn übernommen.

Bernward musste sich ständig mit Missbilligung konfrontiert sehen; kein Wunder, dass er sich zuweilen unausstehlich verhielt. Und sein Selbstwertgefühl mit dieser anwachsenden Sammlung von Affären päppelte. Vermutlich trennte er sich jedes Mal dann, wenn eine der Frauen ihn zu kritisieren wagte. Aber von Bruder und Mutter konnte sich Bernward nicht so einfach trennen.

»Sie hören mir ja gar nicht zu!« Valentinas empörter Tonfall schreckte ihn auf. Er wollte sie schon mit einem höflichen »Doch doch« beschwichtigen, aber er könnte etwas verpasst haben. Hatte sie etwas Wichtiges gesagt? »Ich hoffe, Sie können mir verzeihen. Ich war tatsächlich nicht ganz Ohr.«

»Sie geben es auch noch zu!« Noch immer schwang Empörung in ihrer Stimme, aber seine Ehrlichkeit schien sie zu entwaffnen. Im nächsten Moment grinste sie sogar. »Diplomatie ist nicht gerade ihre Stärke.«

»Man soll doch nicht lügen!« Er wandte den Blick zum Himmel, als erwarte er, dass sich dieser gleich öffne.

»Also, ich fragte Sie gerade, ob das stattdessen Ihre Frau gewesen sein könnte. Es wirkte nämlich genauso unkoordiniert wie früher, wenn Sie sich nicht einig werden konnten.«

»Nein!« Hoffentlich klang es überzeugend, ohne dass er es begründen musste. Vorsichtshalber setzte er hinzu: »Der einzige, der in letzter Zeit im Garten gearbeitet hat, war mein Bruder, als er die Wildnis wieder hergerichtet hat. Und ich natürlich.«

Ihre Augen verengten sich; sie glaubte ihm kein Wort. Ob sie am Ende doch Christina gesehen hatte? So wie Marlies? Es war eigentlich unmöglich, aber wenn doch?

»Ich habe meine Frau seit Jahren nicht mehr gesehen.«

»Das kann ich mir schon vorstellen, dass sie nichts mehr mit ihr zu tun haben wollen. Aber ist das klug?«

»Sie meinen, weil ich damit keine Kontrolle darüber habe, was sie tut?«

»Augenscheinlich.« Valentina nahm ihre Hacke auf. »Ich dachte dabei an Ihre Tochter. »

So viel Weitsicht hatte er ihr gar nicht zugetraut. »Denken Sie, ich müsste mir Sorgen um Tanja machen?«

»Ich weiß nicht. Aber wer einmal gemordet hat ...«

»Christina würde ihrer eigenen Tochter niemals ein Haar krümmen.«

»Warum nicht? Bei der Mutter hatte sie keine Hemmungen.«

Tanja rief nach ihm und Mark beendete geradezu erleichtert das Gespräch.

Tanja und Iris erwarteten ihn in der Küche. Die Espressomaschine zischte und dampfte; augenscheinlich ein älteres Modell.

»Ich trinke Milchschaum«, verkündete Tanja.

»Ich dachte, du willst ein Eis.« Iris stand vor dem Gefrierschrank und schichtete die Behälter um. Schließlich zog sie einen Karton heraus, auf dem eine Eistorte abgebildet war. Sie hielt sie Mark vor die Nase. »Ist das etwas für dich?«

»Papa mag kein Eis – aber ich.« Tanja griff nach dem Karton, aber Iris hielt ihn höher und stellte ihn dann oben auf den Kühlschrank.

»Du ziehst mich auf«, beschwerte sich Tanja.

»Du mich auch!«

Als sie sich beide krümmten vor Lachen, fühlte Mark sich plötzlich sehr zu Hause. Und das in dieser Küche. Sein Blick traf den von Iris. In ihren Augen schimmerte ein Reflex des Sonnenlichts, als ob sie von innen heraus leuchtete. Dann verschwand der Reflex. Unwillkürlich wandte Mark den Kopf zum Fenster.

Ein Schatten glitt über den Rasen. Er öffnete das Fenster und beugte sich hinaus. Aber er sah nichts Verdächtiges. Nicht einmal ein Ast bewegte sich.

»Papa, was machst du denn?« Tanja kicherte. Dann fuhr sie in tadelndem Tonfall fort: »Du fällst gleich raus!«

Er drehte sich um. »Dies ist das Erdgeschoss.«

»Rausfallen kann man trotzdem.« Iris grinste. Als ob Tanja Unterstützung nötig hätte.

»Ihr habt wohl ein Komplott gegen mich geschmiedet.« Mark ließ sich auf seinen Stuhl fallen. »Her mit der Torte!«

Tanja kicherte wieder und Iris lachte. Aber es stand nicht nur Heiterkeit in ihrem Gesicht. Wachsamkeit auch. Oder Besorgnis. »Du benimmst dich ein bisschen seltsam heute, Mark.«

Er hob die Augenbrauen in der Hoffnung, sie würde begreifen, dass er nicht in Tanjas Beisein reden wollte. Sie hörte auf zu lachen, warf einen Blick auf Tanja und dann stand eindeutig Besorgnis in ihren Augen. Er würde sie anrufen, sobald Tanja im Bett war.

»Papa ist öfter komisch.« Tanja schnippte ihren Löffel aus der Schüssel und ein Teil des inzwischen geschmolzenen Eises ergoss sich über den Tisch.

Mark zeigte auf die Pfütze. »Und das, ist das nicht auch komisch?«

»Das wollte ich nicht.« Tanja senkte schuldbewusst den Kopf und schielte aus den Augenwinkeln zu Iris. Dann rückte sie ihren Stuhl zurück und stand auf. »Ich mach dir das wieder sauber.«

Mark schmunzelte. Sie wollte entweder Eindruck schinden oder für gutes Wetter sorgen.

Ihn hatte Tanja für einen Augenblick abgelenkt, aber Iris schaute immer noch besorgt aus. Hatte sie etwa Angst? Aber er konnte unmöglich anbieten, ihr Gesellschaft zu leisten. Des Nachts vielleicht gar. Aber des Nachts hatte sie vielleicht sowieso Gesellschaft. Für diesmal sollte das ein Grund sein, zufrieden zu sein, aber er war es nicht.

»Was ist eigentlich mit der Nachbarin los?«

Die Frage überraschte ihn. »Welche meinst du?«

Sie zeigte zum Fenster. »Ich habe euch miteinander reden gehört.« Plötzlich stand ihr der Schalk ins Gesicht geschrieben. »Mit mir hat sie noch nie geredet. Ist sie vielleicht hinter dir her?«

»Hinter Bernward!« Es war durchaus denkbar. Oder Bernward hatte einmal etwas mit ihr gehabt. Eine Zeitlang war er auffällig oft zu Besuch gekommen, wenn Mark nicht zu Hause gewesen war.

Er verlor sich in seinen Gedanken, bis Tanja ihn anstieß. »Mach Platz, Papa, ich muss putzen.« Sie legte ihren Putzlappen auf eine Ecke der Fensterbank.

»Hier auch? Hier doch nicht.«

»Doch!« Sie zeigte auf einen dunklen Streifen. Es war ein Kratzer in der Marmorplatte, fast eben, weil mit Schmutz gefüllt über die Jahre.

»Dafür brauchst du eher ein Messer.« Mark ging trotzdem einen halben Schritt beiseite.

Als sie ihm näher kam, rümpfte er die Nase. Der Lappen roch penetrant nach Terpentin. »Was hat Iris dir denn da gegeben?«

»Wieso?« Tanja betrachtete das Tuch.

»Wieso?«, kam das Echo von Iris. »Ich habe ihr gar nichts gegeben. Sie hat ihn unter der Spüle hervorgeholt.«

Dass Iris alte Lappen von der Renovierung aufhob; noch dazu unter der Spüle – er wunderte sich wieder einmal über sie.

Iris sog laut die Luft durch die Nase ein. »Was stinkt denn hier? Kommt das von draußen?« Sie kam näher zu ihnen.

»Terpentin!« Er nahm endlich Tanja den Lappen weg. »Maus, das ist giftig.«

Iris bekam große Augen. »Der ist aber nicht von mir.«

»Von wem denn sonst?« Das klang zu aggressiv, aber er war verärgert, dass Tanja dieses Teil in die Finger bekommen hatte. Er mäßigte sich. »Wenn er von mir wäre, wäre der Geruch längst verflogen.«

»Das ist wahr!« Wieder trat dieser Ausdruck der Besorgnis in Iris' Gesicht. »Mark, was geht hier vor?«

Er knurrte. »Das weißt du doch, dass ...« Nein, das war die ganz falsche Antwort. Ein Tag ohne Fettnäpfchen mit ihr – ob ihm das jemals gelingen würde?

Aber es war schon zu spät. »... dass sich hier jemand herumtreibt?« Iris stemmte die Hände die Hüften. »Du weißt mehr als du sagst, Mark. Was auch immer es ist, das ist nicht fair.« Sie ließ die Hände sinken. »Schließlich bin ich diejenige, die hier wohnen will.« Sie schwieg – viel zu lange. »Oder?«

Sein Magen verknotete sich. Sie sollte sich doch nicht zurückziehen! Dann hätte er sie verloren. Allerdings hatte er sie noch gar nicht gewonnen, auch wenn sie Tanja in ihr Herz geschlossen zu haben schien.

Er schielte zu Tanja hinüber – zum Glück war sie ganz auf ihre Putzerei konzentriert.

»Was hast du vorhin gesehen?«

Diesmal zögerte er nicht mit der Antwort: »Ich habe mich wohl geirrt.« Er lachte; es klang ziemlich kläglich. »Ich sehe schon Gespenster.«

Iris wandte sich mit einem Seufzer ab.

»Was habt ihr denn?« Tanjas Instinkt hatte sie wieder einmal punktgenau reagieren lassen.

Mark zupfte sich am Ohr. »Maus, was sollen wir denn haben?«

»Belügst du deine Tochter manchmal?«

»Nie.« Er hatte den Verdacht, dass er errötete.

Ihr Blick schien ihn zu durchbohren. »Und andere Leute?«

Er biss sich auf die Unterlippe; dann nickte er. »Sicher. – Du nicht?« Er sah Land, als er ihr die Frage zurückgab. Aber er täuschte sich, als er dachte, er hätte ihr damit den Wind aus den Segeln genommen.

»Wen meinst du damit?« In ihrem rechten Mundwinkel tauchte überraschend ein Grübchen auf. »Habe ich dich schon einmal angelogen?«

»Das weiß ich nicht.« Mark knurrte. »Ich spioniere dir nicht nach; wie käme ich dazu?«

»Und was war das mit den Büchern meiner Großmutter?«

Er hatte genug. »Suchst du Streit?« Er stand auf und nahm Tanja an der Hand. »Komm Maus; wir müssen nach Hause. Oma Ella wartet.«

Iris lehnte sich gegen den Schrank und packte den Türgriff, als müsse sie sich daran festhalten. »Ihr kennt den Weg; ich habe zu tun.«

Tanja entzog Mark ihre Finger und hüpfte vor Iris hoch. »Bis bald.«

Iris beugte sich zu ihr herunter und gab ihr einen Kuss auf die Stirn. »Mach's gut, Kleine.« Das klang verdammt nach Abschied.

»Wenn du mich brauchst.« Als sie die Lippen zusammenpresste, fügte er schnell hinzu: »Ich bin schließlich dein Hausbesitzer.«

23

Als Tanja und Mark nach Hause kamen, saß Bernward mit Ella auf dem Balkon. Beide hatten ein Glas Rotwein vor sich und schienen für einmal in Einvernehmen.

Tanja drängte sich an Mark vorbei zur Balkontür. »Hallo Ella; Tag, Onkel Bernward.«

»Das ist deine Oma«, fauchte Bernward. Was war denn in den gefahren?

»Sie hat auch einen Namen, oder?« Tanja stemmte provozierend die Hände in die Seiten. »Und ich bin kein Baby mehr.« Sie drehte sich um. »Hab ich recht, Mark?« Sie betonte seinen Namen dermaßen, dass Ella auflachte.

Bevor Mark etwas sagen konnte, kam sie in die Küche und zog Tanja an sich. »Ganz groß bist du schon.« Sie schmunzelte. »Und klug.« Sie ging zum Kühlschrank. »Lass sehen, was wir zu essen für euch haben.«

»Wir sind praktisch satt«, erklärte Tanja. »Wir haben ganz viel Eis gegessen bei Iris.«

»So viel dazu, dass sie bloß deine Mieterin ist, gell?« Bernward klang irgendwie seltsam ... verächtlich? Er hatte wirklich etwas.

»Das geht dich nichts an!« Mark fuhr Tanja liebevoll durch die Haare. »Genauso wenig wie Tanjas Anrede für Mutter.« Gleich hatten sie wieder einen handfesten Streit.

Knurrend wandte Bernward sich ab und starrte über die Brüstung nach unten.

»Wartest du auf jemanden?« Mark konnte nicht anders als ihn zu provozieren.

Ella legte warnend einen Finger auf ihre Lippen und sah Mark vorwurfsvoll an. »Muss nicht sein, oder?«

Mark nahm vier Teller aus dem Schrank, um den Tisch zu decken; dann verharrte er. »Wie viele sind wir zum Abendessen?«

»Erwartest du noch jemanden?«

»Natürlich nicht – aber Bernward sieht gerade so aus.«

Ella blickte zur Balkontür. »Ich wüsste nicht, wen.«

»Seine Flamme«, platzte Tanja heraus.

»Da hast du dir ja was gemerkt.« Ella grinste und wandte sich an Mark. »Hat er die immer noch? Vielleicht wird das ja mal etwas Solides.«

»Wenn du die Schröder meinst ... Jemand, die sich gerade trennt, ist bestimmt keine pflegeleichte Partnerin.«

»Du musst es ja wissen.« Bernward lehnte in der Balkontür. »Wenn ihr zwei schon über mich herzieht, dann passt wenigstens auf, dass ich es nicht höre.«

Ella lief rot an; gleich würde sie explodieren. »Wir haben nichts vor dir zu verheimlichen.«

»Mein kleiner Bruder vielleicht doch.« Er stieß sich vom Rahmen ab und kam auf Mark zu. Der säuerliche Geruch des Weins wehte ihm entgegen. »Ihn interessiert nur noch diese Maus von der Zeitung. Dafür verärgert er Tanjas Lehrerin.« Er ließ sich schwer auf den nächsten Stuhl fallen.

»Du wolltest das Haus verkaufen, um es nie mehr wiederzusehen!« Die Häme in Bernwards Stimme war unüberhörbar. »Und jetzt bist du dauernd dort. Macht es dir nichts mehr aus? Sogar das Kind schleppst du mit.«

Mark biss die Zähne zusammen, damit ihm keine Antwort entfuhr.

Ella setzte einen großen Suppentopf auf den Herd. »Es wäre besser für uns alle, wenn wir vergessen könnten. Es ist lange genug her inzwischen.«

Tanja hob den Deckel und schaute hinein. »Erbsen?« Sie öffnete den Kühlschrank. »Ich schneide die Wurst. Darf ich?« Sie nahm den Fleischwurst-Ring heraus.

Mark zog die Tischschublade auf und suchte nach einem Messer mit runder Spitze. Wenigstens stechen sollte sie sich nicht.

Ella nahm es ihm sogleich fort. »Ich mach das!«

Tanja verzog das Gesicht; ein Sturm kündigte sich an. »Ich kann das!«

Bernward feixte. Gleich würde er sich mit einer abfälligen Bemerkung einmischen.

Ella zog eine Augenbraue hoch. »Ich vergesse immer, dass du inzwischen groß geworden bist.« Sie reichte Tanja das Messer, mit der Klinge zu sich gedreht.

Tanjas Augen leuchteten auf. Vorsichtig nahm sie das Messer und legte es neben der Fleischwurst auf ein Schneidebrett. Sie warf Mark einen Blick zu. Als er nickte, legte sie eine Hand auf die Wurst und nahm das Messer in die andere. Aber bevor sie zu schneiden begann, schaute sie Bernward triumphierend an.

Während sie aßen, saß Bernward schweigend mit dem Weinglas ihnen gegenüber. Er hätte wirklich geradesogut auf dem Balkon bleiben können. Die Atmosphäre war beklemmend.

Am liebsten hätte Mark ihn gefragt, wie lange er noch bleiben wollte an diesem Abend. Tanja kleckerte; auch sie schien verunsichert. Mark dachte nicht daran, sie zu rügen und auch Ella schaute zu, ohne die Miene zu verziehen.

Bernward setzte schließlich sein Glas ab. »Fragt ihr euch nicht manchmal, wie es Christina geht? Euch hat sie schließlich nichts getan!«

»Natürlich wünsche ich ihr, dass sie eines Tages geheilt würde.« Aber er wollte nicht über sie reden.

»Warum ›würde‹?« Bernward war wirklich penetrant an diesem Abend. Er musste mehr im Schilde führen als sich wegen der Schröder zu beklagen.

»Es ist mir gleich! Wenn wir sie nur nie wiedersehen.« Wie konnte Bernward in Tanjas Gegenwart von Christina anfangen?

»Kann ich ein Eis?« Tanja sprang auf und knallte den Löffel in ihren Teller. Gottseidank, für einmal gab es Wichtigeres für sie als ihren Gesprächen zu folgen.

Bevor Ella oder Mark antworten konnten, stand sie schon vor dem Kühlschrank und öffnete das Gefrierfach. »Ist ja gar keins mehr da.«

Ella stand auf. »Dann hast du schon alles aufgegessen. Schokoladenpudding oder Fruchtsalat?« Sie öffnete den Kühlschrank.

Tanja deutete auf die Schüssel mit dem Fruchtsalat und Ella stellte sie auf den Tisch.

Bernward schob Tanja beiseite und nahm sich ein Bier aus dem Gemüsefach. »Denkst du nicht, dass sie eines Tages wieder rauskommt?« Wenigstens benutzte er den Namen nicht wieder.

»Hast du Neuigkeiten von ihr?« Bernward war nicht umgezogen – Christina konnte immer noch seine Adresse haben. »Hat sie dir vielleicht geschrieben?«

Ella verschluckte sich vor Überraschung an ihrem Wein. »Wie? Wieso an Bernward?«

»Ich habe immer gewusst, wie es ihr geht und was sie macht.«

Mit allem hatte er gerechnet, aber nicht damit, dass die beiden ständig Kontakt zueinander hatten. Allerdings waren sie nach Tanjas Geburt erstaunlich oft zusammen mit dem Kind unterwegs gewesen, während er geschuftet hatte, um seine Firma zum Erfolg zu führen.

Mark rieb sich nachdenklich die Nase. »Warum hast du mir das nie gesagt?« Die Frage entfuhr ihm automatisch, ohne nachzudenken. Damit verlängerte er das Gespräch nun selber statt von diesem gefährlichen Thema wegzuführen.

Bernward lachte; wieder klang es hämisch. »Du wolltest doch nichts mit ihr zu tun haben! Du bestandest doch nur noch aus Hass!« Er ballte tatsächlich die Fäuste. »Du hast sie nie verstanden. Hast ihr die ganze Mühe mit dem Kind überlassen.«

»Tanja ist nie eine Mühe gewesen!« Nicht für ihn jedenfalls; Christina hatte sich immer mal beklagt. Er war nie den Verdacht losgeworden, dass das Motiv für den Mord darin lag, dass sie ihrer Mutter die Leichtigkeit im Umgang mit Tanja geneidet hatte.

Tanja erstarrte, der Löffel über dem Fruchtsalat. Ihre Augen füllten sich mit Tränen. »Ich tue, was ich kann.« Der Löffel fiel mit einem Platsch in die Schüssel. »Immer hackst du auf mir herum, Onkel Bernward.«

Mark zog sie an sich und streichelte ihren Rücken; dann wischte er ihre Tränen mit der Serviette ab. »Nicht weinen, Maus.«

»So habe ich es doch gar nicht gemeint.« Bernward duckte sich vor Ellas zornblitzendem Blick.

Mark versenkte sein Gesicht in Tanjas Haaren. »Magst du nicht bald schlafen gehen?« Er gab seiner Stimme einen verschwörerischen Klang, um ihr seine Verbundenheit zu zeigen.

Tanja gab einen erstickten Laut von sich; es konnte Weinen genauso gut wie Lachen sein. Er drückte sie fester.

»Ich bin ein bisschen müde«, sagte sie laut, für alle hörbar.

Ella, die Tanjas Gesicht sehen konnte, grinste und Mark atmete erleichtert auf.

»Komm, Maus, ich bring dich ins Bett.« Er schob sie zur Seite und stand auf.

Sie gab Ella einen Kuss. Dann sah sie Bernward an und hob eine Schulter. Ob dieser Geste verkniff Mark sich sein Lachen nur mit Mühe.

Er folgte ihr ins Bad, ohne sich von Bernward zu verabschieden. Sollte der doch glauben, er hätte Tanja im Bett, bevor er ging. Was Bernward jetzt dachte, war ihm so etwas von egal.

»Einmal Haare waschen, Madame?« Wenn es lange dauerte, würde Bernward vielleicht auch dieses Mal die Geduld verlieren. Oder Ella würde ihn endlich einmal rauswerfen.

Tanja streckte ihm einen Fuß entgegen. »Nägel schneiden?«

Er nahm sie auf den Schoß und schnitt nicht nur die Fuß-, sondern auch die Fingernägel. Inzwischen lief die Wanne voll und als er fertig war, ließ er sie mit einem lauten Platsch hineinspringen. Sofort stand das halbe Bad unter Wasser; Tanja kicherte und schaufelte mit beiden Händen noch mehr Wasser hinaus.

Er sprang zurück, aber es gelang ihr trotzdem, ihn von der Schulter bis zur Hüfte vollzuspritzen. Lachend und prustend griff sie nach der Seife in der Ablage und ließ sie durch ihre Finger ins Wasser rutschen.

»Für eine Badeorgie haben wir heute keine Zeit. Es ist schon spät.« Aber er grinste; deshalb plantschte sie weiter.

Mark drehte die Dusche auf und hielt sie ihr über den Kopf. Dann setzte er sich an den Rand und schäumte ihr die Haare ein. Tanja gab katzenhafte Schnurrlaute von sich, als er ihr die Kopfhaut massierte. Er kraulte sie im Nacken und gab ihr einen Kuss auf die nasse Nasenspitze.

Sie hob ihre Arme mitsamt einer Wasserladung aus der

Wanne, schlang sie um seinen Hals und hängte sich mit ihrem ganzen Gewicht an ihn. Bevor er sich versah, verlor er das Gleichgewicht. Er schaffte es gerade noch, sich mit einer Hand aufzustützen, um nicht vollends hineinzufallen.

»Na, das wird wohl dauern«, kam Bernwards verärgerte Stimme von der Tür.

Tanja strampelte mit den Füßen. »Guck, ich kann schwimmen.« Sie patschte noch mal, mit Händen und Füßen gleichzeitig.

»Aber jetzt waschen wir die Haare fertig!«

Als Tanja schließlich im Bett war, suchte er eine besonders lange Geschichte aus. Sie zog sich ihre Bettdecke bis zum Mund hoch und er begann zu lesen.

Nach einer Viertelstunde fragte sie: »Geht die noch lange?«

Er grinste. »Findest du sie langweilig?«

Sie schüttelte den Kopf.

Er las weiter. Unkonzentriert, mit den Ohren in der Küche und den Gedanken bei der Schröder. Es wurde langsam zur Gewohnheit.

Gleichermaßen schien es zur Gewohnheit zu werden, dass Bernward ausharrte, bis Tanjas Abendritual beendet war.

Schließlich fielen ihr die Augen zu und kurz danach verriet ihr gleichmäßiger Atem, dass sie eingeschlafen war.

Mark senkte die Stimme und las weiter. Nach jedem Absatz machte er eine kurze Pause und lauschte nach den Geräuschen in der Küche. Bernward schien keine Anstalten zu machen, nach Hause zu gehen.

Nach weiteren zehn Minuten war er am Ende der Geschichte angelangt; er würde das halbe Buch noch einmal mit Tanja lesen müssen.

Mit einem tiefen Atemzug legte er es auf Tanjas Kommode und verließ ihr Zimmer.

Er blieb in der Küchentür stehen. »So, was war das nun mit der Schröder? In Tanjas Beisein wollte ich es nicht so genau wissen.« Auch wenn es nur noch zwei Wochen waren – er gedachte nicht, die Angelegenheit leicht zu nehmen.

Bernwards Blick war verächtlich. Er war vom Wein auf Bier umgestiegen und dies war schon das dritte. Mindestens.

Mark wartete ab, aber da mischte sich Ella ein. »Das kann ich mir wirklich nicht vorstellen.« Mark runzelte die Stirn – Ella auf Bernwards Seite? »Sie wird doch nicht so dämlich sein, Bernward zu erzählen, was sie in der Schule mit den Kindern macht.« Das allerdings war ein Gedanke; darauf hätte er selber kommen können.

»Es passt doch auch nicht dazu, dass du sie mir als kompetent geschildert hast«, fuhr Ella fort. »Und so wie Tanja immer von ihr geschwärmt hat.«

»Nicht immer«, entfuhr es Mark. »Bis vor kurzem.« Er hatte doch nichts sagen, sondern Bernward aus der Reserve locken wollen.

Wie sehr es ein Fehler war, bekam er sofort zu spüren. »Da hörst du es: Tanja schwärmt von ihr. Vielleicht nicht mehr dir gegenüber, weil sie weiß, dass du die Schröder ausgebootet hast.«

»Ich habe niemanden ausgebootet. Ich habe lediglich mein Haus vermietet.«

»Dafür verärgerst du Tanjas Lehrerin. Wer weiß, wie die Kleine noch darunter leiden muss.«

»Du hast keine besonders hohe Meinung von deiner Flamme.« Mit Absicht benutzte Mark das Wort wieder.

Bernward zuckte mit keiner Wimper. »Fehler hat jeder».

Das wäre aber wirklich garstig!« Ella konnte es sich tatsächlich nicht vorstellen.

Bernward stand auf und nahm seine Zigaretten aus der Hemdtasche.

»Wo Rauch ist, ist auch Feuer.« In Mark stieg der Verdacht auf, dass Bernward nicht bloß ins Blaue hineinquatschte. »Da steckt doch etwas dahinter! Was hat die Schröder dir gesagt?«

»Hat Tanja sich beklagt?«

Mark stieß einen ärgerlichen Laut aus. »Dann wäre ich längst eingeschritten.« Was hatte Tanja zuletzt über die Vorschule erzählt? Er wusste es nicht.

Seine Nachfrage, wenn er sie abholte, war in letzter Zeit nur eine Floskel gewesen. Gewiss hatte Tanja das längst begriffen, sodass sie genauso floskelhaft antwortete. Seit er dieses Haus wieder betreten hatte, hatte ihn so viel aus dem Gleichgewicht gebracht.

Aber in zwei Wochen begannen die Ferien; dann war das Kapitel Vorschule abgeschlossen.

»Ich muss die Überflutung beseitigen, bevor die unter uns wegschwimmen.« Mit Eimer und Schrubber aus der Besenkammer ging Mark ins Bad zurück.

Bernward folgte ihm.

»Du, hilf lieber Mutter in der Küche beim Abspülen.«

»Ich will mit dir reden.«

Mark setzte den Schrubber ab und drehte sich um. »Wozu?«

Bernwards Augen blitzten zornig. »Es ist dringend nötig. Seit Wochen weichst du mir aus.«

Mark atmete einmal langsam durch, bevor er sich zu einer Antwort entschloss. »Was willst du? Ich lass mich nicht bequatschen. Basta!«

»Christina wird vielleicht entlassen.« Christina? Jetzt kam er wieder mit Christina an? Bernward war wirklich unerträglich.

»Was? – Niemals!« Mark packte den Schrubber. »Und es interessiert mich nicht. Ich will sie nie wieder sehen.«

»Und Tanja?«

»Tanja auch nicht!«

»Sie ist Tanjas Mutter.« Bernwards Stimme schien plötzlich irgendwie drohend zu klingen.

Er lehnte sich in den Türrahmen, während Mark begann, das Wasser in den Bodenabfluss zu schieben. »Heutzutage weichen Badezimmerdecken nicht mehr durch.« Bernward grinste. »Außer in deinem Haus natürlich.«

»Woher ...« Was hatte Christina ihm nur alles erzählt? Und wann?

Mark wischte mit heftigen Bewegungen den Boden auf; seine ganze Wut steckte er in diese Arbeit.

Bernward verschränkte seine Arme und lachte. »Für die Hausarbeit sind Frauen wirklich besser geeignet.«

Mark krampfte die Finger um den Wischlappen, um ihn nicht Bernward ins Gesicht zu werfen. »Ist das der Grund, dass du Mutter nie in der Küche hilfst?«

Bernwards Mundwinkel zuckten mehrmals. »Mutter ist noch nicht so alt, dass sie Hilfe bräuchte.«

»Darauf kommt es nicht an!« Er brach ab; er hatte sich von Bernward schon wieder ins Bockshorn jagen lassen.

»Ich mach dir keine Vorschriften; also mach du mir auch keine. Mutter wird schon sagen, was sie möchte.«

Uferlos ... Er durfte sich nicht auf eine Diskussion über Bernwards Verhalten einlassen. Mit aller Kraft wrang er den Wischlappen.

»Wen erwürgst du da?«, fragte Ella.

Mark fuhr herum. »Ich habe dich gar nicht gehört.«

»Ihr dagegen werdet Tanja wieder aufwecken, wenn ihr weiter so laut zankt.« Sie klopfte Bernward auf die Schulter. »Gut hören kann ich auch noch. Du hast völlig recht: Alt bin ich noch nicht.«

Mark sah sie entgeistert an. Sie hatte nur die Hälfte gehört. Und in den falschen Hals bekommen.

Bernward feixte. »Du solltest dich bei Mutter wohl entschuldigen.«

Sie starrten ihn beide an; er begriff immer weniger, was hier gespielt wurde. Aber er wischte in aller Ruhe weiter und wartete darauf, dass es den beiden zu lange dauerte.

»Gleich hast du die Fliesen durchgeschrubbt.«

Mark fuhr hoch und warf Bernward den Lappen ins Gesicht. »Mach es doch selbst.«

Bernward schleuderte den Lappen zurück. »Hast du nicht gerade festgestellt, dass ich nie etwas tue?«

Ella packte Bernward am Arm. »Nun ist es wirklich genug.«

Sie zog ihn mit sich in Richtung Küche und Mark ließ sich mit einem Stöhnen auf den Rand der Badewanne fallen. Noch eine Minute länger und er hätte sich mit ihm geschlagen.

Er brachte die Utensilien zurück in den Besenschrank und ging leise in sein Schlafzimmer. Es dämmerte noch nicht einmal, aber er hatte genug und ging zu Bett.

Nach einer Weile schlug die Wohnungstür zu. Gleich darauf kam Ella. Sie setzte sich zu ihm an die Bettkante.

»Was ist?« Er rührte sich nicht.

»Auf eine Art habt ihr beide recht.« Sie schaltete die Nachttischlampe ein. »Müsst ihr euch immer noch benehmen, als wäret ihr zehn?«

Mark richtete sich halb auf. »Mutter, was willst du wirklich?«

»Was wirst du tun, wenn Christina ihre Tochter sehen will?«

»Christina ist in der ... in der Anstalt. Für immer.« Und Tanja war noch viel zu klein, um den Schrecklichkeiten des Lebens ausgesetzt zu werden.

Ellas Stimme wurde sanft und leise. »Das ist keine Antwort auf meine Frage.«

»Doch!«

Sie legte die Hand auf seine Schulter. »Mark, ich wäre mir da nicht so sicher.«

Er schob ihre Hand beiseite, aber ihre Bemerkung kam ihm wie gerufen. »Was hat Bernward dir erzählt? Du weißt doch etwas. Ihr wisst beide mehr als ich.«

Sie nickte. »Bernward hat doch recht: Du wolltest nie etwas wissen.«

»Vielleicht war es ein Fehler.« Nein, es war kein Fehler gewesen. Er hatte den Abstand gebraucht; sonst wäre er daran zerbrochen.

»Dann mach es jetzt besser.«

Er schüttelte unwillkürlich den Kopf. »Wozu?«

»Tanja wird größer. Sie wird Fragen stellen. Und du wirst eine Antwort darauf brauchen.«

»Die kann ich ihr auch so geben. Ohne Christina.«

»Da bin ich mir nicht so sicher. Obendrein: Deine Antwort wird anders sein als die von Bernward. Wem soll sie dann glauben?«

»Sie weiß, dass ich sie nie belüge.« Und er würde ihr weiterhin nichts erzählen, was sie noch nicht begreifen konnte.

»Gute Nacht, mein Junge.« Ella stand auf und gab ihm einen Kuss auf die Stirn wie früher in seiner Kindheit. »Denk darüber nach.«

Mark blieb verwirrt zurück. Es gab etwas, was er über Christina wissen musste. Warum sagten sie es ihm nicht?

24

Tanja weckte Mark am Morgen, indem sie mit Gebrüll in sein Bett sprang. »Hier kommt der kleine Löwe Frissmichnicht.«

Lachend wälzte er sie von sich herunter. »Wer wird schon wagen, einen Löwen zu fressen.« Er küsste sie laut schallend aufs Ohr.

Sie versuchte, ihn aus dem Bett zu ziehen. »Friss mich doch!«

»Neuer Name?«

Sie zerrte mit beiden Händen an seinem Arm. »Hast du vergessen, dass wir heute einen Ausflug machen? Steh auf, sonst verpasse ich den Bus.«

Er hatte es tatsächlich vergessen. Spontan setzte er zu einer Ausrede an, aber Ausreden waren auch nicht richtig ehrlich. »Dann müssen wir zwei Löwen heute ein Affentempo vorlegen.«

Eine knappe Stunde später stellte er fest, dass die Schröder tatsächlich zu Einigem fähig war. In dem Augenblick, als er hinter dem Bus bremste, der in zweiter Reihe vor der Schule stand, fuhr der los.

Mark hupte heftig und gestikulierte; kaum vorstellbar, dass der Fahrer davon nichts bemerkte. Tatsächlich leuchteten die Bremslichter auf.

Aber nur kurz, dann fuhr der Bus wieder an. Die Schröder stand neben dem Fahrer im Gang: Anscheinend hatte sie ihm befohlen weiterzufahren.

Von Tanja kam ein Aufheulen und ein Schrei. »Der Bus!«

Mark stoppte vollends und sah einen Moment dem Bus hinterher, dann drehte er sich zu ihr um. »Wohin geht euer Ausflug?«

Tanja schluchzte. »Das weißt du doch!«

Er wusste es nicht. Wie so oft hatte er die Information nur flüchtig überflogen, bevor er unterschrieb und Tanja des Geld für den Ausflug gegeben hatte. »Wohin genau?«

»Zu den Löwen.« Tanja heulte noch lauter.

Jetzt begriff er endlich, warum sie den Löwen gespielt hatte. Er schaltete in den ersten Gang. »Okay, Maus. Ich fahr dich hin.«

Der Bus bog eben an der Kreuzung Richtung Schnellstraße ab; Mark gab Gas.

»Meinst du, das geht?«

»Warum sollte es nicht gehen?« Er fuhr schneller und hatte gleich darauf den Bus wieder in Sichtweite.

Tanja lehnte sich zurück und wischte sich mit dem Jackenärmel die Tränen aus dem Gesicht. Vergnügt pfeifend fuhr Mark über die Landstraße, immer in Sichtweite des Busses. Als das zweite Hinweisschild zum Safaripark auftauchte, gab er Gas; bei der nächsten Gelegenheit überholte er und fuhr dann so langsam, dass er den Bus direkt hinter sich hatte.

Die Schröder kannte sein Auto; sie sollte sich schwarz ärgern. Flüchtig kam ihm der Gedanke, sie könnte auch dies Tanja heimzahlen. Aber er würde sie zu beschützen wissen, so wie jetzt auch.

Vor der Einfahrt zum Park fuhr er einen großen Bogen und stand dann mit der Schnauze zur Straße. Er wartete, bis der Bus um die Ecke kam, stieg aus und öffnete Tanja schnell die Tür. »Erste!«

Er musste sie festhalten, um zu verhindern, dass sie dem Bus entgegenlief und sich in Gefahr brachte. Wieso gab es hier keinen Fußweg?

»Du wirst noch genug laufen in diesem Zoo. Wir warten hier.«

Tanja lachte. »Das ist doch nicht der Zoo hier!« Und laufen mussten sie wahrscheinlich auch nicht. Hinter dem Eingang stand ein Mini-Zug mit offenen Wägelchen.

Der Bus hielt. Die Schröder erhob sich von ihrem Platz in der ersten Reihe und starrte ihn mit zusammengepressten Lippen an. Er winkte ihr grinsend zu und sie drehte sich abrupt zu den Kindern um.

Er legte Tanja die Hand auf die Schulter. »Hast du alles, was du brauchst?«

Sie nickte und lief ihren Kameradinnen entgegen.

Die Schröder ließ sie in Zweierreihe aufstellen, übergab die Aufsicht ihrer Kollegin und kam dann auf Mark zu. »Es ist nicht üblich, wenn die Kinder nicht pünktlich sind, sie doch noch am Ausflug teilnehmen zu lassen, indem die Eltern sie selber bringen.«

»Der Bus war noch da, als wir kamen.« Er hätte sich in den Weg stellen sollen statt dahinter zu halten.

Tanja gestikulierte vor ihren Freundinnen herum; sie würde es nicht mitbekommen, wenn er schwindelte. Aber dann fügte er dem doch nichts mehr hinzu. »Sie haben das Geld für Tanjas Teilnahme bekommen.«

Er winkte Tanja zu, dann ging er zum Auto, bevor die Schröder noch einmal Einspruch erheben konnte. Er stieg ein, aber er fuhr nicht los. Zuerst wollte er sicher gehen, dass die Schröder Tanja nicht etwa hier draußen im Bus zurückließ. Plötzlich traute er ihr wirklich alles zu.

Auf dem Rückweg geriet er in die Staus des Berufsverkehrs, der in die Stadt hineinströmte. Bis zu dem Termin auf der Baustelle hatte er schließlich nur noch fünf Minuten, als er am Zeitungshaus vorbeifuhr.

Im Schritttempo fuhr er an der Glasfront des Anzeigenbüros vorbei und spähte hinein. Iris stand am Tresen und schaute einer Kundin zu, die gerade ein Formular ausfüllte.

»Schau hoch!« Als ob sie es hören könnte oder seinen Blick spürte.

Das war kindisch; er gab Gas. Im gleichen Moment hob Iris den Kopf. Zu denken, dass sie ihn sah, war auch kindisch. Trotzdem bremste er wieder ab.

Es schepperte laut hinter ihm und dann bekam sein Wagen einen heftigen Stoß, der ihn nach vorne schleuderte, bevor der Gurt sich spannte. Instinktiv trat er noch fester auf die Bremse und kam nur Millimeter hinter dem vorausfahrenden Auto zum Stehen.

Einen Moment lang umklammerte er das Lenkrad und atmete durch; dann schaltete er den Motor aus und den Warnblinker ein.

Die Kundin im Anzeigenbüro hatte sich umgedreht und zeigte zu ihnen auf die Straße. Falls Iris ihn jetzt sah — was musste sie von ihm denken?

Neben seiner Tür stand die Fahrerin des Wagens hinter ihm; ein älterer Mann war mit weit ausholenden Schritten im Anmarsch.

Mark drehte das Fenster herunter. In einem Anfall von Machismo blaffte er hinaus: »Wenn Sie einen Schritt zur Seite gingen, könnte ich aussteigen.«

Die Frau sah ihn an und rührte sich nicht.

»Bitte!«

Sie wich zur Seite, sodass er die Tür einen Spalt öffnen und mit etwas Mühe aussteigen konnte. Der ältere Mann blieb mit hochrotem Gesicht stehen. Das musste der sein, der zuerst aufgefahren war.

Mark lächelte in ihre zornigen Gesichter. »Können wir uns ohne Polizei einigen?«

»Sie sind schuld!«, antworteten die beiden wie im Chor.

Er nahm die Schultern zurück, hob eine Hand in den Nacken und massierte ihn mit schmerzlich verzogenem Gesicht. »Nun versäume ich meinen Termin.«

Der Mann gab ein verächtliches Grunzen von sich.

Mark lehnte sich ins Auto und holte seinen Aktenkoffer heraus. »Entschuldigen Sie mich für einen Moment.« Er ging Richtung Zeitungshaus, während er die Tasche öffnete.

Nach zwei Schritten packte ihn die Frau am Arm. »Wo wollen Sie hin?«

»Ich muss telefonieren.« Mark schüttelte sie ab.

Iris kam auf sie zugelaufen. »Ich habe die Polizei schon verständigt.«

»Die werden wir brauchen, auch wenn der Herr meint, wir kämen ohne sie aus.«

»Weil der Herr meint, wir könnten es unter uns regeln.« Mark grinste die Frau an.

Iris behauptete gerade, sie habe von ihrem Tresen aus alles gesehen, als die Sirene eines Polizeiwagens erklang.

Sie zeigte auf die Glasfront. »Ich muss wieder zurück ins Büro. Schicken Sie die Polizei ruhig zu mir, wenn Sie mich brauchen. Oder Sie.« Bei den letzten Worten blickte sie zu Mark.

Er runzelte die Stirn. Dachte sie, ihm zu helfen, wenn sie so tat, als würde sie ihn nicht kennen? Wenn nun plötzlich der Kollege auftauchte, den er damals nach ihr gefragt hatte?

Die Polizisten hielten hinter ihnen, setzten ihre Uniformmützen auf und stiegen aus.

»Was haben wir denn hier?« Der Ältere blieb stehen und betrachtete den Schaden an Marks Fahrzeug und dem aufgefahrenen Auto. »Ordentlich!«

Der andere kam auf sie zu. »Ihre Papiere bitte. Wer von Ihnen hat welches Auto gefahren?«

Eine halbe Stunde später waren endlich alle Daten aufgenommen, Adressen ausgetauscht und die Protokolle geschrieben. Die Polizisten verfassten Strafzettel für den Mann, der zuerst aufgefahren war, und für die Fahrerin, die Mark reingefahren war.

Mark starrte auf die ruinierte Rückfront seines Autos und kämpfte seinen Zorn nieder. Das würde er der Schröder heimzahlen. Wenn sie den Bus hätte warten lassen, wäre das nicht passiert.

Als er einstieg, kam einer der Polizisten auf ihn zu. »Sie wollen dieses Auto doch nicht etwa in diesem Zustand fahren?«

»Soll ich es mitten auf der Straße stehen lassen?«

»Dieses Fahrzeug ist nicht verkehrstauglich!« Der Polizist griff in seine Jackentasche; wollte er ihm etwa einen Strafzettel ausstellen?

»Ich weiß«, pflichtete Mark ihm schnell bei. »Aber es sollte aus dem Weg, bis der Abschleppdienst kommt.«

»Haben Sie denn einen angerufen?« Der Polizist glaubte ihm eindeutig kein Wort.

Mark ging in die Offensive. »Natürlich nicht; erst brauche ich eine Telefonnummer.« Er deutete auf das Anzeigenbüro. »Die können mir gewiss helfen.«

Der Polizist zog seine Hand leer aus der Tasche und trat einen Schritt zurück. Mark sah sich vergeblich nach einer Parklücke um; dann entschied er, direkt an der Kreuzung hinter der Fußgängerampel zu parken. Sie sollten nur wagen, ihn dort wegen Falschparkens aufzuschreiben.

Er schloss ab und ging zu Iris in die Anzeigenaufnahme. Die Kundin war fort; Iris saß an ihrem Schreibtisch und tippte. Gab sie eigentlich die Anzeigentexte in das System ein? Logisch wäre es; er hatte keine Ahnung, wie Zeitungmachen funktionierte.

»Danke für deine Hilfe.«

Er musste sarkastischer geklungen haben als er wollte, denn sie runzelte die Stirn. »Ich bin nicht schuld an deinem Ärger.«

Er war immer noch sauer, dass sie ihn behandelt hatte wie einen Fremden. Aber es war unberechtigt, ihr das vorzuhalten. »Nein, das war Tanjas Lehrerin.« Er erzählte ihr von der Fahrt am Morgen und dem Termin, den er hier um die Ecke gehabt hätte. Dass er sie hatte sehen wollen, verschwieg er.

Aber sie war aufmerksam. »Dann bist du falsch gefahren. Der direkte Weg vom Safaripark führt nicht hier vorbei.«

Ihm wurde heiß; hoffentlich errötete er nicht. »Ich hatte es nicht eilig. Vorhin noch nicht.«

Sie kniff ein Auge zusammen und schien zu überlegen, was das bedeutete. »Brauchst du jetzt einen Abschleppdienst?« Da er nickte, setzte sie hinzu. »Wenn du mir den Autoschlüssel dalässt, kümmere ich mich und du kannst zu deinen Terminen.«

Er hatte nicht einmal die Idee gehabt, sie darum zu bitten. »Das wäre fein. Aber du hast doch auch zu tun.«

Sie stand auf und kam an den Tresen. »Jetzt willst du wohl hören, dass mir dein Auto wichtiger ist als meine Arbeit.«

»Du hast mich durchschaut.« Er lachte sie an; aller Ärger war fort. Er beugte sich vor, bis sein Gesicht dem ihren ganz nah war. Sie hörte auf zu grinsen, aber in ihren Augen blieb ein Strahlen zurück.

»Es mag ein Umweg gewesen sein«, murmelte er. Und dann lauter: »Aber ich glaube, er hat sich gelohnt.«

Sie tippte ihm auf die Nasenspitze. »Der Schlüssel. Ich muss arbeiten.«

Einen Moment lang hielt er ihre Hand fest; das Strahlen blieb. Er legte den Schlüssel auf die Theke. »Rufst du mich an?«

»In welche Werkstatt soll dein Auto?«

Mark musste Tanja zu Fuß abholen. Vor der Schule herrschte große Aufregung, denn der Bus war schon eine Viertelstunde überfällig. Im ersten Moment war er froh darüber. Das hätte gerade noch gefehlt, dass die Schröder ihm vorhalten könnte, schon wieder zu spät zu sein.

Aber niemand wusste, wie sie die Schröder oder die andere Lehrerin erreichen konnten, sodass sie orientierungslos herumstanden.

»Unsere Nummern haben die Lehrerinnen doch! Einen von uns müssten sie informieren, wann sie ankommen.« Die Frau, die das sagte, klang eher hysterisch als verärgert.

Das war genau das richtige Stichwort, damit andere Frauen ihre Ängste laut werden ließen. Aber nun, da sie alle hier standen, waren sie unerreichbar für die Schröder. Außer jemand hatte eine Fernabfrage für seinen Anrufbeantworter.

»Was soll denn passiert sein?« Einer der Männer versuchte, sie mit einem Scherz zu beruhigen. »Sie werden schon nicht gefressen worden sein.«

Daraufhin gingen die Frauen wie Hyänen auf ihn los.

Mark ging zum Café an der Straßenkreuzung. Von der Terrasse aus konnte er weit in die Richtung blicken, aus der sie auftauchen mussten. Er hörte den Zank bis dahin.

Nach drei *Café au lait* und einer weiteren halben Stunde fing auch er an, sich Sorgen machen.

Mark ging an die Theke und nach einer kurzen Erklärung stellte ihm die Kellnerin das Telefon hin. Er rief im Büro an. »Andrea, such mir die Nummer der Trolley-Reisebusse heraus. Die müssen doch Kontakt zu ihrem Fahrer haben.«

»Ist schon wieder etwas passiert?« Sie klang erschrocken.

»Ach nein. Tanjas Bus ist überfällig und wir möchten wissen, wie lange er noch braucht.«

Ihre Erleichterung war unüberhörbar. Aber mittlerweile fürchtete er selber, dass es ein ernsthaftes Problem gab. Andrea gab ihm die Nummer des Unternehmens.

»Wir haben soeben einen Ersatzbus losgeschickt; der andere hat einen Schaden.«

»Soeben! Und warum nicht eher?«

Die Mitarbeiterin am anderen Ende der Leitung wurde schnippisch. »Was denken Sie? Dass wir unsere Fahrzeuge den ganzen Tag herumstehen lassen?«

»Ich denke, dass sie funktionierende Busse einsetzen sollten. Am Ende war er nicht mal verkehrssicher. – Aber das werden wir ja herausfinden.« Dass sie daraufhin schwieg, hieß wohl, dass er ins Schwarze getroffen hatte. »Und wohin? Zum Safaripark?«

»Sicher.«

Er brauchte nicht zu fragen, wie lange sie nun warten mussten, und rief Ella an, damit sie sich mit dem Abendessen auf eine Nachtaktion einrichtete.

Dann ging er zu den anderen Eltern zurück. Inzwischen hatten sie ihren Zank beendet.

Zwei der Mütter lagen sich in den Armen und schluchzten leise.

»Vielleicht sollten wir die Polizei anrufen«, sagte eben einer der Väter.

»Nicht nötig!« Mark setzte ein beruhigendes Lächeln auf. »Es ist bloß der Bus kaputt gegangen und jetzt warten unsere Kinder darauf, dass sie von einem Ersatz abgeholt worden.«

»Woher wissen Sie das?« Eine der Frauen hörte auf zu schluchzen.

»Ich habe beim Bus-Unternehmen angerufen.« Er zuckte die Achseln. »Ist doch naheliegend.«

»Und wie lange müssen wir nun warten?«

»Einmal hin und zurück, so ungefähr.«

Einer der nächststehenden Männer klopfte ihm auf die Schulter. »Gut gemacht!«

»Aber das war doch eine Kleinigkeit. Ich will schließlich wissen, was mit meiner Tochter ist.«

»Ich hätte nicht einmal gewusst, wo ich die Telefonnummer der Busfirma herbekomme. Es gibt ja kaum noch Telefonbücher in den öffentlichen Telefonzellen. Wenn man überhaupt noch eine findet, die funktioniert«, entgegnete der Mann.

»Der Vandalismus heutzutage ... Es wird immer schlimmer. Neulich ...« Diese Hyänen – warum mussten sie immer übertreiben, um ihren Standpunkt zu bekräftigen?

Mark flüchtete zum Café zurück und bestellte einen Beaujolais; für die nächste Stunde war nicht damit zu rechnen, dass ein Bus auftauchte.

Nachdem er sein Viertel Beaujolais getrunken hatte, rief er Iris an.

»In einer halben Stunde bin ich zu Hause«, sagte sie. »Dann kannst du deinen Schlüssel abholen.«

»Oh!«Den hätte doch die Werkstatt bekommen müssen.

»Wann kommst du?«

Mark fluchte unbeherrscht.

»Was ist los?« Sie klang empört. »Ich kann nichts dafür. Der Abschleppdienst war nicht bereit, den Schlüssel anzunehmen und ich konnte nicht mitfahren zur Werkstatt.«

»Du bist nicht gemeint. Ich kann nicht so bald kommen. Ich sitze hier und warte noch immer auf Tanja. Es ist völlig unklar, wann die von ihrem Ausflug zurück sind.« Er trommelte mit der freien Hand auf die Theke. »Der verdammte Bus. Motorschaden.«

»Und ohne Auto kannst du sie nicht vom Safaripark abholen. Soll ich versuchen, von meinem Bruder das Auto zu bekommen?«

Er lächelte über ihre Bereitwilligkeit, plötzlich versöhnt mit allen Unbilden des Tages. »Danke; nicht nötig. Sie kommen mit einem Ersatzbus. Wer weiß, wo sie gerade stecken. Diese Lehrerinnen waren zu blöd oder unfähig, jemanden von uns zu informieren.«

»Und wieso wisst ihr es dann?«

»Ich habe bei der Busvermietung angerufen.« Wieso kam niemand darauf, dass es das Nächstliegende war?

»Ja natürlich. – Also deine Werkstatt; ich habe sie angerufen. Sie konnten wohl ohne Schlüssel mit den Metallarbeiten beginnen und die Lampen reparieren. Aber wann sie fertig sind, konnten sie mir nicht sagen.«

Mark unterdrückte den nächsten Fluch. Darum hätte er sich selber kümmern müssen; aber nach der Hektik des Morgens hatte er es ganz vergessen. »Wo hole ich den Schlüssel morgen früh ab? Bist du am Vormittag zu Hause oder schon im Büro?«

»Weder noch. Ich habe eine Vorlesung.«

Eine Familie von Gelehrten, in der schon die Großmutter studiert hatte. Eigentlich hätte er nicht einmal denken dürfen, dass Iris ihr Lebensziel in einem Job in einem Büro sah. Nicht nur, dass er sie fast überhaupt nicht kannte; er machte sich auch zu wenig Gedanken über sie. Wie dumm er doch war. Oder unsensibel.

»Wann und wo?« Endlich würde er unauffällig mehr über sie erfahren.

»Weißt du, wo das Sinologische Institut ist?«

Daraus, dass er nicht antwortete, schloss sie, dass er es nicht wusste.

»Wenn du ... Du musst mit der Straßenbahn fahren. Linie 16 bis Hohe Warte. In Fahrtrichtung aussteigen; drei Häuser weiter. Ein unscheinbarer Backsteinbau.«

»Ich werde es finden.« Iris lernte Chinesisch? Unfassbar. Wollte sie etwa nach China gehen? Wieso hatte sie dann sein Haus gemietet?

25

Am nächsten Vormittag staunte Mark noch mehr. Iris lernte nicht Chinesisch, sie lehrte es.

Der Hörsaal war überfüllt. Plätze gab es für vielleicht hundert Studenten; aber es saßen bestimmt doppelt so viele auf den Gängen zwischen den Stuhlreihen, auf den Fensterbänken und auf dem Fußboden direkt vor dem Redepult. So viele studierten Chinesisch? Unfassbar.

Vor der Tafel stand Iris – und hielt einen Vortrag in fließendem Chinesisch. Fasziniert lauschte er dem völlig veränderten Klang ihrer Stimme. Sie schien in einer anderen Tonhöhe zu sprechen.

»Nicht Chinesisch«, erklärte sie ihm später. »Mandarin. Chinesisch gibt es nicht.«

»Die verstehen sich über die Schriftzeichen, die für alle gleich sind. Ja?«

Sie nickte. Wenigstens damit lag er richtig. Und endlich hatte er einen Vorwand, sie ungeniert auszufragen. »Warum arbeitest du noch bei der Zeitung, wenn du eine Stelle an der Uni hast?«

»Keine Stelle.« Sie kniff die Augen zusammen, sodass sie selber fast wie eine Chinesin aussah. »Bloß einen Lehrauftrag – eine Vorlesung und das Proseminar zum Thema. Das kann ich mir nur leisten, weil ich noch den Job in der Anzeigenaufnahme habe.« Sie steuerte ihn durch eine Glastür in einen der Innenhöfe des Gebäudekomplexes.

»Und keine Aussichten? Chinesisch ist offensichtlich sehr gefragt – deine Vorlesung war gerammelt voll.«

»Das ist den Universitäten doch egal. Hier lebt man für die Wissenschaft; Sprache lernen dient allein dafür. Nicht, um in China Geschäfte zu machen.«

Er lachte auf. »Der Elfenbeinturm. Dann musst du halt außerhalb der Uni arbeiten – dort, wo man dich braucht.«

»Halt mal!« Sie gab ihm ihre Handtasche, zog im Weitergehen ihre Strickjacke aus und band sie sich um die Hüften. »Das habe ich vor. Wenn alles klappt, gehe ich für ein halbes Jahr nach Shenzhen.«

»Aber du ziehst doch gerade mit viel Aufwand um.« Etwas Dümmeres konnte ihm vermutlich nicht einfallen. Sie musste ihn für egoistisch halten.

Abseits des Weges stand eine Bank, halb von einem Gesträuch verborgen. Er setzte sich hin und hoffte auf ein längeres Gespräch. »Und warum nur für ein halbes Jahr?« Wenn schon, denn schon; jetzt wollte er alles wissen.

Sie grinste, als ob sie ihn durchschaut hätte. »So lange würde der Vertrag laufen; aber wer weiß.«

»Warst du schon einmal in China?«

»Als Studentin. An der Universität von Peking.« Sie nahm ihm die Handtasche wieder ab und setzte sich so dicht neben ihn, dass er ihr Parfüm roch. Givenchy? Es ähnelte jedenfalls dem, was Andrea Maurer benutzte. »Aber studieren in China ist grausam.«

»Erzähl.« Welch goldene Gelegenheit, zu erfahren, wie sie dachte und was sie bewegte.

Aber er täuschte sich. »Es ist schlichtweg Paukerei. Wenig Diskussion, keine Kreativität. Ich wundere mich, wie die Chinesen zu ihrem wirtschaftlichen Erfolg kommen. Außer natürlich da, wo sie kopieren.« Sie kramte in ihrer Handtasche. »Dein Schlüssel – ich habe ihn wohl im Büro gelassen.« Sie stand auf. »Wartest du hier?«

»Ich komme mit.« Er blieb aber sitzen. »Ich darf doch?«

Sie lachte; so unbeschwert hatte er es schon eine Weile nicht mehr von ihr gehört. »Ich kann dich nicht daran hindern.«

Er ging einen halben Schritt hinter ihr. Sie bewegte sich in geschäftsmäßigem Tempo, grüßte mit einem unbekümmerten Lächeln, wenn sie angesprochen wurde. Zwei Mal blieb sie stehen und ließ sich von Studenten in ein kurzes Gespräch verwickeln. Offensichtlich war sie nicht nur qualifiziert, sondern auch beliebt. Und sie fühlte sich hier zu Hause.

Schließlich betrat er hinter ihr ein Büro, auf dessen Türschild ihr Name neben zwei anderen stand. Dort saß eine ältere Frau an einem Computer. Nach einem kurzen Gruß griff sie in einer Ablage nach einem Stapel Papiere. »Ihre Post!«

Iris nahm sie ihr ab und atmete durch den halb geöffneten Mund aus. »Da habe ich wieder gut zu tun. Wie lange sind Sie heute da?«

»Bis spät. Das Tagungsprogramm muss morgen raus.« Der Blick der Frau wurde mürrisch. »Ihr *Abstract* habe ich auch noch nicht.«

Iris ging zur Tür an der rechten Seite des Raums und schloss die Tür hinter Mark wieder. »Mein Büro. Die Sekretärin teile ich mir mit zwei anderen Hochschullehrern.«

Sie leerte eine Schublade ihres Schreibtischs aus. Ein Stapel Visitenkarten, ein paar Floppy Discs, eine Packung Papiertaschentücher, Kleingeld, Filzschreiber und zwei Textmarker, ein Notizblock und schließlich sein Autoschlüssel. Keine der sonst üblichen weiblichen Utensilien wie Lippenstift, Handspiegel und ähnliches. Aber vielleicht hatte sie die an einem anderen Platz verstaut.

»Es tut mir leid.« Sie reichte ihm den Schlüssel. »Aber du siehst ja, ich habe keine Zeit mehr für dich.«

»Was ist das für eine Tagung?«

»Über die Rezeption der konfuzianischen Lehre im maoistisch geprägten Kommunismus.«

»Interessant.« Er hatte keine Ahnung, wovon sie sprach.

»Wenn du möchtest, besorge ich dir eine Einladung, sobald das Programm fertig ist.« Sie lächelte verschmitzt. »Die meisten Vorträge sind auf deutsch.«

»Und worüber sprichst du?«

Sie lächelte immer noch, aber sie ging zur Tür. Mit der Klinke in der Hand sagte sie: »Das liest du dann im Programm.«

Deutlicher konnte sie ihn nicht verabschieden, ohne völlig unhöflich zu werden. Es lag an ihm, ihr das zu ersparen. Mark schwenkte den Schlüssel. »Ich werde dir berichten.«

»Einen lieben Gruß an Tanja. Gib ihr einen Kuss von mir.«

Er hielt einen Moment die Luft an, dann fasste er sich ein Herz. »Mach ich; her damit.«

Iris lachte auf. Sie packte ihn an den Schultern und küsste ihn artig auf die Stirn. Er stand steif da und wagte nicht, sie anzufassen. Sie drückte die Klinke hinunter. »Bis dann.«

Während er in seine Firma fuhr, hatte er ein dumpfes Gefühl im Magen; so, als habe er eine wichtige Gelegenheit verpasst oder in den Sand gesetzt. Er würde auf jeden Fall zu dieser Tagung gehen.

Er holte Tanja von der Vorschule ab und es wurde ein langer Heimweg. Die öffentlichen Verkehrsmittel fuhren spärlich am frühen Nachmittag und waren nicht aufeinander abgestimmt. Jedes Mal mussten sie beim Umsteigen fast zwanzig Minuten auf den Anschluss-Bus warten. Beim dritten Mal maulte Tanja und begann, an der Haltestelle die Steinchen vor der Bank durch die Gegend zu kicken.

Erst wollte er schimpfen; aber sie hatte eigentlich recht, wenn sie sich langweilte. »Maus, ich glaube, du brauchst dringend eine echte Beschäftigung ... eine, die dich anstrengt.«

Sie sah ihn böse an, aber Mark lachte. Er zog sie hoch und bevor sie protestieren konnte, lief er mit ihr zur Eisdiele auf der anderen Straßenseite. Aber als dann der Bus in Sicht kam, hatte Tanja ihr Eis erst halb aufgegessen. Sie wäre gewiss nicht schnell genug, um rechtzeitig wieder an der Haltestelle zu sein. Also drängelte er sie erst gar nicht. .

Als sie schließlich aufgegessen hatte, hatten sie natürlich wieder eine gefühlte Ewigkeit zu warten; aber nun fand er sich berechtigt, sie zum Bravsein zu ermahnen. Sie maulte zuerst und zog einen Flunsch, aber dann bemühte sie sich doch zu gehorchen.

Als sie das nächste Mal ausstiegen, rechnete er sich aus, dass sie für den Rest des Weges zu Fuß genauso schnell wären wie der Bus, und er schlug ihr vor zu laufen.

Aber sie setzte sich auf die Bank an der Haltestelle und hielt sich an der Lehne fest. »Ich bin den ganzen Tag schon auf den Beinen. Ich bin müde.«

Originalton Ella. Mark zog sie hoch und drückte sie an sich. »Du wirst noch viel müder, wenn du hier sitzen bleibst.«

»Quatsch!«

Er streichelte ihren Rücken. »Bis zur nächsten Station bloß; das schaffst du noch.«

»Und wenn nicht?«

»Dann nehme ich dich Huckepack.« Er kam sich todesmutig vor. Wenn sie ihn nun gleich nach den ersten Metern beim Wort nahm ...

Das tat sie tatsächlich.

Er sah sich um. »Na gut, ich trag dich zurück zur Haltestelle.«

»Zurück? Das ist ganz die falsche Richtung.«

»Aber nahe. Glaubst du wirklich, ich trage dich einen halben Kilometer weit?«

»Wie viel ist ein halber Kilometer?«

Er tat, als dächte er nach und legte einen Finger auf die gerunzelte Stirn. »Komm mit; dann findest du es heraus.«

»Ist das weit?«

»Nein, gar nicht. Fünfhundert Schritte ungefähr.«

»So weit kann ich schon zählen. Wehe, es stimmt nicht.«

»Ich sagte: ungefähr. Außerdem; du kannst schummeln, indem du kleine Schritte machst.«

»Ich schummle nicht. Nie! Diese Richtung?« Sie deutete die Straße entlang.

Er nickte; sie lief los und zählte laut ihre Schritte ab. Zwei Mal blieb sie stecken; einmal zählte sie falsch. Er half ihr weiter und am Ende, als sie die nächste Haltestelle erreichten, war sie stolz bei Siebenhundert angekommen.

»Ich habe aber nicht geschummelt.«

Mark lächelte. »Die Stadtwerke haben geschummelt. Sie haben die Haltestelle nicht an der richtigen Stelle gebaut.«

»Dann müssen wir uns beschweren. Lass uns nachzählen, ob die nächste richtig steht.«

»Einverstanden.«

Von den drei folgenden Haltestellen stand noch eine weiter entfernt als fünfhundert Tanja-Schritte. »Werden sie die neu bauen, wenn wir uns beschweren?«

Mark lachte. »Ich weiß es nicht. Das müssen wir ausprobieren.«

Bevor sie weitergingen, blickte Mark zurück. Der Bus kam in Sichtweite. Er zeigte auf das Wartehäuschen. »Wir können den Rest des Weges fahren.« Es waren immer noch zwei Haltestellen; er hatte sich gründlich verschätzt.

»Und wenn wir schneller sind als der Bus?« Sie setzte sich wieder in Marsch, trabte ein paar Schritte und dann rannte sie in einem Tempo los, dass er nach wenigen Metern nicht mehr durchhielt. Er blieb stehen und beugte sich vor, um wieder zu Atem zu kommen.

Der Bus hielt an der Haltestelle hinter Mark. Noch einmal versuchte er, Tanja zu erreichen; sie stand inzwischen an der Kreuzung.

Plötzlich sorgte er sich, sie könnte leichtsinnigerweise über die Straße laufen; aber außer dem Bus war für den Augenblick kein anderes Fahrzeug in Sicht. »Warte auf mich«, rief er trotzdem.

Sie wandte den Kopf und schaute hinter sich. »Nein!«

Eine Sekunde später lag sie zusammengekrümmt auf der Bordsteinkante. Mark rannte, so schnell er noch konnte.

Tanja wimmerte. Er richtete sie auf und drückte sie an sich. »Wo tut es weh?«

Jetzt erst begannen die Tränen zu fließen. Er nahm sie auf den Schoß und musterte sie. Sie hatte einen Kratzer am Kinn, aber sonst sah er keine Verletzung.

»Du bist wie ein kleines Kätzchen«, flüsterte er und küsste sie sanft aufs Ohr.

Sie stöhnte. »Kätzchen haben keine Ellenbogen.«

Er schob einen Ärmel hoch; der Ellenbogen war abgeschürft, aber es blutete nicht. »Glück gehabt, Maus.«

»Da!« Sie zog eine Grimasse. Der Bus fuhr an ihnen vorbei. »Er ist doch schneller als wir. Mist!«

»Aber nur ein bisschen.« Vorsichtig ließ er sie zu Boden gleiten. »Meinst du, du kannst laufen?«

Sie schüttelte den Kopf; seufzend nahm er sie wieder auf die Arme. »Jetzt dauert es wirklich lange; du bist zu schwer für mich.«

»Du schwindelst.«

Nach fünf Schritten setzte er sie wieder ab. »Ich fürchte doch.«

Sie hockte sich auf die Bordsteinkante. »Hol das Auto und hole mich ab. Ich warte hier.«

»Was denkst du, warum wir zu Fuß unterwegs sind?«

Sie riss die Augen auf. »Haben wir kein Auto mehr? Und wie kommen wir dann zu Iris?«

Mark lachte schallend. »Ist das deine größte Sorge?«

Tanja nickte und sah dabei so bekümmert drein, dass er sofort aufhörte zu lachen. »Du meinst das wirklich ernst.«

»Also wie kommen wir zu Iris?«

»Morgen ist das Auto wieder ganz. Vorher haben wir doch sowieso keine Zeit.«

»Aber ich habe eine Verabredung mit ihr.«

»Dann sagen wir ihr, dass sie dich abholen soll.«

»Aber Iris hat doch auch kein Auto.«

Tanja schien sich wirklich nicht vorstellen zu können, dass es für jemanden normal war, alle Wege mit öffentlichen Verkehrsmitteln zurückzulegen. Kinder von heute; künftig würde er öfter das Auto stehen lassen, wenn er mit ihr unterwegs war.

Auch Ella ging kaum noch irgendwohin, wenn er sie nicht mit dem Auto brachte. Doch Ella war alt, der Einstieg in den Bus oft beschwerlich für sie. Aber es bedeutete, dass sich ihr Lebenskreis immer mehr verengte, wenn nicht er oder Bernward zur Verfügung standen.

Nachdenklich kam er mit Tanja an der Hand nach Hause.

»Wann hast du eigentlich zum letzten Mal Bridge gespielt, Mutter?«

Ella deutete auf Tanja. »Gestern. Warum? Willst du es lernen?«

»Und außer mit Tanja?«

Sie legte das Schälmesser auf die Anrichte und setzte sich hin. »Wenn du so anfängst, dann willst du etwas. Ich kenn dich doch.«

Mark legte seine Hände auf ihre Schultern. »Nicht ich. Du solltest etwas wollen. Sonst verkümmerst du noch.«

Ella lachte, aber es klang ein bisschen gezwungen. »Bridge ist durchaus eine hohe geistige Leistung. Auch wenn du meinst, ich hätte nicht genug Beschäftigung – ich langweile mich schon nicht.«

Er mochte nicht weiter fragen; es wäre auf einen Streit hinausgelaufen. Und er konnte sie eh nicht zwingen. Noch nie hatte er sie zu irgendetwas auch nur überreden können. »Schon gut, Mutter. Manchmal frage ich mich halt, ob du nicht mehr vom Leben haben könntest.«

Sie grinste vergnügt. »Was hältst du von Kaffeefahrten?«

Er schmunzelte. »Manche lesen sich hochinteressant.«

»Aber was macht ihr inzwischen, wenn ich zwei oder drei Tage fort bin?«

»Also hast du tatsächlich daran gedacht! Sind wir das, was dich hindert?«

»Mark!« Sie klang, als wolle sie ihm eine Standpauke halten; er grinste sie an. »Ich lasse mich gewiss nicht hindern; das solltest du wissen.« Sie log und sie wusste, dass er es wusste. Aber das schien sie nicht anzufechten. »Was will ich im Harz? Oder in Amorbach?« Sie gab ein schnaubendes Geräusch von sich. »Käffer. – Aber neuerdings gibt es Angebote in den alten Osten. Ich warte nur auf die passende Gelegenheit.«

»Und was ist eine passende Gelegenheit?«

»Garantiertes schönes Wetter. Oder meinst du, ich habe Lust, den Nachmittag bei Kaffee und Kuchen und irgendwelchen Heizwärmern zu verbringen?«

»Nicht, dass du dann noch einen kaufen tätest.«

»Du brauchst doch selber einen, wenn du dir keine bessere Bettdecke zulegst.«

Er zog die Schultern hoch.

»Oder hast du eine andere Sorte Heizwärmer im Auge?«

»Aber Mutter!«

»Dieses Mädchen, wie hieß sie doch? Iris? Sie hat mir nicht schlecht gefallen.« Wie bitte? So was von unfreundlich hatte er Ella selten erlebt gehabt.

»Keine Aussichten. Sie zieht demnächst nach China.«

Ella sah ihn an, als sei er nicht bei Trost.

»Tatsächlich! Sie ist Sinologin; lehrt an der Universität Chinesisch.«

Ella sah immer noch nicht so aus, als ob sie ihm das glaubte. »Hat sie dir das erzählt?«

Mark seufzte unwillkürlich. »Iris erzählt eigentlich nie etwas von sich. Nach dem Unfall hatte sie meinen Autoschlüssel. Ich habe ihn in der Uni abgeholt. Da konnte ich sie in einer Vorlesung beobachten.«

»Na schön; sie zieht nach China.« Ella krauste die Stirn. »Dann hättest du das Haus wohl doch besser an Tanjas Lehrerin verkauft.«

»Vielleicht kündigt sie ja nicht, sondern vermietet unter.«

»Und das willst du akzeptieren?«

»Es wäre nur für ein halbes Jahr, sagt sie.« Und wenn sie dann beschloss, nicht mehr zurückzukommen? Aber sie hatte sich nicht so angehört, als sei sie uneingeschränkt glücklich gewesen mit dem Leben in China.

26

Als die Badewanne für Tanja fast vollgelaufen war, rief Ella nach Mark.

»Später, Mutter. Sobald ich Tanja die Haare gewaschen habe.«

Er hielt den Duschkopf in der Hand und regulierte gerade die Wassertemperatur, da öffnete Ella die Tür. »Mark, ich fürchte, das geht jetzt nicht.« Sie sprach unnatürlich langsam; als habe sie sich furchtbar erschrocken und bemühte sich, gelassen zu wirken.

»Wir waschen die Haare einfach morgen, Papa.« Tanja schob seine Hand mit dem Duschkopf beiseite.

»Das könnte dir so passen, Maus. Nass bist du jetzt eh schon.« Aber er zögerte, ihre Haare einzuschäumen, und blickte Ella an. Ihre Miene blieb undurchdringlich; nicht zu erraten, was sie hatte.

»Ist was mit Bernward?«

Sie schüttelte den Kopf. Das gab den Ausschlag und er griff nach der Flasche mit dem Haarshampoo. Ella sog scharf die Luft ein; dann schloss sie die Tür von außen.

Mark beeilte sich aber und nach zehn Minuten war er mit Tanjas Haaren fertig und hob sie aus der Wanne. »Fang an mit Abtrocknen; ich komme gleich wieder. Und die Haare föhne ich dir dann auch.« Ehe sie widersprechen konnte, gab er ihr einen Kuss auf die nassen Haare und ging hinaus.

Die Männerstimme in der Küche gehörte eindeutig nicht Bernward. Ein Fremder um diese Zeit; also war doch etwas mit Bernward geschehen.

Ein Polizist mit drei Sternen auf den Schulterklappen stand an der Balkontür. »Sind Sie Mark Schreiber?«

Mark verdrehte die Augen. »Um die Zeit noch stören Sie? Was ist so dringend, dass es nicht bis morgen warten kann?« Er drehte sich um. »Ich muss meiner Tochter die Haare föhnen; sonst erkältet sie sich.«

»Mark.« Ellas Stimme ließ ihn im Türrahmen stehen bleiben. »Herr Ziemann ist nicht wegen Bernward hier.«

»Sondern?« Dieser Polizist sollte nur merken, dass er sich den falschen Zeitpunkt ausgesucht hatte.

»Wegen Ihrer Frau, Herr Schreiber.«

Mark atmete langsam aus. »Ich bin nicht verheiratet.«

Die Miene des Polizisten blieb unbewegt. »Wann haben Sie Ihre frühere Frau das letzte Mal gesehen?«

»Keine Ahnung, wann das war.« Er lehnte sich betont lässig in die Tür. »Beim Prozess; das ist Jahre her.«

»Und seither hatten Sie keinen Kontakt mehr zu ihr?« Ziemann sah ihn skeptisch an.

»Sie glauben mir nicht? Warum sollte ich Sie belügen?« Jetzt ließ er sich auch noch auf Diskussionen ein! Hatte er nichts Besseres zu tun?

Er ging in den Flur. »Tanja, ich komme in zwei Minuten.« Er blickte über die Schulter zu Ziemann. »Länger wird es ja wohl nicht dauern. Ich kann Ihnen nichts über meine Ex-Frau sagen.«

»Gehen Sie nur; ich kann warten. Vielleicht fällt Ihnen inzwischen etwas ein, was Sie mir über sie erzählen sollten.«

Sollten? Mit verbissenem Gesicht ging er zu Tanja zurück. Während er ihr die Haare föhnte, grübelte er, was der Polizist wirklich von ihm wollte. Wäre Christina tot, hätte ihnen das ein Arzt mitgeteilt. Wegen Tanja.

Tanja hielt seinen Arm fest. »Papa, du hörst wieder nicht zu!«

Er senkte den Föhn. »Stimmt. Was hast du gerade gesagt?«

»Ich habe gefragt, wer da in der Küche ist.«

Er seufzte. »Ein Polizist.«

»Warum?«

»Ich weiß nicht.« Es war nicht wirklich gelogen. Tatsächlich wusste er ja noch nichts. »Ich habe ihm gesagt, dass ich jetzt keine Zeit habe, mich mit ihm zu unterhalten. Darum.« Er gab ihr einen Kuss auf die Nasenspitze. »Mach dir keine Gedanken. Wenn es etwas Schlimmes wäre, hätte er es gleich gesagt.«

»Oma Ella macht sich aber Sorgen.«

Also hatte sie es doch bemerkt. »Oma Ella macht sich doch immer gleich Sorgen.«

Ihre heruntergezogenen Mundwinkeln besagten, dass sie sich abgewimmelt fühlte. Im Herbst würde sie in die Schule gehen; er sollte sie nicht mehr wie ein Kleinkind behandeln. »Wir beide sind hier. Oma Ella ist in der Küche. Und uns allen geht es gut. Also kann es wirklich nichts Schlimmes sein.«

Sie atmete auf; aber dann verdüsterte sich ihr Gesicht wieder. »Vielleicht ist etwas mit Iris passiert?«

Er schüttelte den Kopf. »Dann käme niemand zu uns. Es weiß doch niemand, dass wir Freunde sind.«

»Die Nachbarin.«

Sie hatte recht. Marks Herz setzte einen Schlag aus. Wie konnte ein so kleines Kind so hellsichtig sein. »Unwahrscheinlich.«

Aber er konnte den Gedanken nicht mehr von sich weisen. Plötzlich hatte er es eilig und stellte den Föhn eine Stufe heißer, um schneller fertig zu werden.

Gleich darauf fuhr Tanja sich durch die Haare. »Genug!«

»Hast recht; ist ja warm draußen.«

Er nahm sie an der Hand, um sie ins Bett zu bringen. Aber vor der Küchentür blieb sie stehen. »Ich will es auch wissen.«

»Ich erzähle es dir nachher.«

»Dann kann ich so lange nicht einschlafen. Also kann ich auch gleich mitkommen.«

Dagegen fiel ihm nichts ein.

Ziemann hatte inzwischen ein Glas Orangensaft in der Hand; Ella stand mit einem Rotwein an der Balkontür.

»Ich will auch etwas trinken.« Tanja schlüpfte unter Marks Arm hindurch zum Kühlschrank.

Ziemann beobachtete sie, während sie sich die Mineralwasserflasche herausholte. Als sie einen Stuhl an den Tisch rückte und die Flasche vor sich hinstellte, sagte er: »Musst du nicht schlafen gehen, kleines Fräulein?«

»Ich bin groß! Und jetzt will ich trinken.«

Ziemann zog die Augenbrauen hoch.

»Es macht keinen Unterschied, ob Sie jetzt sagen, was Sie sagen wollen. Oder ich es ihr hinterher erzähle.«

»Ich glaube doch«, widersprach Ella leise.

Tanja sah sie erschrocken an. »Ist was mit Iris?«

»Wer ist Iris? Deine Freundin?« Ziemann stellte sein Glas auf den Tisch. Seine entschlossene Bewegung wirkte, als beende er jetzt eine Pause von seiner Arbeit.

Tanja nickte. »Meine beste Freundin. Also?«

»Dann kannst du beruhigt schlafen gehen. Ich kenne keine Iris, also weiß ich auch nichts über sie zu erzählen.« Wenigstens hatte der Mann Geduld mit Tanja.

Ella legte ihr die Hand auf die Schulter. »Du hast es gehört, Maus. Trink aus und ab mit dir.«

»Ihr wollt mich loswerden.« Sie griff nach Marks Hand. »Aber Papa erzählt es mir sowieso. Papa erzählt mir immer alles.«

Ziemann nestelte einen Moment an einem Jackenknopf herum. »Wann haben Sie Ihre Frau zum letzten Mal gesehen?«

Mark umfasste Tanjas Finger mit der anderen Hand. »Das haben Sie mich eben schon gefragt.«

»Sie oder jemand anderes aus Ihrer Familie.« Ziemann seufzte. »Ich halte es für besser, noch einmal von vorne anzufangen.« Er blickte jetzt Tanja direkt an; Mark hätte ihn würgen können.

»Niemand von uns hat sie seit langem gesehen. Höchstens ...« Ella rieb ihre Nase mit dem Daumenrücken. »Außer, Sie verstehen etwas anderes darunter als wir.« Sie hatte etwas sagen wollen. Er dachte an das Gespräch mit Bernward: Ella konnte mit der Frage des Polizisten etwas anfangen.

»Er redet von Mami.« Tanja hörte sich an, als rede sie über das Wetter. Selbst wenn sie über den türkischen Kaufmann an der Ecke sprach, klang sie lebhafter und gefühlvoller.

»Ja, das tut er.«

»Mami ist sehr krank; deswegen können wir sie nicht besuchen. Sie würde Angst bekommen. Oder?« Sie sah zu Mark hoch und setzte ihr Fragezeichen-Gesicht auf. Er drückte sie an sich, mochte ihr nicht antworten.

»Ihre Frau ist nicht mehr so krank. Dachten die Ärzte.«

»Ex-Frau.« Die Reaktion war ein Reflex – und er würde Tanja erklären müssen, was das bedeutete. In seinem Nacken machten sich die ersten Anzeichen von Kopfschmerz bemerkbar. »Und jetzt?«

»Sie ist nicht mehr in der Klinik.«

»Man hat sie entlassen, ohne uns zu informieren?« Ella klang unüberhörbar empört.

»Machen Sie sich keine Sorgen, meine Dame. Wir finden sie.«

»Sie weiß nicht, dass wir hier wohnen.« Mark rieb sich die Stelle an der Schulter, wo sie ihn getroffen hatte, bevor es ihm gelungen war, ihr die Axt zu entwinden. Die Erinnerung kehrte so lebendig zurück, dass er den Schmerz genauso spürte wie damals.

Ella zog warnend die Augenbrauen hoch; was war nun falsch?

»Die Ärzte glauben ...« Ziemann kratzte sich über die Backe, als juckten ihn seine Bartstoppeln.

Mark nahm Tanja bei der Hand. »Komm, Maus, ich bring dich ins Bett. Oma Ella wird uns alles erzählen.«

Tanja blieb beharrlich sitzen. »Bist du denn gar nicht neugierig?«

»Alles zu seiner Zeit.« Um die Diskussion zu beenden, hob er sie hoch und trug sie in ihr Zimmer.

Er deckte Tanja mit einem dünnen Laken zu, schloss das Fenster, damit das Licht keine Mücken anzog, und suchte dann eine Geschichte aus, die besonders lang war. Tanja sollte nicht das Gefühl haben, dass er sie abschieben wollte.

Nach einer halben Seite unterbrach sie ihn. »Papa, steht der Absatz zwei Mal da?«

»Was?«

»Das hast du eben schon mal gelesen.«

»Verzeih.« Er wusste nicht einmal, was er überhaupt gelesen hatte. »Ab welcher Stelle?«

»Papa! Du passt nicht auf.« Sie kicherte. »Jetzt habe ich dich ertappt.«

»Stimmt.« Zu seiner Erleichterung grinste sie weiter. »Es wird nicht wieder vorkommen.«

»Denkst du an Mami? Hat sie mir das vorgelesen?«

»Deine Mutter – Mami hat dir nie vorgelesen.« Er schluckte, suchte nach einer harmlosen Begründung. »Du warst doch noch viel zu klein.«

»Denkst du an Mami?«

Mark schüttelte den Kopf. »An diesen Polizisten.«

»Der hat doch über Mami geredet. Oder?«

Mit Tanja durfte man sich nicht auf Diskussionen einlassen. Was würde das erst geben, wenn sie größer war? »Wir reden morgen früh weiter darüber. Jetzt schlaf endlich.«

»Wenn du mir richtig vorliest?«

Mark nahm das Buch auf und las weiter, um mehr Intonation als zuvor bemüht. Nach fünf Minuten sah er vorsichtig auf. Tanja hatte sich zusammengerollt und schien zu schlafen. Vorsichtshalber las er noch eine halbe Seite. Ihr Atem wurde lauter und intensiver. Leise legte er das Buch auf den Fußboden und wartete, ob noch eine Reaktion von ihr kam.

Ziemann hatte zu seinem Leidwesen tatsächlich gewartet. Natürlich hatte er gewartet. Und er sah mehr als mürrisch aus. »Haben Sie jetzt Zeit?«

Mark holte sich ein Bier aus dem Kühlschrank. »Wer ist denn für wen da? Also, was ist mit Christina?«

»Sie ist spurlos verschwunden. Wer konnte etwas gegen sie gehabt haben?« Das klang, als rechnete er damit, dass sie tot war. Wie konnte das sein?

»Das weiß ich nicht. Ich habe sie seit dem Prozess nicht mehr gesehen.« Mark öffnete die Flasche. »Wiederholen wir jetzt das Gespräch von vorhin ein drittes Mal?«

»Vielleicht ist Ihnen inzwischen etwas eingefallen.«

Ella legte Mark die Hände auf die Schultern und drückte sie sacht. »Natürlich gibt es jemanden, der etwas gegen sie hat. Warum fragen Sie nicht ihre Geschwister?«

»Das haben wir schon getan.«

»Sie wird sich dort kaum blicken lassen. Schließlich war es deren Mutter ...« Mark brach ab; dieser Polizist kannte mit

Sicherheit die ganze Akte. »Statt unsinnige Fragen zu stellen, sollten Sie uns erst einmal berichten, was passiert ist.«

Ziemann stutzte. »Hat sie die behandelnde Ärztin nicht angerufen?«

Langsam hatte Mark den Eindruck, er würde auf den Arm genommen. Kalte Wut stieg in ihm hoch. »Was sind Sie denn für einer! Ich werde mich bei Ihrem Vorgesetzten beschweren.«

»Was ist denn nun mit Christina?«, unterbrach Ella. Mit den Händen auf seinen Schultern spürte sie gewiss am Pochen seiner Schlagader, dass er gleich explodieren würde. »Sie haben uns immer noch keine vernünftigen Informationen gegeben.« Aber Ella klang jetzt auch zornig.

Mark knurrte. »Gar keine eigentlich.«

»Wenn Sie denn mal Zeit hätten zuzuhören?«

»Ich bin hier zu Hause.« Mark holte ein bauchiges Glas mit einem schweren Henkel aus dem Schrank, in das die ganze Flasche hineinpasste. »Ich habe alle Zeit der Welt. Wenn Sie wollen, bis morgen früh.«

Der Polizist runzelte die Stirn. Diese Antwort war ihm wohl auch wieder nicht recht. »Ihre Frau ... Ihre Ex-Frau«, verbesserte er sich angesichts von Marks hochgezogenen Augenbrauen, »war in die Offene Abteilung verlegt worden. Von dort ist sie vorgestern verschwunden.«

»Vorgestern?« Jetzt explodierte Ella tatsächlich. Sie ging auf den Polizisten zu; fehlte nur, dass sie ein Nudelholz schwang. »Und uns sagen Sie es erst jetzt?«

»Vermisstenanzeigen – auch aus der Psychiatrie – werden erst nach vierundzwanzig Stunden bearbeitet.«

Ella ging noch einen Schritt auf den Polizisten zu. »In der Zeit kann jemand sonst etwas angestellt haben.« Zum Beispiel noch jemanden umbringen. Wer konnte wissen, was in ihrem Kopf vorging! Die Ärzte offensichtlich nicht.

Wenn Christina »nach Hause« gegangen war ...

Mark wurde übel; er stürzte zum Waschbecken und würgte. Aber es gelang ihm, das Bier und das Essen bei sich zu behalten. Langsam durchatmend richtete er sich wieder auf.

Ziemann ignorierte ihn. »Nach Auskunft der Ärzte liegt weder Selbstgefährdung vor noch ist Fremdgefährdung zu erwarten.«

»Keine Fremdgefährdung? Obwohl sie ihre eigene Mutter umgebracht hat?« Ella funkelte den Polizisten an, als sei er an allem schuld.

»Wieso war sie überhaupt in der Offenen Abteilung? Und seit wann?« Und warum wusste ich das nicht, hätte er am liebsten auch noch gefragt. Aber diese Blöße gab er sich nicht.

Der Polizist indes zuckte die Achseln. »Das fragen Sie besser die Ärztin.«

»Wir haben nichts von ihr gesehen oder gehört.« Ella hatte ihre Fassung wiedergefunden; sie klang sehr resolut.

Der Polizist nickte. »Offensichtlich.«

Das Geräusch quietschender Bremsen draußen erinnerte Mark daran, dass er Tanja früh wecken musste, um sie ohne Auto in die Schule zu bringen. Er sollte das jetzt zu Ende bringen. »Meine ... Christina ist also vor zwei Tagen spurlos verschwunden. Und es gibt keinen Hinweis, wohin sie wollte.«

»Wir nehmen an, dass sie wie so oft Ihre Tochter sehen wollte.«

Was sollte das heißen? »Wie? Wie so oft?« Das konnte nicht sein; er würde es wissen.

Ella kam ihm zu Hilfe. »Wie kommen Sie zu dieser Annahme?«

»Nun ... es scheint, dass sie so etwas zu jemandem gesagt hat.«

Wo hätte sie Tanja sehen können? Die Schröder!

Wenn, dann hatte die etwas damit zu tun. Und wieso wusste er nichts davon? Aber hatte er sich in den letzten Tagen überhaupt einmal Zeit genommen, richtig mit Tanja über die Vorschule zu reden?

»Mein Bruder weiß vielleicht mehr.« Er hätte sich besser kümmern sollen. Er hätte anrufen sollen, um auf dem Laufenden zu bleiben. Aber er war so sicher gewesen, dass Christina niemals wieder eine Rolle spielen würde. »Wissen Sie – ich bin Christina aus dem Wege gegangen. Ich hielt es für besser ... nach allem. Aber Bernward – mein Bruder – hat sie zuweilen besucht.«

»Dann wenden wir uns auch an ihn. Adresse?« Ziemann zog einen Notizblock aus der Jackentasche und sah ihn auffordernd an.

»Ich gebe Ihnen seine Telefonnummer.« Ella ging in den Flur und holte das Büchlein von der Kommode. Sie hielt es ihm hin und deutete auf Bernwards Nummer.

Ziemann schrieb sie ab. »Adresse?«, fragte er trotzdem noch einmal.

Mark gab sie ihm. »Falls wir etwas von ihr erfahren, geben wir Ihnen natürlich Bescheid.«

Deutlicher konnte er den Mann nicht verabschieden.

Ella stand auf. »Bitte, seien Sie leise im Flur.«

Zu Marks Überraschung gab Ziemann ihnen beiden die Hand. »Ein reizendes Kind, Ihre Tanja. Meine Tochter ist genauso alt.«

Ella strahlte, ganz stolze Großmutter. Hatte er sie doch noch um den Finger gewickelt.

Er legte seine Visitenkarte neben Marks Bierglas. »Sie können mich jederzeit anrufen.«

Während Ella ihn zur Tür begleitete, setzte Mark das Glas an. Er trank wirklich zu viel in letzter Zeit, aber nun war es auch egal; er trank aus.

Als Ella zurückkam, blieb sie im Türrahmen stehen. Sie verschränkte die Arme und blickte ihn finster an. »Es war ein Fehler.«

Nun konnte er nicht mehr widersprechen. Er stützte die Arme auf und versenkte den Kopf in einer Hand. »Was mich beunruhigt, ist aber etwas anderes.«

»Sie wird uns nichts tun. Es war eine Ausnahmesituation damals.«

»Wer weiß, was die Schröder alles nicht erzählt.«

Ella lachte, aber es klang unfroh. »Du hast diese Frau wirklich gefressen.«

»Ich gehe schlafen.« Mark starrte auf die Küchenuhr neben dem Fenster.

»Wo ist sie hingegangen, wenn sie Ausgang hatte?«

Er wusste es. Aber war es nötig, Iris zu warnen? Für Christina konnte sie nichts weiter sein als eine beliebige Mieterin. Oder nicht? Doch; Christina war schon vorher dort gewesen; es hatte nichts mit Iris zu tun.

»Was meinst du? Hängt sie an eurem alten Haus oder ist es eher ein Albtraum für sie?«

Mark zuckte die Achseln. »Ihr Arzt sollte es sagen können. Ihre Ärztin.« Der Polizist hatte »Ärztin« gesagt.

»Fahr hin. Begnüge dich nicht damit, sie morgen anzurufen.«

Mark seufzte. »Am Telefon dürfte sie mir sowieso nichts erzählen.« Nun hatte er wirklich genug von den Diskussionen dieses Abends; er beeilte sich, die Küche zu verlassen.

Auf Zehenspitzen öffnete er die Tür zum Kinderzimmer und schlich hinein. Tanjas Gesicht schimmerte hell im Mondschein und er zog die Vorhänge zu, nachdem er ihr einen Kuss auf die Stirn gehaucht hatte.

27

»Papa!« Tanjas empörter Ruf weckte ihn, als sie die Tür aufriss. Er war also doch noch eingeschlafen. »Papa, warum bist du noch im Bett? Bist du krank?«

Er richtete sich auf. »Fast!«

Sofort wich die Empörung aus ihrem Gesicht und machte einer sorgenvollen Miene Platz. »Kannst du mich also gar nicht in die Vorschule bringen?«

»Ich stehe sofort auf.«

»Du musst mir zuerst erzählen, was dieser Polizist gestern Abend wollte.«

»Später.« Sofort zog Tanja einen Flunsch. Sie würde sich nicht lange abwimmeln lassen. »Wenn du in die Schule willst, muss ich zuerst aufstehen.« Er gab ihr einen Klaps auf den Arm. »Geh frühstücken.«

»Hab schon.« Sie rührte sich nicht.

Er ging zum Schrank und suchte nach einem neuen Paar Socken. »Ab in die Küche.«

Sie rührte sich immer noch nicht; sie legte es auf einen Machtkampf an.

Er stemmte die Hände in die Hüften und grinste sie an. »Ich sagte ›später‹.«

Tanja verschränkte die Arme. »Du hast es versprochen.«

Wohl wahr. Es half ihm auch nicht, wenn er es weiter aufschob.

Mark setzte sich auf die Bettkante und streckte die Arme nach ihr aus. »Tanja, es ist nicht einfach für mich.«

Sie krauste die Nase.

»Du weißt, der Polizist war gestern wegen Mami da: Sie ist verschwunden.«

Sie riss die Augen auf.

Er griff nach ihren Händen und drückte sie an sein Gesicht. »Nein, Sorgen müssen wir uns nicht machen. Es weiß nur niemand, wo sie abgeblieben ist.«Mittlerweile war er allerdings nicht mehr sicher, ob das stimmte. Er machte eine Pause, ließ ihre Hände sinken, hielt sie aber weiter fest und betrachtete sie. Mehr konnte er eigentlich noch gar nicht sagen.

»Ich weiß auch nicht immer, wo du bist. Oder Oma Ella.«

»Ja sicher. Aber das ist nicht ganz dasselbe. Mami ist krank.«

Tanja zog ihre Hände weg und stemmte sie in die Hüften. »Also müssen wir uns doch Sorgen um sie machen. Oder hat sie ihre Medizin mitgenommen?«

»Das weiß ich nicht.« In welche Diskussion trieb Tanja ihn mit ihren Fragen? »Sie hat keine Krankheit, an der man stirbt.« Zumindest glaubten die Ärzte, dass sie sich nicht umbringen würde. Aber mit Medikamenten wurden psychiatrische Erkrankungen sehr wohl behandelt.

»Aber warum musste sie dann die ganze Zeit im Krankenhaus sein?«

»Das kann ich dir nicht mit ein paar Worten erklären. Jedenfalls fand man, das sei nötig. Aber sie war nicht gerne dort. Und nun wollte sie nicht mehr bleiben, mochte es aber niemandem sagen.« Er lächelte, um es weniger besorgniserregend erscheinen zu lassen. »Sie hat es vorgezogen, alleine zu entscheiden.«

Tanja knabberte an ihrer Unterlippe. Wie Bernward, wenn er nicht weiter wusste. Das Familienerbe schlug sich Bahn. Genau wie Bernward hatte sie vieles von Vater geerbt.

»Und was machen wir jetzt?«

»Wenn ich das wüsste ... Ich werde einen Termin mit ihrer Ärztin vereinbaren. Vielleicht hat die doch einen Anhaltspunkt, wo wir sie suchen könnten.«

»Aber wenn sie nicht mehr zurück will? Lasst sie doch einfach in Ruhe!«

»So einfach ist das alles nicht. Auch deshalb will ich mit der Ärztin reden.«

»Ich komme mit!«

»Was?« Sie würde darauf bestehen, wenn sie dachte, er sei dagegen.

»Ich komme mit.«

»Erinnerst du dich, als Oma Ella sich den Arm gebrochen hatte und im Krankenhaus lag?«

Sie zog die Stirn kraus; das war eindeutig Misstrauen.

Schnell sprach er weiter. »Du durftest sie nicht besuchen. Weil kleine Kinder nicht ins Krankenhaus gelassen werden.«

»Jetzt bin ich aber nicht mehr klein.«

Das musste ja kommen. »So klein wie damals nicht mehr.« Er strich ihr übers Haar. »Aber das Alter zählt; demnach bist du noch zu klein.«

»Dann sag doch einfach, ich sei alt genug. Man wird dir glauben; ich mache mich ganz lang.«

»Aber das wäre geschwindelt!«

Sie sank ein bisschen in sich zusammen. »Aber manchmal«, flüsterte sie, »manchmal darf man doch flunkern. Die Schröder hast du auch angeflunkert.«

So eine Kröte! Unwillkürlich grinste er. »Ich musste dir doch beistehen, weil du zu klein bist, dich alleine zu wehren.«

»Das meine ich nicht!« Sie blickte streng. »Sondern wegen dem Haus. Du hast ihr Unfug erzählt, damit Iris dort wohnen kann.«

»Unfug ist nicht Schwindeln.« Oh diese Haarspaltereien. Er küsste sie auf die Stirn und erhob sich. »Lass mich ins Bad. Sonst kommst du nicht rechtzeitig in die Schule heute.«

Tanjas Gesicht bekam den bekannten bockigen Ausdruck, doch sie sagte nichts mehr. Ella runzelte die Stirn, als sie Tanja dann so sah, sagte aber auch nichts. So verlief das Frühstück ungewöhnlich schweigsam.

»Ich rufe dich nachher im Büro an«, sagte Ella schließlich.

»Lass mich zuerst meine Telefonate machen.«

»Sicher.«

»Was musst du denn telefonieren? Rufst du auch Iris an?«

Mark gab Tanja einen Stups auf die Nase. »Neugieriges Kind, du.«

»Ist es wegen dem Polizisten von gestern? Oder weil unser Auto kaputt ist?«

»Nicht wegen dem Auto. Das hole ich später aus der Werkstatt. Dann ist es so gut wie neu.« Er trank seinen Kaffee aus. »Sollen wir ihm vielleicht eine andere Farbe geben?«

»Dann wird es aber nicht fertig«, wandte Ella ein. »Lackieren dauert.« Sie hatte offensichtlich nicht begriffen, dass er Tanja ablenken wollte.

»Nein, aber ich könnte schon mal mit der Werkstatt reden.«

»Ich finde unser Auto aber gut. Niemand aus meiner Gruppe hat einen Papa mit einem roten Auto.«

»Ach, wirklich?« Mark grinste. »Dann habe ich es damals ja richtig ausgesucht.«

»Wann damals?«

»Kurz bevor du geboren wurdest. Du weißt doch, das Auto ist älter als du.«

»War Mami da schon mit dir verheiratet?«

Nun hatte er es tatsächlich fertig gebracht, sie genau

auf das Thema zu bringen, das er vermeiden wollte. Alle Straßen führten nach Rom ...

»Sicher. Wie hättest du sonst geboren werden können?« Ella lachte. »Du glaubst doch nicht mehr an den Klapperstorch, oder?«

Tanja rümpfte die Nase. »Frau Schröder hat uns erklärt, wie die Kinder in Mamis Bauch kommen, und auch, wie sie wieder herauskommen.«

Ganz unüblich nahm Tanja seine Hand, während sie zur Bushaltestelle gingen. Sonst bestand sie darauf, dass sie dafür schon zu groß wäre.

Nach ein paar Schritten zog sie ihn zu sich herunter und sprach in sein Ohr; so laut, dass es die Vorübergehenden hören mussten. »Meinst du, es wird gefährlich für Iris?«

Er starrte sie erschrocken an. Konnte ihre Intuition nicht wenigstens einmal versagen? »Wie kommst du auf den Gedanken?«

»Sie wohnt jetzt dort.«

»Aber sie hat mit alldem nichts zu tun.«

»Und wenn Mami eifersüchtig ist? Die Frau Wimmer wird Mami erzählen, dass sie jetzt meine Freundin ist. Frau Wimmer erzählt immer allen alles.«

»Eben darum brauchen wir uns keine Gedanken machen. Wir hätten es erfahren, wenn sie dort aufgetaucht wäre.« Aber nur, wenn Christina sich bei den Nachbarinnen sehen ließe. Oder jemand sie erkannt hätte.

Mark rieb sich müde übers Gesicht. Sie hatten es ihm doch schon gesagt: Sowohl Marlies als auch Valentina Wimmer hatten ihm erzählt, dass sie Christina gesehen hatten. Nur hatte er es als Einbildung abgetan.

Nachdem er das Auto aus der Werkstatt geholt hatte, fuhr er

nicht gleich ins Büro zurück, sondern zur Zeitung in der Hoffnung, Iris zu sprechen.

Hinter dem Tresen stand die junge Frau, die ihn ein paar Wochen zuvor so unverschämt abgefertigt hatte. Mark fand einen Parkplatz und starrte dann minutenlang durch die Glastür, aber Iris tauchte nicht auf. Da fuhr er weiter, ohne ihr eine Nachricht zu hinterlassen. Was hätte er ihr auch in aller Öffentlichkeit aufschreiben können? Dass Christina ums Haus schlich?

Mark kannte nicht einmal den Namen der behandelnden Ärztin. Er rettete sein Ansehen damit, dass er den Chefarzt zu sprechen verlangte, als er in Christinas Krankenhaus anrief.

»Sie kommen etwas spät auf die Idee, sich um Ihre Frau zu kümmern«, begrüßte der Mark am Telefon.

»Ex-Frau.« Geradezu dankbar für den *Fauxpas* ging er auf Angriff. »Das war Ihr Job. Sie hätte Ihnen nicht abhanden kommen dürfen.«

»Wir sind ein Krankenhaus, kein ...« Gefängnis? Im Hintergrund ratterte ein Zug und übertönte seine nächsten Worte. Aber das war vermutlich nichts Wichtiges. »Auch wenn viele das anders sehen möchten.«

Wie schön; ein Seelenklempner, der ein Problem hatte. »Wieso konnte Christina verschwinden?«

»Sie hatte Ausgang und kam nicht zurück.«

»Sie durfte allein fort? Sie hat einen Menschen umgebracht.«

»Ihre ... Ex-Frau hatte nach der Geburt Ihrer Tochter eine psychotische Episode.« Episode? Tanjas Geburt lag damals schon zwei Jahre zurück. »Sie hätte eher behandelt werden müssen.« Das war ein Vorwurf, der ihm galt. Was fiel dem ein?

»Sie war in Sicherheitsverwahrung; sie ist gefährlich.«

»Nicht mehr.«

»Sie hat ihre eigene Mutter ermordet.«

»Eben. Die eigene Mutter kann man nur einmal umbringen.«

Unglaublich! Für einen Moment war Mark perplex. Da verstand er selber ja mehr von Psychologie als der.

»Reden Sie mit Frau Doktor Wetter; sie hat die Fortschritte Ihrer Frau begleitet.«

»Ex-Frau!« Jetzt hatte er den Namen der Ärztin; mehr brauchte er nicht. Da verkniff er sich eine Bemerkung über den sogenannten Fortschritt.

Diese Doktor Wetter weigerte sich natürlich, am Telefon über Christina zu sprechen. Es gelang ihm auch nicht, sie davon zu überzeugen, dass Eile geboten sei, weil Christina etwas Unbedachtes tun könnte.

»Niemals. Ihre Frau würde sich niemals etwas antun.« Noch jemand, der beharrlich ignorierte, dass sie nicht mehr seine Frau war.

Ihm blieb nichts anderen übrig als zu akzeptieren, dass sie erst am nächsten Morgen einen Termin für ihn hatte.

Bevor er Tanja abholte, packte er seine beiden Terminkalender aus dem Büro ein. Andrea würde fluchen, wenn sie am Morgen den leeren Schreibtisch fand.

Aber das immerhin konnte er tun, bevor er zu Christinas Ärztin fuhr: Rekonstruieren, wann er auf Anzeichen gestoßen war, dass sich jemand auf seinem Grundstück herumgetrieben hatte.

An diesem Abend aß Mark wieder im Wohnzimmer, seine Kalender neben sich ausgebreitet und noch den von Ella dazu.

Mithilfe der Termine rekonstruierte er, wann er im Haus gewesen und dort gleichzeitig oder davor etwas vorgefallen war. Ob Iris ihm von sich aus erzählte, wenn wieder etwas passierte? Er entschied, dass das nicht zu ihr passte – so etwas trug sie alleine aus. Also müsste er sie fragen. Undenkbar. Was sollte sie davon halten?

Ella kam drei Mal, um ihn mit Essen zu versorgen. Dabei grummelte sie vor sich hin, dass er ihre Mühe missachte, wenn er alles gedankenlos in sich hineinstopfte. Vorsichtshalber antwortete er nicht.

Schließlich brachte sie Tanja zu ihm. »Hast du wenigstens Zeit für deine Tochter?«

Mark zog Tanja an sich. »Maus, das verstehst du doch, dass ich ausnahmsweise mal arbeiten muss?«

»Warum? Ist es wegen dem Polizisten? Brauchst du die Kalender für ein Alibi?« Wo hatte sie das denn her?

Ella lachte endlich. »Denkst du, dein Vater braucht so etwas?«

Er zog Tanja zu sich auf den Schoß und legte die Arme um sie. »Ich bring dich jetzt zu Bett. Den Rest hier kann ich später machen.«

Nachdem Tanja im Bett war und er ihr eine extra lange Geschichte vorgelesen hatte, ging er in die Küche, um sich ein Bier zu holen.

Er öffnete den Kühlschrank. »Wieso Dosen?«

»Bernward hat eingekauft, bevor er kam.«

»Er ist einfach so vorbeigekommen? Mitten am Tag?«

»Ich hatte ihn darum gebeten.«

Mark stellte die Dose auf den Tisch, ohne sie zu öffnen. Einfach so? Das glaubte er ihr nicht. »Mutter, du führst etwas im Schilde.«

Sie lachte, aber es klang wenig fröhlich. »Ihr seid neuerdings wie Hund und Katze. Besser, ich habe euch nacheinander.«

Hohl! Das war ein hohles Argument. Mark setzte sich, zippte die Dose auf und starrte Ella an.

»Seit wann interessiert es dich, was ich mit Bernward mache?«

»Seit wann liegt dir so viel daran, ob Bernward kommt oder nicht?«

»Man kann jemanden kritisieren und ihn dennoch um sich haben wollen.«

Mark stellte das Bier wieder ab, ohne zu trinken. »Man kann. Aber nicht du. Was wird hier gespielt?«

»Ich mache mir Sorgen. Wegen Tanja.«

»Was hat Bernward damit zu tun?«

Sie drehte sich um und ließ Wasser ins Spülbecken laufen. »Wenn Christina das Kind sehen will – Bernward weiß vielleicht mehr als du.« Sie nahm die Pfanne vom Herd und spritzte Spülmittel hinein, während sie sie volllaufen ließ. »Ich habe ihn gefragt, ob er eine Vorstellung davon hat, wie sehr Christina an ihr hängt.«

»Und dazu hast du ihn extra hergebeten? Und er ist gekommen ... und hat nebenbei Bier mitgebracht:« Mark schüttelte den Kopf. »Aber Mutter!«

Ella begann den Abwasch. »Was soll das jetzt? Wird das ein Verhör?« Sie schwang die Pfanne und ließ das schaumige Wasser über den Rand schwappen.

Es war gewiss kein guter Zeitpunkt zum Streiten. »Und was sagt er? Denkt er, dass sie Tanja sehen will? Wann hat er überhaupt das letzte Mal mit Christina geredet?«

»Das wusste er nicht mehr.« – »Sagt er«, fügte sie hinzu, als er die Augenbrauen hochzog. »Ist doch egal.«

»Irgendwo muss sie abgeblieben sein.« Mark nahm seine Zigaretten und ging auf den Balkon. An der offenen Tür blieb er stehen. »Wenn er wüsste, wo sie ist, würde er es uns doch sagen, oder?«

»Er hat mir gewiss nichts vorgemacht.«

»Wie willst du das am Telefon feststellen?« Die Hand

mit der brennenden Zigarette nach draußen haltend, angelte er nach seinem Bier. »Oder bist du so sicher wegen dem, was er gesagt hat, als er hier war?«

Er dachte an seinen ersten Besuch im alten Haus. Wenn Christina damals Ausgang hatte, war sie dort gewesen. Aber wo war sie jetzt, nachdem das Haus vermietet war?

Mark holte seine Kalender aus dem Wohnzimmer und den Zettel, auf dem er das Auftauchen des Fremden notiert hatte. »Morgen rede ich mit der Ärztin.«

»Und was willst du von ihr?«

»Ich will wissen, wann Christina alleine Ausgang hatte.«

»Was nützt es dir, das zu wissen?« Ella las von der Seite, was er aufgeschrieben hatte. Dann tippte sie mit einem nassen Finger auf das Kalenderblatt vor ihm. »Das hast du vergessen zu ändern; da hattest du den lahmen Fuß.«

»Ich will wissen, ob sie an den Tagen Ausgang hatte, als dort jemand herumlief.«

»Das hilft dir auch nicht weiter. Es kann Zufall sein. Und wenn nicht – was dann?«

»Gute Frage.« Aber er wusste keine Antwort. Vielleicht wüsste Iris eine, aber er konnte nicht wagen, sie zu fragen.

»Es kann keinen Zusammenhang geben«, riss Ella ihn aus seinen Gedanken. »Dann wäre sie jetzt auch dort. Sie hat eine andere Bleibe.«

»Wen soll ich fragen? Nach Tanjas Geburt hatte sie praktisch niemanden außer den Nachbarinnen.«

»Dann musst du die fragen.«

Er zog den Kopf zwischen die Schultern. »Und wenn sie auf Christinas Seite stehen?« Marlies stand bestimmt auf ihrer Seite. Außer sie wäre eifersüchtig; aber doch nicht auf Christina.

»Und wenn Bernward doch etwas weiß?«

»Wie bitte?«

»Genau!« Ella stellte die Pfanne zum Trocknen ab. »Das ist doch absurd. Eins wie das andere.«

Er schlug seine Kalender wieder auf; damit war die Diskussion hoffentlich beendet. Ellas Blick lag auf seinen Fingern: Für einen Moment durchzuckte ihn der Impuls, sie wie ein Kind hinter dem Rücken zu verstecken.

»Oder meinst du, sie hat irgendwo im Gebüsch gesteckt und geguckt, was ihr im Garten macht?«

Er sah auf.

»So findest du nichts heraus, du Meisterdetektiv.«

Keine Diskussion mehr, sagte er sich und blätterte weiter durch seine Termine

»Wie lange wohnt deine Iris jetzt dort?«

»Sie ist noch mitten im Umzug.« Er hatte sich doch nicht länger unterhalten wollen. »Ich geh schlafen.« Er stand auf, kippte das Bier hinunter und raffte seine Sachen zusammen.

»Wenn du deine Liste hier lässt ... Vielleicht kann ich sie ergänzen.«

Zögernd legte er sie auf den Tisch zurück. »Es kann nicht schaden. Aber pass auf, dass Tanja sie nicht in die Finger bekommt, falls sie wieder vor uns aufsteht.«

»Sie kann doch gar nichts damit anfangen!«

Mark konnte sich das Grinsen nicht verkneifen. »So viel kann sie schon lesen.«

»Deine Klaue vor allem.«

Ella musste doch immer das letzte Wort haben.

Am nächsten Morgen lag seine Liste ergänzt und korrigiert auf dem Hochschrank, wo Tanja weder rankam noch auf die Idee gekommen wäre zu stöbern. Ella gab sie ihm im letzten Moment, als Tanja schon ihre Sandalen anzog.

Mark warf nur einen kurzen Blick darauf und öffnete

seinen Aktenkoffer, um den Zettel in einen seiner Kalender zu stecken.

»Ist das unser Einkaufszettel?« Tanja streckte die Hand nach dem Zettel aus.

»Nein, Maus. Termine.« Manchmal war es überraschend einfach, nicht zu lügen.

Tanja schielte trotzdem darauf und er ließ sie gewähren, drehte den Zettel sogar zu ihr, damit sie nicht auf die Idee kam, es sei etwas Geheimnisvolles und lohne die Neugier.

Es funktionierte. Sie widmete sich wieder den Schnallen an ihren Sandalen. »Bin gleich fertig.«

28

Die Klinik war ein großes Gebäude aus Glas und Klinker auf einem parkähnliche Gelände, umgeben von einer hohen Betonmauer, die den Blick versperrte. Für die drinnen genauso wie für die draußen. Aber von draußen wollten gewiss nur wenige auf das Gelände schauen; dazu lag es hier jenseits der Schnellbahntrasse zu abgelegen.

Genauso modern gestaltet wie das Äußere war das Foyer mit einer Sitzgruppe aus rustikalem dunklem Cord und einem Empfangstresen, der ebenso gut den Eingang zu einem Industrieunternehmen darstellen konnte.

Die Frau am Tresen trug allerdings einen hellblauen Krankenhaus-Kittel.

Mark bedachte sie mit einem Lächeln. »Wie komme ich zu der Station, auf der Doktor Wetter arbeitet?«

»Station 5.« Sie deutete zur Wand hinter sich. »Im dritten Stock in dieser Richtung.«

Station 5 lag in einem Seitentrakt, der mit seiner breiten Glasfront wie ein Hotel wirkte. Zwei Sitzecken mit ausladenden Sesseln und kleinen Tischen mit dunklen Platten standen unbenutzt im Aufenthaltsbereich an einem Ende des Flurs. Rechts hing über einer offenen Tür das Schild »Sozialdienst«.

Aus einem Raum kamen laute Stimmen; eine klang weinerlich. Sonst war es so still, als sei die Station ausgestorben. Vielleicht hatten hier alle Ausgang, einschließlich des Personals. Eine Tür wurde geöffnet und eine Frau mit kinnlangen braunen Haaren eilte an ihm vorbei.

Mark studierte die Schilder, die neben den Türen hingen. Auf vielen standen Namen, aber manchmal waren es nur Nummern. Gab es Patienten, die quasi anonym hier waren?

Dann stieß er auf seinen eigenen Namen. »Verdammt!« Die Anwälte hatten damals vereinbart, dass Christina nach der Scheidung wieder ihren Mädchennamen annahm. Warum war das nicht geschehen? Sobald die Polizei öffentlich nach ihr suchte, würde sein Name wieder in den Zeitungen auftauchen. In Tanjas Vorschule wüssten alle Bescheid; im Herbst in der neuen Schule würde sich mancher dann noch erinnern. Seine ganze Mühe, sie zu schützen, war vergebens gewesen.

Mark schlug mit der flachen Hand gegen das Schild. »Warum hast du uns das angetan? Verdammt sollst du sein!«

»Was ist mit Ihnen?« Eine helle Frauenstimme; Mark fuhr erschrocken herum.

Es war die Frau mit den kinnlangen Haaren. Siedendheiß fiel ihm ein, dass er sich in einer psychiatrischen Anstalt befand. »Ich bin kein Patient.«

»Warum benehmen Sie sich dann so?«

Nervös fuhr er sich mit der Hand übers Gesicht und schluckte den Fluch herunter, der ihm schon auf den Lippen lag. »Meine Ex-Frau war auf dieser Station.«

Die Frau blickte auf das Schild. »Es sind alle noch da. Außer ...« Sie zog die Augenbrauen hoch. »Ist ja toll, dass Ihnen das jetzt eingefallen ist.« Sie trat dicht an ihn heran. »Es hätte Ihnen gewiss nicht geschadet, wenn Sie eher gekommen wären. Vielleicht ...«

»Was geht Sie das an?« Im gleichen Augenblick wusste er die Antwort. »Sind Sie etwa Doktor Wetter?« Ihm war klar, was sie von dem Blick halten musste, mit dem er sie abschätzte. Aber das war ihm nur recht. Sollte sie ruhig wissen, was er von ihrer Kompetenz hielt.

Zu den hochgezogenen Augenbrauen gesellte sich eine

gefaltete Stirn, was ihr das Aussehen einer Bulldogge verlieh. »Sie wollten mich sprechen ...« Sie deutete auf das andere Ende des Flurs. »Kommen Sie.«

Vor der Tür zum Arztzimmer griff sie nach einem Stuhl und nahm ihn mit hinein.

Mark rückte den Stuhl so weit wie möglich von ihrem Schreibtisch weg. Er lehnte sich zurück und kippte ihn gegen die Wand. »Was können Sie mir erzählen?«

»Was möchten Sie wissen?«

»Wohin Christina verschwinden konnte.«

»Sie war fremd geblieben in dieser Stadt, ist es nicht so? In ihr Dorf ist sie aber nicht zurückgekehrt. Sie sollten daher besser als wir wissen, was übrig bleibt.« Offensichtlich hatte man hier beschlossen, die Verantwortung auf ihn abzuwälzen.

»Was passiert, wenn sie gefunden wird?«

»Fragen Sie lieber, was passiert, wenn sie nicht gefunden wird.«

»Der Chefarzt sagte, sie sollte entlassen werden.« So konnte man dessen Haltung zu Christina durchaus interpretieren. »Aber Sie, Sie halten Christina immer noch für gefährlich?«

»Sie haben ihn falsch verstanden.« Doktor Wetter zog eine pralle Akte aus dem Regal neben sich. »Ihre Frau ...«

»Ex-Frau!« Mark ballte die Fäuste.

Sie nickte zwei Mal. »Ihre Ex-Frau litt nach der Scheidung unter starken Depressionen. Sie war unglücklich.« Nun hielt sie es doch für möglich, dass Christina sich umbrachte? Das passte nicht zu ihrer Äußerung am Telefon.

Sie schlug die Akte auf. Wozu brauchte sie die jetzt? Es wirkte, als wolle sie sich dahinter verkriechen. »Aber Fremdgefährdung schließen wir aus.«

»Und wenn Sie sich irren?«

»Das passiert viel seltener als Sie glauben.« Sie setzte

ein Lächeln auf, das wohl beschwichtigend sein sollte. »Nur dass jedes Mal, wenn etwas passiert, etwas in der Zeitung steht.«

Überheblich war diese Ärztin also auch noch. »Genauso selten wie unerwartetes Verschwinden.«

»Sie sollten es mir wirklich sagen, wenn Sie eine Idee haben, wo sie stecken könnte.« Sie schien sicher, dass er eine Idee hatte.

»Es gibt nicht viele Orte, an denen sie sich aufhalten könnte.«

»Wo?«

»Seit wann haben Sie sie draußen herumlaufen lassen?« Er zog seinen Kalender aus der Tasche. »Seit wann durfte Christina alleine die Klinik verlassen?«

Die Wetter lächelte. »Wir waren der Ansicht, dass sie arbeiten könnte.«

»Sie haben sie also auf Arbeitssuche gehen lassen?«

»Zu Vorstellungsgesprächen.« War das überhaupt legal? Aber diese Ärztin brauchte er gar nicht erst zu fragen, welcher Richter das genehmigt hatte.

Er runzelte die Stirn. »Nicht oft also.« Wie war dann der ausgetretene Pfad zustande gekommen?

Sie wirkte überrascht. »Wie kommen Sie darauf?«

»Christinas Qualifikationen sind nicht gerade das, wonach sich die Firmen die Finger lecken.«

»Sie halten wohl nicht sehr viel von Ihrer Frau.«

»Ex-Frau!«

»Ja, natürlich.«

»Doch, ich habe immer sehr viel von ihr gehalten. Aber die Bedingungen sind härter geworden. Wer nimmt jemanden wie Christina?«

»Die medizinische Begleitung stellt für die Firmen eine zusätzliche Garantie dar. Christina hat eine Chance verdient.«

»Und sie hat sie bestens genutzt.« Wachsender Zorn über so viel Uneinsichtigkeit ließ ihn mit den Zähnen knirschen. »Müsste nicht ein Gericht darüber entscheiden, ob sie entlassen werden kann?«

»Wir haben sie nicht entlassen.«

»Sie hat sich selbst entlassen, ich weiß. Und jetzt?«

»Die Polizei sucht sie.«Die Ärztin klappte die Akte zu, aber er war nicht bereit, dieses Signal zu respektieren.

Mark kippte den Stuhl nach vorne und legte die Hand auf die Akte. »Ein Bewegungsprofil könnte uns weiterhelfen.« Er versuchte, ein freundliches Gesicht zu machen. »Bestimmt gab es Orte, die Christina öfter aufgesucht hatte.« Ihr altes Haus zum Beispiel; immer noch sprach alles dafür. »Die Fahrkarten sind doch sicher in der Verwaltung zu finden.« Mark griff sich einen Bleistift von ihrem Schreibtisch und öffnete seinen Kalender.

»Und was wollen Sie damit?«

»Sie muss sie abgestempelt haben.« Iris wäre jetzt bestimmt stolz auf ihn: Er hatte doch ein paar detektivische Fähigkeiten.

Er kippte den Stuhl wieder gegen die Wand. »Sagen Sie mir einfach, wann Christina wo gewesen ist in den letzten Monaten. Sagen wir – seit April.«

Die Wetter schnappte nach Luft, dann lächelte sie. »Na schön.« Sie begann, Daten und Orte runterzulesen.

So schnell, wie sie vorlas, konnte er nicht schreiben; teilweise reichte es gerade, dass er die Tage ankreuzte. Das machte sie mit Absicht, doch ein Versuch, sie zu bremsen, war gewiss zwecklos.

Zwei Mal war er sicher, dass die Daten mit dem Auftauchen des Eindringlings im Garten übereinstimmten. Aber Ella hatte wohl recht, es bewies nichts. Es ginge nur umgekehrt: Der Eindringling zu einem Zeitpunkt, an dem Christina in der Klinik gewesen war. Zu unwahrscheinlich, dass es zwei verschiedene Personen waren.

Falls er nicht auf ein solches Datum stieß, würde er Christinas Anwesenheit als gesichert annehmen. Er konzentrierte sich auf die monotoner werdende Aufzählung.

»Das sind viele Termine!«

»Es gibt trotz der Begleitung durch die Klinik Gründe, warum es nicht klappt. Und diese hier sind inzwischen pleite.« Ihr Finger blieb auf einem der Firmennamen liegen. »Die alte Firma Ihrer Frau.«

Schockiert stellte er den Stuhl wieder aufrecht. »Wollte sie etwa wieder bei ›Majewski Schrauben‹ arbeiten?«

»Kaum. Sie kam dort wohl nicht so recht klar.«

Mark presste die Lippen zusammen, um seine Miene unter Kontrolle zu behalten. Wie viele Bären hatte Christina denen noch aufgebunden? »Und trotzdem hat sie nach der alten Firma gesucht?«

»Wir haben ihr dazu geraten. Als Anfang. Immerhin hätte man sie dort einzuschätzen gewusst.«

»Haben Sie das denn mit der Firma abgesprochen?«

»Aber nein! Wieso denn?«

Also hatten sie auch Christinas Behauptung nicht überprüft. Aber er würde es tun. »Kein Anruf?«

Sie wirkte konsterniert, aber nur für einen Augenblick. »Ich habe längst gemerkt, dass Sie von unserer Arbeit nicht viel halten.«

»Von Ihrer Arbeit gar nichts! – Was Sie sonst in der Klinik machen, weiß ich ja nicht.«

»Sie können mir glauben: Ihre ... Ex-Frau hat große Fortschritte gemacht.«

»Sicher. Sie hat herausgefunden, wie sie spurlos verschwinden kann.«

»Sie kommen sich wohl sehr originell vor.«

»Ich möchte Christina finden, bevor ein Unglück geschieht. Wenn ich weiß, wo sie war, gelingt es mir vielleicht.«

»Ihre Frau ist nicht gefährlich. Das sagte ich Ihnen schon.«

»Sicher. Ich erinnere mich.« Er legte den Stift auf ihren Schreibtisch zurück. »Was haben Sie eigentlich gemacht? Psychoanalyse?«

»So ähnlich. Nicht nur.«

»Und das soll helfen?« Vermutlich hätte er diese Frage vor drei Jahren stellen sollen. Aber er hatte Christina gehasst für das, was sie Tanja angetan hatte. Deshalb hatte es ihn nicht gekümmert, ob dies die beste Chance für Christina gewesen war. Aber er hätte auch keine Kriterien gehabt, beruhigte er sich, schon wieder irritiert. Irritiert diesmal, dass er sich überhaupt ein Gewissen machte. Er ließ sich hineinziehen; jetzt, wo eh alles gelaufen war. »Wenn ich so arbeiten würde ...«

»Was sind Sie von Beruf?« Die Frage überraschte ihn; auch das musste in der Akte stehen.

»Architekt. Für das letzte Haus, das ich entworfen habe, ist vorigen Monat am Karlsplatz der Grundstein gelegt worden.«

»Deswegen also!«

»Was deswegen?« Bekam er nun doch eine brauchbare Information?

»Ich habe in der Zeitung davon gelesen. Steht da eigentlich auch Ihr Name auf dem Bauschild?«

»Sicher!«

»Das habe ich mir schon gedacht. Deswegen ist Ihre Frau ... Ihre Ex-Frau ... wohl öfter zum Karlsplatz gefahren.«

»Dass sie sich für meine Häuser interessiert, wäre mal was Neues.« Er war tatsächlich überrascht.

Sie schüttelte den Kopf. »Ich glaube eher, sie hat Sie sehen wollen.«

Mark seufzte.

»Wen sonst?«

»Vielleicht hat sie überhaupt niemanden gesucht.«

»Doch! Jedes Mal, wenn sie zurückkam, sagte sie ›Wieder umsonst‹.« Sie starrte in die Luft. »Jedenfalls anfangs; in den letzten Tagen hat sie gar nichts mehr gesagt. Sie schien in ihre Depression zurückzufallen. Und dann war sie weg.«

Es hatte etwas zu bedeuten; ganz sicher. Christina hatte etwas vorgehabt und am Ende hatte es geklappt: Deswegen war sie verschwunden.

Die Wetter schloss die Akte. »Kann ich noch etwas für Sie tun?«

Sie sollte zum Teufel gehen. Er verabschiedete sich aufs Höflichste.

Mark setzte sich ins Auto und verglich die Daten mit seiner Liste. Wie es schien, war der Eindringling kein einziges Mal aufgetaucht, wenn Christina in der Klinik war. Es überraschte ihn nicht mehr.

Blieb nur die Frage, wo sie sich jetzt aufhielt. Es musste doch eine Möglichkeit geben, das herauszufinden. Jemand hatte ihr geholfen oder sie gar ermutigt; das stand fest. Und versteckte sie jetzt – wenn vielleicht auch nicht ganz freiwillig.

Wer von den Nachbarn würde ihr die Tür weisen, wenn sie um Hilfe bat?

Den Wimmers traute er es zu; nicht wegen Christina, sondern wegen des Machtkampfs, den sie miteinander ausfochten. Zudem: Valentinas Auftreten war echt gewesen. Sie hätte sich verplappert, wenn sie ihm etwas zu verheimlichen hätte.

Gegenüber die Sauers kamen schon eher als Helfer in Frage. Aber seit die Tochter dort wieder wohnte, mochte sich einiges verändert haben.

Blieben Gerald und Marlies. Marlies war mit ihr befreundet gewesen und würde Christina wohl nicht hängen lassen. Gerald wäre zwar im Wege – doch nur soweit er überhaupt da war. Vielleicht konnte Marlies Christina dann irgendwo unterbringen.

Außer den Nachbarn schrieb Mark nur zwei Leute auf seine Liste: Bernward und Christinas alte Chefin.

Er rief Ella an und ließ sie im Telefonbuch nach Christinas alter Firma suchen. Die Adresse stimmte noch, die Telefonnummer auch.

»Warum willst du überhaupt selber dorthin?« Ella klang mürrisch. »Meinst du nicht, die Polizei kümmert sich schon?«

»Nicht, wenn sie auch glauben, die Firma sei pleite.« Ziemann schien wirklich keine Idee gehabt zu haben, wo er suchen sollte.

»Du machst dir Sorgen wegen Tanja, nicht wahr?« Ella hörte sich plötzlich alarmiert an.

Mark wusste nicht recht, was er antworten sollte. »Tanja geht sicher nicht mit fremden Leuten.«

»Aber wenn die Schröder es erlaubt?«

»Hast du nicht selbst gesagt, dass Bernward ihr längst alles erzählt haben dürfte?«

»Für mich wäre das an ihrer Stelle ein Grund mehr, Tanja mitgehen zu lassen. Christina gilt nicht als verrückt.« In Gedanken setzte er Ella wegen dieser Bemerkung ebenfalls auf seine Liste.

»Aber als gefährlich.«

»Mark, es wird Zeit, dass du dies alles hinter dir lässt. Die Gelegenheit ist gerade günstig. Tanja wechselt die Schule im Herbst.«

»Was meinst du damit?«

»Dass die Gelegenheit gerade günstig ist.« Mark nahm den Hörer vom Ohr. Ellas Stimme drang dennoch bis zu ihm. »Ich denke wirklich darüber nach, ob ...«

»Mutter, ich muss weiter. Lass uns nicht am Telefon reden.« Er stand im Begriff aufzulegen, dann fiel ihm ein, sich für die Adresse zu bedanken.

»Es ist bestimmt überflüssig, dass du dort hinfährst.«

Noch so eine Bemerkung; Mark starrte den Hörer misstrauisch an: Warum wollte Ella ihn davon abhalten, mit Christinas alter Chefin zu sprechen?

Wurde er jetzt paranoid?

29

Neben dem Verwaltungsgebäude, in dem Christina ihr Büro gehabt hatte, nahm ein lang gestreckter Rohbau einen Teil des Parkplatzes ein. Zu Marks Überraschung hütete jetzt ein Pförtner die Einfahrt.

»Na, von pleite ist hier keine Spur.« Es sei denn, sie hatten sich mit diesem Neubau übernommen.

Ein paar Schritte von der Einfahrt entfernt stellte er den Motor ab und ging zum Pförtner. »Das macht ja ordentlich was her. Gehört die Firma immer noch Frau Majewski?«

»Was denken Sie? Glauben Sie, die ließe ihren Sohn ans Ruder?« Christina hatte sich zuweilen abfällig über den erwachsenen Sohn geäußert; anscheinend teilte der Pförtner diese Meinung.

»Aber leisten könnte sie es sich gewiss, sich zur Ruhe zu setzen.«

Der Pförtner grinste. »Denken Sie? – Jetzt erkenne ich Sie! Sie sind der Mann von der aus der Finanzbuchhaltung. Die man in die Klappse gesteckt hat.«

»Ich wusste gar nicht ...«

»... dass wir hier alles wissen? Die Polizei war wieder da. Ich hatte es schon fast vergessen, aber die haben uns wieder an alles erinnert.« Er verzog das Gesicht, als habe er Zahnschmerzen. »Es war fast wie damals! Mit allen möglichen Leuten haben die geredet.«

Mark lächelte vorsichtig. »Mit Ihnen also auch.«

Das Lächeln des Pförtners wurde genauso vorsichtig.

»Aber ich habe nichts zu sagen. Ich hatte auch damals nichts zu sagen.«

Marks Blick ging über das Gelände. Mit dieser Baustelle ... Einerseits bedeutete das viel Betrieb, andererseits eine Menge Möglichkeiten, sich zu verstecken. Wenn man sich auskannte. Und Christina kannte sich aus auf Baustellen. Sie hatte genug davon gesehen. »Gibt es denn noch viele von den Leuten, die damals mit Christina zusammengearbeitet haben?«

»Sie sind alle noch da. Wir haben nur Scharen von Neuen bekommen. Unsere Firma wächst.« Bei den letzten Worten schien der Pförtner selber einen Zentimeter zu wachsen. Er gehörte zur Generation derer, die sich ihren Firmen noch in persönlichem Stolz verbunden fühlten. Zudem war die Firma dank der Majewski immer wie eine große Familie gewesen.

Die Majewski residierte nicht mehr in ihrem früheren Büro im ersten Stock, in dem seinerzeit die gesamte Verwaltung untergebracht gewesen war. Sie hatte jetzt die komplette dritte Etage für sich – mit Vorzimmer, Konferenzraum, eigener Küche und allem Drum und Dran.

Der Aufzug öffnete sich direkt ins Vorzimmer, das von einem attraktiven Mann, ein wenig älter als Mark, gehütet wurde.

Als Mark sagte, er wolle mit Frau Majewski sprechen, versuchte er nicht, ihn mit der Frage abzuwimmeln, ob er einen Termin hätte. Stattdessen griff er mit einem freundlichen Lächeln zum Telefon und fragte die Majewski, ob sie Zeit für einen Besucher hätte.

Beeindruckend. Das würde er in seiner eigenen Firma übernehmen.

Fünf Minuten später empfing die Majewski Mark in ihrem Büro und ließ ihren jungen Assistenten Kaffee und

Törtchen aus der Küche bringen. Die Sitzecke, in die sie ihn bat, war umrahmt von großformatigen Fotografien, zumeist von Veranstaltungen der Firma.

Mark schluckte, als er auf einem Foto Christina entdeckte – eine sehr junge Christina mit einer dunkelroten Strähne in ihren schulterlangen Haaren. So hatte sie ausgesehen, als sie sich kennenlernten.

Die Majewski setzte sich in den Sessel rechts von ihm, nicht gegenüber. Sie erwartete, dass dies ein freundschaftlicher Besuch war. Oder teilte ihm dadurch mit, dass sie es so haben wollte. »Wie geht es Ihrer kleinen Tochter? Wie hat sie das alles verkraftet in der Zwischenzeit?« Sie schenkte den Kaffee ein. »Zucker? Sahne?«

»Milch.« Er räusperte sich. »Sahne.« Natürlich gab es hier keine Milch – zu profan. »Im Herbst kommt sie in die Schule. Tanja ist ein gewitztes, fröhliches Kind. Ich glaube, sie konnte es verdrängen.«

»Verdrängen? Ist das gut?«

Diese Frage war so privat, aber es sprach echtes Mitgefühl daraus. »Irgendwann muss sie sich damit auseinander setzen, sicher. Wenn sie groß genug ist.« Mark griff nach einem Törtchen.

Die Majewski schüttelte den Kopf. »Dafür wird sie niemals groß genug sein.« Sie lehnte sich vor. »Aber darüber wollen Sie gewiss nicht mit mir sprechen. Sie möchten wissen, ob ich Ihnen helfen kann, Christina zu finden.«

»So ungefähr, ja.« Er blickte sich nach einem Aschenbecher um; jetzt brauchte er eine Zigarette. Aber er sah keinen. Da mochte er auch nicht fragen. Immer häufiger waren Leute, die selber nicht rauchten, verstimmt, auch wenn sie nach außen freundlich blieben. »Christina sollte sich eine Arbeit suchen. Vielleicht hat sie auch bei Ihnen nachgefragt.«

Sie nickte tatsächlich. Warum hatte Christina dann in

der Klinik erzählt, die Firma sei pleite? Aber noch viel erstaunlicher war, dass die in der Klinik ihr geglaubt hatten, ohne es zu überprüfen.

»Ich hatte aber nichts für sie. Nur Arbeiten unter ihrem Niveau. Es wäre beleidigend gewesen, die auch nur zu erwähnen. Geschweige denn sie ihr anzubieten.«

»Und Christina hat nicht von sich aus danach gefragt?«

Sie lachte. »Christina? Können Sie sich das bei ihr vorstellen?«

»Als Chance, aus der Klinik herauszukommen, schon.« Nachdenklich rieb er sich mit der linken Hand über die Wange. »Dass ihr dazu jeder Weg recht war, sehen wir daran, dass sie abgehauen ist.«

Sie legte den Kopf schräg. »Das sagt die Klinik und das sagt die Polizei.«

Mark riss die Augen auf. Nicht im Traum hätte er gedacht, dass es anders sein könnte. »Warum sagen Sie das? Haben Sie einen Grund, etwas anderes anzunehmen?« Was wusste die Majewski, dass sie die offiziellen Feststellungen anzweifelte?

»Nein. Aber ist es ausgeschlossen, dass ihr etwas zugestoßen ist?«

Mark setzte sich aufrechter hin. »Es kann immer alles Mögliche passieren. – Aber das anzunehmen, ist abstrus. Das hätten die in der Klinik doch erfahren.«

»Ich meine nur, dass Sie nichts ausschließen sollten, wenn Sie sie finden wollen.« Sie fixierte ihn mit einem spekulativen Glitzern in ihren Augen. »Sie wollen sie doch finden.«

»Würde ich sonst herumfragen?«

Sie schenkte sich den nächsten Kaffee ein. »Auch?« Als er den Kopf schüttelte, setzte sie die Kanne wieder ab. »Jeder hat seine eigenen Motive.«

»Sie erweitern.« Er wies zum Fenster, wo sich der lange

Arm des Krans drehte. »Und Sie haben gerne mit ihr zusammengearbeitet. Warum haben Sie ihr trotzdem nichts angeboten? «

»Das dauert noch ein Jahr da draußen, bis die Produktion anläuft. Sollte ich sie so lange hinhalten?«

In dem Fall hätte sie wohl weitergesucht. Oder doch nicht? Was man ihm in diesen Tagen über Christina erzählte, passte wenig zu dem Bild, das er von ihr hatte. Hatte er sie wirklich gekannt?

»Wie hat sie reagiert?«

Die Majewski zuckte die Achseln. »Wie wohl? Enttäuscht.« Sie nahm ihre Tasse in beide Hände, als wolle sie sich daran wärmen. »Aber gelassen. Es gibt schließlich genug Firmen, die derzeit suchen.«

»Ein Grund mehr, sie für sich festzuhalten.«

Sie nickte. »Wohl. Aber sie wollte so schnell wie möglich einen Arbeitsvertrag. Ich dagegen wollte ihr nichts zumuten, was sie mir nach einer Woche hingeschmissen hätte. Verstehen Sie? « Sie sah ihn fragend an, bevor sie einen Schluck trank. »Es war auch in meinem Interesse, ihr keine unterqualifizierte Tätigkeit anzubieten.«

Das klang schon glaubwürdiger als das, was sie zuvor erzählt hatte. Er tat gut daran, bei dieser Frau alles zu hinterfragen.

»Wissen Sie, was Christina in der Klinik erzählt hat?«

»Über unser Gespräch? Nein, woher?«

»Sie hätte überhaupt nicht mit Ihnen gesprochen.« Die Majewski wirkte nicht sonderlich überrascht; interessant. »Sie hat in der Klinik behauptet, Sie seien inzwischen pleite.« Er wartete einen Moment; es kam keine Reaktion. »Haben Sie eine Idee, warum sie das gesagt haben könnte?«

»Vielleicht hat sie etwas falsch verstanden.«

»Dann behauptet man nicht, überhaupt keinen Termin

gehabt zu haben.« Aber vielleicht hatte sie sich geniert zuzugeben, dass sie in ihrer alten Firma abgewiesen worden war. Das wäre wohl denkbar.

»Hat sie das wirklich gesagt?«

Automatisch griff er in die Jackentasche nach seinen Zigaretten. Erst als er die Schachtel schon zwischen den Fingern hatte, fiel ihm ein, dass er hier nicht rauchen sollte.

Wusste er wirklich, dass Christina das behauptet hatte? Oder nur, dass die Firma pleite sei? Er musste sorgfältiger mit all diesen Informationen umgehen. »Ich war nicht dabei. Ich habe Christina nach dem Prozess nie mehr wiedergesehen.« Und er musste aufhören, sich zu rechtfertigen.

»Wann ist Christina verschwunden? Doch erst vor ein paar Tagen. Ich habe vor ungefähr vier Wochen mit ihr geredet.« Sie ging zum Schreibtisch und blätterte in einem der Kalender, die dort lagen. »Vor fast fünf Wochen.« Mit dem Kalender in der Hand kam sie zur Sitzecke zurück. »Am 10. Mai.«

Das war der Tag, an dem die Tapeten heruntergerissen worden waren. »Wann genau?«

»Morgens.«

»Das war das einzige Mal, dass Sie sie gesehen haben?«

»Es gab keinen Grund für einen weiteren Termin.« Sie blickte aus dem Fenster und zog die Augenbrauen zusammen. »Doch; warten Sie. Ich traf sie kürzlich am Karlsplatz vor einer Kinder-Boutique.« Sie lächelte. »Ich nehme an, sie wollte für Ihre Tochter ein Geschenk kaufen. Sie hat doch demnächst Geburtstag, oder?«

»Ja. Ende der Woche.« Von Bernward konnte Christina wissen, wo Tanja in die Vorschule ging. Und sie würde sie erkennen; Bernhard hatte ihr sicherlich Fotos gezeigt. Aber Tanja hätte es ihm erzählt, wenn sie angesprochen worden wäre. Er brauchte sich keine Gedanken zu machen. »Wie kam eigentlich die Polizei darauf, bei Ihnen nach Christina zu fragen?«

»Wieso nicht?« Die Majewski sah ihn konsterniert an. »Die Firma wird sicher in der Krankengeschichte erwähnt. Und in den Polizei-Akten.« Sie legte den Kalender auf den Schreibtisch zurück und setzte sich wieder zu ihm.

»Sie haben Christina recht gut gekannt. Haben Sie eine Idee, zu wem sie gegangen sein könnte?«

»Nach Hause!« So schnell, wie die Antwort kam, konnte Christina etwas gesagt haben. Aber es konnte auch bedeuten, dass die Majewski log: Sie hatte sich die Antwort schon zurechtgelegt; Zeit genug hatte sie dafür gehabt.

»Haben Sie das der Polizei gesagt?«

»Auf so etwas kommen die doch von alleine.«

Also nein. Die Polizei hatte sie nicht belügen wollen, aber ihm gegenüber kannte sie keine Skrupel. »Und wenn nicht dort?«

»Es bleibt Ihnen wohl nichts anderes übrig, als alle Leute zu fragen, die Ihre Frau kannte.«

Das war das beste Stichwort, was sie ihm liefern konnte. »Dann fange ich gleich bei den ehemaligen Kolleginnen an.«

»Rufen Sie sie an.«

»Aber wo ich schon einmal hier bin ...«

»... werden Sie gewiss Verständnis dafür haben, dass wir arbeiten.« Sie schob ihre Tasse in die Mitte des Tisches. »Rufen Sie mich einfach an, wenn Sie noch eine Frage haben.«

»Wann machen sie Mittagspause?«

»Nie! – Wollten Sie mich zum Essen einladen?«

»Ich meinte Christinas Kolleginnen. In der Mittagspause störe ich die Arbeit nicht.«

»Aber dann werden Sie auch keine an ihrem Arbeitsplatz finden.« Sie wollte ihn anscheinend abwimmeln.

»Wer von den alten Kolleginnen hat damals zu ihr gehalten?«

»Das wissen Sie nicht?«

Mark wand sich unbehaglich in den Schultern. »Ich habe später niemanden mehr getroffen. Unsere gemeinsamen Freunde stammten alle aus meinem Kreis.«

»Das ist meist so. Die Frau schränkt nach der Hochzeit ihre Tätigkeiten außerhalb des Hauses ein. Es bleibt nur die Arbeit übrig.« Ein abfälliger Ton schlich sich in ihre Stimme. »Die Männer gehen weiterhin aus, zum Skat und zu den Kaninchenzüchtern.«

»Wir hatten die Hypotheken zu finanzieren und konnten uns keine Extravaganzen leisten.« Er grinste. »Ich verliere beim Skat regelmäßig.«

»Also haben Sie Ihr Leben auf die Zukunft vertagt? Das funktioniert nicht.«

Das hatte er inzwischen auch gemerkt.

Als er dann die Türklinke in der Hand hatte, fragte sie plötzlich: »Was macht eigentlich Ihr Bruder damit?«

Er erstarrte. »Womit? Wie kommen Sie zu der Frage?«

»Dass Ihre Frau verschwunden ist. Ihm lag wohl an ihr.«

»Sicher. Er war ja ihr Schwager und wir trafen uns oft bei meiner Mutter.« Dass sie nichts erwiderte, irritierte ihn. »Ich glaube nicht, dass er sich Sorgen macht.«

»Könnte er nicht wissen, wo sie ist? Christina sprach von ihm und es hörte sich sehr vertraut an.«

Er war nicht überrascht. Trotzdem fragte er, wie sie darauf kam.

»Sie erzählte mir, wie es ihr in der Klinik ergangen ist all die Jahre, und dabei sprach sie von seinen Besuchen.«

»Er hat es nicht gesehen. Darum ist es ihm leicht gefallen zu ignorieren, was sie getan hat.«

»Sie waren dabei? Das wusste ich nicht!« Sie stockte. »Und Sie konnten es nicht verhindern.« Sie stockte wieder. »Sie müssen sich ewig schuldig fühlen.«

»Schlimmer ist, dass Tanja alles gesehen hat.« Er klinkte die Tür auf. »Danke für Ihre Zeit.«

Sie lächelte. Plötzlich wirkte sie so verbindlich wie am Anfang des Gesprächs. »Wenn ich helfen konnte. Mir lag immer viel an Christina.«

Vielleicht hatte sie ihr deswegen auch jetzt geholfen; nicht mit einem Job, sondern auf andere Weise. Er musste mehr über die Majewski herausfinden. Obwohl – vielleicht reichte es, wenn er diesen Ziemann informierte.

Er nahm den Kugelschreiber aus seiner Hemdtasche. »Darf ich Ihre private Nummer haben?«

»Aber sicher.« Sie nahm ein Blatt aus der Schublade und schrieb ihm eine Nummer außerhalb der Stadt auf.

»Wo ist das?«

»Neudorf.«

Als er nun wirklich ging, hatte er das Gefühl, ein Stück weiter zu sein. Im Büro suchte er die Fahrverbindungen nach Neudorf heraus. Genauso hatte er es sich gedacht: Es wäre einfach, hin und zurück zu kommen; und von Neudorf aus müsste Christina nicht einmal die Stadt durchqueren, um zum Haus zu gelangen.

30

Als Mark mit Tanja nach Hause kam, war der Tisch nur für drei gedeckt. Es war schon der dritte Abend hintereinander, an dem Bernward nicht zum Essen kam. Das hatte es seit Urzeiten nicht gegeben.

»Hat Onkel Bernward eine neue Flamme?« Tanja betrachtete den Tisch. Dann ließ sie sich auf ihren Stuhl fallen; es gab nichts mehr zu tun für sie. »Er hat gestern und heute Frau Schröder nicht abgeholt.«

»Dann wird es wohl stimmen, dass er zu tun hat.« Ella strich ihr übers Haar. »Auch wenn man jemanden gern hat, kann man nicht immer mit ihm zusammen sein. Man kann trotzdem nicht immer Zeit für ihn haben.«

Tanja zog die Flasche Mineralwasser zu sich heran. »Ich habe Iris gern, aber ich habe nicht immer Zeit. Meinst du das so? Das ist aber, weil ich auch Zeit für dich haben will.« Sie mühte sich, die Flasche aufzuschrauben. Aber es war wohl eine von denen, wo der Verschluss verkantet war. »Immer Zeit haben, das geht nur, wenn alle zusammen sind.« Mit einem ärgerlichen Knurren schob sie die Flasche zu Mark. »Magst du Iris, Oma Ella?«

Ella lächelte. »Warum willst du das wissen?« Sie hatte weder Ja noch Nein gesagt; immerhin.

»Wenn Onkel Bernward nicht zum Essen kommt, ist ein Platz für Iris frei.«

Mark schraubte für Tanja das Mineralwasser auf und goss ihr ein. »Du hast uns gar nicht erzählt, warum er die letzten Abende nicht kommen wollte.«

Ella zuckte die Achseln und nahm die Kartoffeln vom

Herd, um sie abzugießen. »Du hast gerade andere Probleme. Und es ist auch nicht wirklich wichtig.«

»Was hast du für Probleme, Papa? Ist was mit Iris?«

Er zupfte Tanja an einer Haarsträhne. »Ist das deine Sorge? Ich habe die letzten Tage nicht mit ihr gesprochen.«

Tanja stemmte die Ellenbogen auf den Tisch und stützte den Kopf auf. Ihre Miene war eindeutig missbilligend. »Hast du nicht gesagt, Freunde muss man hüten, wenn man sie nicht verlieren will?«

»Ist sie nicht deine Freundin?«

»Deine nicht auch?«

»Sag Oma Ella, wie viel du essen willst.«

»Papa, du lenkst ab.«

»Es ist nichts mit Iris. Außerdem kann sie selber auf sich aufpassen.«

Daraufhin rümpfte Tanja die Nase und in Ellas Gesicht tauchte ein Alarmzeichen auf.

Stimmte das denn: Konnte man auf sich aufpassen, wenn man nicht wusste, was einen bedrohte? Oder dass einen überhaupt etwas bedrohte?

»Es hat aufgehört mit den Verwüstungen im Garten, ja?« Ella drückte Mark das große Fleischmesser in die Hand, damit er den Braten aufschnitt. Sie stellte den Kartoffeltopf auf den Tisch und schmeckte dann in einem kleinen Topf am Herd die Sauce ab.

»Natürlich. Es tut einem Haus halt nicht gut, wenn es leer steht. Aber das ist nun bald vorbei.« Eine Scheibe Fleisch für Tanja, zwei Scheiben für sich und für Ella.

»Iris ist fast fertig eingezogen.« Tanja angelte mit dem Messer nach einer Kartoffel. Auf halbem Weg zum Teller fiel sie herunter und zerplatzte auf dem Tisch. Sie zog den Kopf zwischen die Schultern und blickte schuldbewusst von einem zum anderen.

Mark half ihr, die beiden größten Stücke auf den Teller zu befördern. »Der Rest ist für die Katze.«

»Die aus dem Garten?« Tanja klang empört. »Das hat sie aber gar nicht verdient.«

»Katzen machen selten mit Absicht etwas kaputt. Bestimmt wollte sie nur die Mäuse jagen, die sich dort breit gemacht haben.« Mark legte Tanja die Scheibe Braten neben die Kartoffelstückchen.

»Ich habe keine Maus gesehen.«

Ella grinste. »Eben. Wenn die Katze sie doch verjagt hat.«

»Und wo sind sie hin?«

»Aufgefressen?«, schlug Mark vor.

Tanja sah ihn böse an. »Noch schlimmer. Die armen Mäuschen.«

»Die deine Blümchen annagen.« Mark gab ihr einen Stups auf die Nase. »Fräulein Oberschlau.« In Gedanken machte er drei Kreuze, dass er sie auf ein unverfängliches Thema gebracht hatte. Der Nachteil war nur, dass auch er nichts mehr von Ella erfuhr.

Die Bemerkung von Christinas Chefin über Bernward kam ihm in den Sinn, während sie aßen. Er sprang auf und lief mit dem Telefon ins Schlafzimmer. Nachdem er die Tür geschlossen hatte, wählte er Bernwards Nummer. Der Anrufbeantworter sprang an. Mark wartete, ob er nicht doch abhob. Dann schaltete er das Telefon aus und ging wieder zurück in die Küche.

»Was war das?«

Mark winkte ab. »Mir war nur etwas eingefallen.«

Ella ließ ihre Gabel sinken. »Im Schlafzimmer?«

»Ihr zwei habt euch heute Abend gegen mich verschworen.« Mark mühte sich ein Lachen ab. »Das ist ja wie beim Verhör.«

»Papa, woher weißt du, wie es beim Verhör ist?«

Anscheinend gab es keine Bemerkung mehr, die nicht in die Vergangenheit führte. Er blies die Backen auf, um Tanja anzufahren, sie solle weiteressen. Dann besann er sich. »Aus dem Fernsehen.« Er grinste. »In jedem Krimi gibt es ein Verhör.«

»Darf ich deshalb keinen Krimi gucken? Da ist doch nichts dabei; nur Gerede.« Tanja stopfte sich den Mund voll und nuschelte weiter. »Von Gerede wird einem nicht gruselig. Da müsste ich mich ja auch bei den Geschichten gruseln, die du mir vorliest.«

»Dabei gruselst du dich nicht?« Er schnitt sich noch eine Scheibe von dem Braten ab. »Bist du sicher? Jetzt glaube ich aber, dass du ein bisschen flunkerst.«

»Nein, Papa, ich flunkere nicht. Ich zieh mir doch die Bettdecke über die Ohren, bevor ich mich grusele.«

»Freilich.« Ella hatte ein Grinsen um den Mund, aber ihr Blick blieb wachsam auf Mark gerichtet. »Dann hörst du nichts mehr, was dich gruseln könnte.« Sie zwinkerte Mark zu. »Deine Tochter lügt doch nicht.«

»Das habe ich auch nicht behauptet.«

Tanja blickte zwischen ihnen hin und her. »Entweder streitet ihr euch jetzt gerade oder ihr zieht mich auf.«

»Aufessen und dann ab ins Bett.« Mark holte ein Bier aus dem Kühlschrank. Mit der Büchse in der einen, Zigaretten in der anderen Hand, ging er auf den Balkon. »Ich störe dich lieber nicht weiter beim Essen.«

»Ausrede.« Tanja kicherte. »Wusstest du, dass Iris nicht raucht?«

»Was ist dabei? Oma Ella raucht auch nicht.«

»Aber sie ist deine Mutter. Mütter verzeihen alles; Freundinnen nicht. Schau dir Onkel Bernward an.«

Mark schnippte die eben angerauchte Zigarette übers

Geländer und stellte sich in die Küchentür. »Wie kommst du jetzt auf Bernward? Ist die Schröder sauer, dass er raucht?«

»Sie raucht doch selber seit Neuestem!« Tanja verdrehte die Augen. »Papa, du weißt aber auch gar nichts.«

»Das ist keine Antwort.« Er drehte sich schnell nach seiner Büchse auf dem Balkontisch um, damit Tanja sein Grinsen nicht sah. »Warum soll ich mir Bernward anschauen?«

»Er ärgert seine Freundinnen. Deswegen braucht er dauernd eine neue.«

»Dann können wir ja froh sein, dass die Schröder jetzt auch raucht.«

»Bestimmt ist sie trotzdem sauer. Ich weiß genau, dass sie auf ihn gewartet hat und er nicht gekommen ist.«

»Das passiert unter Erwachsenen manchmal.« Er lächelte. »Immerhin können sie auf sich selber aufpassen; da ist es nicht so schlimm.« Bernward versetzte die Schröder und kam auch nicht zum Essen? Christina! Sein Atem stockte bei dem Gedanken, es könnte mit Christina zu tun haben. »Offensichtlich hat Bernward gerade besonders viel zu tun, sodass er einfach keine Zeit hat.« Er sah Ella an. »Wenn er nicht einmal zum Essen kommt.«

»Was schaust du mich an? Er hat mir keinen Grund genannt. Und natürlich frage ich auch nicht.«

»Bist du denn gar nicht neugierig, Oma Ella?«

»Es geht mich doch nichts an. Bernward ist erwachsen.«

»Aber Papa ist auch erwachsen; und den fragst du immer ‚Warum‘.«

»Wenn man zusammen wohnt, ist das etwas anderes«, erklärte Mark Ellas Haltung.

»Warum?«

Da hatte sie ihn kalt erwischt; hilflos sah er Ella an.

»Weil ... man ist doch viel mehr betroffen von dem, was der andere tut.«

»Oma Ella ist auch betroffen, wenn Onkel Bernward nicht mehr zum Essen kommt.«

»Stimmt.« Sie lachte, aber es klang gekünstelt. »Ich muss weniger kochen. Oder habe einen Rest für mein Mittagessen.«

»Und warum willst du dann, dass er zum Essen kommt – wenn es dir doch nur Mühe macht?«

Mark und Ella sahen sich an. Tanja trieb sie mit ihrer Fragerei ganz schön in die Enge. Ella wollte gar nicht so sehr, dass Bernward sich ständig von ihr bekochen ließ. Sie wollte nur nicht von plötzlichen Besuchen überrascht werden; deswegen fragte sie ihn ständig.

»Du brauchst keine Krimis zu gucken. Du weißt schon jetzt, wie man Leute verhört.« Er trank die Büchse aus und setzte sich wieder an den Tisch. »Du bist ein detektivisches Naturtalent.«

»So wie Iris? Auf fein!« Sie klatschte tatsächlich in die Hände wie ein ganz kleines Kind. Seit wann tat sie das denn wieder?

Mark schmunzelte. »Woher weißt du, dass Iris Detektiv spielen kann?«

»Aber Papa!«

Er seufzte; da hatte er wohl mal wieder etwas nicht mitbekommen. »Fertig? Auf ins Bad.«

Tanja trank ihr Glas leer und stand dann gehorsam auf. »Ich bin ganz müde.«

Ella umarmte sie und drückte ihr einen feuchten Kuss auf die Backe. »Dann musst du ganz schnell schlafen.«

Tanja marschierte hinaus und Ella flüsterte: »Mit Bernward stimmt wirklich etwas nicht.«

»Du machst dir doch nicht etwa Sorgen.« Er wartete, bis

Tanja hinter der Badezimmertür verschwunden war. »Er wird um die Häuser ziehen. Ich habe vorhin bei ihm angerufen.«

»Also machst du dir auch Gedanken.«

Er zuckte die Achseln. »Du hast mich darauf gebracht.« Sie sollte nicht ahnen, welche Gedanken er sich in Wahrheit machte.

Tanja rief nach ihm und erleichtert, das Gespräch abzubrechen, eilte er ins Bad. Wie konnte er sich von der Majewski solch einen Floh ins Ohr setzen lassen, dass er nun Bernward misstraute. Sie hatte bloß von sich ablenken wollen.

Tanja stand in der Unterhose in der Badewanne. »Ich lerne jetzt schwimmen.«

»Und das ist dein Badekostüm? Wird aber nicht trocken bis morgen früh.«

»Morgen früh will ich auch nicht schwimmen.«

Er zögerte nur kurz. Seine Erziehung – nein, das war Ellas Erziehung: Warum sollte Tanja nicht in Unterhose schwimmen gehen? Bei Mädchen sahen beide Höschen gleich aus. Tanja klammerte sich am Wannenrand fest, als er sie an den Beinen fasste, um sie flach ins Wasser zu legen. »Lass los. Es ist genug drin, um dir Auftrieb zu geben.«

Sie ließ los, aber er hatte sie nicht fest genug gepackt und im nächsten Augenblick prustete sie ihm einen Schwall Wasser aufs Hemd.

»Wenn du das noch mal machst, komme ich auch in die Badewanne.«

Sie kicherte. »Du bist zu groß! Dann habe ich keinen Platz mehr.«

»Wir werden ja sehen.« Nun, da sein Hemd eh nass war, legte er einen Arm unter ihren Bauch und half ihr mit der anderen Hand bei den Schwimmbewegungen der Beine. Aber sie strampelte mit dem freien Fuß statt die Bewegung zu imitieren.

»Wenn du Unfug machst, lernst du es nicht.«

Sie stemmte sich gegen ihn. »Hier ist auch nicht genug Platz. Gehst du mit mir ins Schwimmbad?«

»Na klar.«

»Wann?« Sie strampelte weiter; Wasser lief ihm übers Gesicht.

»Wenn es warm genug ist.«

Tanja hörte auf zu strampeln und zog sich am Wannenrand hoch, sodass sie im Wasser kniete. »Und wann ist das?«

Er wischte sich das Wasser aus dem Gesicht. »Da müssen wir Petrus fragen.«

»Du willst mich hinhalten.«

»Stimmt.« Er hob sie aus der Wanne und stellte sie auf die Badematte. »Ich will dir nichts versprechen, was ich nicht halten kann.«

Wie ein Hund schüttelte sie ihre Haare aus, sodass das Wasser durchs Bad flog. »So habe ich es nicht gemeint.«

Er reichte ihr ein Badelaken und nahm ein zweites Handtuch, um ihr die Haare trocken zu reiben. »Du redest wie eine Große.«

Automatisch reckte sie sich und stellte sich auf die Zehenspitzen. »Ich bin groß. Bald gehe ich dir bis zur Schulter.«

Er lachte. »Du wirst dich wundern, wie lange das noch dauert.«

»Ich beeile mich. Dann darf ich vorne sitzen wie Oma Ella.«

»Und wo sitzt dann Oma Ella? Wir können sie doch nicht nach hinten krabbeln lassen.«

»Dann kauf halt ein größeres Auto.«

»Dann muss ich noch mehr arbeiten.«

»Oma Ella sagt, du verdienst viel in letzter Zeit.« Sie schob seine Hand mit dem Handtuch vom Kopf. »Warum

können wir uns dann erst ein neues Haus kaufen, wenn das
alte verkauft ist?«

»Häuser sind teuer.«

»Und Iris?«

»Sie hat es doch gar nicht gekauft.«

»Bis jetzt nicht. Du hast es ihr nicht angeboten.«

»Sie hat mich nicht gefragt, aber sie weiß doch, dass ich
es loswerden will.«

»Bist du sicher?«

»Hast du vergessen, wo ich sie kennengelernt habe?«

Tanja schüttelte den Kopf – was auch immer das heißen mochte. »Trotzdem. Ist es zu teuer für sie? Dann musst
du es billiger machen.«

»Dann kauft es die Schröder wahrscheinlich.«

Tanja riss die Augen auf. »Kannst du nicht bestimmen,
wem du das Haus verkaufst?«

»Sicher. Aber wir wollen doch fair bleiben.«

Tanja kniff den rechten Mundwinkel zusammen. Aber
sie sagte nichts mehr, bis sie fertig abgetrocknet war.

»Warum hat Onkel Bernward kein Haus, wo sie wohnen kann?«

»Wer?« Mark überlegte gerade wieder, wo sich Christina versteckt haben konnte. Tanjas Frage verwirrte ihn, denn
für einen Moment dachte er, sie spräche von Christina.

»Papa! – Du hörst mir schon wieder nicht zu.«

»Entschuldige«, sagte er mechanisch. »Von wem hast
du gerade gesprochen?«

Sie lachte auf. »Nicht von Iris. Hast du gerade von ihr
geträumt? Ich rede von der Schröder.«

»Du meinst, sie möchte bei Onkel Bernward wohnen?«

»Tut sie doch. Neulich war da eine Frau, als Oma Ella
anrief.« Das wäre freilich eine Erklärung, warum Bernward
abends nicht mehr zum Essen kam. Es passte aber nicht

dazu, dass er die Schröder nicht mehr abholte. Sie konnte das also nicht sein. Wieder drängte sich ihm der Gedanke auf, Bernward könnte Christina bei sich beherbergen.

»Woher weißt du das?«

Tanja verdrehte die Augen. »Oma Ella schaltet neuerdings immer den Lautsprecher ein, wenn sie telefoniert. Sie sagt, sie würde dann besser hören.« Sie grinste. »Und ich auch.«

»Und da war die Schröder ans Telefon gegangen?«

»Nein. Ich hab sie bloß reden hören, ganz verzerrt aus der Ferne.«

»Woher weißt du dann, dass es die Schröder war?«

»Oh?« Sie steckte einen Finger in den Mund und kaute auf dem Nagel, während sie nachdachte. »Also, letzte Woche war sie noch Onkel Bernwards Freundin. Hat er jetzt eine neue?«

»So schnell? Kaum.« Aber bei Bernward wusste man nie. »Allerdings hast du doch selber gesagt, er habe die Schröder die letzten Tage nicht abgeholt.«

»Wenn er eine andere Freundin hätte, hätte die Schröder aber nicht gewartet. Oder?«

Mark ging ein Nachthemd holen und half ihr beim Überziehen. »Warum zerbrechen wir uns eigentlich darüber den Kopf?«

Tanja tastete über sein Gesicht und fuhr ihm dann durch die Haare. »Ist nicht so schlimm; ist gleich trocken.«

Nachdem er sie ins Bett gebracht hatte, blätterte er die Sammlung der neuen Bücher durch.

»Was Kurzes; ich bin müde. Außerdem musst du mir noch etwas erzählen!«

Er setzte sich auf die Bettkante. »So? Was denn?«

»Von deinem Problem.«

»Man erzählt nicht von Problemen vorm Einschlafen; dann träumt man schlecht.«

»Ich träume nur von Bären und Gespenstern. Und Löwen. Kommen die in deinen Problemen vor?«

Er lachte wieder. »Nein. Aber wer sagt, ein Problem könne sich nicht in einen Löwen verwandeln?«

Oder in ein Gespenst.

Als Tanja endlich schlief, war auch Ella schon im Bett. Mark zögerte; er war schon so lange nicht mehr in ihrem Schlafzimmer gewesen. Aber es war doch albern.

Leise klopfte er. Als er keine Antwort erhielt, öffnete er die Tür einen Spalt.

Eine Lampe brannte neben Ellas Bett. In ein flauschiges Bettjäckchen gekleidet, lag sie auf ihrem Bauch, den Oberkörper halb über die Bettkante hinaus. In der Hand hielt sie ein Buch und auf dem Kopf trug sie einen voluminösen Kopfhörer.

Darum also hatte sie ihn nicht gehört. Er stellte sich neben sie. »Du machst es dir ja gemütlich.«

Sie legte einen Finger zwischen die Seiten, klappte das Buch zu und schaltete den Kassettenrekorder aus. Dann erst sah sie hoch. »Es muss wirklich wichtig sein.« Sie richtete sich auf. »Komm, erzähl.«

Mark setzte sich neben sie auf die Bettkante. Er nahm ihre Hand, die das Buch hielt, und drehte sie so weit herum, dass er den Titel lesen konnte. »Du liest Henry Miller?«

Ihre Augenbrauen zuckten. »Du hältst mich anscheinend für verkalkt.« Sie entzog ihm ihre Hand. »Du vergisst, dass dieses Buch geschrieben wurde, als ich jung war. So alt wie die Personen in diesem Buch.«

»Und warum liest du es dann erst jetzt?«

Sie schürzte spöttisch die Lippen. »Wie kommst du darauf, dass ich es zum ersten Mal lese?«

Darauf wusste er keine Antwort.

»Genug palavert. Was macht dir solche Sorgen?«

Mark schubberte mit den Zähnen über die Unterlippe. »Hat Bernward zu dir etwas gesagt wegen Christinas ... Verschwinden?«

»Wir haben darüber geredet.« Sie rückte sich das Kopfkissen in ihrem Rücken zurecht. »Naheliegend.«

Kam es ihm nur so vor, als sei sie wortkarg? Er sah sie abwartend an.

»Du fragst nie nach selbstverständlichen Dingen. Worauf willst du hinaus?«

»Ich weiß nicht. Ich meine ...« Geradezu verzweifelt biss er auf seiner Lippe herum.

»Doch, du weißt.«

»Wäre es möglich ... Könntest du dir vorstellen ... Christina ist wie vom Erdboden verschluckt. Aber irgendwo muss sie doch sein.« Er sah sie flehend an. Konnte sie ihm nicht ersparen auszusprechen, was als Verdacht an ihm nagte?

Ella legte das Buch mit der Schrift nach unten auf den Nachttisch. Mark wartete.

»Bernward hat sich um Christina gekümmert. Die ganze Zeit über. Schon möglich, dass er mehr weiß als er sagt.«

»Jedenfalls – er hat dir gegenüber nichts angedeutet.«

»Er wird sich hüten. Er weiß genau, dass ich keine Ruhe geben würde, bis er alles erzählt hätte.« Sie studierte seine Miene. »Du hast ihn aber auch nicht gefragt.«

Nervös zupfte er an seinem Ohrläppchen. »Ich kam bislang nicht auf die Idee.« Musste er ihr wirklich erst sagen, dass er Bernward verdächtigte, Christina zu beherbergen? »Inzwischen jedoch ...« Sollte er sie nach der Frau fragen, die Tanja bei diesem Telefongespräch gehört hatte? Warum erzählte sie ihm nicht, was sie wusste? »So viele Möglichkeiten gibt es hier ja nicht.«

»Vermutlich hat sie die Stadt verlassen.« Ella zuckte die Achseln. »Was will sie hier noch?«

»Tanja.« Mark brachte das Wort nur krächzend heraus; er räusperte sich. »Immerhin ...«

»Ach was!« Ella unterbrach ihn resolut. »Es gibt kein Gen für Mutterliebe.«

»Das weißt du sicher besser als ich.« Mark grinste. »Aber Vaterliebe muss angeboren sein. Wenn ich mir vorstelle ...«

»Mach dir nichts vor. Tanja ist dir erst im Laufe der Zeit so wichtig geworden. Eigentlich erst, seit du weißt, dass sie deinen Schutz braucht.«

»Christina hatte mir keine Chance gelassen.«

»Du hast sie dir nicht genommen.«

Mark schluckte heftig, schockiert über ihren Vorwurf. »Worauf willst du hinaus?«

Ellas Miene verschloss sich und das Grün ihrer Augen wurde grau. »Es sind immer beide beteiligt; im Guten wie im Schlechten.«

»Du hast mir nie einen Vorwurf gemacht. Bis jetzt. Was hat Bernward gesagt?«

»Bernward ... Er spricht nie über Tanja.« Sie versuchte sich an einem Lächeln. Es gelangte nicht über das Anheben ihrer Mundwinkel hinaus. »Neuerdings redet er über ihre Lehrerin; dabei kommt sie manchmal ins Spiel.« Sie deutete auf ihr Buch. »Du hast mich unterbrochen. Weißt du jetzt, was du wissen wolltest?«

Das war grob; Mark blies den Atem durch den geöffneten Mund, um nicht zu explodieren. »Tut mir leid, dass ich dich gestört habe.«

Sie schnaubte. »Mach dir nicht so viele Gedanken. Es kann dir schließlich egal sein, solange sie dich nicht behelligt.«

»Das eben ist der Punkt.«

Als er dabei war, die Tür von außen zu schließen, rief sie ihm hinterher: »Wenn du Tanja die nächsten Tage zu Hause lassen willst – kein Problem.« Also machte sie sich auch Sorgen wegen Tanja.

Musikfetzen schwappten zu ihm herüber. Sie hatte wieder das Buch in der Hand und den Kassettenrekorder eingeschaltet. Da ersparte er sich eine Antwort.

Statt ins Bett ging er in die Küche, holte noch eine Büchse Bier und setzte sich auf den Balkon.

Es war noch nicht ganz dunkel. Am Horizont gab es einen Rest Licht und die höheren Häuser bildeten einen Schattenriss davor. Dieses Viertel hatte sein Büro entworfen; damals, als Christina schwanger gewesen war. Seit letztem Jahr waren die Häuser bewohnt. Etwas war fertig geworden.

Sein Leben glich dagegen einer Baustelle; oder, schlimmer noch, einem Abbruchhaus. Es wurde Zeit, auch damit fertig zu werden. Etwas Neues aufbauen. Aber wie konnte er, solange Christina ihm alles einriss, was er mühsam zustande bekommen hatte!

Schließlich wählte er Iris' Nummer. Es dauerte lange, bis sie ans Telefon ging. Sie klang außer Atem: Ihr »Hallo« war ein Hauch mit einem lang gezogenen »o«.

»Störe ich?«

Sie kicherte. »Wie nett.«

»Was? Ich habe schon oft bei dir angerufen; meist habe ich kein Glück.«

Sie gluckste. »Das meinte ich nicht. Es ist das erste Mal, dass du fragst, ob du störst.«

Das war ihm noch nie aufgefallen. Sie hielt ihn bestimmt für einen Stoffel.

»Also störe ich dich?« Jetzt legte er es darauf an, eine Antwort zu bekommen.

»Ist nicht so schlimm. Aber warum ... was ist?«

»Ich muss mit dir reden.«

»Du tust es gerade.« Das war schnippisch; anscheinend

verlor sie die Geduld mit seinem Ungeschick. Geschah ihm ganz recht.

»Wie weit bist du mit dem Umzug?«

Einen Moment war sie still. Sie klang perplex, als sie dann sprach. »Aus welchem Mustopf kommst du jetzt?«

»Das seh ich doch nicht, wenn ich anrufe.«

»Worüber möchtest du mit mir reden?« Sie war auf der Hut; so gut kannte er inzwischen ihren Tonfall. »Hast du einen Käufer für dein Haus?«

Er lachte, unendlich erleichtert, dass sie in die falsche Richtung dachte. »Du bist auch nicht ganz auf Draht heute. Eine Käuferin habe ich doch schon lange.«

»Aber es war nicht ernst, oder?«

»Ich verkaufe das Haus nicht.« Das überraschte ihn jetzt selbst. »Ich habe nicht die Absicht.« Den Nachsatz sagte er mehr zu sich als zu Iris, als müsste er diesen Gedanken jetzt prüfen. Wie fühlte er sich an? Gar nicht so beängstigend, wie er erwartet hatte.

»Schön. Dann kann ich ja einziehen.« Warum war sie jetzt wieder bissig? »Also, worüber willst du reden?«

»Eigentlich ... Ich will halt wissen, ob wieder jemand den Garten verwüstet hat. Oder sonst etwas passiert ist.«

Sie schluckte unüberhörbar, aber dann klang ihre Stimme kühl, fast gleichgültig. »Hat eine der Nachbarinnen denn jemanden gesehen?«

»Ich weiß es nicht. Und mit all den Hecken und Büschen jetzt ...«

»Es ist alles in Ordnung.« Sie schwieg wieder und er hatte keine Idee, wie er fortfahren sollte. »Muss ich mir Sorgen machen?« Diesmal klang ihr Lachen gezwungen. »Vielleicht sollte ich mal die Zeitung lesen, für die ich arbeite.«

»Da wirst du nichts finden, wenn du nicht selbst einen Reporter bestellst, der sich auf die Lauer legt.« Überhaupt, das war ein Gedanke. Warum war er nicht schon längst darauf gekommen? Er sollte eine Detektei engagieren statt sich auf die Nachbarn zu verlassen.

»Mark ... Warum sagst du mir nicht, was los ist?«

»Deswegen rufe ich an. Nein, deswegen möchte ich dich treffen. Am Telefon ...« Nein, er wollte nicht am Telefon darüber reden. Er würde nicht sehen, wie sie es aufnahm.

Etwas raschelte bei Iris, dann fiel etwas mit einem dumpfen Geräusch zu Boden. Iris knurrte unwillig. »Es ist ein bisschen spät; aber wenn du willst, dann komm vorbei. Du weißt ja, wo ich bislang wohne.«

Das war ... Er machte einen Schritt auf Ellas Tür zu. Was würde sie sagen, wenn er sie schon wieder in ihrem Zimmer besuchte?

»Kannst du Tanja nicht allein lassen?« Er hatte sein Zögern offensichtlich nicht gut genug verborgen.

»Meine Mutter ist da, kein Problem.« Nun mochte er nicht sagen, dass er auch bis morgen warten könnte. »Also, in einer halben Stunde bin ich bei dir.« Jetzt hatte er es angefangen; da brachte er es besser gleich zu Ende.

31

Iris empfing Mark in Rock und Bluse, die in ihrer schlichten Eleganz wie Bürokleidung wirkten.

Unter einem großen Spiegel im Flur hinter ihr standen ein Umzugskarton und zwei Bücherkisten; auf dem Umzugskarton lag eine dreiarmige Deckenlampe.

»Ich hoffe, du hattest noch nicht geschlafen.« Etwas Dümmeres fiel ihm in seiner Ratlosigkeit nicht ein.

»Und wenn, wäre es nun auch egal, nachdem du mich einmal geweckt hattest.«

Also hatte sie geschlafen. Und sich business-mäßig für ihn angezogen.

Mark folgte ihr ins Wohnzimmer. Dort stapelten sich an einer Wand gefaltete Umzugskartons; Iris hatte offensichtlich noch eine Menge zu packen. Ein Fußbänkchen vor dem Sofa diente als Tisch. Zwei bauchige Weingläser und eine angefangene Flasche Rotwein standen darauf. Beide Gläser waren unberührt. Das überraschte ihn noch mehr.

Iris wies ihn zu einem Ledersessel; dann setzte sie sich selber in die Mitte des Sofas.

Sie langte nach der Flasche, die drei Viertel voll war, und goss ein. »Ich weiß, dass du diesen Wein magst. Ist genau der Jahrgang, den sie neulich im Restaurant nicht mehr hatten.«

»Und wieso hast dann du ihn?«

»Ich mag ihn auch.« Sie lächelte verschmitzt: »Ich habe einen kleinen, feinen Vorrat.« Mit geschlossenen Augen sog sie den Duft ein, bevor sie zum Trinken ansetzte. »In deinem

Keller werde ich mehr lagern können ohne Bedenken, er könne bald verderben.«

In seinem Keller. Der Keller war ein gutes Stichwort;
er musste nur noch die Kurve kriegen. Aus Verlegenheit trank
er das halbe Glas in einem Zug. Erst ein überraschter Laut
von Iris stoppte ihn.

Sie kicherte. »Hast du es darauf angelegt, bei mir zu
übernachten? Ich warne dich: Diese Couch kann man nicht
ausklappen.«

Marks Gesicht begann zu glühen und er stellte hastig
das Glas ab, hielt sogar die Hand darüber, als sie gleich darauf
nach der Flasche griff.

»Doch nicht?« Iris war anscheinend bester Laune. Sie
drehte sich zur Seite und schaltete die Stereoanlage ein, die
neben dem Sofa auf dem Fußboden stand. Leise Klaviermusik erfüllte den Raum; fehlte nur, dass sie das Licht dämpfte.
Wie sollte er da ernsthaft mir ihr reden?

»Passt der Schlüssel, den ich dir neulich gegeben habe?
Oder steht der Keller immer noch offen?«

»Warum ist der Keller so wichtig?«

Wieder einmal war er von Fettnäpfchen umzingelt. Eigentlich konnte er nur alles falsch machen. Aber dann, dann
war es auch egal. Jetzt schenkte er sich doch noch ein halbes
Glas ein.

»Über den Keller wollte ich nicht direkt mit dir reden.«

Sie sah ihn an; aufmerksam, ernst jetzt. Aber sie hatte
nicht die Absicht, ihm weiterzuhelfen. Könnte sie auch nicht
– sie konnte nicht ahnen, in welche Richtung er ging.

»Es ist etwas passiert.«

»Ja?«

»Also eigentlich nicht erst jetzt. Oder doch ...« Er holte
tief Luft. »Christina ... meine Ex-Frau ...« Er verhaspelte sich.
Plötzlich fühlten sich seine Wangen taub an, als habe er tat-

sächlich schon zu viel getrunken. Er nahm sich zusammen. »Christina ist vor ein paar Tagen aus der Psychiatrischen Klinik verschwunden. Von einem Ausgang allein nicht mehr zurückgekehrt.«

Sie stellte die Musik aus und setzte sich neben ihm auf die Sessellehne. Ihre Nähe hatte etwas Fürsorgliches. »Und niemand hat eine Ahnung, wo sie sein könnte?«

Darauf war eine Antwort überflüssig.

»Aber dann kann sie nicht diejenige sein, die seit Wochen alles verwüstet.«

Er nahm den bauchigen Kelch zwischen beide Hände und ließ den Wein sanft kreisen, bevor er trank. »Sie durfte sich schon länger allein draußen bewegen.«

»Einfach so?« Deutlich klang der Schreck in ihrer Stimme.

»Das war auch meine Frage. Diese Ärztin ... Wie es scheint, hat sie ihr blind vertraut.«

»Aber in irgendeiner Weise müssen sie doch eine Kontrolle über sie ausgeübt haben. Schließlich ...«

Mark nickte. »... ist sie eine Mörderin.«

Sie sahen sich an. Dämmerte es Iris, worauf er hinauswollte?

»Bevor Bernward sich an die Arbeit im Garten gemacht hat, gab es einen deutlich sichtbaren Trampelpfad vom Zaun neben dem Gartenschuppen bis zur Terrasse. Wir dachten an Katzen.«

»Katzen verwüsten keine Gärten.«

»Er war nicht verwüstet.« Ihm stockte der Atem. Daran hatte er noch gar nicht gedacht. »Die Verwüstungen begannen erst, nachdem wir anfingen, den Garten wieder herzurichten und im Haus aufzuräumen.« Tanjas alter Hampelmann kam ihm in den Sinn. »Es auszuräumen.«

Iris rieb sich mit der linken Hand über die Augen, als

sei sie plötzlich erschöpft. »Warum sollte deine Frau von der Rückseite kommen?«

»Naja, heimlich.«

Iris schüttelte den Kopf. »Wenn sie Ausgang hatte, konnte sie öffentlich herumspazieren.«

»Aber sie hatte angeblich andere Ziele. Wenn jemand überprüft hätte, wohin sie wirklich geht, wären ihre Ausflüge in die alte Heimat herausgekommen.«

»Und wenn ihre Therapie keine Konfrontation mit der Vergangenheit vorsah, mussten die Ärzte dagegen sein, dass sie sich dort aufhielt.«

»Sicher war es ihr klar.« Er bemühte sich um ein Lächeln. »Eigentlich ist es nicht schlecht zu wissen, dass sie es ist, die sich da herumtreibt. Immerhin ein Stück Klarheit.«

»Aber was bedeutet es, dass sie alles zerstört? Wen will sie damit treffen?«

»Mich!« Mark glaubte es in diesem Augenblick wirklich. »Sie hat mich gehasst, nachdem sie mir den Mord nicht anhängen konnte.«

»Du meinst, sie will verhindern, dass du wieder einziehst?«

Darauf hatte er keine Antwort.

»Aber auf jeden Fall konnte sie sehen, dass sie bald nicht mehr ungestört wäre.« Iris rückte ein Stück weg und sah ihn fragend an. »Wieso hat niemand von deinen Nachbarn sie erkannt?«

»Fandest du, dass die beiden Wimmers sich sehr präzise geäußert haben?«

»Und Marlies? Sie kam vermutlich über deren Grundstück. Im Frühling waren die Sträucher nicht so dicht wie jetzt.«

Mark presste die Lippen zusammen. »Doch! Bevor Bernward anfing! Er hat sie ausgedünnt, als er sie geschnitten hat.«

»Marlies war viel mit deiner Frau zusammen. Würde sie sie decken?«

»Bestimmt!« Das war ihm entfahren, ohne dass er darüber nachgedacht hatte. Er sollte sich nicht so sicher sein. »Aber nur ... Nur, wenn sie nicht denkt, sie hätte Christina als Konkurrenz zu fürchten.«

Iris grinste anzüglich. »Gerald ist ein Schürzenjäger.« Ihr Grinsen wurde breiter, als er die Augenbrauen hob. »Hast du das nicht gemerkt?«

»Also hör mal! Marlies war schließlich da. Und ich auch.«

Iris wirkte immer amüsierter; sie lachte leise. »Wenn ein Mann ein Schürzenjäger ist, dann hat er Reflexe, die er auch in Gegenwart anderer nicht ablegen kann.«

»Ach ja? Tatsächlich?« Hoffentlich machte er nicht den Eindruck eines Schürzenjägers auf Iris. Aber vielleicht erklärte sich manches Fettnäpfchen so. »Und ist das denn schlimm?«

»Lästig! Meist ist es äußerst lästig. Und anstrengend.«

Er suchte in ihrer Miene nach Anzeichen, dass sie auch ihn damit meinte, aber da war nichts. Sie sah ihn ganz arglos an.

»Und von Gerald hattest du den Eindruck, er sei ein Schürzenjäger?«

»Oh ja.« Sie lachte hell auf. »Da merkt man, wie blind ihr Männer doch seid.«

»Das glaube ich nicht.«

»Dass ihr blind seid? Oder dass Gerald ein Schürzenjäger ist?«

»Letzteres.« Jetzt grinste er auch: Er hatte widerstanden, auf ihre erste Frage zu antworten. »Marlies und ich hätten es gemerkt, wenn er dir schöne Augen gemacht hätte.«

»Hat er auch nicht. Er hat mich lediglich mit seinem ersten Blick ausgezogen; dann war gut.« Sie ging zum Fußbänkchen-Tisch und schenkte sich nach. »Ehefrauen merken entweder überhaupt nichts. Oder sie wittern ganz unnütz und unsinnig Verrat hinter jedem Busch.«

»Falls Marlies zu den Nicht-Merkerinnen gehört, dann würde sie Christina helfen. Mindestens aber sie nicht verraten.« Er starrte grübelnd in sein leeres Glas.

Prompt langte Iris danach und füllte es nach. Er sah sie überrascht an. Hatte sie die Bemerkung mit der Couch genau andersherum gemeint als er sie verstanden hatte ... als Einladung, nicht als Warnung? Mit dem Glas in der Hand stand er auf und ging zum Fenster.

Er starrte hinaus, ließ seinen Blick über das Panorama schweifen. Schwache gelbe Lichter markierten die Wege in dem Park, wo Iris mit Tanja gespielt hatte. Links davon die Rücklichter von zwei Autos in der Einbahnstraße, die zum Restaurant führte.

Ein leises Rascheln verriet ihm, dass Iris ebenfalls aufgestanden war. Er lockerte seine Schultern mit einer kurzen Bewegung, damit sie seine Anspannung nicht merkte.

Dann roch er ihr Parfüm. »Überlegst du, wo dort unten sie stecken könnte?« Sie streifte seinen Arm. »Was hast du an Anhaltspunkten?«

»Zum Beispiel den, dass sie vielleicht gar nicht in der Stadt untergeschlüpft ist. Ihre frühere Chefin wohnt außerhalb, aber mit einer guten öffentlichen Verbindung.«

»Noch jemand, der ihr trotz allem helfen würde?«

»Christina ist kein böser Mensch. Und sie konnte alle für sich einnehmen.«

»Und das war keine Fassade, sondern echt?«

»Sicher.« Das klang nicht sehr überlegt. Iris hatte es wohl verstanden, denn sie legte ihre Hand auf seinen Arm.

»Du wirst dich immer fragen ...«

Er wandte sich um und da war ihr Gesicht ganz dicht

vor seinem. Wieder sah sie ihn so mitleidig an wie an dem Tag, als er ihr alles erzählt hatte. Sein Magen verknotete sich; Mitleid war das letzte, was er von ihr wollte.

Dann änderte sich ihr Gesichtsausdruck und in ihren Augenwinkeln tauchten winzigkleine Fältchen auf, während sich ihre Lippen halb öffneten.

Da wagte er, seine Finger auf ihre Hand zu legen. In dieser Weise hatte er sie noch nie zuvor berührt. Sachte drückte er sie und beobachtete wachsam, fast ängstlich ihre Miene: Auch um ihren Mund tauchte ein feines Lächeln auf.

»Iris.« Seine Stimme war so rau, dass er lieber nichts weiter sagte. Nervös leckte er sich über die Lippen.

Ihr Lächeln vertiefte sich und ihre Stimme war sanft. »Wir sind erwachsen, nicht wahr?«

Was zum Teufel sollte das nun wieder heißen? Mark ließ ihre Hand los. Er traute sich nicht, auch nur den kleinen Zeh zu bewegen.

Täuschte er sich oder war sie eine Winzigkeit näher gekommen? Er hatte vor langer Zeit vergessen, wie man flirtete. Er wusste nicht einmal zu entscheiden, ob dies Flirt war oder nicht.

Sie nahm die Hand von seinem Arm, aber es war kein Rückzug. Sie trat einen halben Schritt um ihn herum, sodass sie zwischen dem Fenster und ihm stand. »So kommst du nicht weiter.«

»Anders auch nicht.« Diese Bitterkeit in seiner Stimme war ganz fehl am Platz. Er versuchte, ihr einen leichteren Klang zu geben. »Aber vielleicht muss ich das auch nicht. Was soll schon passieren?«

»Dann machst du dir keine Sorgen ...« Sie schluckte. »Aber aus eben diesem Grund bist du doch gekommen heute Abend.«

»Ja.« Wieder war sein Wort nur ein Krächzen. Hastig

blickte er sich nach seinem Wein um. Aber um das Glas zu erreichen, musste er sich mindestens zwei Schritte entfernen ... Doch ein Moment wie dieser kehrte niemals wieder. Und wäre gleich unwiederbringlich vorbei. Wie jener Augenblick in der Uni, als sie ihm den Kuss für Tanja gab.

Er schluckte hart. »Iris.« Wenn er flüsterte, konnte er das Krächzen unter Kontrolle halten. »Ich ...«

Sie rührte sich nicht, als er sie mit beiden Händen an den Schultern fasste. Er zog sie näher zu sich, gerade so nahe, dass er ihr noch ins Gesicht schauen konnte.

Iris' Augen funkelten, das Deckenlicht reflektierend. Um Millimeter legte sie den Kopf nach hinten. Er senkte den seinen, sodass sich ihre Stirnen berührten.

Dann küsste er sie vorsichtig. Er hauchte den Kuss mehr über ihre Lippen als dass er sie dabei berührte. Mit einer Hand streichelte er ihren Rücken, während er sie mit der anderen im Nacken festhielt. Sie war warm wie ein Sonnenstrahl, der sich auf Gesicht und Brust niederließ.

»Iris«, flüsterte er direkt über ihren Lippen. Die Heiserkeit war fort.

Sie legte die Arme um seinen Hals und dann küsste sie ihn mit offenem Mund. Seine Zunge begegnete der ihren, die sich spitz anfühlte. Eine Frau mit spitzer Zunge, wahrhaftig.

Er ließ das Denken sein und gab sich den Gefühlen hin, die ihn ihm aufflackerten und dann zu einer heißen Flamme wurden. Über drei Jahre hatte er keine Frau mehr berührt und schier vergessen, wie es war.

Aber so wie jetzt war es mit Christina nie gewesen. Iris kannte keine Schüchternheit und keine Hemmungen. Ganz anders als Christina. Es war berauschend, aber er bekam Christina dennoch nicht aus seinem Kopf.

Iris musste auch das gemerkt haben, denn unvermittelt hielt sie mit ihren Liebkosungen inne. »Mark?«

»Ich ... Seit damals ...« Sie ersparte ihm weiteres Gestammel, indem sie nickte.

Dann ließ sie ihn los und sein Magen krampfte sich vor Schreck zusammen. Aber sie tat nichts anderes, als dass sie die Gläser holte und ihm eins davon gab. Er war sicher, dass es nicht seines war; es war fast leer. Während er es noch betrachtete und überlegte, ob er diesen letzten Schluck gleich austrinken sollte, hatte sie schon die Flasche in der Hand und schenkte ihm nach.

Sie stieß mit ihm an und schlang dann ihren Arm um seinen, als wolle sie ganz altmodisch Brüderschaft trinken. Und das nach diesem Kuss! Diese Frau war einfach unglaublich.

Er trank mit ihr gemeinsam. Aber bevor er sie küssen konnte, hatte sie sich ihm schon entwunden, nahm ihm sein Glas wieder aus der Hand und stellte beide auf dem Fußboden ab.

Der nächste Kuss kam wieder von ihr und er war berauschend wie der erste.

Mark war wie betäubt. »Jetzt darf ich aber nicht mehr Auto fahren!« Wirkte er ratlos?

Sie schmunzelte, als sei es genau das, was sie wollte. Dabei hatte er sie angerufen, nicht umgekehrt. Er fuhr sich durch die Haare. Aber sie hatte vorgeschlagen, dass er noch am Abend kam.

Er ließ sich aufs Sofa fallen und streckte die Hand nach ihr aus. Sie nahm die Gläser und setzte sich dicht neben ihn; er legte seinen Arm um ihre Schultern. Der Duft ihrer Haare, die intensiv nach Flieder-Shampoo rochen, vermischte sich mit dem schweren Geruch des Rotweins.

Iris saß sittsam neben ihm und schaute geradeaus. Sie schien jetzt warten zu wollen. Mark musterte sie aus den Augenwinkeln und kam sich vor wie ein Idiot.

Lieber sollte sie ihn für frech halten als für einen Idioten. Er griff nach einem der Gläser, trank aus und stellte das Glas wieder ab.

Mit einem Lächeln drehte er sich zu ihr um, um ihr zu sagen, wie blöd er sich gerade vorkam. Er hatte schon dazu angesetzt, dann hielt er sich zurück. Wie kam er dazu? Nur ein kompletter Idiot tat das.

Er fasste sie an den Armen und zog sie an sich. Während er ihre Augenlider küsste, erst das eine, dann das andere, öffnete er einen Knopf an ihrer Bluse und schob den dünnen Stoff beiseite, um ihre Haut direkt zu berühren.

Iris hob ihr Gesicht, sodass sich ihre Lippen trafen. Und wieder überwältigte ihn ihr Ungestüm. Da bremste er sich nur noch so weit, dass er nicht zu hastig wirkte, als er ihre Bluse vollständig aufknöpfte und sie von ihren Schultern streifte. Er langte unter ihren weiten Rock und zog das Höschen herunter. Sie schnurrte regelrecht, als er sie berührte. Mark legte sich hin und versuchte, sie neben sich zu ziehen. Stattdessen rollten sie zusammen vom Sofa.

Auf dem Teppich angekommen, lag er über ihr und blickte in ihre verheißungsvoll glitzernden Augen.

Dann gab sie einen Knurrlaut von sich. »Hart. Ich habe auch ein Bett!« Sie befreite sich und zog ihn noch im Knien hoch.

»Wo?«, flüsterte er in ihr Ohr.

Iris sprang auf, griff nach ihrem Höschen und lief dann die Hüften schwenkend voraus. An der Schlafzimmertür hob sie ihm die Arme entgegen. Er begriff es als Aufforderung und hob sie hoch. »Ich habe noch nie irgendeine Frau über irgendeine Schwelle getragen.«

Sie schnurrte. »Immerhin ist es nicht die Wohnungstür. Es wäre auch ...«

Mark spannte sich einen Moment, als sie stockte. Es

war klar, was sie hatte sagen wollen, und wieder schlich sich Christina in seine Gedanken.

Iris befreite sich aus seinen Armen, als er vor dem Bett angekommen war. Wegen der schweren Vorhänge vor dem Fenster war es fast dunkel in diesem Raum. Das Licht reichte gerade, die Konturen der Möbel zu erkennen.

Ihre Bewegung zur Nachttischlampe spürte er mehr als dass er sie sah. Aber er wollte jetzt kein Licht, damit sie in seinen Augen und in seinem Gesicht nichts finden konnte, was sie zum Rückzug verleiten würde. Christina hatte sich stur und beharrlich in seinen Gedanken eingenistet und er konnte nichts dagegen tun.

Wäre er nur nie in das alte Haus zurückgekehrt.

Andererseits ... »Meinst du, wir hätten uns auch woanders als in dieser Anzeigen-Annahme kennenlernen können?«

»Meine Güte!« Sie bekam einen Lachanfall. »Worüber ihr Männer euch Gedanken machen könnt!«

Der Zauber war zerstört. Mark hätte sich ohrfeigen können. Hatte er sich nicht vorhin gesagt, dass dies ein unwiederbringlicher Moment war?

Iris streckte sich auf dem Bett aus und stützte ihren Kopf auf einen Arm. So dunkel wie es war, hatte nun auch er nicht die blasseste Ahnung, was sie jetzt denken oder erwarten mochte.

Er setzte sich auf die Bettkante. Langsam streckte er eine Hand nach ihr aus, streichelte mit zwei Fingern ihre Halsbeuge. Von Iris kam kein Laut und sie schien sich auch nicht zu rühren.

Mark fühlte sich gehemmt, eingeschüchtert, weil er nicht wusste, was sie jetzt erwartete. Trotzdem legte er sich neben sie und begann sie mit seinen Lippen zu liebkosen. Ein Zittern lief durch ihren Körper und ließ ihn mutiger werden.

Währenddessen tastete er nach dem Verschluss ihres

Rocks. Er fand einen Haken und einen Druckknopf und bemühte sich, beides mit einer Hand zu öffnen. Der Druckknopf ging leicht, aber mit dem Haken verhedderten sich seine Finger, bis Iris ihm zur Hilfe kam und ihn selber öffnete.

»Willst du dich nicht ausziehen?«

Mark erstarrte einen Moment. Es genierte ihn tatsächlich, dass er schwer geworden war in den letzten drei Jahren. Er hatte keinen Grund gesehen, auf sich zu achten, und keine Lust gehabt, alleine irgendeinen Sport zu treiben.

Er begann mit den Knöpfen an den Hemdsärmeln. Aber auf der Seite liegend war es schwierig, sodass er nur den linken sofort aufbekam. Während er an der rechten Manschette nestelte, fragte er sich, wann Iris wohl anfing zu lachen.

Mit zusammengepressten Lippen, die Zunge dazwischengeschoben wie ein kleines Kind es täte, gelang es ihm schließlich doch, auch diesen Knopf zu öffnen. Die Schulter, auf der er lag, hatte sich währenddessen verkrampft; schnell drehte er sich auf den Rücken und zog das Hemd aus der Hose. Ehe er noch den ersten Knopf offen hatte, lagen Iris' Hände auf seiner Brust; sie hatte sie unters Hemd geschoben. Und dann begann sie, es von der Innenseite aus aufzuknöpfen.

»Wie machst du das?« Er spürte nur ihre Handballen, die Bewegungen der Finger konnte er nicht verfolgen. Und sehen konnte er gleich überhaupt nichts. Er küsste sie auf die Schulter, die erstbeste nackte Stelle, die er mit seinem Mund erreichen konnte.

Ihre langen Haare senkten sich über ihn und der Hauch ihres Atems streichelte ihn. Er nahm einen tiefen Atemzug, um ihr Parfüm zu identifizieren. Es war ein anderes als sonst. Ein wenig süßlich, was ihn überraschte. Er hatte ihr für Abends einen rassigeren Duft zugetraut, einen, der ihrem impulsiven Temperament entsprach.

»Hast du eigentlich noch einen anderen Vornamen?«

Sie fuhr auf. »Gefällt er dir nicht? – Weißt du eigentlich, wie Iris aussehen?«

»So wie du, nehme ich an.« Dabei fiel es ihm ein: Sie roch nach Iris-Blüten. »Zumindest riechen sie so wie du.« Er war nicht wenig stolz auf seine Entdeckung.

»Was du nicht sagst!«

Hatte er etwa danebengetippt? Dann begriff er, dass sie ihn aufzog. Er atmete langsam aus. Je mehr sie ihn aus der Fassung brachte, desto mehr schwand sein Begehren. Das konnte sie unmöglich mit Absicht machen.

Mark legte sich wieder auf die Seite und versuchte, in der Dunkelheit etwas von ihrem Gesichtsausdruck zu ertasten. Er streichelte ihre Wange, dann ihre Lippen. Kleine Kerben in ihren Mundwinkeln verrieten ihm, dass sie wohl lächelte. Langsam entspannte er sich. Gleichzeitig fühlte er sich aber wie ausgelaugt. Erschöpft, als habe er einen Tausendmeterlauf hinter sich.

Iris legte einen Arm um seinen Nacken und drückte ihr Gesicht in seine Halsbeuge. Aber sie streichelte ihn nicht und machte auch keine Anstalten, ihn noch einmal zu küssen.

Er genierte sich plötzlich. Mit dieser Situation konnte er gar nichts mehr anfangen. Sie hätte doch Licht machen sollen. »Möchtest du verführt werden?«

Die Muskeln in ihrem Arm spannten sich und ihre Finger krallten sich in seine Haare. »Eigentlich nicht.« Ihre Stimme klang aber nach einem Lächeln.

»Das beruhigt mich.«

»Aber du kannst ruhig hier bleiben. Du musst weder nach Hause fahren noch auf die Couch umziehen.«

Sie bewegte sich und dann zog sie die Bettdecke über sie beide. Ihr nackter Schenkel lag warm neben seinem Bein und sein Begehren flammte wieder auf.

Wie viel Tonnen Zement brauchte er für das Fundament der Brücke, die er diese Woche begonnen hatte zu zeichnen? Er konzentrierte sich auf die Berechnung und versuchte, im Kopf fünfstellige Zahlen zu multiplizieren.

»Was machst du?« Iris riss ihn aus der Rechnung, als er die ersten beiden Reihen hatte. Ihre Stimme klang perplex.

»Was?«

»Du hast irgendwelche Zahlen gemurmelt.«

Er schluckte; wann würde er ohne Fettnäpfchen auskommen! »Ich habe versucht auszurechnen, wie viele Sekunden wir uns kennen!«

Iris bekam einen Lachkrampf. Nach einer Weile sagte sie, nach Luft japsend: »Du musst verrückt sein.«

»Ich weiß.« Seine gute Laune kam zurück. »Wo sind eigentlich unsere Weingläser geblieben?«

»Ich hole sie.« Sie knipste das Licht neben dem Bett an und lief barfuß ins Wohnzimmer.

Als sie zurückkam, hatte sie beide Gläser wieder bis zum Rand gefüllt. Sie hatte eine neue Flasche aufmachen müssen; darum hatte es so lange gedauert. Mit weit ausgestreckten Armen balancierte sie sie zum Nachttisch.

Mark richtete sich auf und nahm ihr eines ab, bevor sie es hinstellen konnte. »Prost!«

Sie nickte, stellte ihres aber hin. Mit Schwung und trotzdem elegant ließ sie sich neben ihm auf dem Kopfkissen nieder und streckte ihre Füße unter die Bettdecke. Dann erst prostete sie ihm zu. In ihren Augen glitzerte der Schalk. »Aber nicht Brüderschaft jetzt. Das gibt Rotweinflecken im Bett.«

Mark senkte den Blick automatisch auf den winzigen Fleck, den er mit dem Tropfen verursacht hatte, der das Glas hinuntergelaufen war. Sie schien es nicht zu bemerken. Oder tat so.

»Ich werde nicht schlau aus dir.« Das hatte er nicht sagen wollen. Hastig trank er den nächsten Schluck.

»Was fehlt dir noch an deinem Wissen über mich?« In ihrem rechten Mundwinkel tauchte ein Grübchen auf. »Ich bin eine einigermaßen solvente Mieterin, ledig, Sinologin, einfünfundsiebzig ...«

»Fünfundfünfzig Kilo ...«

»Nein.« Sie legte die Hand auf seinen Arm, um ihn zu unterbrechen. »Vierundfünfzig.«

»Tatsächlich? Ich habe dich für dicker gehalten. Wann hast du dich das letzte Mal gewogen?«

Er war rundum zufrieden. Ob sie miteinander schliefen oder nicht, darauf kam es überhaupt nicht mehr an. Liebte er Iris? Auch das war egal. Aber er hoffte, sie fragte ihn nicht.

Er hob ihr noch einmal sein Glas entgegen und diesmal stieß sie mit ihm an. »Wenn ich so weitermache, bin ich morgen früh noch betrunken.«

»Ich dachte, du verträgst mehr.« Sie zog ihn schon wieder auf, aber bevor er seine Antwort parat hatte, wurde ihre Stimme ernsthaft. »Du musst Tanja zur Schule bringen, nicht wahr? Wann?«

»Um acht!«

»Fein! Das reicht, dich mit einer Kanne Kaffee auf die Beine zu kriegen.«

»Eine ganze Kanne? Für mich allein?«

Iris weckte Mark tatsächlich, indem sie ihm eine Kanne Kaffee unter die Nase hielt und den Deckel lüpfte.

Mark räkelte sich. »Kaffee im Bett?«, murmelte er, noch im Halbschlaf. »Ich kann mich nicht erinnern, wann ich das letzte Mal im Bett gefrühstückt habe.«

»Von wegen! Für was hältst du mich?«

Er streckte die Hand nach ihr aus. »Für eine bezaubernde Frau.«

»Wohl eher für ein dummes Huhn!« Sie zog ihm die

Bettdecke weg. »Frühstück im Bett macht außerdem Krümel. Und die pieken.« Sie nahm die Kanne in die andere Hand und verschwand wieder.

Sie hatte keine Tasse gebracht; sie meinte es ernst.

Einen Augenblick sah er ihr verträumt hinterher. Aber nach einem Blick auf die Uhr sprang er aus dem Bett und zog sich an, so schnell er konnte. Nur einen Socken fand er nicht; selbst unterm Bett nicht. Stirnrunzelnd zog er den linken Schuh auf den nackten Fuß.

Iris kaute an einem Brötchen, während sie ihre Tasse in der linken Hand hielt. »Möchtest du auch etwas essen?« Sie deutete mit dem Brötchen auf ein Glas Kirschmarmelade. »Mehr kann ich dir nicht bieten.«

»Nicht nötig.« Er schenkte sich ein. »Hast du Milch?«

Sie verzog das Gesicht. »Für den Kaffee? Wie eklig.« Aber nach dem nächsten Bissen zeigte sie auf den Kühlschrank neben dem Fenster.

Ganz offensichtlich hatte sie nicht die Absicht, ihn zu bedienen. Aber so selbstsicher wie sie tat, war sie wohl doch nicht. Sonst hätte sie das nicht so demonstrativ zur Schau gestellt. Grinsend holte er sich die Milch.

Als er die Milch in den heißen Kaffee schüttete, klumpte sie und sank auf den Boden der Tasse.

»Oh, das tut mir leid.« Iris machte eine Bewegung, als wolle sie aufstehen. Dann sank sie wieder auf ihren Stuhl zurück. Mit ihrer Tasse zeigte sie auf eine der Türen des Hängeschranks. »Nimm dir eine neue.«

Mark begann, sich zu amüsieren. Er öffnete die Schranktür. »Welche?«

»Was, welche?«

»Welche Tasse ich nehmen soll.«

Iris schnaubte kurz. Dann deutete sie mit dem Zeigefinger gegen die Decke. »Die dort; ganz oben links.«

Mark reckte sich; selbst er brauchte fast eine Trittleiter, um dort ranzukommen. Das machte sie mit Absicht. Mit drei Fingern tastete er das Regal entlang, bis er etwas Porzellanenes berührt. »Die?«

Iris' Grunzen deutete er als Einverständnis, streckte seine Finger noch ein bisschen weiter aus und dann gelang es ihm, die Tasse an den Regalrand zu schubsen. Schnell griff er auch mit der anderen Hand zu, um sie unbeschädigt aus dem Schrank zu holen.

Iris hinter ihm ließ ein Besteckteil auf ihren Teller klirren. »Zucker steht in dem Schrank links. Das größere Schüsselchen. In dem anderen ist Salz.«

»Ich sehe den Unterschied zwischen Salz und Zucker.«

»Dann hast du bessere Augen als ich. Also kann ich dir guten Gewissens meine Küche überlassen.« Ihr Stuhl schleifte über den Boden und Mark drehte sich um.

»Gehst du schon?«

»Ins Bad«, flötete sie, stellte ihre Tasse ab und ging hinaus. Gleich darauf stand sie noch einmal in der Tür. »Nimmst du mich mit bis zur Zeitung?«

»Selbstverständlich.«

Sie wies zur Kaffeekanne. »Mach es dir gemütlich, bis ich fertig bin.«

Als die Badezimmertür zuschlug, schaute er auf die Uhr. Wenn er den Umweg bei der Zeitung vorbei machte, hatte er jetzt höchstens noch zehn Minuten Zeit, um Tanja pünktlich in die Vorschule zu bringen.

Oder genauer, Iris hatte so viel Zeit.

Er trank seinen Kaffee, obwohl er mit dem Zucker geradezu widerlich schmeckte. Dann ging er in den Flur. »In fünf Minuten müssen wir los.«

Aus dem Bad kam Unverständliches.

Mark brütete gerade über der Frage, ob er noch einen

Kaffee ohne Zucker trinken sollte, als Iris ihm schon aus dem Flur ein »Fertig« zurief. Keine zwei Minuten.

Er setzte die Kanne ab. »Gehen wir?«

Sie hakte sich bei ihm ein und griff gleichzeitig nach einem Schlüsselbund, das neben der Tür auf einem einfachen Nagel hing. »Sehen wir uns heute Nachmittag in deinem Haus?«

»Einfach so?«

Sie blieb in der geöffneten Tür stehen und zog die Augenbrauen zusammen.

»Wegen Tanja.«

Sie antwortete erst, als sie im Auto saß. »Wenn wir weiterkommen wollen, sollte sie besser nicht dabei sein.«

Er dachte an den Besuch bei Christinas alter Chefin. »Es kommt darauf an. Wir könnten gut zu den Wimmers gehen mit ihr; das wäre sogar unverfänglicher.«

Wieder sagte sie eine ganze Weile nichts.

Wieder ein Fettnäpfchen: Warum bloß hatte er das Angebot ignoriert, das in ihrer Bemerkung gelegen hatte? Mark musste sich auf den dichten Berufsverkehr konzentrieren und sparte sich daher ein Nachdenken darüber, was sinnvoller war. Ob er seinen Vorschlag zurückziehen sollte.

Dann kamen sie vor dem Anzeigenbüro an. Iris nickte ihm zu, bevor sie ausstieg. »Ruf mich an, bevor du kommst.«

Er sah ihr hinterher, bis hinter ihm jemand hupte.

Er war so spät zu Hause, dass Tanja schon abmarschbereit und schmollend im Flur stand. In der Eile konnte er alle Fragen abwimmeln, bevor er mit ihr im Auto saß. Aber dann sagte er ihr, dass er bei Iris gewesen war.

Erst bekam sie große Augen, dann strahlte sie über das ganze Gesicht. »Iris ist doch deine Freundin!« Sie triumphierte so deutlich, dass er sie um ihr Ehrenwort bat, es niemandem zu sagen.

Im Büro angekommen, rief er Ella an und bat sie, Tanja abzuholen. Dann sagte er Iris, dass er ohne sie käme.

32

Es wurde einer dieser Tage, an denen alles gelang. Max Grauer, ein neuer Klient, war von Marks Entwurf so begeistert, dass er nach der Präsentation einen Golfpartner zum Mittagessen mitbrachte, der Mark ebenfalls engagieren wollte. Die Baustelle am Karlsplatz war ihrem Terminplan drei Tage voraus; der Bauherr hatte die lokale Presse für einem Vorausbericht zum Richtfest gewonnen ... Andrea hatte alle Hände voll zu tun, während sie seinen Kalender mit Terminen füllte.

Kurz bevor Andrea normalerweise Feierabend machte, kam er ins Büro zurück. Sie hielt ihm einen Stapel Notizen entgegen und fischte mit der Linken eine davon heraus. »Ihre Mutter hat in der letzten Stunde zwei Mal angerufen. Sie klang gestresst. Gestresster als sonst.« Andreas Miene war eisig; Ella hatte ihr wahrscheinlich mal wieder den letzten Nerv geraubt. Die beiden waren schlimmer als Hund und Katze. »Aber sie wollte mir partout nicht sagen, warum sie Sie so dringend sprechen will.«

Mark nahm ihr die Zettel ab. »Ich rufe sie gleich an.« Allerdings wäre er in einer halben Stunde sowieso auf dem Heimweg.

Zu dem Anruf kam er dann aber nicht, weil Grauers Golfpartner anrief, kaum, dass er seinen Aktenkoffer abgestellt hatte. Mit einem zufriedenen Lächeln legte Mark zehn Minuten später auf.

Sein Büro war endgültig auf der Straße des Erfolgs angekommen. Euphorisch schlug Mark die Unterlagen für den Wettbewerb auf, die seit einer Woche auf dem Schreibtisch auf ihn harrten. An diesem würde er teilnehmen.

In dem Augenblick kam Bernward angestürmt. Regelrecht; er hatte offensichtlich die Treppe genommen und nicht den Fahrstuhl.

»Du hast es aber eilig.«

Bernward ließ sich auf einen der Besuchersessel am Fenster fallen. »Hast du etwas zu trinken für mich?«

»Mit oder ohne Sprit?« Mark verdrehte die Augen.

»Bier?«, kam Bernwards hoffnungsvolle Rückfrage. Dabei wusste er doch, dass er im Büro nie Bier hatte. Weder ihm noch seinen Kunden war an einer Fahne gelegen.

Kopfschüttelnd betätigte Mark die Gegensprechanlage und bat Andrea, aus dem Supermarkt gegenüber Bier zu holen.

»Tanja ist verschwunden!«

Mark sprang auf. »Was?« Er gab sich keine Mühe, seine Stimme zu dämpfen. »Und das sagst du mir erst jetzt?«

Bernward blieb ungerührt sitzen. »Ich wollte erst deine Sekretärin außer Hörweite haben. Ich wusste, dass du sie wegen dem Bier wegschicken wirst.« Er sah hoch zu Mark, der inzwischen direkt vor ihm stand. »Und dass du schreien wirst.«

Mark ballte die Fäuste. »Ich schreie nicht!« Er schrie doch; immer noch.

Bernard griff nach Marks Händen und öffnete sie. Es war eine so unerwartete Geste, dass Mark keinen Widerstand leistete. »Ella wollte sie von der Vorschule abholen, aber sie kam ein bisschen spät, weil es irgendwie mit einem Bus nicht geklappt hatte. Das Umsteigen. Du weißt, wie schwerfällig Mutter inzwischen geworden ist. Ich verstehe nicht, warum du sie überhaupt schickst. Ich hätte Tanja doch auch abholen können.«Aber Ella tat diese Abholerei gut. Sie brauche das – Verantwortung hielt sie auf Trab und ihren Geist wach. Und ein paar Minuten Laufen auch.

»Was ist mit Tanja?« Selbst die Affäre mit seinem Bruder würde die Schröder nicht vor seinem Anwalt retten. Mit bebenden Fingern holte Mark sein Adressbuch aus dem Aktenkoffer und blätterte nach ihrer Nummer.

»Also, Mutter kam wie gesagt etwas spät. Und Tanja war nicht mehr da.«

Als Mark von seinem Adressbuch aufsah, hatte Bernward eine sorgenvolle Miene aufgesetzt, aber wahrscheinlich dachte er jetzt so was wie »Das hast du nun davon!«. Bernward hatte schon immer zu Schadenfreude geneigt. Jedes Mal, wenn Mark vom Fahrrad gefallen war, hatte er ihn verspottet statt ihm auf die Beine zu helfen.

»Tanja würde nie auf eigene Faust losziehen!« Und wo war Mutter jetzt? Warum war Bernward gekommen?

Bernward zuckte die Achseln. »Es war bloß noch ein Hausmeister da. Mutter hat mich angerufen, weil du nicht erreichbar warst. Sie ist mit den Nerven fertig. Ich habe sie ins Bett gesteckt und ihr Baldrian eingeflößt.«

Mark wählte die Nummer der Schröder. Während er darauf wartete, dass sie das Gespräch annahm, warf er Bernward einen mörderischen Blick zu. »Warum hast du nicht die Schröder angerufen? Du hast ihre Nummer.«

»Wozu? Um den Postboten zu spielen? Ist doch vernünftiger, du redest direkt mit ihr.«

Das war wohl richtig. Einerseits. Aber die beiden hätten sofort etwas unternehmen müssen, um Tanja zu finden. Statt ... Mark sah auf die Uhr – seit Schulschluss war fast eine Stunde vergangen. »Wie konntest du?« Seine Stimme erstickte in Ingrimm.

»Hallo?« Die Schröder klang verschlafen. Lehrerinnen – arbeiteten bloß den halben Tag und vergammelten den Rest der Zeit.

»Wo ist Tanja?« Er verschwendete keine Zeit mit Höflichkeiten. »Wie konnten Sie sie ohne Begleitung gehen lassen? Hatten Sie es so eilig, zu Ihrem Liebhaber zu kommen?« Instinktiv tauchte er unter seinen Schreibtisch, aber Bernward hatte nichts in der Hand, was er nach ihm werfen konnte.

Aus dem Telefon kam ein erschreckter Laut. Dann empörte die Schröder sich. »Wenn Sie die Kontrolle über ihre Tochter nicht verlieren wollen, dann sollten Sie sie selber abholen.«

Bernward stürmte davon und warf die Tür mit so viel Kraft ins Schloss, dass die Wand wackelte. Es war gerade recht; er brauchte ihn nicht.

»Ich arbeite!« Er schrie schon wieder, aber das war ihm egal. »Sie wissen sehr wohl, dass meine Mutter nicht immer genau zum Schulschluss da ist. Wie andere Eltern auch! Eine von Ihnen muss warten, bis alle Kinder abgeholt worden sind. Sie können sie nicht dem Hausmeister aufhalsen.«

Die Schröder antwortete mit einem zornigen Zischen, was ihn noch wütender machte.

»Wenn Tanja etwas passiert, dann werde ich Sie zur Rechenschaft ziehen. Und denken Sie nur nicht, dass Ihre ... Ihre Affäre«, er spuckte das Wort ins Telefon, »mit meinen Bruder Sie davor bewahren kann. Bei Gott!»

»Stopp!«, schrie die Schröder. »Sie haben doch keine Ahnung, wovon Sie reden.«

»Aber Sie.« Er ließ seine Stimme von Sarkasmus triefen.

»Nein.«

Er schnappte verblüfft nach Luft.

»Meine Kollegin hat heute die Kinder betreut, bis sie abgeholt wurden.« Ausgerechnet? Er hatte selten jemand anderen als die Schröder gesehen. Warum sollte das ausgerechnet heute anders gewesen sein!

Mark presste die Lippen zusammen. Sollte er sich jetzt

vielleicht entschuldigen? Die Schröder war verantwortlich für die schlechte Organisation.

Andrea öffnete die Tür, eine Flasche Bier in der Hand, die sie schon geöffnet hatte. Sie blickte verwirrt durch den Raum. »Wo ist Ihr Bruder?«

Mark hob die Schultern. »Weg.« Er bedeutete ihr mit einer Geste, das Bier dazulassen.

»Haben Sie etwas zum Schreiben?« Die Schröder hatte sich inzwischen beruhigt. »Ich gebe Ihnen Ritas Nummer.«

»Ich bin in meinem Büro.« Mark ließ sie das Klicken eines Kugelschreibers hören. »Sagen Sie an.« Er war immer noch nicht davon überzeugt, dass sie nicht für Tanjas Verschwinden verantwortlich war.

Die Schröder diktierte ihm einen Namen, den er noch nie gehört hatte – Rita Siewers –, und eine Telefonnummer von außerhalb der Stadt.

»So kurz vor den Sommerferien haben Sie eine neue Kollegin bekommen?« Er versuchte, freundlicher zu klingen; er brauchte die Schröder vielleicht noch. Bestimmt war diese Frau gar keine richtige Lehrerin, eine Praktikantin vielleicht.

Darauf antwortete ihm die Schröder nicht. Natürlich nicht. Sie war nicht so dumm, sich durch eine unbedachte Äußerung noch mehr in Schwierigkeiten zu bringen.

»Ich hoffe, Sie erreichen Rita schnell.«

Er beendete das Gespräch und rief bei dieser Rita Siewers an.

Eine Frau mit einer Stimme, als rauche sie zu viel. Und verschlafen klang die Siewers auch, als sie sich mit einem »Was ist?« meldete. Arbeitete niemand mehr außer ihm?

Mark atmete einmal tief durch. Wenn er sie frontal anging, würde sie sich weniger Mühe geben, ihm zu helfen. »Ich bin der Vater von Tanja Schreiber. Ihre Kollegin hat mir gerade gesagt, dass Sie heute für die Übergabe der Kinder ... zuständig waren.« Verantwortlich – aber das sagte er besser auch nicht.

»Jaaa.« Die gedehnte Antwort klang, als wisse sie immer noch nicht, was er wollte.

»Tanja ist nicht zu Hause. Wem haben Sie meine Tochter überlassen?«

Ein Lederpolster knarrte. Jetzt war die Frau hoffentlich aufgewacht. »Vielleicht sind die beiden noch unterwegs. Es ist doch Tanjas Geburtstag morgen.«

Unmöglich. Iris hätte es mit ihm abgesprochen, wenn sie Tanja mitgenommen hätte, um ihr ein Geburtstagsgeschenk zu kaufen. Es war auch nicht ihr Stil; Iris würde Tanja eher überraschen wollen. So wie mit dem Riesen-Känguru.

Aber das war gar nicht von Iris gewesen.

Mark fröstelte es plötzlich.

Die Siewers gähnte unterdrückt. »Entschuldigen Sie. Ich habe heute Nacht nicht geschlafen. Meine Tochter zahnt.«

Für einen Moment kam er sich ein bisschen schäbig vor. Er hatte sich wieder einmal vom ersten Eindruck in die Irre führen lassen. »Mit wem haben Sie Tanja mitgehen lassen?«

»Mit Ihrer Frau.« Die Siewers klang genervt.

Mark schnürte es vor Entsetzen die Luft ab. »Ich habe keine Frau«, würgte er hervor.

»Also ...« Sie kam ins Stottern.

»Ich habe keine Frau.« Christina! Es gab keinen Zweifel und er konnte es doch nicht glauben. Christina hatte herausgefunden, wo Tanja in die Vorschule ging.

»Tanjas Mutter jedenfalls.« In der Stimme der Siewers war ein Lächeln. »Jetzt verstehe ich, warum Tanja so überrascht war. Sie sieht sie wohl nicht oft.«

»Sie kennen Tanjas Mutter überhaupt nicht.« Mark umklammerte den Telefonhörer. »Sie haben eine Liste der Personen, die Tanja abholen dürfen. Sie geben ein Kind einfach jemandem, die behauptet, die Mutter zu sein?«

»Aber ... Tanja hat sich so gefreut.« Wenigstens klang die Siewers jetzt verunsichert genug, dass sie begann, sich zu verteidigen. »Natürlich war es Tanjas Mutter.« Sie beschrieb ihm Christina mit drei Sätzen. Graue Strähnen im Haar – das war neu. Davon hatte ihm die Ärztin nichts gesagt.

»Christina ist gefährlich.« Mark bückte sich nach seinem Aktenkoffer. Er musste den Polizisten informieren, der bei ihnen gewesen war. »Rufen Sie die Polizei an. Sagen Sie denen ganz genau, was geschehen ist.«

Ziemanns Visitenkarte steckte nicht in der Seitentasche. Kurzerhand leerte er den ganzen Aktenkoffer auf den Schreibtisch.

»Aber ich weiß doch gar nicht, wen ich anrufen soll. Und was ich sagen soll.«

Mark wühlte mit der linken Hand durch die Papiere. Hatte er die Karte überhaupt in die Tasche gesteckt? Warum hätte er das tun sollen?

Er setzte sich wieder. »Rufen Sie einfach die Wache an, die für die Vorschule zuständig ist. Die werden gewiss nicht zum ersten Mal mit einem solchen Problem zu tun haben.«

Die Siewers schnaufte; die würde niemanden anrufen. »Ja, in Ordnung. Ich suche die Nummer heraus.« Die würde niemanden anrufen.

Dann würde die Polizei eben bei ihr auftauchen. Geschah ihr recht. Er sollte die Polizei auch zur Schröder schicken.

Aber jetzt brauchte er als Erstes die Nummer von diesem Ziemann aus der Vermissten-Abteilung. Er rief Ella an.

»Mark, es tut mir so leid. Wenn Tanja etwas passiert ...« Er konnte sie zwischen ihren Schluchzern kaum verstehen.

»Mutter! Bitte höre mir jetzt gut zu. Ich brauche die

Nummer von diesem Polizisten, der wegen Christina bei uns war.«

Ella antwortete mit einem Schreckensruf. »Denkst du ...«

»Die Nummer, Mutter.«

Es hörte sich nicht so an, als würde sie sich in Bewegung setzen. Er hätte sofort nach Hause fahren sollen statt zu versuchen, vom Büro aus etwas zu regeln.

»Ich habe seine Visitenkarte vermutlich ans Brett im Flur geheftet.«

Ella legte den Hörer hart auf eine Glasfläche. Wo war sie gerade? Das war die Wohnzimmertür, die sie öffnete. Sie war vermutlich wieder aufgestanden, nachdem Bernward gegangen war. Von ihren Söhnen ließ sie sich nichts sagen.

Er musste eine Ewigkeit warten, bis sie zurückkam. Währenddessen trank er das halbe Bier, um seine Nerven zu beruhigen.

»Ich habe die Karte nicht gleich gefunden. Mark, denkst du denn, dass Christina zur Vorschule gekommen ist? Tanja würde doch nie mit einer Fremden mitgehen. Das haben wir ihr eindringlich genug beigebracht.«

Mark biss die Zähne zusammen. Ella redete gegen ihre Angst an und er musste ihr wohl die Zeit dafür lassen. Die eine Minute änderte nun auch nichts.

»Mutter, ich brauche die Telefonnummer.«

Sie entschuldigte sich schon wieder. Als ob sie etwas dafür konnte, dass sie nicht früh genug an der Vorschule gewesen war. Er sagte lieber nichts, um keinen neuen Redeschwall zu provozieren. Schließlich gab sie ihm die Nummer und legte auch gleich selber auf, damit er telefonieren konnte.

Mark holte tief Luft, dann wählte er. Wieder vergingen fünf Minuten, die er mit Warten verbrachte. In der Zwischenzeit packte er seine Sachen in den Aktenkoffer zurück.

Als Ziemann schließlich antwortete, fiel er mit der Tür ins Haus. Er hatte schon viel zu viel Zeit verloren. »Sie suchen meine Ex-Frau. Ich weiß zumindest, wo sie vor zwei Stunden war: vor der Vorschule meiner Tochter.«

Ziemann rückte seinen Stuhl über Holz. Sie hatten Dielen als Fußboden im Revier? Da mussten sie aber oft lackieren. »Wer hat sie gesehen?«

»Eine der Lehrerinnen hat ihr Tanja ausgehändigt. Ich weiß es seit fünf Minuten.« Es war eher eine Viertelstunde her, seit er mit der Siewers geredet hatte. Aber Ziemann sollte das Gefühl haben, er hätte ihn umgehend informiert.

»Ihrer Ex-Frau ist der Kontakt zu Ihrer Tochter erlaubt?« Der Mann klang überrascht. Vermutlich kannte er inzwischen den gesamten Hintergrund.

»Nein!« Mark knirschte mit den Zähnen. Es gab kein ausdrückliches Umgangsverbot. Er hatte sich nie darum gekümmert; es schien überflüssige Mühe zu sein. »Die Lehrerin hätte Christina nicht erlauben dürfen, Tanja mitzunehmen.« Das war jedenfalls die Wahrheit. Die Vorschule hatte eine Liste und die war abschließend.

»Geben Sie mir die Nummer der Frau. Wenn ein Kind vermisst wird, kümmern wir uns sofort darum.«

Warum fragte der Mann eigentlich nicht, wieso Tanja überhaupt mitgegangen war? Wieso hielt er ihm nicht vor, sie hätten ihr beibringen müssen, nicht mit Fremden zu gehen? Weil es gerade ohne Bedeutung war? Er hatte den Mann unterschätzt; Ziemann stieg ganz überraschend in seiner Achtung.

Mark gab ihm die Nummer der Siewers. Und dann auch noch die der Schröder. Er mochte sich die Bemerkung nicht verkneifen, dass die Schröder für die Organisation verantwortlich war.

»Verantwortlichkeiten interessieren mich an dieser Stelle nicht. Noch nicht. Zuerst finden wir Ihre kleine Tanja.«

Mark seufzte. »Ich kann Ihnen nicht einmal sagen, wo Sie anfangen könnten zu suchen.«

»Aus diesem Grund habe ich Sie nicht gefragt.« Auf Ziemanns Schreibtisch raschelte Papier. »Wenn Sie eine Idee hätten, wären Sie jetzt schon dort. Oder Sie hätten es mir längst gesagt.«

Dazu sagte er lieber gar nichts. »Wie kann ich Ihnen helfen?«

»Wir brauchen eine Liste aller Leute, die Ihre Tochter kennt. Die sie gut kennt.« Mark verdrehte die Augen. Der Mann hatte offensichtlich keine Ahnung, wie groß Tanjas Einrichtung war. Und wie vielen Leuten sie dort zu begegnen pflegte. »Und eine Liste der Orte, an denen sie sich gerne aufhält.« Für eine halbe Minute kam seine Stimme nur gedämpft aus dem Hörer und die Worte waren auch nicht an ihn gerichtet. Ziemann verlor keine Zeit. Gut. »Ich weiß, was Sie jetzt denken. Aber Sie können nicht überall gleichzeitig sein. An diesem Punkt besteht unsere Unterstützung erst einmal darin, dass Sie sich die Suche mit uns teilen und wir somit schneller zu einem Ergebnis kommen.«

»Und dann?« Mark wurde der Atem knapp; der Raum vor ihm verschwamm. Er biss sich in den Handrücken, um seine Sinne beieinander zu behalten.

»Dann folgen wir den Spuren, auf die wir während der Suche gestoßen sind. Sofern Sie Tanja dann noch nicht zurückhaben.« Er räusperte sich. »Wir haben es hier wohl nicht mit einer Entführung zu tun, bei der Lösegeld erpresst werden soll.« Er machte eine Pause, aber wieder wusste Mark nichts darauf zu sagen. »Oder doch? Ihre Ex-Frau braucht gewiss Geld.«

Daran hatte er natürlich nicht gedacht, doch Christina musste wissen, dass sie bei ihm nichts holen konnte. – Konnte man so etwas wissen, wenn man verrückt war?

»Ich habe nichts. Außer dem alten Haus.«

»Das Ihnen allein gehört?«

Mark atmete durch. Bei der Scheidung hatte er darauf bestanden, dass Christina keinen Zugriff darauf hatte. »Nicht mir allein. Es gehört auch Tanja.«

Ihm wurde wieder schwindlig und er schloss einen Moment die Augen. »Aber ich habe das Sorgerecht für Tanja. Christina kann das Mädchen nicht zwingen, ihr ihren Anteil vom Haus zu geben.«

»Aber Sie könnte Ihre Zustimmung erpressen.«

»Und wie?« Seine Gedanken überschlugen sich mittlerweile dermaßen, dass er überhaupt keinen roten Faden mehr fand. »Sie müsste mich mit Tanja erpressen, dass ich einem Verkauf zustimme. Aber bis dahin haben Sie Tanja längst gefunden. Haben Sie doch?«

»Je eher wir Ihre Liste haben, umso schneller können wir gezielt suchen.«

»Das geht schnell; ich faxe sie Ihnen.« Mark schaltete seinen Computer ein. »Nein.«

Die Irritation war im Schnaufen des Mannes zu hören.

»Mir kommt gerade ein anderer Gedanke: Nicht Tanjas Plätze sind wichtig. Sondern, wo Christina sich in der Regel aufhält.«

Ziemann knurrte ungeduldig. »Wenn wir das so genau wüssten, dann hätten wir sie längst schon gefunden.«

Sie drehten sich im Kreis und Ziemann musste es wissen. »Christina wird dorthin gehen, wo sie sich sicher fühlt.«

»Dazu haben Sie mir nichts sagen können. Auch Ihr Bruder hatte keinen Hinweis, wo wir sie suchen könnten.«

Das hatte er nun davon, dass er der Polizei nicht erzählt hatte, was er bei seinen eigenen Erkundungen inzwischen herausgefunden hatte. Weil es eigentlich gar nichts gewesen war. Aber vielleicht hatte er sich geirrt. Vielleicht hätte die Polizei aus seinen vagen Hinweisen etwas Handfestes machen können.

Aber etwas konnte er ihm vielleicht jetzt noch bieten. »Ich habe mir in den letzten Tagen Gedanken gemacht, ob es nicht doch einen Anhaltspunkt gibt. Nachdem ich mit der behandelnden Ärztin gesprochen habe nämlich. Sie sagte, dass Christina auf Arbeitssuche war.«

»Ja, das wissen wir.« Anscheinend machte er den Polizisten ungeduldig damit, dass er seine Gedanken erst beim Reden sortierte. Er hatte ja recht; er hielt ihn gerade davon ab, die Suche nach Tanja weiter zu organisieren.

»Sie hat auch bei ihrer früheren Firma angeklopft: Vielleicht lohnt es sich, diese Frau Majewski zu fragen.«

»Es ist Wochen her, dass Ihre Ex-Frau dort war.«

»Aber das muss nichts heißen. Ich war auch bei ihr und fand es seltsam, dass sie mir praktisch verweigert hat, mich mit Christinas ehemaligen Kollegen zu unterhalten. Ihnen kann sie das nicht verweigern.«

»Sie unterstellen dieser Frau Majewski, dass sie Christina versteckt?«

»Ich hatte das Gefühl, dass sie mehr weiß, als sie mir erzählt hat.« In Marks Nacken begannen die ersten Anzeichen von Kopfschmerz. »Doch ja. Ich halte es für denkbar, dass sie Christina Unterschlupf gewährt hat.«

»So eng war das Verhältnis zwischen Ihrer Ex-Frau und der ehemaligen Chefin?«

»Christina war immer gut darin, andere Leute zu manipulieren.« Mark zischte indigniert. »Sie bekommt immer, was sie will.«

Ziemann reagierte mit einem höchst beredten Schweigen.

»Die Majewski war so offensichtlich gegen mich eingenommen. Hat mir vorgeworfen, ich hätte mich nicht um Christina gekümmert.«

»Und dem hatten Sie nichts entgegenzusetzen.«

»Wer will schon mit jemandem etwas zu tun haben, der seine eigene Mutter umbringt.«

»Ihre Frau war krank.« Das war jetzt auch ein Vorwurf, eindeutig.

Mark wurde sauer. »Tanja musste es mitansehen. Das kann ich ihr nicht verzeihen.«

Auf das Argument mit Tanja fiel Ziemann wohl keine Erwiderung ein. Andererseits half diese Diskussion bei der Suche nach Tanja nicht weiter. »Diese Majewski wohnt außerhalb. In einem Kaff im Norden. Diese Adresse habe ich leider nicht.«

»Kein Problem. Diese Firmen haben alle einen Wachschutz und der weiß, wo die Verantwortlichen zu erreichen sind.«

Natürlich hatte die Polizei eine Menge mehr Möglichkeiten als er als Privatperson. Er hätte sein Wissen doch weitergeben sollen. Vielleicht hätten sie Christina dann schon dingfest gemacht und Tanja wäre nicht entführt worden. Aber es war ja kein »Wissen«; alles nur Vermutungen. Er hatte die Majewski nicht grundlos beschuldigen wollen.

»Ich schreibe auf, was mir einfällt und schicke Ihnen die Listen.« Mark blickte auf die Uhr. Er müsste nach Hause und nach Ella schauen. Das war er ihr schuldig.

Aber Bernward war bestimmt schon längst wieder bei ihr. Er nutzte solche Gelegenheiten zu seinem Vorteil; darin glich er Christina in gewisser Weise.

Mark setzte sich an die Listen für die Polizei. Die für Christina wurde kurz – und er schrieb all seine Vorurteile hinein: die frühere Chefin, Marlies. Und Bernward. Und dann schrieb er noch die Schröder dazu. Sie hatte eine Affäre mit Bernward gehabt und wie er den kannte, hatte er ihr genug erzählt, dass sie Christina mit offenen Armen empfangen hatte, wenn sie vor der Vorschule aufgetaucht war. Christina musste vorher schon dort gewesen sein; sonst wäre Tanja nicht mit ihr gegangen. Am Ende hatte Bernward Christina sogar der Schröder vorgestellt. Mit beredten Kommentaren.

Nur warum hatte Tanja ihm oder Ella nichts von einer solchen Begegnung erzählt? Sie erzählte doch immer alles. Oder hatte sie und er hatte nicht zugehört? Plötzlich nagte der Zweifel an ihm. Mehr als einmal hatte er in den letzten Tagen mit Floskeln reagiert, weil er nur halb zugehört hatte.

Dann nahm er ein neues Blatt, um die Orte aufzuschreiben, an denen sich Christina aufhalten könnte: Bernwards Wohnung – falls er sie versteckt hatte, würde das erklären, warum die Schröder in den letzten Tagen nicht mehr dort gewesen war. Aber Bernward wäre dann anders aufgetreten, als er ihm die Nachricht von Tanjas Verschwinden überbracht hatte. Er war gehässig gewesen; aber das war er immer. Er strich Bernward wieder.

Das Haus der früheren Chefin in Neudorf, von wo aus sie bequem die Vorschule erreichen konnte.

Und ihr altes Haus! Tanja würde mit jedem mitgehen, der ihr einen Besuch bei ihrer Schaukel versprach.

Mark stockte der Atem. Wenn Christina mit Tanja zum Haus fuhr und sie dort Iris antrafen!

Er blickte auf die Uhr. Christina würde nicht auf Iris treffen; sie wollte nach ihrer Vorlesung in der Universität bleiben und an ihrem Vortrag arbeiten.

Trotzdem stellten sich die Härchen in seinem Genick auf.

Mark betrachtete seine fertigen Listen noch einmal, dann faxte er sie an Ziemann.

Er sollte nach Hause fahren und sich um Ella kümmern. Bestimmt verging sie vor Angst und Aufregung. Aber er würde seiner eigenen Angst nicht mehr Herr werden, wenn er jetzt mit ihr reden müsste. Und dann würde sich Ella noch mehr aufregen.

Sein Telefon klingelte. Andrea stellte die Schröder zu ihm durch. Ausgerechnet.

Sie hielt sich genauso wenig mit Höflichkeiten auf wie er. »Herr Schreiber, ich habe gerade mit meiner Kollegin gesprochen.« Was sie vor Stunden schon hätte tun müssen.

»Ich bin sicher, Ihre Kollegin hat inzwischen schon alles der Polizei erzählt, was es zu wissen gibt.« Er machte absichtlich eine Pause, damit sie mit Sicherheit den Hintersinn seiner Bemerkung erfasste. »Ich hoffe es jedenfalls«, setzte er dann hinzu.

»Es war trotzdem gut, dass ich sie selber noch angerufen habe. Sie hat mir nämlich beschrieben, wie die Frau aussieht, mit der Tanja gegangen ist.«

Jetzt erwartete sie wohl, dass er nachfragte. »Die Polizei hat die Beschreibung hoffentlich inzwischen.«

»Ich habe diese Frau auch gesehen. Denke ich. Sie war in den letzten Tagen ein paar Mal an der Schule. »

»Und was hat sie in der Vorschule gewollt?«

»Nicht in – an der Schule. Ich weiß nicht, was sie wollte. Ich hatte nicht den Eindruck, dass sie überhaupt etwas wollte.«

»Aber Sie haben sie mehr als einmal gesehen?« Was tat die Frau, dass sie Zeit hatte, aus dem Fenster zu schauen und Passanten zu beobachten? »Unter all den Passanten, die jeden Tag an der Vorschule vorbeikommen, ist Ihnen diese eine Frau aufgefallen? Und Sie sind überzeugt, dass es diese Frau ist, die Tanja entführt hat?«

»Die Beschreibung passt auf sie.« Ein Vogel krächzte im Hintergrund. Wo hatte sie den gelassen, als sie während ihrer Affäre mit Bernward bei dem gewohnt hatte? Aber vielleicht gehörte er ihrem Mann. »Sie glauben mir nicht.«

Merkwürdigerweise doch. »Ich hoffe, es hilft der Polizei weiter. Vielleicht erinnern sich andere Leute ebenfalls.« Christina war eine Frau, die niemand übersah. Sie war keine wirkliche Schönheit, aber sie hatte immer eine Präsenz gehabt, der sich niemand entziehen konnte.

»Es gibt inzwischen doch diese Kameras! Zu sehen, auf welchen sie auftaucht, gibt vielleicht einen Hinweis darauf, wohin sie gegangen ist. Oder woher gekommen.« In ihrer Stimme lag so viel Enthusiasmus, dass sie ihm seine Skepsis gewiss nicht übel genommen hatte. Nicht, dass ihm plötzlich daran lag, was sie von ihm dachte.

Um Christina zu identifizieren, hatte er ihren Anruf auch nicht gebraucht. Aber der Gedanke an die Überwachungskameras war gut. Die Polizei war gewiss ebenfalls schon darauf gekommen; aber sie brauchten jemanden, der die Entführerin darauf identifizierte und ihnen bestätigte, dass es tatsächlich Christina war.

Aber warum tat Christina das? Sie konnte doch nicht ernstlich glauben, sie könnte irgendwo mit Tanja untertauchen.

Mark gab der Schröder die Durchwahl von Ziemann. »Ich fürchte allerdings, dass es mehr Zeit kostet als wir haben, diese Filmaufnahmen durchzugucken, bis Sie die Frau auf einer davon erkennen.«

Die Schröder gab ein Knurren voller Verachtung von sich. »Man braucht doch nur mit den Aufnahmen von heute Nachmittag anfangen; um die Zeit, als die Vorschule Feierabend gemacht hat.« Die Frau hatte überraschend gut nachgedacht. »Und von da aus ... Es gibt heutzutage doch so viel Technik. Außerdem weiß ich zumindest einmal, zu welcher Uhrzeit sie vor der Schule gestanden hat. Auf der anderen Straßenseite. Sie hat so intensiv gestarrt; deswegen ist sie mir ins Auge gesprungen.« Sie seufzte. »Mir muss nur noch einfallen, welcher Tag das war.« Sie gab einen summenden Laut von sich; vermutlich sollte ihr das beim Erinnern helfen.

Brauchten sie ihre Hilfe eigentlich? Er wusste, dass es Christina war und die Polizei wusste, wie sie aussah. Aber vielleicht sparten sie Zeit, wenn die Schröder die Videos sichtete. »Bis Ihnen das eingefallen ist, können Sie die Aufnahmen von heute Nachmittag ansehen.«

Die Schröder räusperte sich; da hatte er sie wohl auf dem falschen Fuß erwischt.

Sollte er ihr eigentlich sagen, dass es Christina war?

»Denken Sie, die Polizei will, dass ich gleich heute die Videos anschaue?« Offensichtlich hatte sie etwas Besseres vorgehabt.

»Sie wollen doch sicher auch, dass Tanja so schnell wie möglich gefunden wird.« Unwillkürlich blickte Mark auf seine Armbanduhr: Wie weit kam man in zwei Stunden? »Noch können sie nicht allzu weit sein.«

Wieder packte ihn der Ingrimm. Tanja war verschwunden und diese Frau hatte nichts Anderes im Kopf als die Frage, wie sie ihr Abendprogramm retten konnte. Was eigentlich? Sie lebte doch in Scheidung und die Affäre mit Bernward war wohl auch vorbei. »Rufen Sie selber bei der Polizei an oder soll ich diesem Ziemann Bescheid geben?« Die Frage war zwar ein bisschen scheinheilig, aber nun wollte er wissen, wie viel Einsatz sie zeigte, um bei der Suche nach Tanja zu helfen.

»Die Polizei hat meine Nummer doch; sie haben mich auch schon angerufen.« Sie klang auf einmal sehr hochnäsig. Und ihre Antwort ging am Kern seiner Frage vorbei.

Mark starrte auf den Telefonhörer, bis er seinen Zorn so weit beherrschte, dass er wieder sprechen konnte. »Aber Sie haben ihnen nichts von den Kameras erzählt.« Die sich die Polizei von alleine anschauen würde. »Und davon, dass Sie ihnen helfen können, den Zeitraum einzugrenzen, den sie sichten müssen.«

»Nein.« Eine lang gedehnte Antwort. Hoffentlich begann sie jetzt darüber nachzudenken, dass sie helfen sollte. »Ich kann mir zwar nicht vorstellen, dass die ausgerechnet mich brauchen. Aber wer weiß ...«

Wenn er das jetzt kommentierte, wurde sie wahrscheinlich bockig. Mark biss die Zähne zusammen. Wenn die Schröder die Aufnahmen sichtete, nahm sie der Polizei eine Mühe ab und die konnten ihre Kräfte anders einsetzen.

»In Ordnung; ich rufe die gleich noch mal an.«

Sollte er sich jetzt bedanken? Für eine Selbstverständlichkeit? »Ich halte Sie auf dem Laufenden.« Wenn sie Tanja gefunden hatten. Vorher gab es wahrhaftig nichts weiter zu sagen. Er beendete das Gespräch, ohne auf eine Entgegnung von ihr zu warten.

Die Schröder interessierte ihn nur, soweit sie helfen konnte, Tanja zurückzubekommen.

33

Eine halbe Stunde später war Mark zu Hause. Bernward saß im Wohnzimmer auf der Couch und hatte einen Arm um Ella gelegt. Sie schienen überhaupt nicht gehört zu haben, dass er gekommen war.

Mark ließ seinen Autoschlüssel auf die Anrichte klirren. »Mutter, wie geht es dir?« Er ging vor ihr in die Hocke.

Ella presste die Hände in ihrem Schoß ineinander. »Es tut mir leid«, wisperte sie. Tränen stiegen ihr in die Augen.

»Wir finden Tanja. Mach dir keine Sorgen.« Mark griff nach ihren Händen und drückte sie sanft. »Es ist nicht deine Schuld.«

»Doch. Ich habe mich von Frau Siegbert aufhalten lassen. Deswegen habe ich den Bus verpasst.«

»Es ist nicht deine Schuld!« Mark schüttelte energisch den Kopf. »Die Lehrerin hätte Tanja nicht gehen lassen dürfen.«

»Es war eine Verkettung unglücklicher Umstände.« Bernward starrte in die Luft. »Dumme Zufälle.«

»Für die niemand etwas kann?«, zischte Mark. »Meinst du das so?« Verteidigte Bernward gerade die Schröder? Er hatte gedacht, die Affäre sei vorbei. »Die Schule ist sehr wohl dafür verantwortlich.«

»Nützt dir das jetzt etwas?« Bernwards Augen verengten sich.

Jetzt war nicht der Moment, Bernward in einen seiner Kleinkriege zu folgen. Aber eine Frage musste er ihm stellen. »Tanja hat einmal, als Mutter bei dir anrief, im Hintergrund eine Frau gehört, deren Stimme sie nicht erkannte. Wer war das?« Wenn Bernward ihm darauf keine vernünftige Antwort gab, würde er ihm auf den Kopf zusagen, er habe Christina bei sich versteckt ... bei sich zu Besuch gehabt. Das Wort »verstecken« sollte er nicht benutzen. Er musste sachlich bleiben, wenn er etwas Brauchbares von Bernward erfahren wollte.

Aber Bernward zuckte nur die Achseln. »Da ich nicht weiß, welchen Anruf von Mutter du meinst? Ich habe viele gute Freundinnen.« Sonst legte er ständig Wert darauf, für harmlos gehalten zu werden. Aber jetzt, wo es ihm als Ablenkung passte, gab er den Schwerenöter.

Unwillkürlich schnaubte Mark voller Verachtung.

Ella blickte mit gerunzelter Stirn zwischen ihm und Bernward hin und her. »Was machen wir jetzt?« Sie versuchte, mit ihrer Frage eine Explosion zu verhindern.

Bernward setzte sich ein wenig aufrechter hin und machte ein indigniertes Gesicht. »Warum fragst du das überhaupt? Wir sollten uns besser damit befassen, wie wir Tanja schnell zurückbekommen.«

Mark zog langsam die rechte Schulter hoch. »Jeder, der in den letzten Wochen mit Tanja Kontakt hatte, könnte etwas wissen, was uns weiterhilft.« Das war ein wenig abwegig, aber vielleicht bewog gerade das Bernward, etwas Brauchbares zu sagen.

Tat es nicht. »Du bist komplett übergeschnappt!« Bernward stand auf und ging zum Wohnzimmerschrank. Er nahm einen Cognac-Schwenker heraus. »Du auch? Du, Mutter?«

Ella schüttelte den Kopf. »Mark hat aber recht. Solange wir keine Idee haben, wer oder was dahintersteckt, wissen wir nicht, wer etwas Nützliches zu sagen hat.«

»Aber ...« Mark atmete mit offenem Mund aus. Als er mit Ella gesprochen hatte, war es nur eine Vermutung gewesen, dass Christina Tanja in ihrer Gewalt hatte. Inzwischen wusste er es. »Das ist etwas, was du jetzt tun kannst, Bernward. Ruf deine Freundinnen an und finde heraus, wer in den letzten Tagen mit Tanja gesprochen hat. Vielleicht hat Tanja irgendetwas gesagt, was uns weiterhilft.« Allerdings nur dann, wenn Christina in den letzten Tagen schon mit Tanja gesprochen und sie es jemandem erzählt hatte.

Bernward zuckte die Achseln, schenkte sich einen Cognac ein und verließ mit dem Glas das Wohnzimmer. Jetzt war er ihn wenigstens los.

Ella blickte ihm einen Moment hinterher. Sie runzelte die Stirn. »Ein bisschen weit hergeholt ist es ja schon. Was kann Tanja vor Tagen gesagt haben, was uns heute nützt?«

»Die Schröder meint, die Entführerin habe sich schon vorher in der Nähe des Kindergartens aufgehalten.« Er presste die Lippen zusammen.

»Und woher weiß sie, dass es die Entführerin war. Sie wird kaum ein Schild ...« Ellas Augen weiteten sich schockiert. Ihr Blick flog zur Zimmertür; sie senkte ihre Stimme. »Du bist inzwischen sicher, dass es Christina ist. Aber das wäre doch absurd.«

»Absurd? Christina ist verrückt!« So krass hatte er eigentlich nicht sein wollen. »Hast du das vergessen?« Und sinnlose, rhetorische Fragen sollte er auch nicht stellen. »Wer weiß schon, was in ihrem Kopf vorgeht. Diese Ärzte in der Psychiatrie sicher nicht.« Er seufzte. »Die andere Lehrerin hat sie beschrieben. Ich habe keinen Zweifel.«

Er erhob sich und nahm seinen Schlüssel von der Anrichte. »Ich bin nur nach Hause gekommen, um zu sehen, wie es dir geht, Mutter.«

Ella sah ihn alarmiert an. »Wo willst du hin?«

»Sie suchen natürlich.«

»Und wenn die Polizei etwas Neues weiß?« Ella schien

ihn zu Hause behalten sollen. Aber hier war er doch völlig nutzlos.

»Dann werden sie hier anrufen.« Er fuhr sich durch die Haare. »Ich melde mich regelmäßig.« Er gab Ella einen flüchtigen Kuss auf die Wange. »Mach dir keine Sorgen, Mutter. Tanja wird schon nichts passieren.«

Ella wischte sich mit einer zitternden Hand über die Augen. »Christina ist verrückt. Hast du eben selbst gesagt.«

Aber doch nicht so verrückt, dass sie ihrer eigenen Tochter etwas antun würde. Oder doch?

Er lief zu Fuß in die Tiefgarage. Die Bewegung half ihm, einen Teil seiner Spannung abzubauen.

Dann saß er im Auto.

Und hatte kein Ziel.

Er fuhr trotzdem los. Zuerst umkreiste er den Hochhausblock, in dem sie wohnten, und wartete auf Inspiration. Natürlich gab es keinen Grund für Christina, sich hier aufzuhalten. Außer sie wollte Tanja nach Hause bringen. Unvorstellbar.

Danach fuhr er zu Christinas alter Firma. Dort kannte sie sich aus und das Gelände war groß genug, um sich zumindest für diese Nacht zu verstecken.

Als er ankam, war das Tor zum Gelände geschlossen. Im Pförtnerhaus brannte Licht, aber es war niemand da. Vermutlich hatten sie nur einen, der für die Sicherheit verantwortlich war, und der machte gerade seine Runde. In einem solchen Augenblick wäre es kein Problem, ungesehen aufs Gelände zu gelangen.

Wenn nicht abgeschlossen wäre. Oder wenn man einen Schlüssel hätte.

Einen Schlüssel hatte Christina längst nicht mehr. Aber sie könnte hierher gekommen sein, bevor die Firma Feierabend gemacht hatte. Die Kontrollen waren tagsüber nachlässig. Gewiss würde sich auch niemand daran stören, dass jemand ein Kind mitbrachte.

Wenn jemand ein Kind mitbrachte, das sich nicht benahm, als sei es entführt worden.

Marks Magen verkrampfte sich. Mehr und mehr deutete darauf hin, dass Tanja freiwillig mitgegangen war. Es gab nur diese Erklärung.

Tanja hatte akzeptiert, dass Christina sich als ihre Mutter bezeichnete. Wie kam sie dazu, einer wildfremden Frau zu glauben, dass sie ihre Mutter war?

Wenn die Frau nicht wildfremd war: Sie mussten Tage zuvor schon Kontakt miteinander gehabt haben. Christina hatte nicht bloß auf der gegenüberliegenden Straßenseite gestanden; sie hatte die Begegnung Schritt für Schritt eingefädelt. War Tanja immer näher gekommen, bis sie sicher sein konnte, akzeptiert zu werden. Es war vermutlich nicht schwer gewesen; sie selber hatten Tanja genug über ihre Baby-Zeit erzählt.

Ihm wurde übel vor Zorn. Die Lehrerinnen mussten es sehen, wenn jemand von draußen ein Kind ansprach. Es gab doch bestimmt eine Vorschrift, dass sie das zu unterbinden hatten, wenn sie diese Person nicht kannten.

Wenn er auf Tanja gehört hätte, wäre sie schon seit Wochen nicht mehr in die Vorschule gegangen. Ella hatte es ihm auch angeboten.

Und wenn er ernsthaft darüber nachgedacht hätte, hätte er weitere Lösungen für diese zusätzlichen Wochen gefunden.

Bernwards Gärtnerei war auch kein schlechter Ort für ein Kind. Aber Bernward hatte er sie immer nur mit Widerwillen anvertraut. Es war völlig irrational.

Irrational.

Iris!

Sie arbeitete Schicht und Tanja liebte sie. Bestimmt hätte sie manchmal Zeit gehabt.

Er hätte so viele Möglichkeiten gehabt, wenn er nur einmal nachgedacht hätte. Stattdessen hatte er Tanja abgewimmelt. Und hielt sich trotzdem für einen guten Vater.

Und nun hatte Christina sie in den Fingern.

Mark suchte noch einmal mit seinen Blicken das Gelände ab. Neben dem Verwaltungsgebäude tauchte eine dunkelblau gekleidete Gestalt auf. Es sah nach einer Uniform aus; der Mann vom Sicherheitsdienst vermutlich.

Er stieg aus und ging ans Tor. Da er nun schon hier war, konnte er auch auf den Mann warten und mit ihm reden. Vielleicht wusste er ja etwas, hatte etwas gesehen, was ihm weiterhalf.

Der Mann machte seine Arbeit gründlich, kontrollierte jede Tür und schien sich beständig nach allen Seiten umzuschauen. Das konnte doch nicht seine erste Runde sein. Der Feierabend war schon eine Weile her.

Endlich schien er Mark gesehen zu haben, denn er wechselte abrupt die Richtung und kam direkt auf ihn zu. »Hier ist niemand mehr.«

Mark versuchte sich an einem freundlichen Lächeln. Und raffte den Rest seiner Geduld zusammen. »Das dachte ich mir. Ich habe aber ein paar Fragen und vielleicht hätten sie den Moment Zeit, den es braucht, um sie zu beantworten.«

Der Mann zog eine Augenbraue hoch. »Ich bin keine Auskunftei.« Aber er stellte sich bequemer hin.

»Ich suche meine kleine Tochter. Die Polizei wird die Firma sicher noch in ihre Ermittlungen einbeziehen. Aber falls sie etwas gesehen haben ...« Er nahm Tanjas Bild aus seiner Brieftasche. »Das ist sie.«

»Wenn die Polizei sowieso kommt, warum machen Sie

sich dann die Mühe?« Immerhin betrachtete der Mann das Bild. »Hübsches Kind.« Er runzelte die Stirn.

Mark hielt den Atem an.

»Hab ich nie gesehen.«

Mark nickte ergeben. »Es war ein Versuch.«

»Ich bete für Sie, dass Sie Ihre Tochter schnell zurückbekommen.« Der Mann hob seine Hand zum Gruß und setzte die unterbrochene Runde fort.

Vielleicht hätte er ihm sagen sollen, dass sich Christina möglicherweise irgendwo mit Tanja hatte einschließen lassen. Vielleicht würde er dann die Gebäude genauer anschauen, die er zu bewachen hatte.

Nein, gewiss nicht: Eher hätte er ihn ausgelacht. Oder wäre beleidigt gewesen, dass er ihm schlampige Arbeit unterstellte.

Mark setzte rückwärts auf die Straße zurück, doch dann hielt er wieder an. Im Grunde wusste er nur, dass Christina bei ihrer früheren Chefin immer noch ein Stein im Brett hatte. Aber war das gut genug, dass sie sie beherbergte? Gar, wenn sie mit Tanja auftauchte?

Christina hatte einst wenig Freunde außerhalb ihrer Familie gehabt. Trotz ihres einnehmenden Wesens war sie nicht der gesellige, extrovertierte Typ. Sein Kreis hatte sie aufgenommen, als sie anfingen, miteinander zu gehen. Aber von denen war ihr wohl nur Bernward geblieben. Alle anderen hatten sich genauso von ihr abgewandt wie ihre eigene Familie, ihre drei Geschwister insbesondere.

Mark fuhr wieder an. Und schlug den Weg in die alte Nachbarschaft ein.

Marlies war von allen, die Christina dort kannte, die eine, die am ehesten etwas erzählen konnte. Wenn er ihr sagte, dass Christina Tanja mitgenommen hatte, würde sie doch sicher sagen, was sie wusste. Sie wusste bestimmt etwas.

Christina war dort irgendwo. Er erinnerte sich an den Luftzug, als er das erste Mal wieder im Haus gewesen war. Eine Gänsehaut überlief ihn. Sie war diejenige, die in den letzten Wochen und Monaten dort ihr Unwesen getrieben hatte.

Der Berufsverkehr behinderte sein Fortkommen; bis er im Viertel war, war wahrscheinlich auch Iris zu Hause. Mit ihrem Rad brauchte sie keinen Stau zu fürchten.

Iris konnte ihm nicht helfen, aber sie würde ihm gut tun. Außer Bernward und Ella hatte er niemandem, mit dem er über seine Angst um Tanja reden konnte.

Als Erstes zu ihr; noch vor Marlies – sie konnten dann zusammen zu Marlies gehen. Gewiss wäre sie gesprächiger, wenn Iris dabei war.

An der nächsten Telefonzelle hielt er und rief bei Iris an. Aber da schaltete sich nicht einmal der Anrufbeantworter ein. Entweder war sie noch nicht im Haus oder sie war im Garten. Oder einkaufen. Oder noch in der Uni.

Er schüttelte den Kopf über sich. Wieso nahm er es als gegeben an, dass sie zu Hause war, wenn er sie sprechen wollte? Die meisten Leute hatten noch ein Leben zwischen Arbeit und Haushalt. Und Iris hatte neben der Arbeit an der Uni noch den Job bei der Zeitung.

Aber Marlies war gewiss zu Hause. Sie hatte sich sogar darüber beklagt, dass sie nirgendwo hinkam, weil sie kein Auto zur Verfügung hatte.

Mark schluckte heftig, als ihm bewusst wurde, wie abschätzig er über Marlies dachte. Wann war er so zynisch geworden?

Er blickte wieder auf seine Armbanduhr. Iris konnte inzwischen nach Hause gekommen sein. Dann hatte sie Christina angetroffen. Und Tanja.

Sein Magen zog sich schmerzhaft zusammen. Er würgte die aufsteigende Übelkeit hinunter.

Geschrei empfing ihn, noch bevor er vor dem Haus ausstieg. Frauenstimmen.

Und Tanjas Weinen. Das würde er immer erkennen.

Der Geruch von Rauch lag in der Luft. Kamin im Sommer?

Am Zaun auf der gegenüberliegenden Straßenseite standen mehrere Leute. Zwei von ihnen erkannte er als Nachbarn; die anderen beiden waren das dann wohl auch.

Er begegnete scheuen Blicken. Sie erinnerten sich. Natürlich. Aber niemand sah ihn abschätzig oder kritisch an.

Und niemanden schien das Geschrei zu bekümmern.

Mark nahm die Schultern zurück. Er wohnte hier nicht mehr; es sollte ihm egal sein, was die Nachbarn dachten. Aber er wollte hier wieder öfter auftauchen, so wie in den letzten Wochen. Falls Iris ihn einlud.

Unbedingt. Ihm lag an Iris.

Sie hatte ihn am Vorabend völlig verwirrt. Aber sie hatte ihn nicht wirklich abgewiesen. Es gab etwas zwischen ihnen, auf dem sie aufbauen konnten. Er musste nur genug Mut dafür aufbringen.

Eine der Frauenstimmen war hysterisch, schrill; die andere deutlich leiser.

Er erkannte keine der Stimmen. Nur Tanjas Weinen. Und dann schrie sie verzweifelt auf: »Nein, das darfst du nicht. Iris ist doch meine Freundin.«

Marks Herz setzte einen Schlag aus.

Er trat gegen die Gartenpforte. Und wäre fast gestürzt, als sie aufschwang. Er fing sich mit einem Griff in einen der Rosenbüsche.

Seine Hand brannte von den Dornen, als er gegen die Haustür drückte. Dieses Mal vor er vorsichtiger.

Aber sie war geschlossen und außen nur ein Knauf — seit wann das denn?

Mark ging einen Schritt zurück und blickte die Front hoch. »Tanja!« Das Geschrei kam aus dem ersten Stock; sie konnte ihn gewiss nicht hören.

Er rannte ums Haus.

Das Küchenfenster war geschlossen; natürlich. Iris öffnete es nur, wenn sie sich selber in der Küche befand. Er lief auf die Terrasse. Diese Tür war aber ebenfalls geschlossen.

Das Weinen wurde lauter. Tanja brauchte ihn; er musste zu ihr, egal wie.

Mark warf sich mit der Schulter gegen die Terrassentür. Der Schmerz raubte ihm den Atem, aber die Tür hatte sich keinen Millimeter bewegt.

Er griff nach einem der Gartenstühle und schlug mit der metallenen Lehne gegen die Tür.

»Sie! Was machen Sie da?« Die Wimmer, Empörung in ihrer Stimme.

Er drehte sich um.

Valentina Wimmer stand am Zaun zwischen ihren Büschen. Für einen Moment guckte sie noch zornig; dann erkannte sie ihn und schnappte nach Luft. »Herr Schreiber!«

Hatte sie etwa die ganze Zeit hier gestanden und dem Drama zugehört, dass sich dort oben abspielte?

»Rufen Sie die Polizei. Schnell!« Ganz bestimmt hatte sie das noch nicht gemacht. Genauso wenig wie jemand anderes in dieser Nachbarschaft. Sie waren alle gut zum Gaffen und zum Klatschen, aber man kümmerte sich nicht wirklich umeinander. Sonst hätte Christina nicht ...

Er schwang den Stuhl noch einmal.

Das Glas in der Tür bekam einen langen Sprung. Immerhin. Mit einem Fluch warf er den Stuhl mit aller Macht gegen die Tür.

»Was machen Sie denn da?« Die Wimmer empörte sich weiter. Und hatte sich nicht von der Stelle gerührt.

»Holen Sie endlich Hilfe!«

Die Risse in der Scheibe breiteten sich aus. Für einen Moment schloss Mark erleichtert die Augen. Mit dem nächsten Schlag brach das Glas endlich.

Ingrimmig zog er die Anzugjacke aus und wickelte sie um seine Hand. Nach zwei Hieben mit der geschützten Faust war seine Anzugjacke in Fetzen, aber die Tür weitgehend ohne Glas und er konnte hinein.

Unter der Küchentür drang Qualm hervor; vermutlich brannte Iris' Abendessen gerade an. Mit langen Sätzen lief er die Treppe hoch.

Die Tür zum Arbeitszimmer war geschlossen. Tanja schrie etwas, was er nicht verstand. Ein eisiger Schauer lief ihm über den Rücken.

In seiner Erinnerung blitzte das Bild auf, das ihn drei Jahre zuvor im Garten empfangen hatte: Tanja in ihrer Schaukel gefangen. Christina mit der Axt in der Hand über ihre Mutter gebeugt ...

Das Entsetzen lähmte ihn wie damals; seine Füße wollten ihn nicht näher zu dieser Tür bringen.

Der Klang von Sirenen riss ihn aus seiner Starre.

»Lieber Gott, nein!« Er taumelte gegen die Tür und stieß sie auf.

Tanja hatte sich mit beiden Händen an Christinas rechtem Arm festgekrallt; sie bleckte die Zähne, als wolle sie nach ihr beißen.

Christina hatte ein langes Messer in der Hand und versuchte, Tanja abzuschütteln. Sie beschimpfte sie mit vor Wut und vom Schreien heiserer Stimme. Das Messer war nur Zentimeter von Iris' Gesicht entfernt.

Iris lag auf ihren Knien, den Rücken gegen den Schreibtisch gepresst. Ihre Bluse war auf der rechten Schulter zerrissen und voller Blut.

Auf diesem Haus lag wahrhaftig ein Fluch. Iris sollte hier nicht wohnen.

Ihre Augen weiteten sich. »Tanja, geh weg da.« Iris sah ihn und vertraute darauf, dass er mit Christina fertig wurde.

Mark machte einen Schritt in den Raum hinein und hob die Faust, die er immer noch in die Jacke gewickelt hatte.

Christina stand einen Augenblick lang still; sie hatte ihn sicher gehört. Dann hob sie ihren Fuß und trat gegen Iris' verletzte Schulter.

Tanja schrie auf; Iris gab ein langes Stöhnen von sich.

Die Sirene, die eben ganz nah geklungen war, verstummte.

Mark sah Christina vor sich, wie sie mit der Axt ihrer Mutter den Schädel spaltete.

Sein Magen rebellierte und ihm wurde schwindlig. Er kämpfte gegen das Gefühl, gleich in Ohnmacht zu fallen, während das Blut in seinen Ohren rauschte und es vor seinen Augen immer dunkler wurde.

34

Als Mark wieder zu sich kam, drückte etwas auf sein Gesicht. Eine Sanitäterin stand mit einer Atemmaske über ihm. Er schob das Ding beiseite und ihn überfielen Qualm und der Gestank von Verschmortem.

Er richtete sich auf.

Und starrte auf ein brennendes Haus. Sein Haus.

Ihm wurde übel von dem Hämmern in seinem Kopf und er presste die Handballen auf seine Schläfen, um den mörderischen Schmerz zu dämpfen.

»Tanja!« Seine Stimmbänder brannten.

»Ich bin hier, Papa.« Eine kleine Hand legte sich auf seine Schulter. Tanja kniete neben ihm im Gras, das Gesicht von Tränen und Rotz verschmiert und voller dunklem Schmutz.

Seine Schultern sanken vor Erleichterung herab.

Er griff nach ihrer Hand und drückte sie. »Was ist passiert? Was ist mit Iris?«

Sie schluchzte auf. »Sie war voller Blut! Und Mami ... Mami ...« Tanja warf sich in seine Arme und rang zwischen ihren Schluchzern heftig nach Atem.

Die Sanitäterin zog Tanja von ihm weg. »Sie brauchen beide Sauerstoff.« Auf seine hochgezogene Augenbraue reagierte sie mit einem dünnen Lächeln.

Die gesamte Vorderfront seines Hauses stand in Flammen. Aus Iris' Arbeitszimmer kam dunkler Qualm. Feuerwehrleute standen vor dem Haus und an dessen linker Seite und hielten ihre dicken Schläuche auf die Flammen.

»Was ist passiert?« Er fasste die Sanitäterin am Arm. »Was ist mit Iris?« Und Christina.

»Machen Sie sich keine Sorgen, Herr Schreiber.«

Mark wandte sich nach der Stimme um. Ein grauhaariger Mann in Zivil kam auf ihn zu. »Gut, dass Sie wieder bei uns sind.«

»Kannst du aufstehen, Papa?« Tanja entzog Mark ihre Hand. »Wir müssen zu Iris.«

»Ja sicher.« Er ging in die Knie und stützte sich auf.

»Kommen Sie!« Der Mann hielt ihm seine Hand entgegen. »Ich bin Sigurd Körner. Hauptkommissar Körner.«

Es war gut, dass er diese helfende Hand hatte, denn noch bevor er richtig stand, wurde ihm wieder schwindlig. »Wie lange war ich bewusstlos?« Sein Gesicht begann zu glühen. Wie peinlich! Ein Retter, der in Ohnmacht fiel.

»Nicht lange. Der Arzt meinte, Sie würden schon von alleine zu sich kommen.« Ein Lächeln erschien in Körners Augen. »Ihre Tochter bestand darauf, bei Ihnen zu bleiben.«

All das beantwortete keine seiner Fragen.

»Was ist mit Iris?«

Körners Lächeln verschwand. »Die beiden Frauen sind aus dem Haus geholt worden.« Er sah aus den Augenwinkeln zu Tanja, Wachsamkeit in seinem Blick. Es gab etwas, was er in ihrer Gegenwart nicht sagen wollte.

Noch bevor Mark die nächste Frage stellen konnte, kamen zwei Sanitäter mit einer Trage auf sie zu.

Die Sanitäterin hob Tanja hoch, aber sie wehrte sich heftig gegen die Frau. »Ich bleibe bei Papa!« Sie strampelte.

»Ihr könnt zusammen fahren«, sagte einer der Sanitäter.

»Sie wollen uns ins Krankenhaus bringen?« Eigentlich war es mehr eine Feststellung. Tanja sollte tatsächlich besser untersucht werden, auch wenn sie so aussah, als sei ihr nichts passiert. Äußerlich so aussah.

Unwillkürlich ballte Mark seine Fäuste. Wie konnte Christina ihr das alles antun? Bei aller Überforderung, beinahe von Anfang an – liebte sie Tanja nicht trotzdem? Sie war doch ihre Mutter! Und warum sonst hätte sie sie aus der Vorschule mit sich genommen?

Christina war verrückt. Immer noch.

Körner wandte sich an die Sanitäter. »Kann ich mitfahren? Ich möchte so schnell wie möglich mit Herrn Schreiber reden.«

Einer der Sanitäter sah Mark an. Er durfte das entscheiden? Na wunderbar.

»Wenn Sie mir dafür sagen, was passiert ist?«

»Eigentlich möchte ich von Ihnen wissen, was hier geschehen ist.«

»Ich kann dir alles sagen«, rief Tanja. »Ich war dabei. Papa nicht.«

Kommisar Körner lächelte Tanja an. »Dann kannst du mir wirklich helfen. Sehr schön.« Er machte eine auffordernde Handbewegung zu den Sanitätern und dann setzte er sich Richtung Ambulanz in Bewegung, ohne sich noch einmal umzudrehen.

Mark schüttelte den Sanitäter ab, der ihn stützte. »Ich kann jetzt alleine gehen.«

Ein Feuerwehrmann ohne Helm kam auf ihn zu. »Herr Schreiber?«

Mark nickte.

»War außer Ihnen beiden und den zwei Frauen noch jemand im Haus, als das Feuer ausgebrochen ist?«

Mark stöhnte. »Ich weiß nicht einmal, wann das Feuer ausgebrochen ist. Ich ...« Vor plötzlicher Verlegenheit begann er zu stottern. »Ich weiß nicht einmal, wie ich rausgekommen bin.«

Der Feuerwehrmann lächelte dünn. »Wir haben Sie rausgetragen. Die Schreie Ihrer Tochter waren laut genug, um uns den Weg zu weisen.«

»Iris und ... und Tanjas Mutter sollten Ihre Frage beantworten. Sie sind besser dazu in der Lage als ich.«

»Mag wohl sein.« Der Feuerwehrmann schüttelte den Kopf. »Aber wir konnten sie nicht fragen.«

Mark überlief ein eisiger Schauer. »Iris hatte eine schwere Verletzung an der Schulter, als ich dazukam.« Er schluckte heftig.

Die Feuerwehr hatte sie offensichtlich alle herausholen können; das musste ihm für den Augenblick genügen. Natürlich hatte man Iris ins Krankenhaus gebracht. Da war so viel Blut gewesen.

Der Feuerwehrmann blickte zum brennenden Haus. »Jetzt wäre es eh zu spät.« Er presste die Lippen zusammen und ging zu dem Feuerwehr-Jeep, der auf der anderen Straßenseite parkte.

»Wo ist Iris? Können Sie uns zu ihr bringen?« Er richtete seine Frage an niemand Bestimmten.

Die Sanitäterin lachte trocken. »Genau das haben wir seit zehn Minuten vor.«

Mark fasste Tanja an der Hand. »Komm, Maus. Die netten Leute hier fahren uns zu Iris.«

Tanja kaute auf ihrer Unterlippe, die Stirn gekraust. Sie wollte offensichtlich etwas fragen oder sagen und konnte sich nicht entschließen. Mark ahnte, was sie wissen wollte. Aber jetzt war nicht der richtige Moment, sie zum Sprechen zu ermutigen. Im Krankenhaus war immer noch Zeit. Bestimmt erfuhren sie dort auch etwas über Christina.

Die Sanitäterin gab einen frustrierten Seufzer von sich. »Können wir jetzt endlich fahren? Wir werden noch gebraucht.«

Natürlich; er hielt sie auf. Aber so brauchte sie ihm nun

auch nicht zu kommen. »Ja, sicher. In welches Krankenhaus bringen Sie uns?«

Für einen Moment wirkte sie verdutzt. »Wir fahren immer ins nächstgelegene, falls wir keine andere Anweisung bekommen.«

Nein, da fragte er jetzt nicht noch einmal nach. Er würde alleine herausfinden, ob Iris im gleichen Krankenhaus lag.

Und Christina. Aber vielleicht hatten sie sie gleich eingesperrt.

Sie bestanden darauf, Tanja auf der Trage in den Krankenwagen zu bringen, aber dort blieb sie natürlich nicht liegen. Sie zog die Füße an und sah sich neugierig in dem Fahrzeug um. Und begann die Sanitäter auszufragen.

Die Sanitäterin verlor schnell ihren gruftigen Ton und ihr Kollege war sowieso die Freundlichkeit in Person. Zumindest im Vergleich zu ihr.

Mark schloss die Augen und ließ das Geplauder an sich vorbeirauschen. Ihm war immer noch übel und er bekam das Bild von Iris vor dem Schreibtisch nicht aus dem Kopf.

Dann riss ihn eine Frage von Tanja aus seinem Dämmerzustand: Sie hatte nach Christina gefragt. »Christina« hatte sie gesagt – nicht »Mami«. Das hieß hoffentlich, dass sie auf Distanz zu ihr ging. Dieses Mal würde sie nicht vergessen, was sie gesehen hatte. Und er konnte ihr nicht helfen. Wieder nicht.

Körners Versuche, sich unterwegs mit Tanja zu unterhalten, gediehen allerdings nicht sehr weit in die Richtung, die er vermutlich im Sinn gehabt hatte. Statt seine Frage zu beantworten, was »eigentlich« passiert sei, erzählte Tanja des Langen und Breiten und in allen Details, wie sie Iris kennengelernt hatte und es dazu gekommen war, dass Iris ihr altes Haus gemietet hatte. Geradezu hochnäsig wehrte sie jeden Versuch ab, sie zu unterbrechen.

Kurz bevor sie am Krankenhaus ankamen, stemmte sie gar wie Ella die Hände in die Hüften und traf Körner mit einem Blitzschlag aus ihren Augen. »Du hast gesagt, ich soll dir erzählen, was passiert ist. Also hör endlich auf, mich zu unterbrechen. Sonst werde ich nicht fertig mit Reden.«

Tanjas Kessheit war ungebrochen. Sie würde schon fertig werden mit dem, was Christina ihr zugemutet hatte. Mark grinste erleichtert.

Körner hob abwehrend die Hände. »Schon gut, schon gut. Ich habe es jetzt verstanden.«

Und er schien es tatsächlich verstanden zu haben, denn ab diesem Augenblick ließ er Tanja einfach reden.

Als sie vor der Aufnahme ankamen, war sie in ihrer Erzählung zu dem Moment gekommen, als sie und Christina vor dem Haus standen und Iris angeradelt kam.

Körner beugte sich gespannt vor. Endlich kam Tanja zu dem Teil, auf den er gewartet hatte.

Aber Tanja blickte zu dem glasverkleideten Eingang. »Das ist hier, wo Oma Ella letztes Jahr war.« Und alles Zureden nichts genutzt hatte, um eine Besuchserlaubnis für Tanja zu bekommen. Am Ende hatte er sie über die Kinder-Abteilung geschmuggelt. Aber natürlich waren sie erwischt worden, als sie an Ellas Bett saßen. »Wenn die sich an uns erinnern, haben wir keine Chance, Papa.«

»Sie haben uns gewiss längst vergessen. Oder denkst du, wir sind die einzigen Schlauen?«

Tanja feixte. »Niemand ist so schlau wie du, Papa. Man muss dich bloß ab und zu ermutigen.« Von wem hatte sie das denn?

Sie wurden in die Notaufnahme gebracht und es gelang ihnen zusammenzubleiben.

»Wo ist Iris?«, fragte Tanja jeden, der zu ihnen kam.

Aber sie bekam keine Antwort, jedenfalls keine wirkliche. Einer wusste nichts; ein anderer sagte, er dürfe keine Auskünfte geben. Der dritte hieß sie, beim Empfang zu fragen; der vierte immerhin versprach, sich zu informieren, kam dann aber nicht zu ihnen zurück ...

Schließlich brach Tanja in Tränen aus und diese waren echt, nicht als Erpressung gedacht. Aber das half ihnen auch nicht weiter.

Die Kinderärztin entschied, Tanja zur Beobachtung über Nacht dazubehalten, während Mark für unbeschädigt genug erklärt wurde, um entlassen zu werden.

Tanja brach wieder in Tränen aus, aber die Ärztin sagte ihr augenblicklich, dass Mark natürlich bleiben konnte. Sie hätten sogar ein Bett für ihn in Tanjas Zimmer.

Mark bat um einen Moment Privatheit. Dann erklärte er ihr, dass dies die beste Möglichkeit wäre, Iris und Christina zu besuchen, sobald er herausgefunden hatte, wo sie waren.

Tanja dachte einen Moment nach. »Du musst Oma Ella anrufen, nicht wahr? Und Bernward.«

»Sicher. Aber dazu muss ich das Krankenhaus nicht verlassen. Es gibt hier Telefonzellen.« Er drückte sie an sich. »Ich bin sicher, du darfst mit mir telefonieren gehen. Du bist ja nicht wirklich krank. Sie wollen nur sicher sein, dass dir nicht noch plötzlich schlecht wird oder so.« Er hatte keine Ahnung, was für Folgen eine Rauchvergiftung haben konnte. Aber Tanja das jetzt zu erklären, war sowieso zu schwierig.

»Ich glaube nicht, dass wir Christina besuchen können.« Wieder hatte sie »Christina« gesagt.

Mark zog eine Augenbraue hoch. »Denkst du, sie haben sie anderswo hingebracht?«

Sie zuckte die Achseln; plötzlich war sie maulfaul geworden.

Gleich darauf stand Körner in der Tür. »Herr Schreiber, kann ich Sie einen Moment allein sprechen?«

Mark drückte Tanjas Hand. »Ich mache die Tür nicht ganz zu. Du siehst mich.«

Sie winkte ab. »Ist schon okay.«

Er ging mit dem Kommissar in den Flur. »Wie kann ich Ihnen helfen?«

Körner rieb sich den Nacken. »Wir brauchen Sie zur Identifizierung.«

»Zur Identifizierung?« Mark rang nach Luft.

»Es wäre einfacher als die Geschwister Ihrer ehemaligen Frau zu bitten.«

»Christina ist tot?« Ein Gewicht fiel von ihm ab, dass ihn jahrelang niedergedrückt hatte. Es war nicht recht, so zu fühlen. Immerhin war sie seine Frau gewesen. Und Tanjas Mutter. Aber er konnte es nicht leugnen: Er war endlich frei. »Hat Tanja das mitbekommen?«

»Ich glaube nicht, nein.« Körner versenkte die Hände in seinen Hosentaschen. »Es tut mir sehr leid.«

Aber Iris war am Leben. War sie doch? »Es muss nicht gleich sein, oder? Tanja braucht mich. Sie hat nach Iris gefragt.« Und er fragte jetzt auch.

»Iris? Ist das die andere Frau?«

»Meine Mieterin.« Der Kommissar hatte »ist« gesagt. Gottseidank. »Ich habe das Haus kürzlich an sie vermietet.«

»Tja. Vielleicht können Sie ihr etwas anderes besorgen; zumindest für den Übergang. Sie sind doch Architekt, oder?«

Mark brach in Gelächter aus. »Ich plane die Häuser, aber ich vermiete sie nicht.« Er hörte auf zu lachen; das war nicht komisch. »Aber ich kann sicher etwas besorgen.«

»Sie werden ein paar Tage Zeit dafür haben. Frau Kannert werden die Ärzte nicht so schnell gehen lassen.«

»Ich muss noch herausfinden, wo sie jetzt ist.«

»Ich war gerade bei ihr, um eine vorläufige Aussage zu bekommen. Dritter Stock. Zimmer 318.« Körner zog seine

Brieftasche heraus und hielt Mark eine Karte hin. »Rufen Sie mich an, wenn Sie bereit sind, Ihre Frau zu identifizieren.« Er gab Mark die Karte. »Wenn es morgen sein könnte.«

»Wie ...« Sein Mund war so trocken, dass er nicht weitersprechen konnte.

Aber Körner begriff, was er wissen wollte. »Ihre Ex-Frau ist von Einsatzkräften erschossen worden, um zu verhindern, dass sie Frau Kannert umbringt.« Und das sollte Tanja nicht mitbekommen haben? Kaum vorstellbar.

Wie betäubt ging Mark zu ihr zurück. »Ich weiß, wo wir Iris finden. Du kriegst jetzt dein Zimmer für heute Nacht. Danach schleichen wir uns ein. Wir tun, als hätten wir uns verlaufen.« Mark half ihr von der Liege herunter. »Das ist eine gute Erklärung, wenn man uns irgendwo stoppt, wo du nicht sein solltest.«

»Und dann gehen wir bei Iris vorbei, ganz zufällig, weil wir mein Zimmer suchen.« Tanja kicherte. »Papa, du bist eben der schlaueste von allen. Aber Oma Ella rufen wir auch an. Wir müssen ihr doch sagen, dass wir nicht zum Abendessen kommen.«

»Das wird höchste Zeit. Natürlich.« Und er musste Tanja sagen, dass ihre Mutter tot war. Aber das konnte warten.

Nachdem sie mit Ella telefoniert hatten, ging er mit Tanja zu den Verkaufsautomaten neben einer Bank von Aufzügen und begann ihr zu erzählen, was sie hier an heißen Getränken kaufen konnten.

»Aber Papa ...« Der Protest in ihrer lauten Stimme war unüberhörbar.

»Still!«, flüsterte er. »Wir machen hier eine Ablenkung.«

»Oh!« Sie sah ihn bewundernd an. »Du bist schlau.« Sie deutete auf das Bild neben einem der Knöpfe, die Mark ihr noch nicht erklärt hatte. »Das sieht gut aus. Milchschaum?«

»Aber darunter ist Kaffee, vermutlich ohne Zucker.«

Ein Ton kündigte die Ankunft von einem der Aufzüge an. Sie liefen hinüber und Mark drückte auf den »Aufwärts«-Knopf.

Hinter ihnen stauten sich die Leute. »Gut!« Er nickte Tanja verschwörerisch zu.

Im dritten Stock stiegen zusammen mit ihnen fünf weitere Leute aus. Vor dem Aufzug standen an die zehn Besucher, die einsteigen wollten. Es entstand das übliche Gewühl, weil die Einsteigenden nicht recht wussten, wie lange sie warten sollten, bevor sie sich in Bewegung setzen konnten. So kamen sie ungesehen am Stationszimmer vorbei, das direkt gegenüber dem Fahrstuhl lag. Es half dann auch, dass auf dem ganzen Flur gerade niemand vom Pflegepersonal unterwegs war.

Als sie vor Iris' Tür ankamen, öffnete er sie schnell, schob Tanja hinein und folgte ihr. Sie blieb schüchtern zwei Schritte hinter der Tür stehen.

Es war ein Zwei-Bett-Zimmer, aber nur eines der Betten war belegt. Die Vorhänge waren zugezogen und dämpften das Licht im Raum.

Mark beugte sich zu Tanja und legte ihr einen Finger auf die Lippen. »Vielleicht schläft sie.«

»Mitten am Tag?« Tanja klang empört und sie dämpfte darum ihre Stimme kein Bisschen.

»Leise!«, zischte Mark.

Tanja verzog das Gesicht.

»Ich schlafe nicht.« In Iris' Stimme lag eine Spur Amüsement und Mark atmete erleichtert auf. Es konnte ihr nicht ganz schlecht gehen.

Er nahm Tanja an der Hand und führte sie ans Bett. Iris' rechter Arm war in einer Schlinge, um die Schulter ruhigzustellen, und sie hatte einen großen Bluterguss unter ihrem linken Auge. Nach dem Tritt, den Christina ihr versetzt hatte, wahrscheinlich nicht nur dort.

»Das ist fein, dass ihr mich besucht.« Iris streckte ihre Hand nach ihnen aus. »Wie hast du Tanja hier hereinbekommen?« Lachen klang in ihrer Stimme.

»Ich muss doch sehen, dass es dir gut geht. Erwachsene schwindeln, wenn sie denken, ich kann etwas nicht vertragen.«

Falls Tanjas Weisheit sich auf Christina bezog, dann hatte sie schrecklich recht. Wenn sie offen mit ihr geredet hätten, wäre all das nicht passiert.

»Ich glaube nicht, dass Mark schwindelt. Er lässt allerdings manchmal etwas weg.« Sie verteidigte ihn immer noch? Mark schluckte überwältigt; das hatte er nicht erwartet.

Und nicht verdient. Er hätte Iris das Haus nicht vermieten dürfen, nachdem die Zeichen so deutlich waren, dass es einen Eindringling gab. Was ihr geschehen war, dafür war er verantwortlich.

»Es tut mir so leid, Iris.« Wieder war er zu spät gekommen. Und er war zu schwach gewesen, um Christina zu stoppen, gelähmt von der Erinnerung an die Vergangenheit.

Vor ein paar Stunden erst hatte er angefangen, an einen neuen Beginn zu glauben. Tanja liebte Iris. Aber sie war praktisch auf dem Weg nach China – ein eleganter Ausweg für sie, ihn nach der Katastrophe dieses Tages niemals wieder zu sehen.

Iris griff mit der Linken nach seiner Hand und streichelte seinen Handrücken mit ihrem Daumen. »Es tut mir leid, dass sie das Haus anzünden konnte.«

»Das Haus ...« Er wusste nicht weiter.

Tanja kräuselte ihre Nase und machte eine wegwerfende Handbewegung. »Ach, das alte Ding! Wir wollten uns sowieso ein neues kaufen.«

»Die Bücher deiner Großmutter! Ich hoffe, die Feuerwehr konnte noch etwas retten.«

Ein verschmitztes Lächeln breitete sich auf ihrem Gesicht aus. »Ach, die alten Schinken. Was da drin stand, war sowieso nicht mehr Stand der Wissenschaft.«

»Was ist ein Stand der Wissenschaft?« Tanja kniff misstrauisch die Augen zusammen. »Ihr sollt so reden, dass ich es auch verstehe.«

Und wie erklärte er ihr jetzt, was mit ›Stand der Wissenschaft‹ gemeint war? Gar nicht.

»Wie geht es dir? Wann kannst du nach Hause?« Erschrocken biss er sich auf die Lippen. Iris hatte kein Zuhause mehr.

»Es tut weh, aber es ist nicht gefährlich.« Sie zog den rechten Mundwinkel zu einem Lächeln hoch. »Die Ärzte sorgen sich wegen dem großen Blutverlust um meinen Kreislauf; das ist alles. In spätestens zwei Tagen lassen sie mich laufen.«

»Wohnst du dann bei uns?« Tanjas Blick war so voller Hoffnung, dass es Mark den Atem verschlug.

»Ich habe Freunde, bei denen ich für eine Weile unterkommen kann.«

»Wir sind auch deine Freunde!« Tanja stemmte die Fäuste in ihre Hüften. Jetzt würde sie nicht mehr locker lassen. »Du kannst bei uns wohnen, Iris, bis wir ein neues Haus gekauft haben. Oma Ella hat genug Platz in ihrer Wohnung. Wir geben dir Onkel Bernwards altes Zimmer. Der benutzt das sowieso nie.« Sie ließ die Hände wieder sinken. Dafür bekam ihr Gesicht einen entschlossenen Ausdruck. »Und du brauchst jemanden, der auf dich aufpasst. Oma Ella macht das gut, wenn ich krank bin. Sie kocht mir alle meine Lieblingsessen und es gibt drei Mal am Tag Pudding.«

Die Lachfältchen um Iris' Augen vertieften sich bei jedem Satz von Tanja mehr. »Das klingt verlockend. Aber das geht so nicht. Du kannst nicht einfach so über deine Oma Ella bestimmen. Sie kennt mich nicht einmal, hat mich nur einmal gesehen, als ich Mark nach Hause gebracht habe.«

»Doch kennt sie dich. Wir haben ihr alles von dir erzählt, was wir wissen.«

Iris errötete heftig. »O Gott!«

Tanja knabberte einen Moment an ihrer Unterlippe, dann reckte sie entschlossen das Kinn. »Das ist egal! Wenn Oma Ella nicht kochen will, dann mache ich das. Ich kann schon Nudeln mit Sauce, Schokoladenpudding, Tomatensalat, Pellkartoffeln mit Quark und ...« Sie sah Mark ratsuchend an. »Pizza bestellen zählt auch, oder?«

»Pizza bestellen zählt auch. Es zählt alles, was du tun kannst, damit Iris etwas zu essen bekommt.«

»Dann haben wir das geklärt.« Tanja setzte sich auf den Stuhl neben dem Bett und schlug die Beine übereinander. »Dann müssen wir Oma Ella gar nicht erst fragen.«

Mark verdrehte die Augen. Das war ein Fehler, denn Tanja sah es.

Sie zog ihre Augenbrauen zusammen. »Willst du etwa nicht, dass Iris bei uns wohnt, bis wir ein neues Haus haben?«

»Ich fürchte, mein Schatz, was ich will, das zählt hier am Allerwenigsten. Und wir werden auch nicht so bald ein neues Haus haben.«

»Aber du hast es mir versprochen!« –

»Also ...« Tanja wandte sich wieder an Iris. »Es muss natürlich so groß sein, dass wir alle dort wohnen können. Dann brauchst du es nicht zu mieten.«

»Ich halte meine Versprechen.« Mark blickte Iris an. Ihre Augen funkelten immer noch voll unverhüllter Heiterkeit. Sehr beruhigend.

»Aber ich habe nicht gesagt, wann wir ein neues Haus haben werden. Jetzt haben wir nicht einmal eines, das wir verkaufen können, um das Geld für ein anderes zu haben.« Natürlich würde die Versicherung zahlen, aber das konnte Ewigkeiten dauern.

»Aber du kannst doch einfach ein neues bauen. Das ist doch sowieso deine Arbeit. Für andere Leute baust du auch Häuser.«

Wie um Himmels Willen kam er aus dieser Debatte heraus? Er bräuchte jetzt jemanden vom Personal, der Tanja zum Gehen zwang. »Eins nach dem anderen, Maus. Jetzt kümmern wir uns erst einmal darum, dass Iris wieder eine Bleibe hat.« Wenn sie ihm die Telefonnummern gab, konnte er ihre Freunde anrufen.

Vielleicht hatte er dann Einfluss darauf, zu wem sie zog.

»Gut. Wir fahren nach Hause und sagen Oma Ella, dass Iris Bernwards Zimmer braucht.« Tanja ging direkt ans Bett und musterte Iris von den Haarspitzen bis zu den Händen, die sie inzwischen auf der Bettdecke ineinander gelegt hatte. »Oma Ella wird dich mögen. Du bist hübsch.«

Iris errötete wieder.

Mark hob die Hände. Dazu fiel ihm nichts mehr ein.

Tanja sah ihn zornig an. »Papa, die Sache ist ernst.«

Allerdings.

Aber mit Tanjas Hilfe würde er Iris überzeugen, aus China zurückzukommen.

ENDE

****

Wenn Ihnen dieser Roman gefallen hat, dann empfehlen Sie ihn bitte weiter. Rezensionen und Empfehlungen helfen anderen, lesenswerte Bücher zu finden.

Über die Autorin:

Ich bin gebürtige Hessin und habe zwanzig Jahre in Norditalien gelebt. 2010 bin ich mit meiner Tochter in die Auvergne in Frankreich gezogen.

Anfang 2001 habe ich mit dem literarischen Schreiben begonnen. Seit 2011 veröffentliche ich verlagsunabhängig.

Ich habe Psychologie, Publizistik, Politik und Geschichte studiert und war u.a. als Psychotherapeutin, Erwachsenenbildnerin, Journalistin, Lektorin und Übersetzerin tätig.

Meine Biografie im Wikipedia: http://bit.ly/r0mwoC

Begleiten und unterstützen Sie meine Arbeit auf Patreon: https://www.patreon.com/AnnemarieNikolaus

Oder abonnieren Sie meinen Newsletter: http://eepurl.com/Ub86b

Blog: http://annes-werke.blogspot.com
Facebook: http://on.fb.me/JLAN6J

***

Romane und Erzählungen:

Königliche Republik. Historischer Roman. ISBN 9782902412471

Magische Geschichten. Kurzgeschichten für Kinder. ISBN 9782902412488

Die Piratin. Fantasy-Roman. Reihe »*Drachenwelt*«. ISBN 9782902412495

Das Feuerpferd. Fantasy-Roman. ISBN 9782902412501

Die Enkelin. Liebesroman. Reihe »*Quick, quick, slow – Tanzclub Lietzensee*«. ISBN 9782902412518

Flirt mit einem Star. Liebesroman. Reihe »*Quick, quick, slow – Tanzclub Lietzensee*«. ISBN 9782902412532

Zurück aufs Parkett. Eheroman. Reihe »*Quick, quick, slow – Tanzclub Lietzensee*«. ISBN 9782902412525

Verjährt. Historische Krimi-Kurzgeschichten. ISBN 978-9782902412549

Ustica. Ein Mini-Thriller. ISBN 9782902412556

Tot. Krimi-Kurzgeschichten. ISBN 9782902412587

Leuchtende Hoffnung – Adventskalender. Bebilderter Science Fiction-Roman. ISBN 9782902412563

Sachbücher:

Aquitanien: Das Ende eines Krieges. Reihe »»*Am Rande des Weges ...*«« ISBN 9782902412570

Suche Reisebegleitung. Reihe »Fliegende Blätter« ISBN 9781499608427

Junge Welten. Reihe »*Fliegende Blätter*« ISBN 978500971991